2013年度安徽省高等学校省级质量工程项目·省级规划教材

化学教学论

HUAXUE JIAOXUELUN

江家发◆主编

安徽师范大学出版社

·芜湖·

内容简介：本教材以化学新课程的实施为背景，以“怎样做一名现代化学教师”和“如何成长为一名优秀的化学教师”为目标，按照“理论—实践—发展”的思路构建全书的体系和框架，内容涵盖绪论、化学课程论、化学教学原理论、化学学习论、化学教学设计论、化学教师论六大部分共十一章。本书既可以作为高师院校化学专业的本科生、化学教育硕士、化学课程与教学论研究生专业课教材，也可以作为一线中学化学教师专业发展、继续教育培训教材，同时还可以作为化学教研员以及其他化学学科教学理论工作者的参考读物。

责任编辑：盛　夏　　装帧设计：丁奕奕　　责任印制：郭行洲

图书在版编目（CIP）数据

化学教学论/江家发主编．—芜湖：安徽师范大学出版社，2014.10（2023.1重印）
ISBN 978－7－81141－749－4
Ⅰ.①化…　Ⅱ.①江…　Ⅲ.①中学化学课—教学研究　Ⅳ.①G633.82

中国版本图书馆 CIP 数据核字（2012）第 020469 号

化学教学论
江家发　主编

出版发行：安徽师范大学出版社
安徽省芜湖市北京东路1号安徽师范大学赭山校区
网　　址：http：//www.ahnupress.com/
发 行 部：0553－3883578 5910327 5910310（传真）E－mail：asdcbsfxb@126.com
印　　刷：苏州市古得堡数码印刷有限公司
版　　次：2014 年 10 月第 1 版
印　　次：2023 年 1 月第 4 次印刷
规　　格：700 mm×1000 mm　1/16
印　　张：22.25
字　　数：424 千字
书　　号：ISBN 978－7－81141－749－4
定　　价：45.00 元

2013 年度安徽省高等学校省级质量工程项目·省级规划教材

新课程学科教学论系列教材
编写委员会

序

基础教育课程改革对高师院校的课程与教学提出了严峻的挑战。学科教学论既是高师院校体现教师专业特点的重要课程,又是直接反映基础教育课程改革要求的重要载体。当前,我国学科教学论教材建设滞后于基础教育课程改革,“学科教学论”教学基本上沿用了传统的教学内容,没有渗透新的教育理念,不能满足高师院校对未来中学教师培养的需要。

从学与教、理论与实践的关系来看,“学科教学论”教学与教材滞后主要表现在以下四个方面。

一、重“教材”研究,轻“课程”研究

在我国,“教材”差不多成了“课程”的代名词。几乎所有的“学科教学论”教材,都有专门章节讨论教材的作用、教材的编写原则、教材的使用等,而“课程”中所包含的课程理念、课程计划、课程资源的开发、教材在课程中的地位、课程实施中学生的地位和教师的作用、生成性课程等,则少有涉及。

二、重“教”,轻“学”

长期以来,受传统教育思想的影响,我们习惯上将“教学”当作一个词汇来理解,因此“教学法”在实际上便成了“教法”的代名词。事实上,教学是一个以“学”为主的双边甚至多边活动,是“教”和“学”

的统一体。在教育过程中，学生的学习既是教学活动的出发点，也是教学活动的归宿。

三、重“考试性评价”，轻“发展性评价”

在我国教育实践中，“评价”与“考试”同义，以考试代替评价。新课程倡导形成性评价、发展性评价的新理念。评价活动是教学活动的重要组成部分，评价的目的在于促进学生学习的进步、教师教学效率的提高和学校工作的改进。

四、重“传统教学技能”培养，轻“现代教学手段”应用

面对迅猛发展和不断更新换代的现代教学设施设备，仅仅注重传统的教师教学技能培养显得不够全面。很多师范院校的学生在毕业之前，对于多媒体辅助教学和网络教学仅限于理论上的感知，缺乏实际操作应用。传统的教学技能和手段固然重要，但不掌握现代教学技能和手段，显然无法适应新课程教学的需要。

面对基础教育新课程的挑战，学科教学论课程与教学内容必须进行改革。

一、必须重新确立学科教学论的学科性质与地位

学科教学论在教师教育和教师专业化中有着不可替代的作用。只有强化学科教学论学科建设，才能真正发挥学科教学论在教师专业化中的作用。我们认为，学科教学论不是一般教学论理论的简单套用，它亦有自身的理论体系。学科教学论是研究学科教学规律及其应用的一门学科。从培养目标来看，学科教学论是结合本专业学科课程十分紧密，又很贴近中学学科教学实际，为师范生从事学科教

学工作直接打基础、“实战性”最强、最基本的一门课程。

二、必须重新构建学科教学论课程结构与内容体系

根据基础教育新课程理念的要求，学科教学论课程结构的改革与重建应注意以下两点：一是要反映现代教育理论的发展趋势，将哲学、教育学、心理学、教育技术以及学科教学理论有机结合起来；二是要反映基础教育改革对教师素质的新要求，将先进的教育理论、最新的学科知识、多样化的教学操作技能有机结合起来。学科教学论属于研究学科教学的一般规律和教学操作体系的应用性理论学科，主要包括学科教学的一般理论，其内容涉及课程论、教材论、教学论、学习论等。同时，它具有学科教学的操作体系，如学科教学基本技术、学科教学设计、学科教学评价等。学科教学论理论体系的建构，一方面，要学习和借鉴当代教育学、心理学理论的最新成果，例如主体教育理论、建构主义理论等；另一方面，又要关照学科教学实践，要将鲜活的学科教学实践经验提升到理论高度，从而形成学科教学论特有的新理论体系。

三、必须凸显学科教学论的学科特色

一要有理论性。学科教学论要以现代课程论、教学论、学习论为理论基础，结合学科教学实际，力求从理论高度把握学科教学的一般规律，回答学科教学目标、学科课程、学科教学过程、教学建模、教学评价等基本理论问题。二要有实践性。学科教学论不仅要有理论体系的建构，也要有具体的学科教学操作技能体系，诸如教学基本技能、备课与教学设计技术、现代教育技术在学科教学中的应用、评价技术等。

四、必须重建学科教学论的研究范式

学科教学论的研究范式要从理论与实践两个方面展开。

一方面,关注理论的实践研究。学科教学论的理论研究,要努力跟踪与学科教学有关的相关学科的前沿理论,结合学科教学实际,整合各种理论,并努力将其运用于学科教学实践,尝试建立学科教学的理论模型。目前,尤其要注重研究学科教学中一些重大而基本的理论问题,如学科学习策略的厘定问题,学科教学模式的建构问题等。

另一方面,关注实践的理论研究。要在先进理论的指导下研究学科教学的实践,对于学科教学中的实践经验,特别是代表学科发展方向的先进经验,要进行理论概括与提升。

基于上述认识,我们根据新课程实施的调研情况,组织我校及省内具有丰富教学经验的学科教学论专家、学者和一线教师编写了这套"新课程学科教学论系列教材"。该系列教材是专为有志成为中学教师的师范生编写的,也可作为在职中学教师的专业培训、自我研修读物。相信这套教材能够对师范院校教师教育课程内容的改革提供有益的经验,能够适应基础教育新课程对学科教学论教材的需求,能够对在校师范生新课程从教能力的培养有所帮助。

可喜的是,2007 年 9 月这套教材入选"安徽省高等学校'十一五'省级规划教材",2013 年 12 月其中的大部分又被列为"2013 年度安徽省高等学校省级质量工程项目"之"省级规划教材"。希望老师们继续努力,写出更好的教材。

王伦

2014 年 1 月 18 日

前 言

化学教学论是研究化学教学规律及其应用的一门学科。它植根于化学教学之中而发生、发展，从19世纪末发端至今，它已度过了初创时期和充实时期，进入了生机勃勃的发展时期。如今随着时代的发展，国家基础教育新课程改革的实施，化学课程观、教材观、教学观、学习观、教师观等都发生了全方位的新变化，化学教学论课程也正面临着诸多重要的理论基础和现实问题。如：中学化学教师对于化学课程与教学的研究相对弱化，高等师范院校与专门的研究机构中的绝大多数研究者多无中学化学教学实践经验；化学教学论的理论基础，纯思辨和演绎的多，西化倾向严重，历史传承不足；高等师范院校化学教学论课程教学与新课程改革要求相去甚远，等等。诚然，这些问题的解决不是一蹴而就的，它亟待化学教育工作者，尤其是化学教育研究人员开展实质性的研究，从而给予新的理性审视与回答。

面对化学新课程改革对高等师范院校化学教学论课程与教学提出的严峻挑战，编制一本既有一定的理论概括性，又包含丰富实践教学案例，服务于化学专业师范生的本科教材实感难度不小。在本书的编撰过程中，编者力图集思广益，体现以下特点：

(1)构建合理的教材内容体系，将化学教学论的基本概念、原理与方法有机组织与整合，以适应时代及教育发展的要求；

(2)设计与开发可操作性强的教学案例，注重理论与实践的结合，满足师范生与一线教师的迫切需要，力求起到示范、引领作用；

(3)吸纳新课程改革背景下化学课程与教学研究的最新成果，以展现该领域研究的最新视角；

(4)设置多个拓展性栏目，如："资源链接"、"课程标准卡片"、"思考讨论"、"典型案例"等，以体现教材的生成性和对话性，实现"教本"向"学本"的转变；

(5)强调师范生化学教学技能的养成和可持续发展，关键是"怎样做一名现代化学教师"和"如何成长为一名卓越的化学教师"。

本书具体设计概要如下：全书分为六大部分，共十一章。

绪论:主要概述化学教学论课程的设课目的和要求、研究对象和任务,以及该课程的学习方法。

第一编:化学课程论。包括第二章和第三章,以从化学课程到化学教材为线索,在探讨化学课程的编制与改革的基础上,思考化学教材、化学新课程资源的开发、设计与使用,呈现出化学教学的宏观架构。

第二编:化学教学原理论。包括第四章和第五章,试图从化学教学的原理和方法上勾勒出化学教学的一般性规律,同时还具体探讨化学新课程倡导的探究式教学的特征与实施。

第三编:化学学习论。包括第六章和第七章,重点关注化学学习的基本理论以及探究式学习、合作式学习、自主式学习等学习方式,分析化学学习策略的类型和特点。

第四编:化学教学设计论。包括第八章和第九章。前者主要讨论化学教学系统设计的概念、模式、过程和要素,并在此基础上,根据中学化学学科的内容和特点,结合具体的案例进行详细介绍和评析。后者主要探讨各种化学教学技能、具体的实施策略以及发展性化学课堂教学评价。

第五编:化学教师论。包括第十章和第十一章,主要介绍化学教育研究的课题选择、研究过程及化学教育研究论文的撰写,阐述化学新课程对化学教师的新要求和评价、化学教师专业发展的方向和途径等。

本书既可以作为高等师范院校化学专业的本科生、化学教育硕士、化学课程与教学论研究生专业课教材,也可以作为一线中学化学教师专业发展、继续教育培训教材,同时还可以作为化学教研员以及其他化学学科教学理论工作者的参考读物。

全书由江家发设计框架、组稿、统稿并定稿。本书2007年首次出版发行,作为安徽师范大学《化学教学论》国家精品课程和国家级精品资源共享课的主干教材,在国内产生了一定的影响。在本次改由安徽师范大学出版社出版过程中,我们主要更新了内容,充实了案例,进一步增强了教材的资源性和实用性。其中,江家发编写并修订了绪论、第二章、第三章,孙影编写并修订了第五章、第六章,张四方编写并修订了第四章、第七章,程瑶琴编写并修订了第八章、第九章,阙荣辉编写并修订了第十章、第十一章。参与本教材编写和修订工作的还有陈波、江玉媛、付前等。

本书在编写和修订过程中参考和引用了国内一些专家学者的成果和文献,也得到了省内同行朋友们的大力支持,在此,一并表示衷心的感谢!同时,也感谢安徽师范大学出版社对本书出版的帮助和支持。

由于作者的水平有限，时间仓促，书中一定还存在错漏和欠妥之处，敬请各位读者批评、指正。

江家发
2014 年 9 月

目　录

第一章　绪　论

化学教学论作为学科教学论的一个重要分支，从19世纪末发端至今，已度过了它的初创时期和充实时期，进入了生机勃勃的发展时期。当今化学教学论课程正面临着诸多重要的理论基础和现实问题，亟待化学教育工作者，尤其是化学教育研究人员，对这些课题展开研究，给予新的理性审视与回答。

第一节　化学教学论的形成和发展

作为一门学科，我国化学教学论最早正式开设于1932年的北京高等师范学校（北京师范大学前身）化学系，当时的名称为“中等学校化学教材教法”，其主要内容为：化学之新发展（约占25%）；化学教法及教材之研究（主要根据中学化学教材内容，介绍如何进行讲解，约占50%）；化学实验及设备之研究（约占25%）。

新中国成立初期，引进了苏联的几套化学教学法教材和讲义，其主要内容为：化学课的任务；化学教学过程的一般原则；化学教学方式方法；化学教学工作的组织；化学教学工作计划；学生成绩的检查和评价；化学课外作业；化学设备；各种内容的教法研究和化学总复习。此时，对西方的教学理论采取了全盘否定的态度，将20世纪20年代就已传入我国的教育心理学研究、教育测验、心理学测验和教育统计等，看做唯心主义学术观点而排斥在化学教学法研究之外。加之当时苏联与中国的课程设置与教材编写完全是国家行为，因而当时的化学教学法中几乎没有涉及课程理论。

1957年我国人民教育出版社出版了第一本高等师范院校教材《化学教学法讲义》，是由北京师范大学、河北师范学院化学教学法教研组教师和北京几所中学的化学教师合作编写的。该书比较系统地介绍了化学教学法的原理、专题研究和实验等内容。20世纪60年代以后，北京师范大学和华东师范大学等高等师范院校编写了部分化学教学法讲义和教材，体系大都与以前一致，而内容上则有较大变化,整个课程除课堂讲授外,还配合大量实习活动,包括实验、讲解、讨论、见习、试讲、参观、制作教具等。直到20世纪80年代初,除去“文化大革命”的10年,化学教学法一直是师范院校化学系学生的必修课。但正如其名称所示,这门课比较重“方法”而不重“理论”。

1983年,北京师范大学教育科学学院顾明远教授在国务院学位委员会召开的第二届博士、硕士授权点学科评议组会议期间,建议将学科教材教法更名为学科教学论,以提高对它的学术要求,从而提高它的学术地位。从那时起,在硕士培养层次上的专业名称变“化学教学法”为“化学教学论”。

【资源链接】《学科现代教育理论书系》总序[1]

师范院校有一门必修课,叫做教材教法。它是一门培养教师技能的专业课程,但是历来不受人们所重视。在一些专业学科教师、专家的眼里,似乎教材教法不过是剖析中小学的教学大纲和教科书,教会师范生如何去上好一堂课,没有什么学术性。他们认为,上好一堂课,保证教学质量的关键是有高的学术水平。这是一种误解,但这种误解不是没有原由的。原因之一是,这些专家不懂得,教育既是一门科学,又是一门艺术,只有高深的学问,不懂教育规律,没有掌握教育教学的艺术,课就上不好,或者事倍功半。原因之二是,过去的教材教法课确实存在着不少问题,它只分析现有的教材,不对学科、课程及教育教学规律进行研究。因此,要解决这个问题,除了改变专家们的误解以外,更重要的是研究这门学科的发展,提高学科的理论水平。我认为,师范院校的教材教法不能只分析一门课如何讲授,更重要的是要研究、分析一门科学的发展历史和现状,以及其发展的内在逻辑,结合学生的认知特点,遵循教育规律,把它组织成一门学科。学科并不等于科学。一门科学要变成学校里的学科,要经过一番改造。改造的理论就是一门学问,本身也应是一门学科。这门学科是跨学科的,它既要研究某门学科的科学规律,又要研究教育规律,要把两者有机地结合起来,从这个意义上来讲,教材教法的名称显得落后了。因此,把它改为学科教学论或学科教育学是适宜的。

顾明远先生的论述,是教育学家对学科教学论的研究对象和研究内容非常精辟而准确的概述。

1988年11月,参加“高等师范院校本科化学专业化学学科基本要求审定会”的化学教育专家、学者,一致同意用“化学教学论”这一名称替代过去曾经用过的“化学教学法”、“中学化学教学法”、“中学化学教材教法”等名称。1989年1月,由高等教育出版社出版了刘知新先生主编的教科书《化学教学论》,该教

[1]顾明远.学科现代教育理论书系·总序[M].南宁:广西教育出版社,1996.

材是化学教学论领域内公认的奠基之作[1]。目前,由国内专家学者编著的"化学教学论"类教材已达70余部。

近几十年来,教学论、课程论、心理学、教育测量学、教育评价学等学科有了新的发展,这为化学教学论的发展提供了理论基础。改革开放引进了国外各种教学理论、课程理论、学习理论,开拓了化学教学论的研究领域。大量的专业人员和广大一线教师在化学教学研究领域辛勤耕耘,不断探索,获得了大量研究成果和一些关键性的突破,如培养能力与学习知识并重的观点、素质教育的观念、STS(Science, Technology and Society)教育的观念、多媒体与远程教学的观念,以及国家推出的基础教育课程改革等,均孕育着化学教学论新的飞跃。

在理论基础方面,化学教学论已不是局限于单纯地用哲学上的一般认识论,而是广泛汲取了化学、哲学、教育学、生理学、科学方法论等研究成果,还借鉴了系统论、信息论、控制论,及计算机和网络技术等理论与运行模式,使其在实践性很强的基础上,又具有了高度综合性的理论基础。

在研究范围方面,已不是单纯研究化学知识和技能的传授问题,还在研究化学教学过程中发展智力、培养能力、培养科学方法和态度、进行思想教育等问题;不仅研究"为什么教"、"教什么"、"如何教"、"教得怎么样",还在研究"怎样学"、"如何指导学"、"教和学的关系"等问题。

在研究方法上,单纯依靠经验总结思辨论证及专题讨论的方法,已不适应学科教学论发展的需要。化学教学实验研究已成为推进化学教学改革,更新化学教学论发展的主要科研方法。高等师范院校化学教学论课程的教师走出高校,融入中学化学教学改革的第一线,与化学教师、教研员进行协作,建立"高等师范教育科研——中学教育实验"基地,开展长期锲而不舍的教学实验。这不仅是改革教学、提高教学质量的现实需要,也是化学教学论课程建设的需要,还是化学教学专家和化学教学论专家培养和成长的需要。近十几年来,把学科教学论提高到学科教育学的高度来研究,即不仅研究学科的教学理论问题,而且从教育学的基本原理出发,从培养人的高度来讨论学科教育的问题;不仅要揭示学科教学的规律,还要揭示学科教学培养人的规律。这是化学教学论的发展方向,化学教育学的探讨和研究正方兴未艾。

---

[1]李广洲.化学课程与教学研究[M].南京:南京师范大学出版社,2012:2.

【资源链接】《化学课程与教学论》学科发展小史

● 1982 年,华东师范大学、东北师范大学、北京师范大学率先招收化学教学论硕士研究生;

● 1997 年,北京师范大学、南京师范大学、东北师范大学等 16 所师范大学开始招收教育硕士专业学位(学科教学·化学)研究生;

● 2001 年,南京师范大学率先招收化学课程与教学论方向博士研究生;

● 2008 年,安徽师范大学《化学教学论》课程率先被评为国家精品课程;

● 2010 年,北京师范大学、华东师范大学等 15 所师范大学开始招收教育博士专业学位(学科教学·化学)研究生。

第二节 化学教学论的课程目标和基本任务

一、课程目标

高等师范院校化学专业开设化学教学论课程的目的,是使师范生掌握化学教学论的基础知识和化学教学的基本技能,培养他们从事中学化学教学工作和进行教学研究的初步能力。其具体的课程目标为:

(1)学生获取先进的化学教育理念;

(2)学生了解化学新课程体系;

(3)学生掌握现代化学教育理论和学习理论;

(4)学生具备化学教学的实践能力;

(5)学生具备初步的化学教学研究能力;

(6)学生具备可持续发展的潜质。

二、基本任务

《化学教学论》以中学化学教学为研究对象,是教师教育化学专业本科学生的主干必修课,3 学分,51 学时。化学教学论的教学和实践应以教育学、心理学和化学专业基础课为先修课程,以结合教学见习和由本科生完成规定的实践作业为基础而逐步展开教学。

本课程具有很强的思想性、师范性和实践性(简称“三性”)。化学教学论的思想性主要指突出辩证唯物主义认识论和方法论的指导作用,遵循教育必须为培养全面发展人才的目标,从教育思想、教学内容、教学方法,从科学态度、科学方法,以及良好品德和习惯几方面对师范生加以培养;化学教学论的师范性,

是指这门课将对学生做“人师”(教行为)和“经师”[1](教学问),以及在“教书”和“育人”两个方面进行职业定向的职前教育和职后培训;化学教学论的实践性,体现在缺少了实践(学习者亲身实践、体验,包括试误),仅靠理性去“感悟”就不能内化(建构)为学生的理念和解决教学实际问题的能力。因此,在组织实施本课程时,一定要采取通过实践环节(活动)来带动有关理论学习的策略,为学生提供探究、体验和反省的情境和机会。教学内容必须紧密联系中学化学教学实际,结合见习和试教、模拟课堂、说课等给师范生以必需的、基本的教学实践训练。这“三性”中,应当以实践性为根基,以师范性为核心和以思想性为先导,努力把化学教学论基础知识和基本技能的教学与“三性”相融合,创造条件让师范生主动积极地进行学习、研讨和演练,以培养他们从事教学和教学研究的初步能力,为毕业后胜任化学教学任务打基础,通过教学实践迅速成长为“学会反思与合作”的专家型教师。

【思考讨论】关于《化学教学论》课程的学习

● 只要有化学专业知识就能当好中学化学教师。

● 学了化学专业课,又学了教育学和心理学,就不必再学化学教学论了。

● 既然要去当化学教师,化学教学论课程最好告诉我们中学化学每堂课该如何上,而不用讲那么多的理论。

第三节 化学教学论的研究对象和学科性质

一、研究对象

化学教学论是以广大化学教师及科研工作者的宝贵经验为基础,经过理论概括、充实发展起来的一门学科;是研究化学教学规律及其应用的一门学科。它的研究对象是化学教学系统,即研究化学教学中教与学的联系、相互作用及其统一。显然,化学教学论是植根于化学与教学之中发生、发展的,是化学学科建构与教学发展,及其间理论研究和实践检验、完善的结果。化学教学论是依随启智、益智、育人和笃行的教育规律,在人类社会教育实践活动中形成、发展起来的一门交叉学科。化学教学论与化学、教学论、教育心理学、系统科学等有密切的关系,如图1-1所示:

[1]中央教育科学研究所. 徐特立教育文集[M]. 北京:人民教育出版社,1979:204.

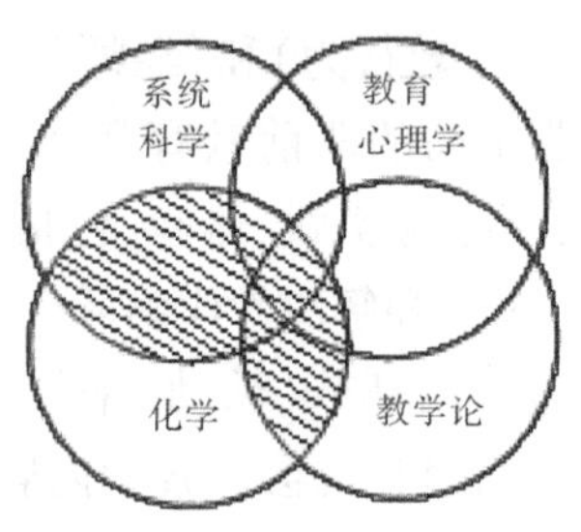

交叉部分表征:化学教学论

图1-1 化学教学论与其他学科的关系

化学教学论的这些研究内容既涉及基础研究,又涉及应用研究和发展研究,但是它们都着眼于运用教学规律来解决化学教学工作中的理论和实际问题,以实现化学教学的优化。

化学教学中的基础研究,是以研究化学教学的基本规律为目的的科学认识活动。或以探索创新的理论体系为目的;或基于已有的理论,从某一方面加以深化和充实。例如,对于化学教学特征和基本原理的研究;关于化学教学过程运动机制的研究;关于化学教学方法优化的研究;关于化学学习心理的研究,等等。基础研究的成果能为应用研究提供理论依据。同时还可以发展各种研究方法,运用这些方法能够导致一些新概念和新理论的建立。因为,开展基础研究需要综合运用有关的理论、观点和方法,或根据需要提出新的假说和借助新的方法,得出创新的概括。例如,对于化学教学中新的教学模式的研究,不仅给常规课堂教学带来剧烈变革,产生了关于计算机辅助教学、个别化教学等教学理论,而且扩展了新的教学方法,发展了常规的教学观和教材观。可见,微电子技术(方法)的应用,为基础研究提供了有效的手段。基础研究的推动力,一般来自化学教学实践本身的需要,它的研究成果又反转来为教学所应用,推动教学向新的或更深的层次发展。应用研究是运用基础研究的成果,探索化学教学发展和提高的新途径的一种科学认识活动。它的研究成果具有直接的教学适用性。例如,计算机辅助教学的不同系统对化学教学适用范围和实施效果的研究;个别化教学改革实施方案的比较研究;不同年级化学实验内容的编组研究;初中或高中阶段防止学生学习成绩分化的研究,等等。应用研究具有实用性和综合性。实用性就是运用某种理论成果来具体解决教学中的实际问题。综合性是指在探索解决教学实际中的某些重要问题时,要综合运用各种理论和方法,将获得的成果与已有的各种方案进行比较,以期达到最佳效果。

发展研究是运用基础研究和应用研究的成果,通过教学实验来深入研究化学教学的前景问题。这种研究成果对大面积推广和促进化学教学的改革和发展，具有显著的效益。例如，当前的课程标准实施中课程、教材、教学方式的研究，校本课程研究，社会实践活动的研究等。发展研究是理论指导实践的创新过程，从而也是难度较大、合作性的科学认识活动。为取得科学可信的研究成果，往往需要借助多学科的力量开展工作。

二、“化学教学论”的学科性质

从根本上说，“化学教学论”是一门教育学科。在众多的教育门类学科中，“化学教学论”处于什么层次？依据国务院学位委员会和国家教委联合下发的《授予博士、硕士学位和培养研究生的学科、专业目录》(1990 年 10 月修改)，教育学门类有 3 个一级学科(教育学、心理学、体育学)，教育学是其中之一；教育学设有 10 个二级学科(教育学原理、课程与教学论、教育史、比较教育学、学前教育学、高等教育学、成人教育学、职业技术教育学、特殊教育学、教育技术学)，课程与教学论是其中之一；在课程与教学论中又设有 3 个三级学科，分别是课程论、教学论和学科教学论[1]。如图 1－2 所示：

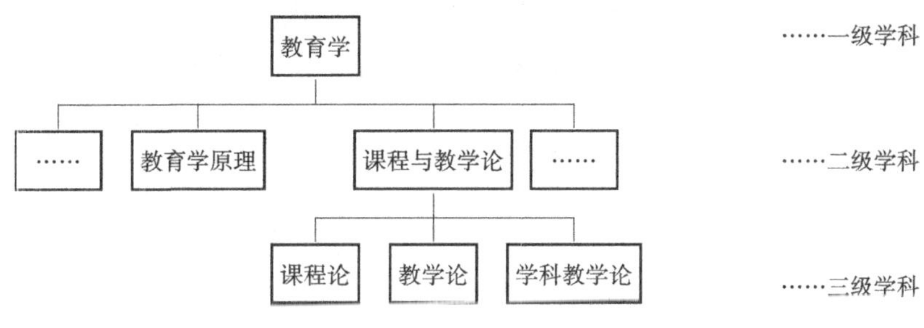

图 1－2　教育学门类分级示意图

第四节　化学教学论的内容和学习方法

一、教学内容

化学教学论是最能体现高等师范院校化学专业师范特点的一门职业课程，它在提高高等师范学生职业素质，实现培养目标方面具有十分重要的作用。然而，由于长期以来，我国高等师范院校重学术性、轻师范性的倾向，导致“学科教

---

[1]王克勤．化学教学论[M]．北京：科学出版社，2006：6.

学论”课程没有受到应有的重视，学科建设也相对薄弱和滞后[1]。就“化学教学论”教材的内容来说，理论性强，而且有的理论是教育专业相关课程内容的直接“移植”；实践性弱，教学案例偏少，对没有教学经验的高等师范本科生来说，实际可操作性不强。为此，我们对“化学教学论”课程的教学内容进行了大刀阔斧的改革。其改革的基本思路是：

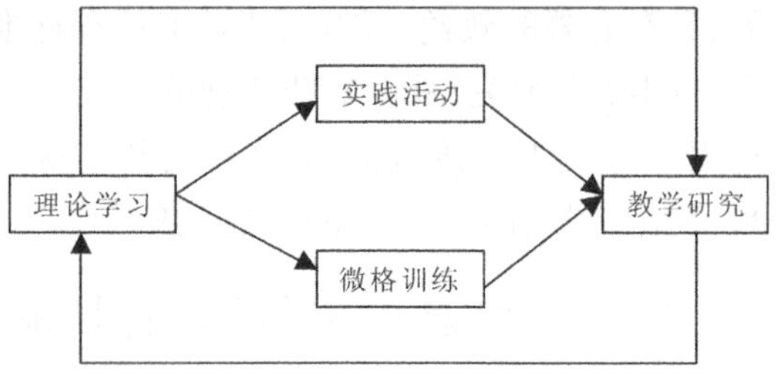

图 1－3　化学教学论课程改革基本思路

学生学习基本理论后，立即进行实践活动（包括观摩教学、模拟试教、实验设计、说课竞赛、课件展示、案例讨论等），或者运用微格教学手段对学生进行教学技能训练，然后在实践活动或技能训练中选定教研课题，师生共同进行研究探讨。这样就实现了从理论到实践，又从实践上升为理论的认识上的二次飞跃。

全书内容分为：化学课程论、化学教学原理论、化学学习论、化学教学设计论、化学教师论五篇，共 10 章，其内容的构建框架如图 1－4 所示：

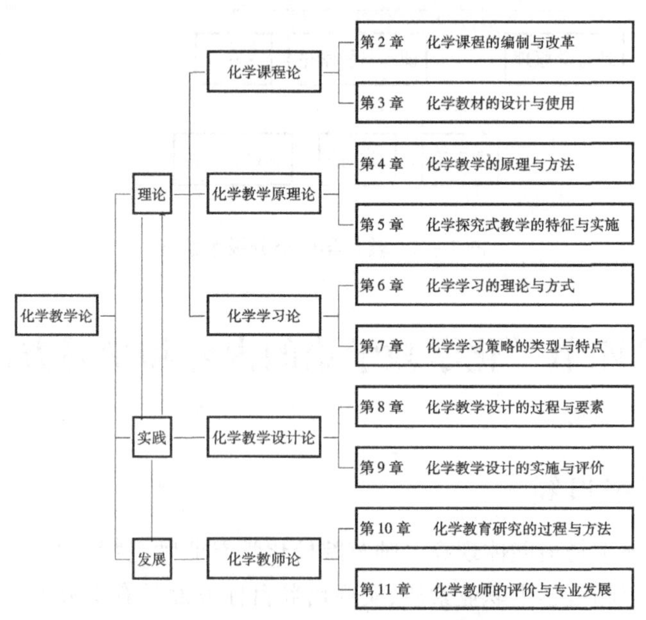

图 1－4　化学教学论构建框架图

[1] 闫蒙钢，江家发. 构建化学教育类系列课程体系的理论与实践[J]. 化学教育，1999(6)：12.

二、学习方法

化学教学论是化学教师教育的重要课程，作为高等师范院校化学专业的学生务必充分重视，从以下几个方面把握该课程的学习。

（一）重视化学教学论课程的学习

在认识学好化学教学论课程意义的基础上，端正学习态度，增强学习的主动性，有必要投入较多的时间和精力。首先，化学教学论是化学与教育科学交叉的一门边缘学科，其研究方法和学习模式具有一些社会科学学科的特点，而化学专业学生的思维方式应由自然科学进而关注并思考学科教学论；其次，化学教育研究中基础理论和应用实践发展非常迅速，新课程研究日益活跃，许多新观点、新成果不断涌现和更新。因此，在学习化学教学论的同时，要主动去图书馆、资料室查阅有关期刊、专著等文献资料和相关网络信息，主动参与试讲、说课、见习、微格教学训练等教学实践，努力提高自己的化学教学能力和理论水平。

（二）坚持理论联系实际的原则

化学教学论既研究化学教学原理，又研究化学教学实践。原理反映了客观存在的教学规律，是教学上灵活创新和运用各种方式方法的根本依据，所以在学习上要加以重视，充分掌握。但原理必须通过运用才能深刻理解，只凭阅读教材和倾听教师讲授是难以掌握的。因此，在学习时务必采用理论联系实际的方法，把教学理论和中学化学教学实际紧密结合起来，结合听课、备课、模拟课堂教学等来培养和训练自己的教学基本技能。同时，课程中所介绍的基本理论也要结合具体的教育教学个案分析才能深刻领会和掌握。比如，有的同学认为上课很容易，但经过备课试教却发现哪怕是只讲清一个概念都不是简单的事。因此，理论指导下的实际训练是提高教学能力的必然途径。

（三）学会分析教学案例

案例教学是世界上 MBA 教育中的一种重要的教学方式，它让学生通过对案例的学习而理解案例背后的理论知识，进而掌握解决此类问题的基本方法。其最大的特点就是理论融合在实际案例中，学生即便没有接触过类似的问题也不会感到理论太空洞，毫无用处。对于从来没有做过教师的学生，纯粹的教学理论很难引起认知的共鸣，而案例的使用一方面能使他们联想起自己的中学时代学习情境，产生共鸣；另一方面使他们能够站在教师角度利用理论分析案例，使理论得到应用，形成教学技能。因此，课后有必要通过观看优秀教师教学录像、分析历届学生优秀教学设计和试教资料等方式，加强化学教学论课程学习的“临床性”，提高化学教学论课程的学习效果。

（四）训练提高个人的从教素质

教学既是科学又是艺术，必须有目的、有计划、有毅力地训练提高从教的素质，如文字表达能力、语言表达能力、板书板画能力、实验演示解说能力、师生对话能力、课堂组织和临场发挥能力等，提高的途径就是训练、交流、见习、实践。“实践出真知”，只有从各方面训练个人的从教素质，才能“艺高人胆大”，从容面对课堂和学生，从而进入教学艺术境界。

（五）培养从事化学教学研究的兴趣和能力

在学习课程的同时，还要经常关注国内外中学化学教学动态和化学教育的发展趋势，搜集整理化学教学改革资料，特别是有关化学新课程方面的资料。通过有关中学化学课程、教材、教法改革的研究，在讨论、资料查阅、论文写作、调查研究过程中掌握化学教育科研的方法。这样，就不仅可以成为一个熟练的化学教师，而且可能成为专家型的化学教师。

思考与练习

1. 在图书馆中查阅各种版本的化学教学论课程的教材，列出主编、书名、出版社和出版年份。

2. 列出《化学教育》、《化学教学》、《中学化学教学参考》和《中学化学》四种中学化学教育类期刊的详细信息（栏目设置、通讯地址、办刊特色等）。

3. 根据自己对中学化学最深刻事例的印记，谈谈师范生学习化学教学论课程的必要性。

第二章　化学课程的编制与改革

“课程”一词现已成为世界各国广泛使用的教育术语，但对课程概念的界说尚未统一，众说纷纭。我国绝大多数人一提起“课程”，往往认为它是“教学的科目”，如化学、物理、生物等，其实这是一种极狭义的理解。目前，国外比较公认的说法是把课程看作“学习者在学校环境中获得的全部经验”，即把课内、课外以及隐性课程都包括在课程概念之中。“课程编制”作为课程领域的常用术语在20世纪经历了一系列内涵的变换和完善后，由最初的curriculum making发展到现在的curriculum development。我国著名课程论专家施良方认为：课程编制是完成一项课程计划的整个过程，其具体阶段包括课程目标、课程内容的选择与组织、课程实施、课程评价和课程设计[1]。本章主要介绍典型课程理论流派、我国中学化学课程的改革与发展以及国外化学课程的发展动态等。

第一节　典型课程理论流派

课程理论流派是课程研究者在某种程度上对课程论认识的某些趋同反映。它主要有四个方面的规定：一是有独特的课程思想和理论体系；二是有创始人或代表人物以及代表作；三是有产生的社会根源以及发展、演变的过程；四是有实际成效和思想影响。据此，可将主要课程理论流派分为实用主义课程理论、要素主义课程理论、永恒主义课程理论、改造主义课程理论、结构主义课程理论、人本要素主义课程理论[2]。按照核心制约要素的不同，课程又可以“知识、儿童、社会”三个维度进行划分。这两种不同的分类存在着以下关联，如图2－1所示。

侧重上述不同维度的“学科中心课程论”、“学生中心课程论”和“社会中心

[1]施良方.课程理论——课程的基础、原理与问题[M].北京：教育科学出版社，1996：80－81.

[2]廖哲勋，田慧生.课程新论[M].北京：教育科学出版社，2003：99.

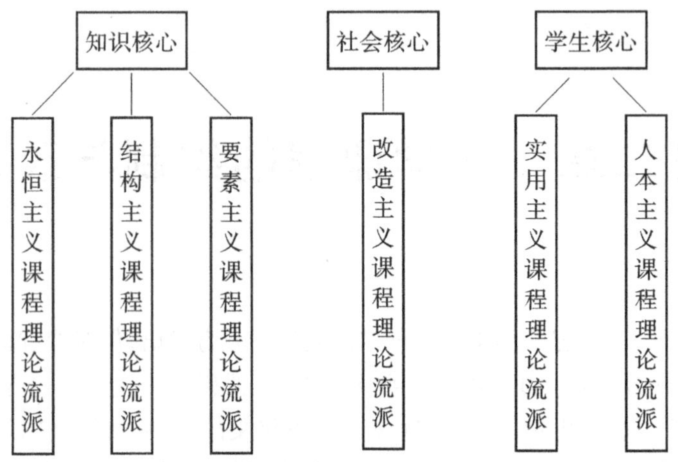

图 2－1　主要课程理论流派分类图

课程论”，对学校教育中课程形态和课程实施分别具有不可忽视的影响。

一、学科中心课程论

学科课程就是根据学校教育目标，分别从各门科学中精心选择部分内容，组成各种不同学科，彼此独立地安排它的顺序、学习时数和期限[1]。作为学校教育中传统强势地位的学科课程理论对于化学课程的编制影响很大。

（一）学科中心课程的演变

教育是伴随着人类社会的形成产生的，但真正意义上的课程却是在专门教育机构——学校出现之后产生的。随着人类社会知识经验的积累和劳动生产的发展，立足于分门别类传授知识的分科课程应运而生。根据历史记载，两千多年前我国春秋时代孔子所办的私学，就开设了六门课程，它们是礼、乐、射、御、书、数，又叫六艺。大约与孔子同时，古希腊学校教育为培养有才能的奴隶主接班人，开设了七门课程，即七艺，包括文法、修辞、辩证法（逻辑学）、算术、几何、天文和音乐。这些都是学科课程的雏形。

随着生产和科学技术的发展以及社会制度的变革，学科课程又经历了许多演变并日臻成熟。20 世纪 30 年代，美国教育学家巴格莱（William Chandler Bagley）倡导要素主义课程理论。他认为应该注意那些相对稳定的、不变的“人类文化中和民族文化中的共同要素”[2]。这些“文化中的共同要素”就是基本知识和技能、思想、准则和精神，是经过历史考验的种族经验，即社会文化遗产，

[1]王策三. 教学论稿[M]. 北京：人民教育出版社，1985：171.

[2][美]巴格莱. 教育与新人[M]. 袁桂林，译. 北京：人民教育出版社，1996：129.

应该把它们作为课程的核心，按照严格的逻辑系统编成教材，教给下一代。60年代，美国心理学家布鲁纳（J. S. Bruner）在以皮亚杰为代表的结构主义方法论基础上提出结构主义课程理论，强调要让学生学习学科的基本结构，即学科的基本观念，其深远意义在于有助于学生更容易掌握整门学科，有助于缩小“高低”知识间的差距，有助于记忆以及有助于“一般迁移”。以这两个理论为代表的学科课程理论流派对世界各国课程编制影响很大。例如20世纪50年代末，在《国防教育法》的要求下，美国化学键方法教学研究会（Chemical Bond Approach Project，CBAP）和化学教材研究会（Chemical Education Material Study，CEMS）分别编写了《化学体系》（Chemical Systems）和《化学—— 一门实验科学》（Chemistry—An Experimental Science）两本化学教材。它们的特点是化学理论所占比例大，起点高，强调化学知识的系统性和理论高度。另外，英国的纳菲尔德化学课程及以《基础理科》为教材的日本的初中理科课程也同属学科中心课程。

（二）学科中心课程的优缺点

学科课程凭借着其一定的理论和实践上的优点一直占据着学校教育的优势地位。首先，根据学科逻辑组织起来的教材，有利于学生系统地、深入地掌握本学科的内容，从而达成学校教育的目的。教学实践表明，采取分门别类的分科教学，才有利于学生系统深入地学习各门学科结构和内容，才能比较好地继承人类社会的文化遗产。其次，系统地学习一门学科，有利于发展学生在有条理的、循序渐进的学科知识逻辑关系中学习和发展逻辑思维能力。再次，学科课程具有悠久的历史，经过了长期教学的锤炼，比较成熟，教师对于这种课程形式具备丰富的教学经验，再加上课程的构成比较单纯，比较容易组织教学，也比较容易组织评价，能够得到教师的青睐。最后，符合科学本身的逻辑规律。科学是人们对客观世界规律性的认识，获得这种认识分别由不同的科学进行研究，因此，学习科学要按照不同的学科来进行。

正如优点一样突出，学科课程的缺点也十分明显，因此也成为历次课程改革的冲击对象。第一，学科课程过分强调学科体系的完整性，难于与其他学科相互渗透、配合。学生分门别类地学习了许多学科课程后，面对带有综合性的实际问题时，由于平时缺乏训练，往往不能自觉地综合运用已学过的各门科学知识，去具体地加以分析和解决，难以适应当前科学发展相互交叉、渗透的形势。第二，学科课程注重知识的系统性，强调理论。对于联系社会生产、生活的材料，没有给予足够的注意，缺乏生活经验。学生学习课程后，往往缺乏面对社会，解决生产、生活中的实际问题的能力。第三，学科课程多注重知识的逻辑顺序，对于学生学习的心理顺序，特别是学生的兴趣、需要和个性发展，常常注意不够，导致学生在学习过程中常感到枯燥乏味，积极性不高。第四，随着科学技术的发展，学科课程为了保持知识的系统性和先进性，必然增加新的内容。这样一来，不断膨胀的课程目标和课程内容不但成为学生学习的负担，而且由于学科课程本身的结构成为其自身无法调和的矛盾。

二、学生中心课程论

学生中心课程思想发端于18世纪的欧洲，是在20世纪经过实用主义大师约翰·杜威(John Dewey)的发展而渐成一派的课程理论。学生中心课程理论主张应该以学生的兴趣和爱好、动机和需要、能力和态度等为基础来编制课程，其基本特征为：①课程的核心不是学科内容，不是社会问题，而是学生的发展；②课程内容不是既定不变的，而是随着教学过程中学生变化而变化的[1]。

(一)学生中心课程的演变

以杜威为代表的实用主义课程理论和卢梭的自然主义和机能心理学基础，主张强调人们最初的知识和掌握最牢固的知识，是关于怎样做的知识。经验不是思想出来的，而是与社会生活实践密切联系的，由于学生中心的课程理论主张在“做”中学到的也是活动中学到的，所以也被称为活动课程理论或经验课程理论。20世纪70年代开始，在布鲁纳结构主义课程论受到批评的时候，主张课程“人本化”的人本主义课程理论迅速发展，以人本主义心理学家马斯洛(A. H. Maslow)为其代表人物。他们主张从课程目标、课程内容选择、课程结构的组织和课程实施方面进行改革。认为课程应将重点从教材转向个人，从自我实现的课程目标出发，选择适合学习者的学习内容，把学生本身作为课程的一部分，通过创设丰富的学习材料与尊重、理解、信任的学习环境实施课程的实践环节。无论是实用主义还是人本主义课程理论，由于它们比较重视学生本体学习经验的获得和发展，都不同程度地主张在课程实施中增加学生主动探究活动，开发文字、表演、手工制作等创作活动。早在20世纪20年代学生中心课程理论开始影响到我国，陶行知的“生活即教育”、陈鹤琴倡导的“活教育”等主张均源于杜威的实用主义课程论。从那时起直至今日如火如荼的新课程改革，尽管其间受到意识形态等政治因素的影响，学生中心课程理论对我国课程编制还是存在着或多或少的影响。

---

[1]施良方. 课程理论——课程的基础、原理与问题[M]. 北京：教育科学出版社，1996：17.

(二)学生中心课程的优缺点

学生中心课程理论的出现,极大地动摇了学科中心课程理论在学校的统治地位,把学生从繁冗的单纯书本知识中解放出来,恰似一阵春风,给人们带来了新的思考和希望。其所倡导的注重生活经验、注重学生的兴趣为“以教师为中心”的传统教学模式注入了“个性化”、“主体性”、“实践性”的教学思想。总的来看,学生中心课程的优点主要有:

1. 实用性

教学内容不是既定的,而是根据学生的兴趣和需要,从现实生活中提出来,联系社会,联系生活,具有实用性,有利于学生形成和运用学习经验。

2. 综合性

基于实际生活的教学内容一般以课题形式出现,复杂并且没有严格的学科知识逻辑,涉及多学科内容,综合程度较大,有利于学科间知识的横向整合和学生掌握。

3. 实践性

学生中心课程提倡在活动中学习,在“做中学”,学生学习应通过直接实践,亲身体验,尊重学生的价值,促进学生的自我实现。

4. 过程性

无论是杜威的实用主义课程理论,还是人本主义课程理论,他们真正关注的是学习的过程而非结果。例如,杜威主张的“做”,并非为做而做,为活动而活动,做的目的是为了培养学生的思维,为了经验的改组和改造[1]。

然而,从杜威的实用主义课程理论诞生之日起,学生课程中心理论就由于其本身固有的缺点而饱受责难。首先,在课程编制和内容上较大比重地依靠学生的需要和兴趣等主观因素,导致学习内容选择上的随意性和狭隘性和学生学力低下,纪律涣散。同时,活动本身受到时间和空间的限制,使学生不能在活动中充分体验学习过程,影响学习的效果。其次,学生中心课程主要通过活动专题进行学习,涉及学科内容跨度较大,处处强调学生的直接经验,导致学习内容的逻辑联系不紧密,不利于学生在集中时间内系统掌握人类社会优秀的文化遗产。

三、社会中心课程论

社会中心课程理论主要指的是改造主义课程理论,又称社会改造课程理论。

---

[1]廖哲勋,田慧生.课程新论[M].北京:教育科学出版社,2003:103.

其兴盛于20世纪30年代，但究其根源则可溯至1896年斯莫尔(Albion Small)提出的社会改造主义课程思想[1]。他认为，教育者不应把自己视为儿童的引导者，而应作为社会的创造者，学校是社会再生的工具。

(一)社会中心课程的演变

20世纪20年代，资本主义国家经济大萧条，人们试图从各个方面解决社会危机。在教育领域，学校的社会作用是什么成为关注的焦点。在人们指责进步主义教育尤其是儿童中心论声中，作为进步主义教育一翼的改造主义与其分道扬镳，并在50年代以独立的面貌出现。社会改造课程理论把重点放在当代社会的问题、社会的主要功能、学生关心的社会现象以及社会改造和社会活动计划等方面。社会改造课程理论不关注学科的知识体系，而是认为应该围绕当代重大社会问题组织课程，帮助学生在社会方面得到发展，即学会如何参与制定社会规划并把它们付诸社会行动。其核心观点是：课程不应该帮助学生适应现存社会行动，而是要建立一种新的社会秩序和社会文化[2]。

在课程内容上，社会中心课程理论倡导不规定统一的内容，以广泛的社会问题为中心，诸如环境污染、交通和住房拥挤、战争、疾病等，需要学生对这些问题发表自己的见解。课程设置上，应该学习社会学、人类学、政治、历史、物理、化学等科目，但学习和这些科目的本身不是目的，而是为了解决社会问题提供一定的背景知识。因此，课程编制必须体现统一性的课程，这就是问题中心课程。

(二)社会中心课程的优缺点

个人与社会关系问题是教育一直致力解决的问题。社会中心课程论者在批评进步主义课程片面强调儿童中心的基础上，主张社会中心，关注课程的社会发展价值，无疑是具有进步意义的。他们提出培养学生批判精神和改造社会现实的技能的课程目标；主张学校教育要正视社会问题，正视生活的现实，学校和社会必须建立有机联系；在课程组织形式上提倡多种形式的活动单元，充分利用校内外环境，这些都是十分值得借鉴的。

然而，从改造理论诞生之日起就存在固有的矛盾，这是因为：教育随着社会的发展而发展，教育的发展水平是由该社会诸方面的综合作用的结果，教育对社会的反作用与社会发展水平成正相关。社会中的经济水平是推动教育发展的根本动力，而政治对教育的一切方面都有着直接的制约作用[3]。因此，课程，

---

[1]汪霞. 美国课程的三种思潮[J]. 全球教育展望，1996(5)：41－45.

[2]施良方. 课程理论——课程的基础、原理与问题[M]. 北京：教育科学出版社，1996：16.

[3]叶澜. 教育概论[M]. 北京：人民教育出版社，1991：120－146.

作为教育系统中的子系统，试图通过学校教育促进社会的重大变革，实现社会经济和政治的改革，是乌托邦式的教育理想。另外，社会中心课程理论以特定专题的形式安排课程内容，其内容综合程度大，不利于教师的教学和学生的学习；课程实施中注重活动学习，因而具有了与学生中心课程论相似的缺点。

四、三大理论流派研究的启示

综观三大课程理论流派，由于其各自不同的理论基础而宣扬不同的课程观，并在课程编制和实施中进一步分歧对立，形成了各自鲜明的特色，如表2－1所示。

表2－1 三大课程观的比较

课程构成	课程流派		
	学科中心课程观	学生中心课程观	社会中心课程观
课程目标	知识本位，向学生传授系统的知识技能	儿童本位，教育要促进儿童发展	社会本位，培养学生改造社会现实的技能
课程内容	真理与知识，学科的基本结构	实践与经验，适合学生的生活、要求和兴趣	广泛的社会问题
课程组织	分科课程	经验课程、活动课程	综合课程、活动课程
课程实施	教师是教育教学的中心	学生处于课程与教学的中心	社会生活是课程的中心
教材编制	按学科逻辑顺序编排	按学生的心理发展顺序编排	按专题形式编排教材

从历史的视角考量，虽然三大课程流派都是在相互对立和斗争中发展壮大，存在着诸多分歧，但这并不代表它们是格格不入、毫无联系的。其实，三大流派只是各执一端，从不同的角度诠释课程理论与实践。知识（学科）、学生、社会只是制约课程种种要素中最为核心的三个。“社会”和“学生”属于本体性维度，规范着课程编制的根本目的，赋予“知识”以社会学与教育学的意义。“知识”作为课程编制的原生性维度，是课程理想实现的有效机制和内容，是课程的水之源，木之本。因此，可以说课程建设的实质是以知识为手段，以学生和社会为目的，实现教育理想的过程[1]。

长久以来，化学课程受到学科中心课程理论的影响，一直以学科课程的面貌出现在学校教育中。我国长久以来一直将有关化学内容独立设置为化学课程进行分科教学，过于强调化学知识的系统性，过于注意使学生牢固地、系统地

---

[1]廖哲勋，田慧生．课程新论[M]．北京：教育科学出版社，2003：138－139．

掌握化学基础知识和基本技能。从世界范围来看,化学课程受到布鲁纳结构主义课程理论影响较大,基本上也以学科中心编制化学课程。随着对学科中心课程的反思和化学与技术的迅猛发展,提出教育要加强科学、技术、社会之间的联系,淡化学科结构,加强各学科的联系,与学生的社会生活实际结合。化学课程编制开始走三大理论流派融合的道路,综合考虑制约课程编制的知识、社会、学生这三个基本要素,从“什么知识最有价值”转向“谁的知识最有价值”,注意反映化学学科的核心概念(“物质”、“结构”、“反应”),注意课程内容在社会实际中的应用和价值[1]。“STS 课程”的兴起,代表着“融合论”为指导的化学课程渐成趋势。

第二节　化学课程编制的影响因素及组织形式

课程编制作为课程实践范畴,毫无疑问首先被其所遵从的指导思想——课程理论流派所决定。

一、化学课程编制的影响因素

化学课程的编制受哪些因素的影响和制约?揭示化学课程编制的规律,探讨问题的答案,无疑既要遵从教育学和课程理论的一般规律,又必须结合化学学科特点进行论述。参考相关课程理论文献发现,课程学者对课程编制的影响因素论述各不相同,存在着多种观点。本书采用教学论专家王策三教授的划分方法[2],即把影响课程的因素分为内、外部因素。外部因素包括三个方面:知识、社会要求与条件、学生。内部因素则包括课程的历史传统,教学论特别是课程论观点,课程发展的自身规律。鉴于内部因素多属于一般课程理论范畴和化学课程论的学科立场,我们将主要讨论影响化学课程编制的外部因素。另外,在新的课程改革背景中,广大的一线教师作为课程改革的直接参与者和课程开发(即课程编制)者,其对课程编制的影响也是不可小觑的。我们认为,影响化学课程编制的外部因素主要包括四个方面:学科因素、社会因素、教师因素和学生因素。

---

[1]孙小媛,郑长龙. 化学课程标准与化学教学大纲在理念上的差异[J]. 教育科学,2006(2):30-32.

[2]王策三. 教学论稿[M]. 北京:人民教育出版社,1985:203-206.

(一)学科因素

科学文化知识本质是作为一种客观存在具有相对独立性,不以人的意志为转移。知识和课程内容是源与流的关系,人类长期积累的科学文化知识是课程内容的重要源泉。马克思主义知识观认为,知识的本质是人在长期的认识世界和改造世界的过程中获得的关于自然、社会、思维的认识成果。一般来说,化学作为一门以实验为基础的自然学科,是主要研究自然界中有关物质的性质、组成、结构、变化和应用的科学。广义的化学知识,包括化学的陈述性知识和程序性知识,即有关的化学基本概念、原理与规律、符号与图式、化学元素和化合物知识以及有关化学实验的方法和技能、化学史知识和化学的思维与观念等。学科知识对课程编制的影响,主要集中体现在课程目标的确立和课程内容的选择与组织上。首先,在课程目标的确立上,古往今来,纵横中外,学校教育中的化学课程无不以学生掌握一定程度的化学知识作为首要目标,这是毋庸置疑和无需争辩的。以我国《普通高中化学课程标准》为例,其课程目标部分开篇语即明确指出化学课程需要帮助学生获得未来发展所必需的化学知识、技能和方法。"知识与技能"作为三维课程目标之一明确写入其中。其次,化学课程需要将本学科中对学生发展最具意义的内容选择和组织进课程,并随着学科的发展和变化不断更新这些内容,并以这些内容为载体实现教育和发展学生。

(二)社会因素

社会因素的涵盖面较为丰富和广阔,基本可包括:社会经济因素、社会政治因素、社会科技因素和社会环境因素等。作为一门自然科学,化学课程在很大程度上取决于化学在社会中的地位和价值取向。因而,从一般意义上说,社会经济、科技和环境因素对于化学课程编制的影响较社会政治因素大。首先,化学与化学工业通过各种渠道转化为生产力因素(即经济因素),直接促进了化学课程在学校教育中的诞生,并使其不断随之改变发展。其次,社会科技因素的发展大大丰富和拓展了教育教学的传播方式和领域,使得化学课程为了更好地达成目标而充分考虑其影响,并努力与之契合。再次,由于化学本身发展过程中不可避免的环境效用,使得科学与自然和谐发展成为人类必须考虑的紧迫问题。通过学校教育中的化学课程对下一代进行环境教育实为治本良方。因此,考虑社会环境因素影响是当前化学课程义不容辞的责任。例如:我国当前化学新课程已将"化学与环境保护"、"绿色化学"内容融入其中。

(三)教师和学生因素

教师和学生因素作为主体因素在课程编制中最为活跃。学生通过化学课程的学习产生的何种发展,怎样发展,发展如何,这是化学课程编制中必须考虑的重要因素。这是因为:一方面,虽然学生作为社会意义上的人承担着掌握人类社会化学知识和文化积累的使命,课程编制中学生因素需要服从社会因素的决定,但辩证地看,任何社会意义的实现有赖于每个人的充分发展和自我实现,每一个学生学习化学课程的成功与否,实际上是在整体意义上宣告这种化学课程的成功与否。因而,成功的化学课程编制是在仔细考虑学生生理、心理以及个人发展等因素之后所确定的。另一方面,教师在课程运行过程中也扮演着重要作用。美国课程专家古德莱德(J. I. Goodlad)认为,课程从规划、设计到实施,从课程决策者、编制者到教师和学生,经历了理想的课程(ideological curriculum)—正式的课程(formal curriculum)—领悟的课程(perceived curriculum)—运作的课程(operational curriculum)—经验的课程(experiential curriculum)的多次转换,而其中领悟的课程也可称为教师的课程。作为承上启下的环节,教师扮演着将课程标准和教材等课程文本理解转换为学生学习的课程的关键角色。因此,化学课程编制必须考虑教师的因素。这主要包括教师的个人学识因素、师范因素、生理与心理因素、工作因素等。

概言之,学科因素决定化学知识、技能、情感态度价值观的编排结构和顺序;社会因素决定化学课程的地位和价值取向;而教师和学生因素则决定课程的难易程度和编排方式。

二、化学课程的组织形式

根据现今学校教育中化学课程的存在形态,从课程的实施方式、课程的结构形式和知识的融合程度三个方面考察,我们可以把化学课程的组织形式简要分为以下类别:

(一)学科课程与活动课程

学科课程是以化学学科内容为基础设计的课程。其实施的基本方式是以传授间接经验为主,通过学生系统集中地学习基础知识、基本技能和基本方法,养成良好的科学态度、分析和解决问题的能力。活动课程是针对长期以来单一的学科课程而提出来的一种学校课程形式。它注重学生化学学习中直接经验的获得,弥补传统化学课程的缺陷,有利于激发学生的学习兴趣,具有实践性、开放性、自主性等特点,强调多学科综合和“做中学”,力求通过学生的亲自实践来发展学生的操作技能和解决实际问题的能力。如现行高中新课程方案中的研究性学习、社区服务、社会实践等就属于活动课程,但仅占9.9%,处于辅助地位,是学科课程的补充。

需要注意的是,“学科”与“活动”两者并不对立。化学课程的实施中包含

着学生的观察、调查、实验、讨论等大量的活动。这些活动对学生学习化学知识是不可缺少的,以实践为主的活动课程围绕"活动"而展开,在活动课程实施过程中渗透化学学科的知识和原理,加强间接经验的应用,与学科课程相辅相成。

(二)必修课程与选修课程

必修课程与选修课程是根据课程标准中规定的课程的开设地位所区分的。必修课程是每一位学生为达到规定的学业要求必须学习的课程,一般是工具性基础课程,大多具有学科课程的特点。选修课程是根据学生的兴趣和职业倾向等要求自主决定是否选择的课程,它从性质上可分为限制选修课程和任意选修课程。就我国目前的化学课程情况而言,在初中阶段化学课程仅在最后一年开设,学生的化学启蒙和基础十分重要,因此只作为必修课程。在高中阶段,则采取"必修+选修"的课程结构形式。

【课程标准卡片】高中化学课程结构[1]

高中化学课程由若干课程模块构成,分为必修、选修两类。其中,必修包括2个模块;选修包括6个模块,是必修课程的进一步拓展和延伸。每个课程模块2学分,36学时。

各课程模块之间的关系如下图所示。

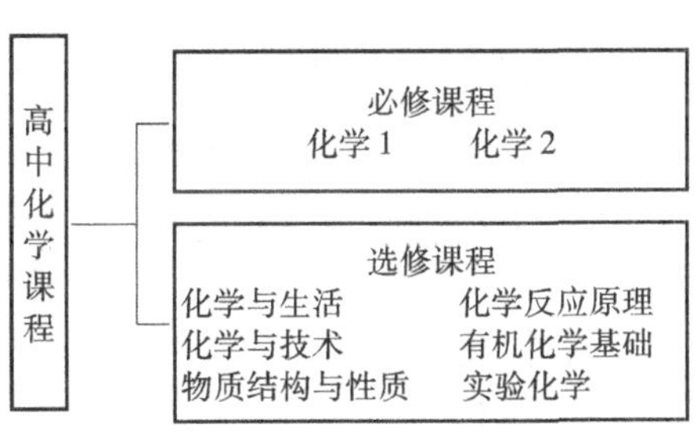

图2-2 高中化学课程模块关系图

(三)分科课程与综合课程

分科课程是最为常见的课程,它主要继承某一传统学科的特点,以比较简约的方式将学科发展的序列通过概念、原理的组合展现出来,形成系统单一的知识体系,其主要特点在于知识的融合很少,重视知识的系统性和严谨性,重视思维的逻辑性,但忽视生活实际和社会发展,学科之间的渗透、联系较少,理论化的倾向较重。综合课程作为包含两门或两门以上知识分支的内容,是对知识

---

[1]中华人民共和国教育部.普通高中化学课程标准(实验)[S].北京:人民教育出版社,2003:3-4.

的综合和精加工,注重学科的横向联系,恰恰弥补分科课程的不足。例如,我国义务教育"科学(7~9年级)"课程就是一门典型的综合课程。以科学探究、生命科学、物质科学、地球、宇宙和空间科学等作为内容框架,有关化学的内容主要集中在物质科学以及科学、技术与社会两大主题上,教材编写时则分散到相关内容之中。但综合课程也存在削弱学科知识、对教师要求较高等问题。

第三节　我国化学课程改革与发展

我国化学课程的设置,始于1865年(清同治四年),迄今已有一百几十年的历史。当年清政府在上海设立江南制造局附设机械学堂,讲授包括化学在内的科学课程,化学学科的内容主要从西方引入。1867年,京师同文馆增设算学馆,教授一系列科学课程,其中就包括化学。这是我国最早开设的化学课程[1]。总体来看,我国的化学课程设置自发端至今可分为清末、民国、新中国成立后三个大的阶段[2]。

一、清　末

清末中学化学课程设置为理化或化学等科目,化学课程明确被分为化学总论、无机化学、有机化学和化学实验等内容。1904年后,明确分为文科学习化学为通习,时数少;实科学习化学为主课,时数多,周小时总数最多达16小时(两年)。还有第二类(预备进入医科大学)及第三类学科(预备进入工科大学等),其中前者化学时数较多。另外,化学一般设置在中学高年级,分两年学习,即第四和第五年或第五和第六年学习。

二、民国时期

民国前期明确化学课程分为无机化学和有机化学两个部分内容。初中阶段有时曾设置综合课,如混合制自然课程等,1932年后初中单设化学课程较多。此后,化学课基本在初二和高二设置,周课时数分别为3~4和5~6。课程设置也曾分为文、实科化学课程,后者时数较多。条件较好的城市中学对课程设置内容和时数有一定自主选择性,如1922年北京高等师范附中设置理化学、科学

[1]何少华,毕华林.化学课程论[M].南宁:广西教育出版社,1996:10.

[2]梁英豪.我国中学化学课程设置的史实和对今后的展望[J].中学化学教学参考,1994(10):1-6.

通论等,40 年代上海部分学校在高三增设化学课,讲授大学水平的普通化学。解放区根据战争和建设需要,开设和工业生产、农业生产、卫生知识等紧密联系的化学课程。如 1944 年陕甘宁边区中学课程中 1 ~4 学期开设自然,5、6 学期开设生产和医药知识,每周均为 3 小时。

三、新中国成立后

新中国成立以后,为了适应社会制度的变化和教育改革的需要,我国中学化学课程的变革主要经历了四个时期。

1. 第一时期:学习苏联经验(1949—1965 年)

这一时期主要学习苏联的经验,建设新中国化学课程与教材。1950 年至 1963 年,教育部先后颁布了《化学精简纲要(草案)》、《中学化学教学大纲(草案)》、《中学化学教学大纲(修订草案)》以及《全日制中学化学教学大纲(草案)》。这一时期通过调整和修正旧中国化学课程的弊端,对提高教学质量具有一定帮助。课程编制上重视基本知识和基本技能,培养学生的辩证唯物主义观点和爱国主义思想,加强化学实验,认识化学生产的基本原理等。

2. 第二时期:"文革"混乱期(1966—1976 年)

"文化大革命"时期,原有的教学计划和教学大纲被取消,化学课程设置处于混乱状态。

3. 第三时期:稳定发展期(1977—1995 年)

这一时期借鉴世界各国课程改革的经验与教训,汲取了新中国成立以来的成功之处,逐渐开创了我国化学课程的新局面。其间,1978—1992 年,陆续出台了《全日制十年制学校中学化学教学大纲(试行草案)》、《全日制中学化学教学大纲》、《九年制义务教育全日制初级中学教学大纲》和《九年义务教育全日制初级中学化学教学大纲(试行)》等文件。这些新的教学大纲使化学课程编制和教材编写的指导思想更为明确,有力地促进了我国中学化学教材向高水平高质量发展。课程注重培养学生的"观察"、"思维"、"实验"和"自学"能力,重视"科学态度和科学方法教育"。例如:1990 年印发的《现行普通高中教学计划的调整意见》对化学教学大纲作出相应修改,分成必修课和选修课两部分。化学基本理论在必修课中仅介绍物质结构理论、元素周期律和周期表,化学反应速度和化学平衡、电解质溶液放在选修课中介绍。教材也相应作了变动,分为必修本和选修本,对文、理倾向不同的学生在内容上有所侧重。1992 年颁布的《九年义务教育全日制初级中学化学教学大纲(试行)》首次单独规定了初中化学教学的目的,并提出教学目标的达成有赖于认知领域、情感领域和实验技能领域的发展。在内容上体现了义务教育的特点，将素质教育必须高度关注的思想品质教育、情感和态度教育、智力和能力教育融入其中，降低难度，增加了学生实验和联系实际的内容。出现了“一纲多本”的新模式，上海、北京、广东、四川、山东、江苏等地相继编写初中化学教材。

4. 第四时期：改革推进期（1996 年至今）

1996 年，国家教委颁布了《全日制普通高级中学化学教学大纲（供试验用）》。与 1990 年的修订大纲相比，课时数有所下降，删略了繁琐的化学计算和次要的元素化学知识，增加了与环境、能源、健康有关的化学常识。化学Ⅰ（必修）有高一、高二分册，化学Ⅱ（必修加选修）包括了化学Ⅰ的全部内容，在高一、高二、高三 3 个年级开设，在必修基础上作拓宽和延伸，增加了带有研究倾向的一些课题。该大纲限定：化学Ⅰ面向全体学生，化学Ⅱ侧重为学习理科的学生开设。课程密切联系化学与社会、生活、科技等方面，重视化学实验，培养学生的科学方法和科学态度等方面有明显加强。1997 年起在江西、山西和天津三地正式试用。2000 年，在总结课程试点经验基础上，为进一步体现培养学生的创新精神和实践能力，对试验大纲进行了修订，适当降低知识难度，强调基础，注重学生发展。修订大纲增加了对科技发展新成果的介绍，更多地联系社会生活实际，选修课突出学生综合运用化学知识和其他学科知识解决问题的能力。大纲首次将研究性课题写入教学内容，有力地促进了学生化学学习的转变和科学素养水平的提高。

1999 年 6 月，中共中央国务院召开了全国教育工作会议，作出了《深化教育改革，全面推进素质教育的决定》，并于 2001 年正式颁布了《基础教育课程改革纲要（试行）》，开始在全国范围内推行高中课程改革。根据文件精神，教育部开始组织化学课程标准的研制工作，2001 年和 2003 年，《全日制义务教育化学课程标准（实验稿）》和《普通高中化学课程标准（实验）》正式出台，化学课程改革开始进入试点实验阶段。就高中新课程而言，2004 年，宁夏、山东、广东、海南四省区首批进入试点工作；2005 年江苏省开始高中新课程实验；2006 年秋，安徽、浙江、福建、辽宁和天津四省一市加入高中新课程实验区；2007 年秋季，北京、陕西、湖南、黑龙江、吉林 5 省市也将进入实验区行列。至此，高中化学新课程已进入全面实施推广阶段。

【资源链接】新中国成立后我国中学化学课程设置情况表[1]

表 2－2 新中国成立后我国中学化学课程设置情况表

年份及课程计划	各年级周课时数						课时总数	占总课时百分比
	初中			高中				
	一	二	三	一	二	三		
1958 年中学暂行教学计划草案		4			3	3	400	5.6
1952 年 3 月中学教学计划		2	2	2	2	4	432	6.3
1953 年全日制中小学教学计划			2/3	2	2	3	336	5
1958 年中学教学计划通知			3	2	2	4	334	
1963 年全日制中小学教学计划			3	2	3	4	406	3.0
1966—1976 年	“文革”期间，中学化学课程处于混乱状态，甚至被取消，课时数不一							
1978 年全日制十年制中小学教学计划			3	3	4		306	7.2
1981 年 4 月五年制中学教学计划			3	3	4		306	
1981 年六年制中学教学计划单科性选修			3	3	3	3	372	6.9
1981 年六年制中学教学计划分科性选修（偏理）			3	3	4	4	432	7.8
1981 年六年制中学教学计划分科性选修（偏文）			3	3	3		288	5.2
1988 年义务教育全日制小学初级中学教学计划“六三”制				3				3.2
1988 年义务教育全日制小学初级中学教学计划“五四”制				2	2 初四			3.4
1990 年现行普通高中教学计划调整意见				3	3	3～5	204～234	
1996 年全日制高级中学课程计划				2	2 1	3	140 113 限选	7.4 4.1
2000 年全日制高级中学课程计划（试验修订稿）	高中必修每周 4 课时，选修每周 4.5 课时						140～271	4.0（文） 7.8（理）
2003 年普通高中课程方案（实验）	化学课程必修 2 个模块，选修 6 个模块，每个模块 36 学时，每周 4 学时						108～216	4.2～8.3

[1]参考梁英豪教授 1994 年 10 月发表于《中学化学教学参考》的研究成果编制。

第四节 走进化学新课程

进入21世纪,摆在我国基础教育面前最主要的任务是提高国民整体素质,将数量众多的人口转变为巨大的优质人力资源,培养服务于中国特色社会主义建设的人才。面对挑战,进行基础教育改革,进一步大力推进素质教育势在必行。"教育改革,课程为先。"课程改革作为基础教育改革的核心,成为了教育各界乃至全社会关注的焦点。基础教育化学课程改革,以义务教育和普通高中教育化学课程标准的颁布为标志拉开了序幕。

一、化学新课程的基本理念

课程理念是人们对课程的理性认识,反映了人们对课程功能、课程目标、课程结构、课程内容、课程实施、课程评价等有关课程各方面的理性分析与认识[1]。贯穿本轮课程改革的核心理念是:为了中华民族的复兴,为了每位学生的发展。具体地说,新课程基本理念可阐述为:走出知识传授的目标取向,确立培养"整体的人"的课程目标,谋求学生智力和人格协调发展,追求个体、自然与社会的和谐发展。破除书本知识的桎梏,构筑具有生活意义的课程内容;摆脱被知识奴役的处境,恢复个体在知识生成中的合法身份;改变学校个性缺失的现实,创建富有个性的学校文化[2]。

立足于化学学科,2001年颁布的《全日制义务教育化学课程标准(实验稿)》、2011年颁布的《义务教育化学课程标准(2011年版)》和2003年颁布的《普通高中化学课程标准(实验)》都宣扬了这样的新课程理念。

整个基础教育化学课程按照"义务教育段"、"高中必修段"和"高中选修段"三个阶段进行总体设计。如图2-3所示:

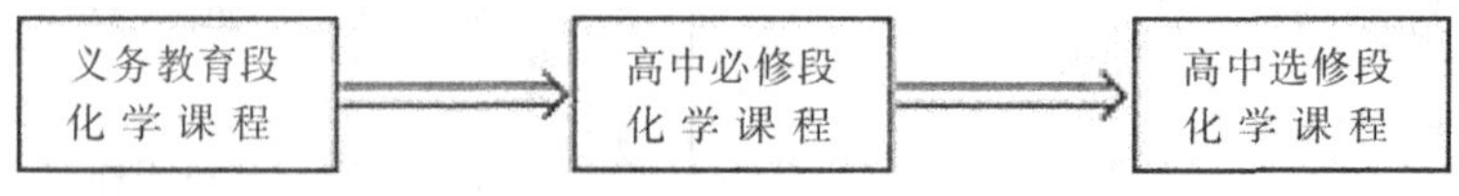

图2-3 基础教育化学课程三阶段

其中,高中化学课程又划分为"学习领域"、"科目"和"模块"三个层次。如图2-4所示:

---

[1]毕华林,亓英丽. 高中化学新课程教学论[M]. 北京:高等教育出版社,2005:2.

[2]钟启泉,崔允漷. 新课程的理念与创新[M]. 北京:高等教育出版社,2003:3.

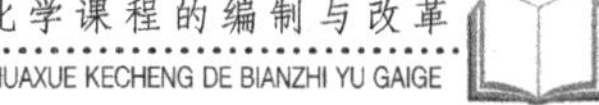

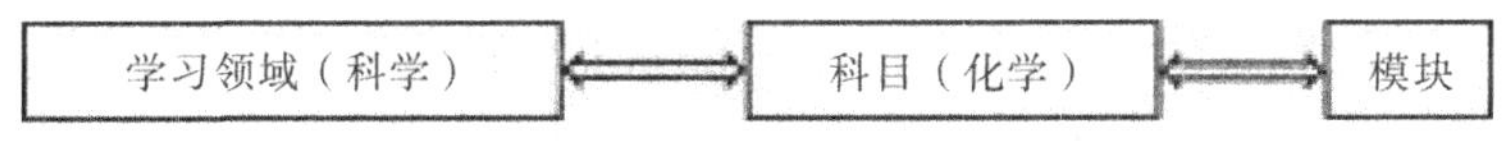

图2－4 高中化学课程三层次

（一）义务教育化学课程理念[1]

（1）使每一个学生以愉快的心情去学习生动有趣的化学，激励学生积极探究化学变化的奥秘，增强学生学习化学的兴趣和学好化学的信心，培养学生终身学习的意识和能力，树立为中华民族复兴和社会进步而勤奋学习的志向。

（2）为每一个学生提供平等的学习机会，使他们都能具备适应现代生活及未来社会所必需的化学基础知识、技能、方法和态度，具备适应未来生存和发展所必需的科学素养，同时又注意使不同水平的学生都能在原有基础上得到发展。

（3）注意从学生已有的经验出发，让他们在熟悉的生活情景和社会实践中感受化学的重要性，了解化学与日常生活的密切关系，逐步学会分析和解决与化学有关的一些简单的实际问题。

（4）让学生有更多的机会主动地体验科学探究的过程，在知识的形成、相互联系和应用过程中养成科学的态度，学习科学方法，在“做科学”的探究实践中培养学生的创新精神和实践能力。

（5）为学生创设体现化学、技术、社会、环境相互关系的学习情景，使学生初步了解化学对人类文明发展的巨大贡献，认识化学在实现人与自然和谐共处、促进人类和社会可持续发展方面所发挥的重大作用，相信化学必将为创造人类更美好的未来做出重大的贡献。

（6）为每一个学生的发展提供多样化的学习评价方式，既要考核学生掌握知识、技能的程度，又要注重评价学生的科学探究能力和实践能力，还要重视考查学生在情感、态度、价值观方面的发展。

（二）普通高中化学课程理念[2]

（1）立足于学生适应现代生活和未来发展的需要，着眼于提高21世纪公民的科学素养，构建“知识与技能”、“过程与方法”、“情感态度与价值观”相融合的高中化学课程目标体系。

（2）设置多样化的化学课程模块，努力开发课程资源，拓展学生选择空间，以适应学生个性发展的需要。

（3）结合人类探索物质及其变化的历史与化学科学发展的趋势，引导学生

[1]中华人民共和国教育部.义务教育化学课程标准（2011年版）[S].北京：北京师范大学出版社，2012.

[2]中华人民共和国教育部.普通高中化学课程标准（实验）[S].北京：人民教育出版社，2003：2.

进一步学习化学的基本原理和基本方法,形成科学的世界观。

(4)从学生已有的经验和将经历的社会生活实际出发,帮助学生认识化学与人类生活的密切联系,关注人类面临的化学相关的社会问题,培养学生的社会责任感、参与意识和决策能力。

(5)通过化学实验为主的多种探究活动,使学生体验科学研究的过程,激发学习化学的兴趣,强化科学探究的意识,促进学习方式的转变,培养学生的创新精神和实践能力。

(6)在人类文化背景下构建高中化学课程体系,充分体现化学课程的人文内涵,发挥化学课程对培养学生人文精神的积极作用。

(7)积极倡导学生自我评价、活动表现评价等多种评价方式,关注学生个性的发展,激励每一个学生走向成功。

(8)为化学教师创造性地进行教学和研究提供更多的机会,在课程改革的实践中引导教师不断反思,促进教师的专业发展。

【资源链接】普通高中新课程方案[1]

普通高中新课程方案(实验)由学习领域、科目、模块三个层次构成。具体课程设置,如表2-3所示。

表2-3 普通高中新课程设置表

学习领域	科目	必修学分(共计116学分)	选修学分Ⅰ	选修学分Ⅱ
语言与文学	语文	10	根据社会对人才多样化的需求,适应学生不同潜能和发展的需求,在共同必修的基础上,各科课程标准分类别、分层次设置若干选修模块,供学生选择	学校根据当地社会、经济、科技、文化发展的需要和学生的兴趣,开设若干选修模块,供学生选择
	外语	10		
数学	数学	10		
人文与社会	思想政治	8		
	历史	6		
	地理	6		
科学	物理	6		
	化学	6		
	生物	6		
技术	技术(含信息技术和通用技术)	8		
艺术	艺术或音乐、美术	6		
体育与健康	体育与健康	11		
综合实践活动	研究性学习活动	15		
	社区服务	2		
	社会实践	6		

[1]中华人民共和国教育部.普通高中课程方案(实验)[S].北京:人民教育出版社,2003:5-6.

说明：

(1)每学年52周，其中教学时间40周，社会实践1周，假期(包括寒暑假、节假日和农忙假)11周。

(2)每学期分两段安排课程，每段10周，其中9周授课，1周复习考试。每个模块通常为36学时，一般按每周4学时安排，可在一个学段内完成。

(3)学生学习一个模块并通过考核，可获得2学分(其中体育与健康、艺术、音乐、美术每个模块原则上为18学时，相当于1学分)，学分由学校认定。技术的8个必修学分中，信息技术与通用技术各4学分。

(4)研究性学习活动是每个学生的必修课程，三年共计15学分。设置研究性学习活动旨在引导学生关注社会、经济、科技和生活中的问题，通过自主探究、亲身实践的过程综合地运用已有知识和经验解决问题，学会学习，培养学生的人文精神和科学素质。此外，学生每学年必须参加1周的社会实践，获得2学分。三年中学生必须参加不少于10个工作日的社区服务，获得2学分。

(5)学生毕业的学分要求：学生每学年在每个学习领域都必须获得一定学分，三年中获得116个必修学分(包括研究性学习活动15学分，社区服务2学分，社会实践6学分)，在选修Ⅱ中至少获得6学分，总学分达到144方可毕业。

二、义务教育化学课程标准解析

义务教育化学课程标准六条基本理念的阐述是较为准确和具体的。对此，我国著名化学教学论专家刘知新先生认为其核心在于：努力凸显以学生发展为本，结合学科教学特点，力争全方位地落实科学素养教育。可以说，化学课程标准在继承我国现代化学教育教学的优点的基础上，努力开拓创新，借鉴吸收国际科学教育改革与发展的有益经验，力求从课程结构、内容和要求等方面进行突破，以达到更新与发展的目标[1]。概言之，其主要特点体现在以下方面。

【资源链接】科学素养

科学素养(Scientific Literacy)包括三个组成部分：一是对科学术语和概念的基本了解；二是对科学研究过程和方法的基本了解；三是对科学、技术和社会相互关系的基本了解[2]。2010年中国大陆(不含港、澳、台地区)具备基本科学素养的公民比例达到3.27%，公民科学素养水平相当于日本、加拿大、欧盟等主要发达国家和地区20世纪80年代末90年代初的水平，差距明显。根据《全民科学素质行动计划纲要(2006—2010—2020)》，到2020年，我国公民科学素质在整体上要有大幅度提高，达到世界主要发达国家21世纪初的水平。

---

[1]刘知新.刘知新化学教育文选[M].北京：高等教育出版社，2003：59.

[2]梁永平.中学化学教学论[M].北京：北京师范大学出版社，2010：2.

(一)课程标准结构全面合理

义务教育化学课程标准由4个部分组成，即前言、课程目标、内容标准和实施建议。在标准的阐述中，对课程性质与理念、设计思路和目标要求进行了说明，对内容表述进行了主题式的界定，并对教学、评价、教材编制和课程资源利用等一系列问题提出了具体有针对性的建议。其结构如图2-5[1]所示。

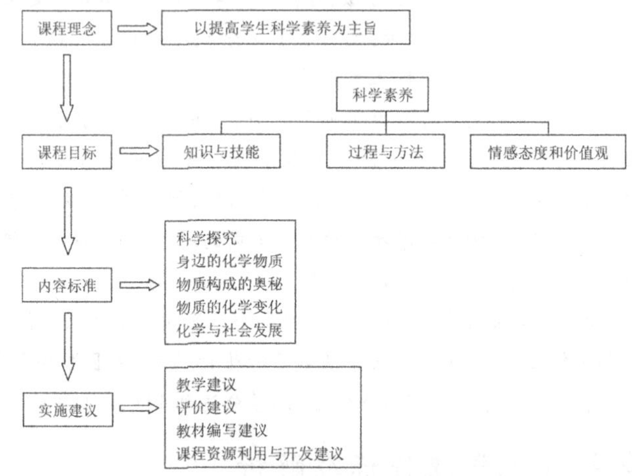

图2-5　义务教育化学课程标准结构图

(二)课程标准目标明确具体

课程标准是体现课程方向和评价标准的基准性的规定。这一基准性规定是受学生、社会、学科和教师多种因素制约的，其核心要求是促使学生全面发展。义务教育化学课程标准从知识与技能、过程与方法、情感态度与价值观三个维度对课程目标进行了规定，保证了学生在知、能、情上的协调发展。目标的表述具有很强的操作性和现实性。使用明确的行为动词表述期盼学生的行为，并辅之以各种不同程度的形容词或副词，规定了期望行为的程度。例如，“能主动与他人交流和讨论，清楚地表达自己的观点，逐步形成良好的学习习惯和学习方法”等。这些具体明确的规定，在继承和发扬我国重视基本知识和基本技能的教学传统基础上，有了全方位立体式突破。

(三)课程标准内容与时俱进

在科学与技术迅猛发展的今天，了解和适应社会发展的成就与趋势是当代公民教育的必然组成部分。科学教育，包括化学教育理应保证青少年对科学技术保持一种基本的了解和关注倾向。课程标准适时地强调化学课程与科学、技

---

[1]中华人民共和国教育部. 义务教育化学课程标准(2011版)[S]. 北京:北京师范大学出版社,2012.

术和社会的联系，在内容标准的主题设置上突出这种关系，并在每一单元下列出若干供选择的学习情景素材，将化学科学的价值观具体化于教材中，反映了我国化学课程标准研制和课程编制上的与时俱进。例如："制造自来水管的材料的变迁"、"我国重要的金属矿物及其分布"，不失为这种特色的具体体现。

《义务教育化学课程标准(2011年版)》是在义务教育化学课程改革逐渐深化的过程中，对2001年出版的《全日制义务教育化学课程标准(实验稿)》的修订与完善。本次义务教育化学课程标准的修订过程反映了从理想到务实、从感性到理性的认识过程，修订的重点在于"如何应对国际科学教育改革的现实和我国新时期对人才培养的要求上，着力提升初中学生的科学素养，提高他们的学习能力和创新能力"[1]。此次修订对于进一步注重义务教育化学新课程实施的现实性和实效性，切实提高义务教育化学新课程的实施质量有重要意义。

三、普通高中化学课程标准解析

普通高中化学课程，是在义务教育基础上实施的较高层次的基础教育，是科学教育的重要组成部分，它对提高学生的科学素养、促进学生全面发展有着不可忽视的作用。作为指导性文本的《普通高中化学课程标准(实验)》，从化学课程的目标、内容、学习方式、评价等各个角度对化学课程的编制进行定位，成为构建化学新课程的灵魂，其基本结构如图2-6所示。

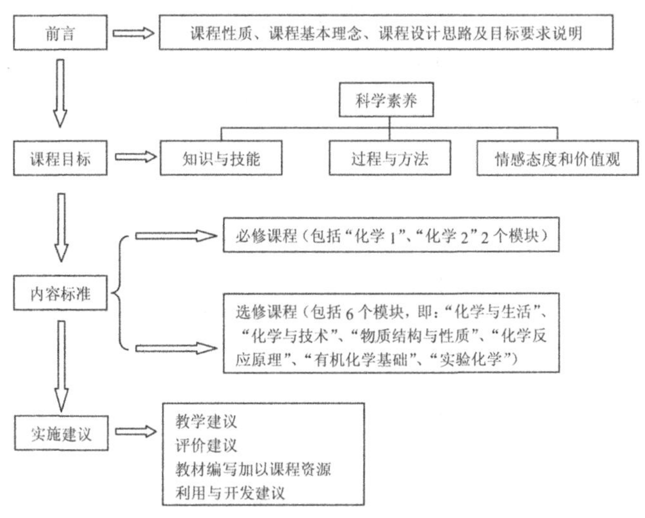

图2-6 普通高中化学课程标准结构图

[1]王祖浩. 化学课程标准的修订：依据和视角[J]. 基础教育课程，2012(Z1)：76-81.

(一)多维化课程目标,体系完整,层次明晰

新课程知识观认为,知识不仅具有客观性、确定性、普遍性和中立性等性质,还具有文化性、不确定性、情境性和价值性等基本性质。课程知识不是一种外在于个体或强加于个体的被管理、被灌输的"客观"的东西,而是一种可探询、可分析、可切磋的动态的探究过程,一种借助反思性实践来建构人生意义的活动过程。这正是我们教育工作者应当追寻的主体论的动态的课程知识观。这就是为什么国家课程标准把"过程与方法"、"情感态度与价值观"作为与"知识与技能"同等重要的目标维度加以阐述的理由所在。新课程更倾向于从文化层面去理解课程,强调课程的深层文化价值,及其对儿童精神生命的关照与滋养,而不仅仅是知识技能的掌握或单纯的智力培养[1]。

高中化学新课程标准从宏观上确定了科学素养的三个基本维度,相应建立了"知识与技能"、"过程与方法"、"情感态度与价值观"的三维目标体系,涵盖了学生发展的全部体系。首先,化学课程作为化学科学文化在学校教育中的代言,其基本目的是传承人类社会优秀的化学文化,而化学知识(这里主要指狭义的学科知识和技能)理所应当成为化学课程主要的和不可或缺的内容。这也是与新课程前化学教学大纲中所提倡的培养学生"基础知识和基本技能"一脉相承的。然而,化学课程还应有助于学生了解化学的价值,把握化学的思想方法,体会化学的实践精神,欣赏化学的美学价值,领会化学家的创新精神以及化学文化的深刻内涵。对于学生而言,这些是比化学知识和学科技能更加重要的内容。三个维度层次明晰,内涵逐层凝聚,形成了自内向外发力的课程目标体系。根据与布卢姆等人的教育目标分类学的划分,课程目标三维度内涵及层次关系如图2-7所示:

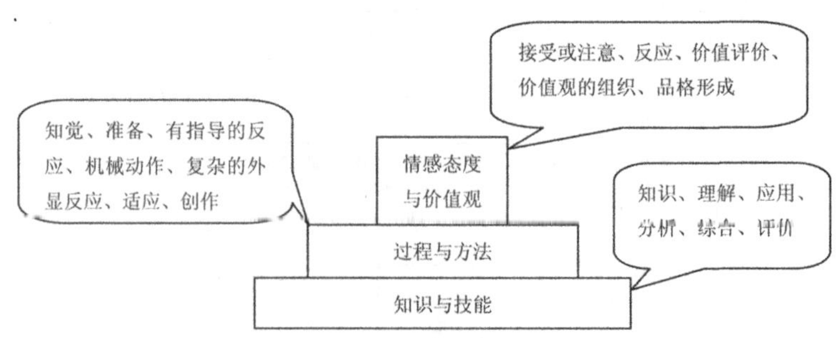

图2-7 课程目标维度内涵及层次关系图

[1]赵小雅.对话钟启泉教授:义无反顾奏响课程改革进行曲[N].中国教育报,2006-12-15.

(二)多元化课程模块,涵盖宽广,选择灵活

新课程标准内容设置上,包括必修"化学"、"化学2"和选修"化学与生活"、"化学与技术"、"物质结构与性质"、"化学反应原理"、"有机化学基础"、"实验化学",共8个模块。课程内容涵盖面十分之广,几乎囊括当今化学科学基础与发展的各个方面,着力打造具有实质内涵,包容科技、生活、社会各个角落的化学课程。然而,更值得一提的是,首次明确了选修模块的设置。高度灵活的选择模式,不仅可以满足学生个性化的需求,而且与涵盖宽广的课程内容相得益彰,从"生本"的角度解决了质和量的矛盾。

(三)多样化评价方式,重在发展,量质结合

新课程标准明确指出[1]:高中化学课程评价既要促进全体高中生在科学素养各个方面的共同发展,又要有利于高中学生的个性发展。积极倡导评价目标多元化的评价方式的多样化。坚持终结性评价和过程性评价相结合、定性评价和定量评价相结合、学生自评和他人评价相结合。多样化评价方式,结束了传统化学课程各类考试和测评的统治地位,提倡不以单纯的成绩(即考分)评价学生,促进每个学生的充分发展。纸笔测验、学习档案评价,活动表现评价等,质性和量性结合,旨在把教师和学生从单纯的考试评价中解放出来,真正起到学生全面自由的发展。

【资源链接】国际高中化学课程目标的特点[2]

1. 多层次。层次性的体现有三种方式,一是在科学教育的大背景下,建立从科学教育到化学教育的目标层次;二是在化学课程目标内部体现一定的层次性;第三种方式是在课程目标之下设置主题目标。

2. 多维度。虽然不同的国家和地区对课程目标的维度处理方式不大一样,但是在这些课程目标体系中都大致包括了"知识与技能"、"过程与方法"、"态度与价值观"、"STS联系"4个维度。

3. 对应性。对应性是指针对不同(各类性或水平)的课程指定其相应的课程目标。

---

[1]中华人民共和国教育部.普通高中化学课程标准(实验)[S].北京:人民教育出版社,2003:35.

[2]化学课程标准研制组.普通高中化学课程标准(实验)解读[M].武汉:湖北教育出版社,2004:57-58.

第五节　国外化学课程的改革与发展

一、当代化学教育新视野

进入20世纪50年代,人们对于科学观念发生了巨大变化。科学已不能再仅仅被认为是反映事实和客观规律的普遍知识的知识体系,而是成为一项国家事业,从而使企业和政府都直接参与了科学事业,实现科学家与企业家、政治家的结合。在此社会环境下,科学技术得到了迅猛发展。在学校教育领域,人们对于科学的理解也从20世纪五六十年代的"学科知识(science as discipline knowledge)"发展到七八十年代的"相关的知识(science as relevant knowledge)",再到90年代的"不完美知识(science as imperfect knowledge)"[1]。科学教育应势而动,在东西方都迈出了变革的步伐,并不约而同地秉持了这样的观念,即"在于使人能适应社会环境的变化以求取生存,并创造人类社会更美好的生活"[2]。概言之,科学教育逐渐成为科学素养(Scientific Literacy)的教育。引用当今世界较具代表性的美国国家研究院拟订的《国家科学教育计划》对于"科学素养"的界定:"科学素养是指了解和熟悉进行个人决策、参加公民事物和文化事物、从事经济生产所需的科学概念和科学过程","科学素养还包括一些特定门类的能力"[3]。

化学科学,作为研究物质的一门科学,和物理科学、生命科学、地球与空间科学、科学与技术、统一的科学概念和过程、作为探究的科学、科学的个人和社会视野、科学的历史和科学本质八个方面,一齐被列入科学素养教育内容的规定。基于科学教育功能的科学教育的广域目标应当是:态度(attitude)、过程(processes)、知识(knowledge)、技能(skills)[4]。结合科学教育的广域目标来考量,新视野中的化学教育必然生发其中,并结合学科实际不断发展壮大。

---

[1] Wallace, J. &Louden, W. "Curriculum Change in Science: Riding the Waves of Reform." In Fraser B. J. &Tobin K. G. (Eds.), *International Handbook of Science Education*. London: Kluwer Academic Publishers. Vol. Ⅰ, pp. 471 – 485.

[2] 林晓雯. 科学教育学科性的再省思[J]. 科学教育月刊,1992(175):2.

[3] [美]国际研究理事会. 国家科学教育标准[S]. 戢守志,金庆和,梁静敏等,译. 北京:科学技术文献出版社,1999:28.

[4] 刘知新,王祖浩. 化学教学系统论[M]. 南宁:广西教育出版社,1996:192.

此外,发端于20世纪90年代的绿色化学也成为化学教育新视野的一片独特风景。人类面对日益严重的环境问题而陷入生存危机。重新审视传统化学而总结新的化学发展战略成为化学家和化学教育家们的责任。绿色化学应运而生,其核心内涵是研究和设计没有(或尽可能少)环境副作用,在技术和经济上可行的化学品和化学过程。自1995年美国克林顿总统设立"总统绿色化学挑战奖"开始,"绿色"成为一种理念在化学研究领域和化学教育研究领域方兴未艾。

二、STS教育的兴起和影响

第二次世界大战以来,科学技术得到了前所未有的巨大发展。现代科学技术通过战后原子武器与能源的开发和使用这一历史性的议题,开始真正与社会建立起了"契约"关系,越来越多的人开始对科学的社会意义进行思考与诠释。在面对科学技术所产生的环境效果和燃料的过度使用、世界"人口爆炸"以及食物有限产量等问题,西方社会出现了发展"公民科学"(citizen science)的呼声。科学、社会和技术运动(SS&T)开始逐渐势大,人们开始反思科学技术的不当使用所带来的影响。运动贡献之一就是使人们认识到,社会及其公民都应该了解科学技术为人类的幸福和社会福利所作出的巨大贡献,应该清楚地区分科学对人类的潜在利益以及由于人类对科学的错误使用而造成的危害。这一运动,一定程度上促使科学教育开始趋向关注社会问题。另一方面,自20世纪60年代以来,欧美诸国出现的越来越多的学生失去对学习科学与技术的兴趣,科学教育如何承担培养下一代的责任使他们适应未来社会的变化成为除科技与社会环境等因素影响外的又一个重要因素。

1981年,英国率先出台了STS教育有关的教育方案——社会中的科学(Science in Society),1983年开始实施SISCON(Science in a Social Context)项目。这些课程主要是强调学习者自己周围的环境背景与学习科学技术之间的关系,并为学习者提供了诸如"健康和医学"、"事物和农业"、"能源"等系列专题[1]。此后,STS课程改革已经带动了世界范围内的科学教育改革。1993年,考虑到发达国家和发展中国家科学教育的状况以及STS教育的现状,国际科学教育联合会(ICASE)和联合国教科文组织(UNESCO)共同设计了一项旨在把STS教育目标融合到提高公众的科学和技术素养目标中的科学教育改革计划。自此,化学教育和化学课程改革中的STS教育开始在亚洲各国兴起。

---

[1]孙可平. STS教育论[M]. 上海:上海教育出版社,2001:87.

对于STS教育的理解,不同的学者存在着不同的看法。我们同意这样的观点[1],即:STS教育致力于全面、系统、整体地展现STS本质——科学、技术与社会的互动关系,既保持学科知识结构的严密性,又加强学科科学与技术、社会关系间必要的张力,因而STS教育是综合、开放、动态、发展的。它以问题为中心,以学生为中心进行知识探索,培养个体的科学意识、科学态度和科学精神,强调教育以人为本、关注情境体验、注重对话交流,是建构主义教学理论在科学教育中的全面映射。STS教育在科学课程中的全面渗透,带来的不仅是“科学为大众”(Science for all)的观念转换,而且给课程编制思想、课程内容与形式、课程的教学上带来了一系列的变化。科学素养的教育取代科学知识教育成为科学课程编制的主导思想;以综合或单独学科内容构成课程内容,以专题活动形式进行课程实施取代了传统的学科中心课程和学科逻辑系统的课程编排方式;多样化的教学和学习方式,尤其是以科学探究为代表的教与学的方式将科学、技术、社会三者贯穿起来,大大拓展了教与学的时空维度,打破了原有的从书本到教师再到学生的单一教学模式。可以肯定,STS教育将会给科学教育带来深刻而又广泛的影响。

三、从STE到STSE教育

STSE是Science Technology Society Environment的缩写,即科学、技术、社会、环境。人们认识到在发展科技生产的同时保护人类赖以生存的环境亦已成为当今社会发展的重大课题,STSE就是在人类社会面临人口增长和资源减少等的背景下应运而生的,是全球实现可持续发展的必然要求。

美国在1995年颁布的“国家科学教育标准”中提出了STSE教育观念。随后许多国家在制定课程标准或教学大纲时将STS教育进一步拓展为STSE教育。1997年,加拿大率先在国家科学教育纲要——《科学学习目标公共纲要》(The Common Framework of Science Learning Outcomes)中明确提出通过科学—技术—社会—环境教育来提高公民的科学素养和学习科学课程与知识[2]。

我国STSE教育与国外相比起步较晚,1987年STSE教育课题被纳入国家教委“七五”计划并组织了北京师范大学附属中学等作为试点学校。1991年,理科教育中的STS研究被列入全国教育科学“八五”规划国家教委重点课题。1993年5月,中国社会科学院STS研究中心成立。进入21世纪,我国的基础教

[1]黄晓.论STS教育的特点[J].比较教育研究,2002(9):30-35.

[2]陆真,沈婷,钱海滨.从点缀到主角——新世纪科学教育STSE的课程形式与功能演进[J].课程·教材·教法,2009,29(3):53-56.

育课程改革已经明确地将科学、技术和社会教育作为重要理念之一，并广泛体现在学科课程标准、教科书和其他教学文本中。这标志着我国 STSE 教育的研究和实践已进入了一个新阶段。但总的来说 STSE 在我国发展较慢，还处于初级阶段。近年来，随着我国对可持续发展以及全球气候、环境变化等问题的日益重视，STSE 思想也受到了越来越多的关注，并将成为科学教育改革的主流[1]。

四、主要发达国家化学课程改革与发展

以我国国情为立足点，世界课程改革发展的整体走势为导向，构建和实施我国素质教育的课程体系是当前这次课程改革的历史使命。必须整体把握这种走向，忽视和撇开教育发达国家的课程改革是极不明智的。这主要是由于，教育发达国家不但具有优势的教育经济基础，而且它们较早迈入工业化时代并开始得以反思基于这种社会背景的教育与课程的弊端。对科学课程（包括化学课程）而言，相关教育与课程理论的发展更具优势，因而比较和借鉴它们的课程改革更显必要。

（一）美国化学课程改革与发展

20 世纪 50 年代末由美国《国防教育法》所引发的结构主义课程改革深刻影响了那一时段的美国化学课程改革。课程编制以精英教育为理念，偏重学科知识本位，对化学知识的系统性和理论高度颇具要求。虽然这次改革在一定程度上脱离了学生的实际学情，没有取得相应的成效，但在世界范围内产生了巨大的影响。20 世纪 80 年代开始，由于科学、技术和社会的关系日益密切以及学校科学教育面临的诸多问题，科学素养日益受到重视并逐渐成为科学教育改革的中心概念。由美国科学促进会（AAAS）制定的“2061 计划”和美国国际研究理事会负责牵头设计的“国家科学教育标准”分别给出了关于科学素养的内涵。美国化学会（ACS）作为一个学术团体直接参与了上述两项文献的设计和制定。对于科学素养，学会强调使用科学知识解决课堂以外的问题。近年来，ACS 为各年级开发了各种类型的化学课程，其中比较有影响的有以下两种[2]：

1. 社会中的化学（Chemistry in Community，简称 ChemCom）

社会中的化学是 ACS 开发最早的一项课程，其主要特点是以社会问题而不是学科知识为线索组织课程内容和采用决策（Decision-making）活动的课程学习

[1] 周开军. STSE 理念及其与中学化学教学的整合[J]. 化学教育，2012(1)：31－32.

[2] 魏冰. 科学素养：由理念到实践——美国化学课程改革透视[J]. 学科教育，2001(1)：46－49.

形式。化学知识的引入本着“需要才知”(Need-to-know)的原则,即不是为了学习而学习,而是当问题、情景或事件需要化学知识时才引入。后者表现为要求学生把课堂上获得的知识与其他地方(如家庭、社会等)获得的知识综合起来,对社区中的与化学有关的问题提出自己的解决方法。ChemCom 中经常使用的决策活动有三种,它们是:“化学中的困惑”、“自己决定”、“综合探索”。

【资源链接】CHEMCOM[1]

Chemistry in the Community(ChemCom), a one-year chemistry course developed by the American Chemical Society(ACS) with Support from the National Science Foundation and other sources, was designed for students who intend to pursue non-science careers.

ChemCom is designed to help students

- Realize the important role that chemistry will play in their personal and professional lives
- Use principles of chemistry to think more intelligently about current issues they will encounter that involve science and technology
- Develop a lifelong awareness of the potential and limitations of science and technology

The CHEMCOM curriculum consists of eight units, each of which focuses on a chemistry-related technological issue now confronting society and the world. The issue is the vehicle used to introduce the chemistry needed to understand and analyze it. Each topic is set in a community. Communities include the school, the town or city in which the students reside, or the whole earth.

This highly structured yet unique chemistry curriculum involves the students in real issues facing society. Students are engaged in hands-on laboratory activities, as well as in reading about environmental problems, solving problems, and answering questions. The units in the CHEMCOM Curriculum include:

- Supplying Our Water Needs
- Conserving Chemical Resources
- Petroleum: To Build or to Burn?
- Understanding Food
- Nuclear Chemistry in our World
- Chemistry, Air and Climate
- Chemistry and Health

[1] Choose from: Hassayd, J. *Minds on Science: Middle and Secondary School Methods.*

● The Chemical Industry:Promise and Challenge

The Curriculum involve the students in a variety of decision-making activities. For example,one type of decision-making activity is called Chem-quandary and is designed to get the students to think about chemical applications and societal issues that are often open-ended. Often these activities generate additional questions beyond specific answers.

2. 环境中的化学(Chemistry in Context,简称 CiC)

环境中的化学是给大学非科学专业的学生设计的,其目的是帮助学生妥善处理与科学相关的个人、社会问题。与 ChemCom 类似,CiC 也是按社会问题来组织课程内容,但它所涉及的化学概念和社会问题比 ChemCom 复杂些,共分 13 章,包括:我们呼吸的空气、保护臭氧层、全球变暖与化学、能量化学与社会、水的困惑、降低酸雨的危险、奥嫩达加湖:案例研究、核裂变之火、交替的能源:未来的燃料、塑料和聚合物的世界、药物设计和分子操纵、营养:关于食物的思考、基因工程:遗传化学。

以 ChemCom 为代表的美国化学课程是在科学及科学教育社会化、人文化的背景下出现的,它们是科学素养教育由理念到实践的重要标志,并在世界科学及化学课程改革和发展中扮演了开拓者的角色,虽然在具体实施过程中仍不免存在着若干问题,但它们在贯彻“培养全体公民的科学素养”的化学课程改革中所起的影响和作用是巨大的。

(二)德国化学课程改革与发展

作为世界上具有最发达中等教育体系的国家之一,德国的中学化学课程别具特色。以北莱茵—威斯特法伦州化学课程为例,其完全中学第一阶段(初中)和高中阶段的化学课程目标(化学教学大纲目标)和课程内容(教学内容)如下表 2-4、表 2-5 所示:

表 2-4 北莱茵—威斯特法伦州初中化学学科目标、教学任务及内容

项目	内容
化学学科目标	不仅要使学生了解化学的本质,还要了解化学发展的历史,通过对典型案例的研究使化学学科具有一般教育的价值
化学教学任务	·使学生形成对化学问题的兴趣,乐意从事化学工作; ·使学生掌握物质的性质、变化、规律以及有害物质对健康的危害等方面的基础知识; ·使学生了解和应用化学特有的思维方式和工作方法; ·在保证安全和遵守有害物质管理条例的情况下有目的地进行化学实验; ·学习了解实验工作和相互之间的合作; ·了解化学知识在生产和技术中应用的意义,它对经济、社会的影响,在改善我们生活条件中的作用;

续表

项目	内容
化学教学任务	·从化学史中了解人类探索新物质的过程； ·把人对自然的依赖纳入思维与行动中，从而形成正确对待自然资源的负责态度； ·为获得实际判断能力打下基础，借以对化学问题进行判断； ·了解跨学科思维方式在解决综合问题中越来越重要的意义
化学教学内容	·关于物质的探究、物质性质的验证、物质的变化、能量转化； ·对化学基本概念的描述、用模型和理论（规律、原理、定律）来阐释化学过程； ·化学知识的应用及其对环境的副作用

表 2－5 北莱茵—威斯特法伦州高中化学课程目标及内容[1]

项目		内容
化学课程目标		·在完全中学的高级阶段，化学课程首先被视为面向问题的实验教学，尤其是在化学主课程中，训练学生的化学实验技能是课程的主要目标之一； ·培养学生进行化学科学研究的方法，基本逻辑思路为：提出化学专业问题—设计实验收集有关信息—对实验得到的信息进行处理和评价—提出假设—验证假设—解决问题； ·训练学生使用化学专业语言进行交流的能力。如用语言描述化学事实和现象，用化学符号表述化学变化等； ·掌握科学的思维方式，如归纳、演绎、模型等； ·认识化学、技术和社会之间的关系，包括化学研究对于形成科学的世界观的作用，探讨基于化学知识的社会问题、理解化学—技术—环境保护的互动关系，培养对化学及其技术研究的批判能力，形成对化学知识和技术的批判性消费行为，认识化学研究的历史的和社会的条件等
化学课程内容	宏观层面	·连续现象—能观察的领域—物质的组成和性质； ·连续现象—能观察的领域—物质的变化； ·利用模型、假设和理论以及用不连续的概念解释连续的现象
	中观层面	课程内容由不同的主题组成（例如：化学思维方式、有机化学反应、化学平衡、化学史等）
	微观层面	按主题将其划分为更具体的内容

以北莱茵—威斯特法伦州完全中学为代表的德国化学课程主要有以下几个主要特点[2]：

（1）重视科学方法教育。课程中渗透着自然科学的一般思维方式和工作方法以及化学特有的思维方式和方法。

（2）重视与工业生产和日常生活的联系。化学课程的每一部分内容都尽可能地与工业生产和日常生活相联系。

（3）渗透人文教育。课程明确提出了化学工业生产在提高人类生活质量的同时也带来了一些负面影响，并对此进行了理性的分析，认为通过提高化学科

[1]本表参考刘克文博士发表于《比较教育研究》2003 年第 2 期的研究成果编制。

[2]刘克文，张桂春. 德国完全中学化学课程的目标与内容[J]. 比较教育研究，2003(2)：57－60.

学的研究水平和进行人文教育，可以减少化学工业生产对人类产生的不利影响。

(4)化学实验在课程中占有重要的地位。化学课程中的化学基本概念、定律和原理的导出、对物质的变化及性质的认识等都是通过实验完成的，化学实验也是学生解决问题、形成能力和获得经验的主要手段。

(5)培养学生的跨学科思维方式作为课程的重要目标。面对21世纪教育的新挑战，德国的中学化学课程改革正在朝着个性化、人本化、统整化、具有终身价值及有助于就有关化学的社会问题、环境问题等加强国际合作的方向发展。

(三)日本化学课程改革与发展

对于一衣带水的邻邦日本，其化学课程的改革与发展对我国而言无疑具有十分可贵的借鉴和参考价值。20世纪90年代以来，日本在教育改革中提出要把“在宽松的环境中培养学生的生存能力”，作为日本“21世纪基础教育发展的方向”。改革不适应社会发展的课程体系是培养学生“生存能力”的重要一环。

日本高中化学课程的科目设置呈现多样化，适合于不同出路的高中学生学习。日本在高中阶段设置了综合理科、物理IA、化学IA、生物IA、地学IA、物理IB、化学IB、生物IB、地学IB、物理II、化学II、生物II、地学II等。在这13个科目中学生至少要从带I的科目和综合理科选学两科。每个科目的教学目的分别为[1]：

(1)综合理科的教学目的：通过观察、实验和调查活动，培养对自然界的一般研究方法，加深对自然环境的认识，了解人与自然的关系。

(2)化学IA的教学目的：化学IA是以应用科学及有关日常生活为中心的学科，是基于培养有一定科学素质的日本国民而设置的一门新的科目。通过一些与日常生活密切相关的化学事物和化学现象进行研究活动，培养科学的观点和方法，同时对化学事物和化学现象及化学的应用加以理解，认识科学技术进步与人类生活的关系。

(3)化学IB的教学目的：化学IB是以形成基本概念的内容为中心的科目；通过对化学事物和现象进行综合研究；培养学生探究化学的能力和态度，同时理解化学的基本概念、原理和定律，培养科学的自然观。

(4)化学II的教学目的：对化学事物、现象通过观察和实验进行课题研究，培养探究化学的能力和态度，同时加深对化学基本概念、原理和定律的理解，培养科学的自然观。

---

[1]黄海旺.中、日、韩三国化学课程比较[J].课程教材教法,1999(5):52-56.

对于日本高中化学课程内容则可用表2-6、表2-7[1]予以概述。

表2-6 综合理科内容

研究自然	自然界及其变化	人与自然	专题研究
1. 认识自然界 2. 观察、实验设计和实施 3. 观察实验的整理和归纳	1. 多样性和共性 2. 变化平衡和相互作用 3. 能量及其变化	1. 资源、能源及其利用 2. 自然环境及其保护 3. 科学技术的进步与人类生活	1. 对选定事物、现象的观察实验 2. 对自然环境的调查 3. 对科学史中实验事例的研究

表2-7 化学IA、化学IB、化学II的内容

化学IA	化学IB	化学II
(一)物质及其变化 1. 组成物质的元素 2. 空气 3. 水 (二)日常生活中的化学 1. 食品化学 2. 衣料化学 3. 染料与洗涤剂化学 (三)常用材料 1. 塑料 2. 金属 3. 陶瓷制品 (四)产品的制造 1. 用空气制造的产品 2. 用矿物制造的产品 3. 用石油制造的产品 (五)化学的应用与人类生活 1. 化学的进步及其意义 2. 环境保护	(一)物质的结构和状态 1. 物质的构成 2. 原子的结构 3. 化学键 4. 纯物质与混合物 5. 关于物质的结构与状态的探索活动 (二)物质的性质 1. 无机物 2. 有机化合物 3. 关于物质性质的探索活动 (三)物质的变化 1. 酸、碱与化学反应 2. 氧化还原反应 3. 化学反应与热 4. 关于物质变化的探索活动	(一)化学反应速率与平衡 1. 反应的速率 2. 化学平衡 (二)高分子化合物 1. 天然高分子化合物 2. 合成高分子化合物 (三)专题研究 1. 关于特定化学现象与事物的研究 2. 对化学史上的实验事例的研究

面向21世纪的日本化学课程改革从课程结构来看,主要以综合理科和化学Ⅰ和Ⅱ构建新的化学课程体系。从课程内容来看,十分重视学生的日常生活实际和社会实际,强调学生的实际感受和亲身体验;注意考虑地区的特点;增加学生自主选择的内容,充实大量关于社会与技术、生活与化学的内容。这些特点使得日本理科课程“人性化”的特征更加明显。正是在这个意义上说,这次改革是“人性化理科课程”的进一步深化[2]。

---

[1]黄海旺.中、日、韩三国化学课程比较[J].课程教材教法,1999(5):52-56.
[2]郑长龙.日本理科课程史发展研究[J].化学教育,2000(1):8-12.

【资源链接】国际理科课程的两种价值取向及对比

理科课程的价值取向问题,从根本上说是要回答理科课程培养什么样的人的问题,也就是关于理科课程性质的问题。当今世界理科课程主要包括两种价值取向[1]。

(一)培养科学家的理科

虽然科学主要是以其功利性或实用价值而进入学校,成为学校的一门课程——理科课程,但长期以来,理科课程所偏重的是科学的学术性,更多强调的是理科课程"本体论"意义上的价值,科学知识居于理科课程内容的中心地位。这种情况从19世纪中后期一直持续到20世纪70年代,主导理科课程长达百年之久。

(二)培养公民的理科

为少数人的理科,在20世纪70年代初达到了顶峰。由于对"理科课程现代化运动"的一种片面理解,认为理科课程内容越深、越难,越反映现代科学理论知识。如美国20世纪60年代化学教育资料研究(Chemical Education Material Study)编的"化学—— 一门实验科学"(Chemistry——An Experimental Science)中"化学探讨入门"(Chemistry——An Investigative Approach)中就涉及了能量、速度和平衡等化学热力学和化学动力学知识,以及分子的三维空间结构等物质结构理论。这样的课程,致使绝大多数学生难以接受和理解,导致理科教育质量严重下降。理科教育的这一状况,引起了社会的广泛关注和重视,尤其是为少数尖子学生、培养科学家的理科课程,受到了社会越来越多的尖锐批评。人们在反思中,对"理科课程究竟为哪些人"的问题取得了共识:理科课程应为全体学生,而不仅仅是那些未来成为科学家的少数尖子学生,从而实现了理科课程价值取向的转换。

(三)两种理科课程理念的比较

"为少数人的理科"与"为全体学生的理科",在理科课程理念的很多方面,有着显著的差别,见表2-8。

表2-8 两种课程理念的比较

理科课程理念	为少数人的理科	为全体学生的理科
培养目标	未来科学家	未来社会公民
科学与教育的关系	从科学的角度看待理科课程,强调专门教育	从教育的角度看待理科课程,强调普通教育
理科课程的价值取向	强调理科课程"本体论"意义上的价值	强调理科课程"工具论"意义上的价值
适用对象	少数尖子学生	全体学生

[1]郑长龙.国际理科课程的改革的思考[J].外国教育研究,2002(6):23-31.

续表

理科课程理念	为少数人的理科	为全体学生的理科
课程内容	注重学术,强调科学的基础知识: ·系统、深入地学习基础科学知识 ·注重学科的最新发展 ·注重运用科学过程和科学方法解决科学问题 ·注重运用科学过程和科学方法解决社会实际问题	注重实际,强调公民的基础知识: ·学习日常生活和社会中的基础科学知识 ·关注科学的解释及其在社会实际中的应用

思考与练习

1. 说出当代三大课程流派名称及简要概述其主要思想。

2. 简要概述我国化学课程的设置与发展。

3. 简述课程编制应主要遵循哪些原则,为什么要遵循这些原则?

4. 就近调查一两所高中,了解高中化学课程模块的开设情况及存在的问题,并提出自己的见解。

5. 查阅资料,重点了解美国高中化学课程的设置情况,以及对我国化学课程改革的启示。

第三章　化学教材的设计与使用

教材是课程改革中最为活跃的因素之一，它在世界各国的课程改革中都扮演着十分重要的角色，教材是课程改革的最直接见证者。化学教材是化学课堂教学的主要依据，也是学生获取知识的重要源泉。随着现代技术的不断发展，教材的概念已经不再是人们传统观念中的单一的教科书，电子、纸质、视听等一切可以指导学生活动的教学资源都被纳入到教材的视野。

第一节　化学教材的设计

教材设计是指根据教学目标，运用系统科学的方法，设计、开发、编制、评价教材的理论、原理和方法体系。它的目的是产生具有最优化体系结构和最佳教学功能的新教材，并在使用中不断修订提高，使之不断成熟起来[1]。因此，教材设计需要教材研究者根据科学的理论，精心选择和组织教材内容、教学方法、管理手段，以及制定教材的评价原则而形成的一种形式系统，用以协调课程与目标之间的达成关系。

一、教材开发的基本模式

教材开发模式是来自于某种课程形态并以其课程观为主要指导思想，为课程教材设计者开发或改造某个专业并编制课程教材文件提供具体思路和操作方法的标准样式。对课程教材开发模式的选择，不仅是对开发方法的选择，更是对课程观念的选择，而课程观念则影响到课程目标、教材开发、课程结构、课程内容、课程实施、课程管理等一系列环节，并直接影响教学计划、课程标准、教材等的具体实施和落实。虽然目前流行的课程教材开发模式甚多，但最重要的有目标模式和过程模式两种。

---

[1]范印哲.教材设计导论[M].北京：高等教育出版社，2003：21.

(一)目标模式

所谓目标模式,就是以目标确立和目标评价为核心的课程教材编制模式。目标模式是20世纪初开始的课程开发科学化运动的产物,它以实用主义哲学为指导思想,将目标作为课程教材开发的基础和核心,强调先确定目的、目标,再以精确表述的目标为依据进行评价,它是课程开发领域最具权威性的理论形态,也是教育教学实践领域中应用最为广泛的实践模式。这种模式以泰勒原理为代表。

泰勒(R. W. Tyler)是美国著名的课程理论和课程评价专家,在他的代表作《课程与教学的基本原理》一书中,泰勒提出了课程教材编制必须回答的四个基本问题[1]:

①学校应该达到哪些教育目标?(课程目标)

②学校应该提供哪些教育经验才能达到这些目标?(课程内容的选择)

③怎样才能有效地组织这些教育经验?(课程内容的组织)

④我们怎样才能确定这些目标正在得到实现?(课程的评价)

这四个基本问题就是著名的"泰勒原理"(the Tyler Rational)。以后有人将泰勒原理发展成课程教材编制的五个步骤:

①确定课程目标;②选择课程;③编制课程教材;④进行教学实践;⑤评价学习结果。

这些步骤中最关键的步骤是确定课程目标,这也是泰勒原理的核心所在。课程目标一经确立,接着要选择学习经验以达成所定目标。泰勒对教学经验的理解在一定程度上受到了杜威的影响,他认为学习经验是指学习者与其可作出反应的外在环境之间的互动。如何选择学习经验,泰勒提出了5条原则:学习经验必须能提供学习者机会去实践目标所含的内容;使学生由于实践该目标而获得满足感;学习经验中所期望的反应应该在学生力所能及的范围内;有许多特定的经验可以达到同样的教育目标;同一学习经验也可能产生多种结果。经验确定之后,接下来就是组织教学内容,编排教材体系,编写教材初稿,再将教材初稿应用于教学实践并根据反馈的结果和事先制定的行为目标对教材实施评价,并通过不断修订使之日趋完善。

泰勒的目标模式产生之后,一直在课程教材开发的理论研究及实践领域居主流地位,曾是20世纪五六十年代课程教材开发的唯一模式。原因在于它具

---

[1]汪霞.课程开发的目标模式及其特点[J].外国教育研究,2002(6):9-13.

有以下显著的优点[1]：

(1)它可被运用于各门学科和任何层次的教学；它制定的一套程序易于操作，显示出较强的逻辑性和理性色彩，通过强调"学生的行为"和"学生经验"开辟了课程教材开发的新天地；

(2)目标模式重视向社会做调查研究，弄清社会对教育的需求，比之过去凭经验或主观臆断地确定教学内容更为科学。加之它是从学生、社会和学科专家三个角度来确定教学目标，能够符合学生实际、社会需求和教育规律，也有利于按照一定的规格培养社会需要的人才。

(3)把评价环节引入课程教材编制，使得教师和课程编制人员能及时得到反馈，对课程教材进行必要的修订，促使它更加完善。

(4)目标模式将课程教材编制的主要方面和步骤都基本囊括其中，比较全面具体，也便于执行。

所有这些，使得目标模式获得了强大的生命力，成为在理论和实践上都能发挥作用、产生影响的课程教材开发模式。但泰勒模式也并非完美无缺，对它的批评也十分普遍。它的缺点主要表现在：

(1)课程目标的"不合理性"与"不可预测性"。对目标模式的批判的焦点实际是"行为目标的不合理性"与"课程目标不可预测性"，这实际上涉及：目标对课程是否有意义，也就是说课程是否有目标可言、应不应该有目标？如果课程有目标的话，需不需要预先设定？如果要预设目标的话，能否用"内容和行为"来表述？这意味着并非所有的学习结果都能完满地分析成可测性行为目标，如情感意志、个人品质、爱国主义精神等方向性目标就是这样，而且不同的人对同一学习结果也可能订出不同的行为目标。

(2)目标模式将教育简化为科学的活动，把学校当工厂，教师当成工人，课程当成蓝图，学生当成待加工的原料，这种简化完全忽视了行为者的主体性、自主性，忽视了教育过程的复杂性，不利于全面发展人才的培养。

(3)目标数量过多，使得制定者不胜其烦，执行者舍本逐末。根据目标模式的要求，不仅教材编写人员要制定行为目标，而且教师备课时也要制定教学目标，为了便于检查目标的达成度，教学目标被订得很细、很具体，使得制定者不胜其烦。教师在操作中往往也只能注意到那些可以详细说明的低水平的教学目标，而忽视了十分重要的方向目标(如能力、情感等)。

---

[1]何少华，毕华林．化学课程论[M]．南宁：广西教育出版社，1996：1．

(二)过程模式

鉴于目标模式在实践中存在着难以逾越的局限性,为了使教育目标更具有意义,必须将目标当作程序原则,而不能视之为终极目标。所谓程序原则,是指课程设计者(教师)的价值观会指导其在教学程序中的作为。因此,课程开发关注的应是过程,而不是目的,不宜从详细描述目标开始,而是要先详述程序原则与过程,然后在教育活动、实践中不断予以修正、改进,此即所谓课程教材开发的"过程模式"[1]。它不预先指定目标,而是详细说明内容和过程中的各种原理。换句话说,课程开发应从那些具有价值的知识中挑选出能够体现这些知识的内容,这些选择出来的内容,能够代表这种知识当中最重要的过程、最关键的概念和该知识中固有的那些标准。学生所取得的最终结果不是按照行为事先确定的,而是在事后借助那些建立在该知识形式中的标准加以评价。

这种模式的特点是先拟订一般性目标,即学科教学目标,然后选择教学内容,并把它展开成一个提纲(犹如教学大纲和课程标准),这个提纲表述学科内容和体系,但不细分到具体行为目标。课程编制人员根据提纲写成教材,然后付诸教学实践。在教学过程中要求教师不必死板地照着教材教学,而是要充分发挥自己的创造性;要求学生不是被动地学习,而是主动、积极地参与到学习,去探究、去发现。这样通过教学活动达到丰富和改进教材的目的,同时详细记录整个教学的情况(包括教材中没有考虑到的偶发事件)并鼓励师生、专家、家长等从不同角度去评价教材,最后再根据评价修订完善教材。

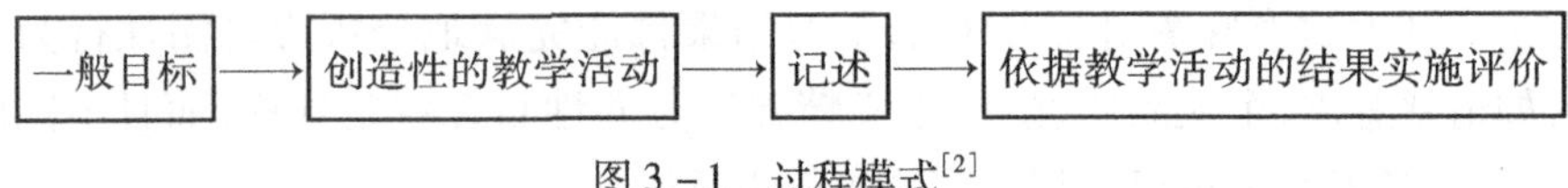

图 3-1　过程模式[2]

在内容选择上,过程模式认为科学过程比科学内容更重要,因为学生不能学习全部科学知识,懂得怎样学比学会许多具体知识更重要。于是要求对学科知识进行详细分析,先确定要学习的过程,再选择适合表达过程的内容,所以过程模式比目标模式更适合于那些以知识和理解为中心的课程领域。

既然过程模式重视的是知识、活动的内在价值,那么如何选择和鉴别知识及活动的内在价值就显得至关重要。1971 年,拉思在《教育领导》(Educational Leadership)杂志上提出了鉴别教育活动内在价值的 12 条标准[3],它们是:

(1)在所有其他条件相同的情况下,如果一项活动允许儿童在完成它的过

[1]汪霞. 课程开发的目过程模式及其评价[J]. 外国教育研究,2003(4):60-64.

[2]何少华,毕华林. 化学课程论[M]. 南宁:广西教育出版社,1996:1.

[3]汪霞. 课程开发的目过程模式及其评价[J]. 外国教育研究,2003(4):60-64.

程中作出其所了解的选择,并能对自己的选择所带来的后果作出反应,则这项活动比其他活动更有价值;

(2)在所有其他条件相同的情况下,如果一项活动在学习情境中允许学生充当主动的角色而不是被动的角色,则这项活动比其他活动更有价值;

(3)在所有其他条件相同的情况下,如果一项活动要求学生探究各种观念,探究智力过程的应用,或探究当前的个人问题或社会问题,则这项活动比其他活动更有价值;

(4)在所有其他条件相同的情况下,如果一项活动使学生涉及实物教具(即真实的物体、材料与人工制品),则这项活动比其他活动更有价值;

(5)在所有其他条件相同的情况下,如果一项活动能够由处于不同能力水平的儿童成功地完成,则这项活动比其他活动更有价值;

(6)在所有其他条件相同的情况下,如果一项活动要求学生在一个新的背景下审查一种观念,一项对于智力活动的应用,或一个以前研究过的现存问题,则这项活动比其他活动更有价值;

(7)在所有其他条件相同的情况下,如果一项活动要求学生审查一些题目或问题,这些题目或问题是人们一般不去审查的,是典型的被大众传播媒介忽略了的,则这项活动比其他活动更有价值;

(8)在所有其他条件相同的情况下,如果一项活动使儿童与教师共同参与"冒险",即在成功与失败之间冒险,则这项活动比其他活动更有价值;

(9)在所有其他条件相同的情况下,如果一项活动要求学生改写、重温及完善他们已开始了的尝试,则这项活动比其他活动更有价值;

(10)在所有其他条件相同的情况下,如果一项活动使学生应用与掌握有意义的规则、标准及准则,则这项活动比其他活动更有价值;

(11)在所有其他条件相同的情况下,如果一项活动能给学生提供一个和别人分享制订计划、执行计划及活动结果的机会,则这项活动比其他活动更有价值;

(12)在所有其他条件相同的情况下,如果一项活动与学生的表达目的密切相关,则这项活动比其他活动更有价值。

这 12 条标准最终成为过程模式选择课程教材内容的最主要依据。

在课程教材的评价上,过程模式认为不应以目标的实现情况作为依据,而应以在多大程度上反映知识形式、实现程序原则为依据。从根本上说,过程模式实际上是一种批评模式,而不是一个评分模式。

与目标模式相比,过程模式更重视教学过程,尊重教师的创造性和学生的主动性、积极性，把师生从死板、僵化、烦琐的行为目标中解放出来，保证教学能机动灵活地进行，有利于提高教学质量；同时，教材中充分吸收广大师生和家长的经验、意见和反馈，使得教材设计思路也更为开阔，考虑更周到，更适合教学。所以说，过程模式在一定程度上弥补了目标模式的局限性，否定了目标模式关于确立和表述课程目标的行为主义和机械主义倾向，肯定课程教材研究的重要性和课程教材内容的内在价值，并强调学习者的主动参与和探究学习，重视学生思考能力和创造性的培养，使课程教材开发更趋于成熟和完善。

但过程也并非十全十美，它也有一定的局限性，因而受到部分学者的质疑和批评：

(1)选择教学内容过于强调过程，有可能造成教材基础不扎实的恶果；

(2)施教过程中对学生学习情况的评价，会因为评价标准的不统一而造成课程教材编制人员难以抉择；

(3)过程模式要求教师具有相当高的思想和业务水平，能够创造性地开展教学。根据我国当前的师资状况，如要在较大范围内组织施教，未必能达到这个标准，所以有可能流于形式。

(4)过程模式涉及“需要”、“兴趣”、“成长”等概念，教师难以以明确的准则加以评价和作出取舍。

(三)两种模式的融合

由于两种模式各有长短，所以越来越多的研究者倾向于将二者进行有机的融合，这样编制的课程教材将更趋于合理。

两种融合的关键在于合理地拟定教学目标。具体做法是，根据学校的培养目标拟定课程的教学目的，再根据教学内容的性质，以不同的方式处理教学目标。

对于学习结果可以具体预定的内容，如化学理论概念、元素化合物知识等，可以直接把它们分化成行为目标，即列出明细的知识点和相应的教学要求；对于学习结果无法具体预定的课程内容，如学生能力、学习兴趣的养成、爱国主义精神、学生辩证唯物主义等，则可以列出方向目标，列出教学的内容和安排。

另外在教学内容的选择上，要做到内容和过程二者兼顾。根据课程的教学目标先选择适合的教学内容，然后细致安排科学方法、科学态度的培养计划，务必做到两者统筹兼顾，密切结合。这样既能照顾到教材的知识的逻辑性，保证学生能学到扎实的基础知识和基本技能，又能让学生了解科学过程，养成严谨的科学态度。

在教材试教过程中，一般要求教师按照教材进行教学，并按照教学目标对

学生的学习结果进行评价，借以检验教材的可行性，作为教材修订的依据；同时，也不排斥教师的创造性成分，积极吸收师生在教学中的反馈，充分提取他们的意见和建议，开阔教材编写者的思路，从而进行不断的修订和完善。

二、化学教材内容的选择和呈现

教材内容的选择和组织是教材编制的一项基本工作，它涉及课程的方方面面，也是许多课程问题的集结点。在组织和选择教材内容时，除了要考虑到与目标的相关性之外，还要考虑到内容的科学性和有效性，它们对学生和社会的实际意义，它们能否被学生接受，以及是否与学校教育的基本任务相一致等问题。

（一）化学教材内容的选择

1. 义务教育化学教材内容的选择

义务教育阶段的化学课程，应该充分体现启蒙性和基础性的特点。一方面提供给学生未来发展所需要的最基础的化学知识和技能，培养学生运用化学知识和科学方法分析和解决简单问题的能力；另一方面使学生从化学的角度逐步认识自然与环境的关系，分析有关的社会现象。其教材内容的选择见表3-1。

表3-1　义务教育阶段化学课程标准教材内容的选择

主　题	二级内容主题
科学探究	增进对科学探究的理解 发展科学探究能力 学习基本的实验技能
身边的化学物质	地球周围的空气 水与常见的溶液 金属与金属矿物 生活中的常见化合物
物质构成的奥秘	化学物质的多样性 微粒构成物质 认识化学元素 物质组成的表示
物质的化学变化	化学变化的基本特征 认识几种化学反应 质量守恒定律
化学与社会发展	化学与能源、资源利用 常见的化学合成材料 化学物质与健康 保护好我们的环境

【资源链接】义务教育化学教科书修订版新增学生实验

为改善实验教学弱化的现象，增强学生实验动手能力，明确区分学生实验和教师演示实验，修订版教科书新增了8个必做的学生实验，具体内容如下：

实验活动1：氧气的实验室制取与性质

实验活动2：二氧化碳的实验室制取与性质

实验活动3：燃烧的条件

实验活动4：金属的物理性质和某些化学性质

实验活动5：一定质量分数的氯化钠溶液的配制

实验活动6：酸、碱的化学性质

实验活动7：溶液酸碱性的检验

实验活动8：粗盐中难溶杂质的去除

2. 高中化学课程标准教材内容的选择

高中化学课程以进一步提高学生科学素养为宗旨，着眼于学生未来的发展，体现时代性、基础性和选择性，兼顾不同志趣和发展潜能学生的需要，以此为指导思想，高中化学新课程设置了2个必修课程模块和6个选修课程模块，并以此对教材内容的选择提出了不同层次的要求，详见表3－2。

表3－2　高中化学课程标准教材内容选择

类　别	模　块	内容主题
必修模块	化学1	1. 认识化学科学 2. 化学实验基础 3. 常见无机物及其应用
	化学2	1. 物质结构基础 2. 化学反应与能量 3. 化学与可持续发展
选修模块	化学与生活	1. 化学与健康 2. 生活中的材料 3. 化学与环境保护
	化学与技术	1. 化学与资源开发利用 2. 化学与材料的制造、使用 3. 化学与工农业生产

续表

类　别	模　块	内容主题
选修模块	物质结构与性质	1. 原子结构与元素的结构 2. 化学键与物质的性质 3. 分子间作用力与物质的性质 4. 研究物质结构的价值
	化学反应原理	1. 化学反应与能量 2. 化学反应速率与化学平衡 3. 溶液中的离子平衡
	有机化学基础	1. 有机化合物的组成和结构 2. 烃及其化合物的性质与应用 3. 糖类、氨基酸和蛋白质 4. 合成高分子化合物
	实验化学	1. 化学实验基础 2. 化学实验探究

〖资源链接〗教材内容选择的塔巴原则和泰勒标准

1. 塔巴原则

早在20世纪初，塔巴(H. Taba)就从学校在社会中的功能、社会的需要和要求、学习者和学习过程等方面提出了选择教学内容的六项标准[1]。

(1)内容的有效性和重要性，即所选择的内容应该是先进的科学知识，并能反映这门学科的基本结构(基本概念、基本原理和方法)；

(2)与社会现实的一致性，即所选择内容应该不脱离社会实际，适应社会生产和生活的需要；

(3)广度与深度的平衡，即所选择知识的范围和深度要配置合理，使能达到精选内容、减轻学生负担、有利于学生学习的目的；

(4)适用广泛的学习目标，教学内容的选择要强调多种目标和提供多种学习机会。它既要有知识、技能，也要有关于科学态度、兴趣和思想品德培养的内容；

(5)考虑学习的可能性和适应性，选择的教学内容要适合学生的学习能力，即要以学生现有的经验为起点，以他们的生活经验为桥梁，循序渐进地引导学生进入新的学习情境；

(6)适应儿童的需要和兴趣。

2. 泰勒标准

美国课程专家泰勒(R. W. Tyler)也曾多次系统论述过选择教材内容(他用

[1]欧用生. 课程发展的基本原理[M]. 台湾高雄：复文图书出版社，1986：170－172.

"学习经验"一词)的原则。他认为学生应该是学习的积极参与者,而不是被动的接受者,根据这一观点,他提出了选择学习经验的10条原则[1]:

(1)学生必须具有使他有机会实践目标所蕴含的那种行为的经验;

(2)学习经验必须使学生由于实践目标所蕴含的那种行为获得满足感;

(3)使学生具有积极投入的动机;

(4)使学生看到自己以往反应方式的不当之处,以便激励他去尝试新的反应方式;

(5)学生在尝试学习新的行为时,应该得到某种指导;

(6)学生应该有从事这种活动的足够的和适当的材料;

(7)学生应该有时间学习和实践这种行为,直到成为他全部技能中的一部分为止;

(8)学生应该有机会循序渐进地从事大量实践活动,而不是只是简单重复;

(9)要使每个学生指定超出他原有水平但又能达到的标准;

(10)使学生在没有教师的情况下也能继续学习,即要让学生掌握判断自己成绩的手段,从而知道自己做得如何。

由于泰勒将课程内容等同于教学经验,注重从教学有效性这个角度来思考教材内容的选择准则,所以他的观点中不仅包含了教材内容的范围,同时也将我们通常所说的教学也包括进来了。

(二)中学化学教材内容的呈现方式

教材内容的呈现方式即知识在教材中应如何表达、应以什么样的方式呈现给学生、应以什么样的姿态面对学习者,是教材设计的根本问题。在选择内容时,强调的是知识的确定性,而知识的呈现方式强调的重点则是如何使知识被人理解,并与学习者的个体精神世界达到相互开放的对话方式。

所以在具体化学教材内容的呈现上,教材设计者要为学生创造自主探究、合作交流的机会和空间,并采用设置相应栏目、增加必要的旁注等方式,对学生进行适当的提示、引导或提供有关活动的建议等。此外,体现现代信息技术与化学课程的整合,为教学活动创设先进、开放的氛围。三套高中化学课程标准教材的呈现方式分别如图3-2、3-3、3-4所示[2]:

通过研究现有的三套高中实验化学教材的呈现方式可以发现:

(1)集学科中心、活动中心等之所长,多中心展开教材内容,既兼顾学科知识的完整性,又考虑学生的兴趣、活动和爱好。

---

[1]施良方.课程理论——理论、原理与问题[M].北京:教育科学出版社,2006:4.

[2]董文娜.普通高中新课程标准必修化学教材比较研究[D].济南:山东师范大学,2005.

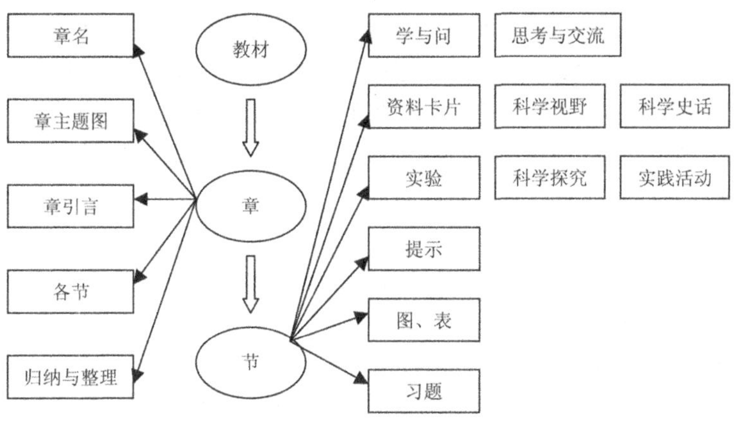

图 3－2　人教版内容呈现方式

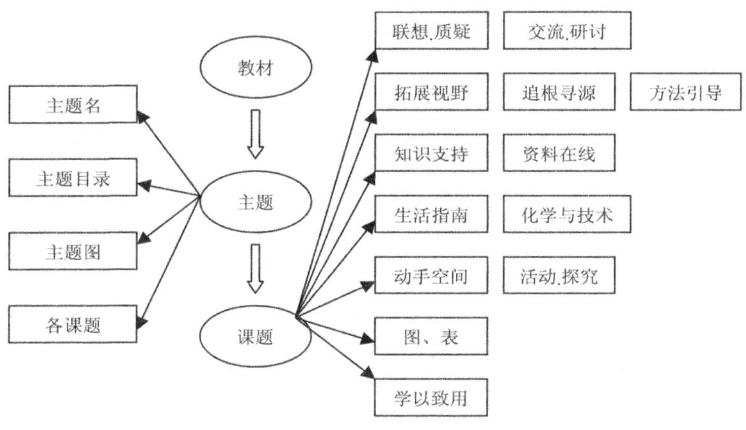

图 3－3　鲁科版内容呈现方式

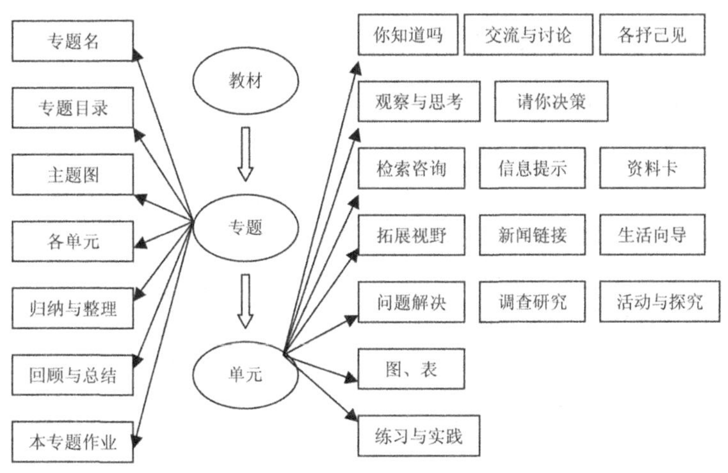

图 3－4　苏教版内容呈现方式

(2)教科书文字精练流畅,具有趣味性、启发性和可读性。无论是从教材中字体的使用、颜色的搭配、文字的表述……新教材都给人耳目一新的感觉,这使得教材的可读性得到大幅提升;同时改变的是,新教材中问题的答案不是一步到位直接告诉学生的,而是通过教材中设置的一个个问号、提示来启发学生积极思考,自己寻找答案。

【典型案例】人教版教材化学1"混合物的分离和提纯"教材的表述

在人教版教材化学1"混合物的分离和提纯"教材中,为了引导学生认识到试样检验中的少量原则时,教材给出了以下提示内容,引导学生积极思考:

提示:在检验试样或配好的试样溶液中是否含有某种物质时,每次应取少量进行检验,不能将检验试剂一次加入全部实验试样或配好的试样溶液中。想一想:为什么?

(3)利用形式多样的栏目引导学生学习、思考和参与探究。以栏目贯穿思考是目前三套实验教材设计设置的共同点。在人教版化学1教材中,就设置了"思考与交流"、"学与问"、"资料卡片"等各类栏目9个,各种栏目的设置使学生的学习指向更为明确,在栏目的提示下,学生有更多的机会主动体验探究过程,同时也为教师教学留有自由发挥的空间。

(4)以丰富的组图、图表、表格等呈现方式,展示化学学科的魅力。新教材在表现形式上做出了积极的改进,使用了大量实景图片和组图、图表等,从而使教科书面貌为之一新。图文并茂,既增加了教材的直观性和可读性,又能避免单调地进行文字表述,保护学生学习的兴趣,还能引发思维,促进理解。

三、化学教材栏目的设计

(一)栏目设计的意义

栏目设计是教材研制的重要组成部分。不同的栏目发挥着其特有的功能,提高了教材对学生的吸引力,增强了学生学习化学的兴趣,在内容呈现方式上充分考虑教学活动的各种影响因素,有利于教师组织教学,为教师创造性地依据教材进行教学提供了广阔的空间,充分地体现了教材的选择性,以适应学生的个体差异和学生个性发展的需要。设置丰富的栏目为处理基本要求内容和拓展性内容在教材中的关系提供了空间,有利于教师的教学设计和学生的学习选择。

【课程标准卡片】《普通高中化学课程标准(实验)》关于教科书编写的要求

教科书编写要精心创设学生自主活动和积极探究的情境,引导学生积极参与探究过程,获取知识,获得亲身体验,学会合作与分享,提高探究欲望;要通过对科学家探究过程的介绍、探究性实验的设计、运用化学知识解决实际问题的活动等,有计划、有步骤地培养学生的科学探究能力。

1. 教材栏目指向明确,有利于创设自主学习、积极探究的教学情景

通过精心设置的教学栏目可以使学生迅速进入精心设计的教学情景当中,引发学习动机,引导学生积极主动地参与学习、参与探究,使学生的学习指向更为明确。如“鲁科版”化学必修教材在栏目的呈现和内容的设置上大胆创新,一共设置了多达 16 个教材栏目,分别指向不同的教学功能。

【典型案例】“鲁科版”《化学 1(必修)》关于探究铁及其化合物的氧化性和还原性

如果你预测某种物质具有氧化性,就应该寻找具有还原性的另一物质,通过实验验证两者能发生氧化还原反应来检验你的预测。相应地,如果你预测某种物质具有还原性,就应该寻找具有氧化性的另一物质,通过实验来检验你的预测。

对学生来说,探究物质的氧化性与还原性,属于一个非常抽象的问题。如果不对该方法导引加以学习领会,学生将无所适从,该方法导引明确告诉学生该如何着手探究,将一种对抽象问题的探究转化为对具体反应的探究,同时,也帮助加深学生对氧化剂与氧化性、还原剂与还原性的理解。

点评:这是一个方法导引栏目。是每位同学必须理解的内容,否则,学生对探究活动将无从下手,产生障碍。同时,通过同学们对方法导引的学习,使某些抽象问题具体化,可以帮助学生加深对化学概念、原理的理解。

2. 栏目的设计反映了学生的认知特点和需要

教材栏目的设计吸引了学生的注意,体现“平等对话”的特点。语言的风格亲切,易于被学生所接受。不同的学习阶段学生年龄不同,学习任务不同,认知特点和学习需要也有差异。初中是学生学习化学的启蒙阶段,栏目设计要形象、生动,体现出召唤力,激起学生对化学的兴趣,启发学生观察、提出问题、思考、假设,到动手验证,使学生在探究中循序渐进地获得知识;高中教材的栏目应在思想性、探究性、价值观倾向和职业指导方面都有所加强。

3. 栏目的设计有助于学生学习方式的转变

新课程以促进学生学习方式的转变作为课程的基本理念之一。栏目的设计不仅不会增加学生的学习负担,更重要的是它便于学生的阅读、理解,有助于

学生领会教材内容,增强学习过程中的元认知体验,引导学生逐步掌握学习方法,在合作、交流的情景中学会学习。栏目设置是高中化学新教材在教材研制上不同于旧教材的重要部分,在转变学生的学习方式和教师的教学方式方面起着相当大的作用,尤是在培养学生自主、合作、探究的学习方式方面发挥着举足轻重的作用。

(二)化学教材栏目的分类

教材栏目丰富、新颖是目前已经出版的三套化学高中课程标准教材的共同特点之一。表3-3简要地对比了这三套教材的主要教材栏目内容:

表3-3 三套化学高中课程标准教材主要栏目比较

教材	主要栏目类别						
人教版	思考与交流 学与问	演示实验	实践活动 科学探究		归纳与整理	提示资料卡片	科学视野 科学史话
苏教版	你知道吗? 交流与讨论	观察与思考	活动与探究	问题解决	整理与归纳	信息提示	化学史话 拓展视野 资料卡片
山东科技版	联想·质疑	观察·思考	活动·探究	迁移·应用	概括·整合	工具栏 方法引导 知识支持	追根寻源 身边的化学 化学前沿 化学与技术
栏目设置的目的和意义	一般出现在新内容学习前,在学生已有的知识经验基础上设置有关的学习情景并提出问题,引发学生思考	引导学生认真观察实验,准确纪录实验现象,分析产生的原因,从而提高学生观察能力	引导学生参与多种探究活动中,揭示化学的奥秘	通过此栏目引导学生检验自己的知识掌握程度	引导学生在新、旧知识之间建立联系,并进行整合	为学生解决问题提供相关资料、数据和方法思路	引导学生高观点、大视野、多角度地认识化学科学

这些栏目虽然名称各异,数目不一,但都从"知识与技能"、"过程与方法"、"情感、态度与价值观"三个维度承载着教学目标,在传授知识与技能的同时,更加强调对学生进行社会责任感、科学态度、科学精神的教育培养,是师生开展教学活动的主要形式。为了便于我们更好地研究教材栏目,我们有必要透过纷繁复杂的栏目名称认识到这些栏目在教学中扮演的真实角色。通过对比可以发现,三套教材的所有栏目都可以划归到以下三类:

1. 学习活动性栏目

主要用于学生自主学习活动或个性化生活经验的交流。如山东科技版中"联想置疑"、"活动探究"、"观察思考"、"交流研讨"、"迁移应用"、"概括整合"

等栏目，以及人教版“学与问”、“科学探究”、“实践活动”等栏目都可以划归到此类当中。

2. 学习指导性栏目

主要用于学生学习的方法性指导。如苏教版教材中的“信息提示”栏目、山东科技版的“方法导引”、“知识支持”、“工具栏”等栏目均属于学习指导性栏目。

3. 学习拓展性栏目

如人教版的“科学视野”、“科学史话”，苏教版的“拓展视野”、“化学史话”、“资料卡片”，山东科技版的“身边的化学”、“化学与技术”、“历史回眸”、“化学前沿”、“追根寻源”等栏目，这些栏目提供了许多生动的素材，使学生在完成必要的学习任务之余开阔视野，进一步领略化学的奇妙和魅力。人教版的“资料卡片”、山东科技版的“资料在线”、“知识点击”等栏目穿插在教学内容中，主要补充了课本的知识，有利于学生对所学知识深入理解。

【思考讨论】请对比、分析人教版、山东科技版、苏教版三套高中化学教材栏目设计的异同点，并谈谈你自己的看法。

四、化学教材改革动态

随着教育部《全日制义务教育化学课程标准（实验稿）》和《普通高中化学课程标准（实验）》两个重要文件的相继颁发，一大批高质量、富有特色的优秀化学实验教科书应运而生，呈现出“一标多本”的繁荣局面。在义务教育阶段，就有人教版、上教版、鲁教版等化学新课程实验教材，高中阶段则以人民教育出版社、江苏教育出版社和山东科技教育出版社的三套教材作为代表。这些教材在继承和发展了旧教材特点的基础上，积极吸收当今各国教材设计的先进理念和模式，无论从教材的内容还是从内容的呈现形式等方面都作了大胆探索和创新，具体表现在：教材结构的多中心化、教材栏目的多样化和教材内容的时代化。

现有化学新课程教材一改传统学科中心设计结构，着力在学生的兴趣、活动、生活经验和学科知识结构之间寻找切入点，从学生已有生活经验入手建立联系，组织内容，以多样的栏目引导学习，促进思考，关注当今的社会发展现状，体现时代性、先进性和科学性，以提高学生的科学素养为宗旨，着眼于学生未来发展，激励每个学生走向成功。

【资源链接】1978 年以来我国主要高中化学教材演变简图

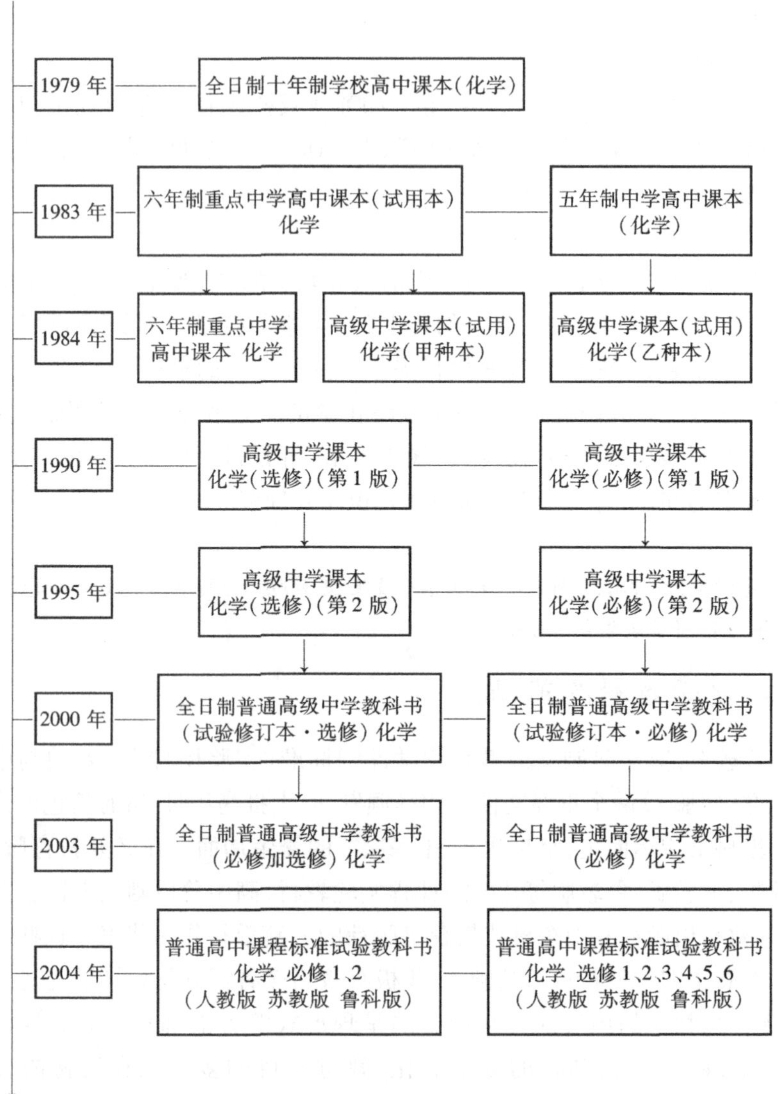

图 3-5 1978 年以来我国主要高中化学教材演变简图

第二节　化学新课程标准教材的特点与使用

一、教材观的转型与化学教材的二次开发

教师是课堂教学的最终决策者，是一个将教材内容转换为课堂具体教学计划的实施者、设计者、开发者，它关系到课程改革的效果与得失。在这个转变过程中，教师的教材认知观起着至关重要的作用。

（一）教材的价值取向与教材观

“准确认识教材的功能，是课程改革实践的需要”[1]。随着基础教育课程改革的不断深入，实践过程中“穿新鞋，走老路”的教师不在少数。因此，要顺利实施新课程改革，教师必须对教材的功能和价值有个清醒的认识，实现由传统知识教材观向智慧教材观的转变，并将其内化为教师的基本素养之一。

我国的教学传统深刻地体现在教和学的行为规范中，而教学则因此具有了附庸的性质。这种传统延续下来就形成了以掌握教材为目的，而不是以使用教材培养能力和发展素质为目的的基本特征。所以，许多教师关注教材中“物质性”的具体知识，认为掌握新内容即达到新目标，知识的掌握是教学的起点，也是终点。正因为如此，从而架空了新课程改革中主体性、创造性等指标，使得人本化、自主建构都因教材的价值取向存在问题而受到很大的约束，限制了教学方法的张扬。这种观点被称为知识教材观。

知识教材观认为，教材的价值在于“规范”教学。规范的内容既包括教师的教，也包括学生的学；既涉及教的内容，也包括学的方式、方法。在对待教材的态度上，教师必须教教材，教材是教学的标准和评价的尺度，教学目标最终落脚点就是，使学生掌握教材所安排的内容。它视教材是唯一的教学资源，不相信教师能作为教学资源的设计者和组织者去积极地选择和增添教学资源。

知识教材观没有充分意识到教材的全部价值，最终造成知识与能力的脱节、基础性与整体性矛盾、课业负担加重等一系列实际问题。知识教材观也因此饱受新兴教材理论家的批评。

随着基础教育课程改革的逐步实施，在新课程标准和新教材之间，仿佛出现了一片不确定性的开阔地。像以往那样捧一本教材去“灌输”，是不能达到标

---

[1] 杨启亮．教材的功能：一种超越知识观的解释[J]．课程·教材·教法，2002(12)：10－13．

准的，并且标准不像以往大纲那样对知识的描述具体、精确，而是给教师留下了更广阔的创造空间。面对新教材，旧的方法已经失去了效用，课程改革急切呼唤着教师的知识观、教材观的全面更新。

“在知识的吸收过程中实现的态度、才能和本领的形成实际上比知识本身重要”。教材不是教学的全部内容，而仅仅是提供某一领域资料和发展学生智慧的载体和平台。这即是智慧教材观。

智慧教材观认为，教材是发展学生智慧的素材，是在肯定教材具有传授知识与技能掌握作用的同时，视教材为教学智慧发展的途径和手段，通过它实现教师与学生智慧的发展。智慧教材观将教材呈现的知识看作是辅助性的，而学生的思维、素质、情感、态度与价值观、创造力等养成，都是运用教材的结果而不是记忆和掌握静态教材知识的结果；教材的价值不在于“控制”教，而是为教学提供基础性文本，是课程标准指导下编制的“教学材料”，教师可以根据教学实际创造性地加以运用；同时，教材的结构具有开放性和创生性，教材中呈现的知识，教师要以陈述问题的方式加以介绍，即把知识置于某种条件中，置于现实或未来的情景中，让学生在用教材的过程中发现知识。教材内容的选取打破了本学科的壁垒，适当插入相邻学科知识，为知识的创生提供条件，为启发学生探究、对话创造条件。

（二）化学教材的二次开发

教材观念的转变，可以促使教师摆脱教材的束缚和钳制，克服对教材的盲目崇拜和依赖，从“教教材”向“用教材教”转化，创造性地使用教材。教学再也不是简单的传递、灌输书本知识，而是结合具体教育情景批判地、创造性地使用教材，其间可能涉及教材内容的调整、加工，教材资源的整合和开发等。教师不能消极被动地接受现成的课程产品，而要针对具体的课程目的、需要和实际情景进行加工和改造。区别于课程和学科专家连同出版编制教材的“一次开发”，我们把教师在课程实施中对教材的创造性使用称之为教材的“二次开发”。

教材的二次开发既以教材为依托又超越于教材，它依据课程标准对既定教材内容进行适度删减、调整和加工，合理地选用和开发其他教学资源，从而使之更好地适应具体的教育教学情景和学生的学习需求。

“二次开发”存在于教师的日常生活当中，也是教师专业生活的一部分，它反映了教师职业的内在需要，也回应了教育情景和学生认知、情感、个性等方面的诉求。主要包含以下三个方面的涵义[1]：

---

[1]俞红珍.教材的“二次开发”：涵义与本质[J].课程·教材·教法，2005，25(12)：10－12.

1. 教材“二次开发”是课程情景化的过程

美国学者古得莱德（Goodlad）根据课程的不同作用将课程区分为理想课程、正式课程、领悟课程、运行课程和经验课程5类。前两者属于专家设计和官方颁发的课程，属于“应然性课程”，而后三者则属于“实然性课程”。而教师对教材的“再加工”或“二次开发”则是实现课程由“实然”走向“应然”的必由之路，它需要“教师在独特和不断变化的教学情景中能以不同的教法教这课程”，即教师在具体教学情景中创造性地研究教学内容和教学方法，批判地使用教材。

2. 教材“二次开发”是教师对课程重构的过程

“一千个读者就有一千个哈姆雷特”，正因为人们对同一事物的理解存在不同结果，教师教学的个性和创造性才得以实现。同样，在课程的二次开发中，由于不同学生对课程适应性的差异，以及教师个人意识形态和价值取向的不同，教师都不可能忠实地传递法定教材的所有内容，而是多少会对课程内容进行增减与加工。教师对教材的这一再加工或再创造的过程，实际上是“教师对课程的重构”过程。

3. 教材“二次开发”实际上是多元主体间的“对话”的过程

从深层的认识论基础来看，教师对教材的“二次开发”实际上是不同主体之间通过对话实现“视界融合”的过程，是通过对教材文本的解读而达到对课程意义的一致性理解的过程。这里的“对话”是超越语言的，包括主体间一切以平等、自由、开放和相互激发为特征的沟通、理解和交流。通过对话，消除教师和教材、教师和学生、教材和学生之间的“二元对立”，最终达成共识，生成意义。

化学新课程中明确强调：“为化学教师创造性地进行教学和研究提供更多的机会，在课程改革的实践中引导教师不断反思，促进教师的专业发展”。化学教材的二次开发可以通过以下途径达到：

（1）灵活调整教学进度；

（2）灵活调整教学顺序；

（3）灵活变化教材的呈现方式；

（4）敢于质疑教材，超越教材。

但是需要指出的是，灵活使用教材并不代表轻易否定教材，而是在充分理解教材的设计意图基础之上，进行灵活的再加工创造，从而创造出令人满意的教学效果。

【**思考讨论**】面对新课程对化学教师教材使用提出的挑战，请分析化学教师必须具备怎样的素养?

二、高中化学新课程标准教材的特点分析

2004年9月,普通高中化学新课程在全国4个省实验区正式拉开帷幕,先后有3套普通高中化学课程标准实验教科书相继投入使用,分别是人民教育出版社的“人教版”(宋心琦主编)、江苏教育出版社的“苏教版”(王祖浩主编)和山东教育技术出版社的“新世纪版”(王磊主编)。尽管这几种教材的编写在内容上各有侧重,栏目上各具特色,但是整体上体现共同的特点:

(1)都以基础教育课程改革纲要和高中化学课程标准为依据,同时又在内容上呈现自己的自主性;

(2)都以提高全体学生的科学素养和终身学习能力为指导思想,以知识与技能、过程与方法、情感态度与价值观三个维度目标为统领;

(3)三套化学新教材都是采用模块教学:两个必修模块和六个选修模块,必修模块为科学素养的培养和高中阶段后续课程的学习打下必备的基础,六个选修模块让学生从不同角度去感受化学科学的魅力;

(4)在化学内容的选择和组织上都以化学学科的基本知识和基本技能;科学探究和化学学科的思想观念、研究方法和学习策略;反映化学与个人、社会、环境以及其他科学技术的广泛联系、相互作用和影响的STS内容,作为三条内容线索;

(5)在化学栏目设置上都设置多种学习栏目,教科书都采用多样化的呈现方式,并设计各种栏目引导学生主动学习。比如教科书设计了“你知道吗”、“思考与交流”、“资料卡片”、“科学视野”、“活动与探究”、“交流·研讨”等栏目,通过创设各种问题情景、事实情景、实验情景引导学生积极地思考,主动地收集资料,自主地进行科学探究。

三、在活动中生成教材内容的意义

“生成”是一个相对于“预设”、“既定”的概念,辞海中的解释是自然生成。生成与教材内容相连,构成了一种新的教学文化方式,冲击着原有的教材观念。它反对的是教师对教材内容的一味的塑造和传承,强调教材内容的范例性和多样性,内容学习的过程性和体验性,突出学习过程个性化建构的成分,倡导教材内容开放的、互动的、动态的生成。

教材内容的生成包括两层涵义:一方面包括教学中对“资料文本”性教材内容的生成,另一方面师生在教学交往活动中的行为变化,以及在此过程中获得

的情感、生成的体验以及领略到的思想方法等“体验文本”也是教材内容生成的表现。因此,教学内容的生成不仅是内容本身的不断丰富发展,更重要的是活动过程中教材内容的意义建构。教师可以根据教学实际和学生发展的需要,灵活机动地使用、创造教材内容,设计出丰富多彩的学习活动,从而在活动中生成教材内容,促进学生的全面发展[1]。

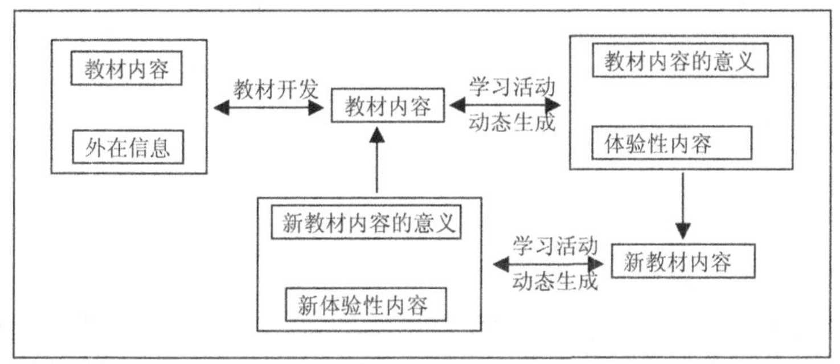

图 3-6　教材内容的活动生成过程

(一)教材内容的意义只有在师生的互动和体验中才能得到生成和充实

教材内容不是独立于学习主体之外而以客观真理形式摆在学生面前、等待学生去掌握的静态的知识体系。尽管我们通过语言符号赋予了教学内容一定的外在形式,但这些内容本身并没有产生任何意义。它必须经过教师和学生基于各自经验背景进行主动建构、感悟和体验,才能获得其意义。教材内容只有与特定情境下的活动和体验内在相关,同学生的自我参与程度紧密联系才富有价值,但离开了具体生动的学习过程,教学内容充其量只是一堆没有意义的文字符号。

(二)教材的“体验文本”只有在活动中才能得到丰富和提升

教材内容的生成除了包括一般意义上的“资料文本”之外,还包括师生在教学交往活动过程中的行为变化以及由此获得的感悟、生成的体验以及领略到的思想方法等“体验文本”,它们都是教材内容的重要组成部分。

实际教学中,每个学生都会以自己的经验为背景,以自己的方式生成对教材内容意义的理解。由于不同学生的已有经验的差异,因此对教材的理解也不尽相同,不同的学生会从不同的层次、角度、侧面、方式获得不同的感悟和体验,这就是教材内容的“体验文本”。“体验文本”是教材的重要组成部分,教材内容的意义正是在不同经验交锋和碰撞中得以丰富和提升的。这种“体验文本”来自于师生发自内心的情感体验,从中他们可以真实感受到自我存在的价值,

[1] 毕华林,刘冰. 试论化学教材内容的生成[J]. 课程教材教法,2004(11):74-76.

体验自我理智的力量,自我情感的满足,使其个性不断发展。反过来,它又会进一步使师生的经验更丰富,使教学的意义不断生成。这种相互促进、不断循环,使得教材内容不断生成,成为一个持续生长、开放的"生态系统"。

(三)教材内容的生成是一个在活动中不断促进、循环发展的过程

在具体的教学活动中,学生通过主动参与、交流合作、实验探究等活动,不但建构了教材内容的意义,而且培养了获取新知识的能力,更重要的是在这过程中获得的体会、感悟、方法、态度对后续的学习产生的积极的促进作用。它作用于新的教学内容使教学内容的意义更深刻,体验性内容更丰富,从而,形成一个不断循环发展的动态过程。

为了更好地在活动中生成教材内容,教师要深入分析并准确把握教材所体现的课程目标和教育理念。以此为出发点来创造性地开发和使用教材,而不要为教材所束缚,应使教学过程成为教材内容的持续生成与意义建构的过程,成为学生学会学习和形成正确价值观的过程。具体分析,教师可从以下几方面着手。

1. 结合学生的认知特点,联系学生的生活实际,丰富教材内容

建构主义认为,学生新知识的获得是建立在能被认知结构中原有知识同化的基础上的。因此教师在处理教材时,应在教材本身的内容基础上结合学生现有知识,来生成教材内容。例如,在学习物质的量这一部分内容时,要解决的第一个问题是引入物质的量单位——摩尔这一概念。而学生早已熟悉的是质量单位——克、长度单位——米等其他国际单位,可以在此基础上通过比较学习,引入概念。在理解摩尔定义时又可以借助熟悉的"打"(dozen)进行类比。

在学习过程中还应注意联系学生身边的生活实际,如通过"酒香不怕巷子深"、"热胀冷缩"等现象学习分子运动论,通过铵态氮肥不能久晒引入铵盐受热不稳定性。让学生学习身边的化学、有用的化学,来激发兴趣,提高素养。

2. 创设丰富多彩的学习情境,开展学习探究活动,生成教材内容的意义

在传统的单纯知识传授课堂中,缺少生动丰富的教学情境,学生无法自主参与学习探究过程,不能在实际情境中进行学习。根据建构主义理论,这样的活动不利于学习者利用自己原有认知结构中的有关经验去同化当前学习到的新知识,因而很难使学习者完成对知识意义的建构。

新课程倡导创设生动形象的教学情境,活化语言知识;强调用以科学探究为主的学习方式进行学习,使学生经过亲历、感悟、内化生成教材内容的意义。

如在氯气的性质教学中,创设氯水使红布条褪色,氯气不能使红布条褪色的问题情境,引导学生思考"氯气有无漂白性",并设计实验探究"是盐酸具有漂白作用,还是次氯酸具有漂白作用",在学习活动中生成和充实教材内容的意义和价值。

3. 捕捉课堂上的非预期因素,灵活调控,积极引导,促进教材内容的动态开放

学生是具有独立个性和人格的人,每个学生都有与他人存在个性差异的地方。同样的教材内容,不同学生会有不同的解读。在学生的交流讨论、合作学习、实验探究等活动中,会涌现许多想不到的信息和问题。教师要善于运用教学机智,根据学生的情况灵活调控,积极引导。在为学生的个性化学习提供一个自由的空间同时,对课堂信息理性的整理分析、独具慧眼的选择运用,使内容不断更新超越原来的预设,生成动态开放的教材内容。

【典型案例】《有机物中的同分异构》学生活动设计

情境:在1823年,德国化学家李比希制得雷酸银,分析了它的组成,确定了它的化学式:AgONC。这个分析结果得到的化学组成正和一年前他的同国化学家武勒制得的氰酸银AgCNO完全相同,武勒分析氰酸银和雷酸银,二者组成成分几乎一致,但是性质完全不同,雷酸银是一种猛烈的炸药,而氰酸银不是。他们二人在共同研究分析所遇到的难题时,却发现到一个更难解释的情况,即氰酸和雷酸组成也相同。这二者分析结果的相近引起当时欧洲化学界权威人士、武勒的老师和朋友、瑞典化学家贝齐里乌斯的注意。他在武勒和李比希发现雷酸银和氰酸银两种组成相同而性质各异的物质时,曾经认为这两个人中必有人分析错误。那么,究竟是谁错了呢?

学生活动一:利用球棍模型(可以是儿童智力玩具),制作甲烷的分子模型。

意图:利用化学史创设情境,激发学生学习兴趣,营造和谐学习气氛,并明确本课题研究的问题。唤起学生对旧知识的回忆,鼓励全体学生积极、主动参与,活跃课堂气氛。

情境:从碳原子的角度而言,其四个价电子充分被利用,每一个氢可以提供一个单电子,共结合了四个氢原子。在一个烃分子中一个碳原子最多只能结合四个原子。若有一种烃分子含二个碳原子,其价电子也均被充分利用,那么,它可以结合多少个氢原子呢?

学生活动二:提出假设,同学间两两利用做好的甲烷分子模型,制作乙烷分子球棍模型,并展示交流;观察各原子空间的相对位置,书写其分子式、结构式和结构简式。

意图:让学生体验"饱和"的涵义,培养空间知觉和合作意识。

情境:(设疑)若烃分子有三个碳原子,且均已饱和,那么它的分子式,结构简式如何写?若有n个碳原子,其分子式能否用一个通式来表示?碳原子是否在一条直线上?

学生活动三:练习书写其表达方式:分子式,电子式、结构式和结构简式。

意图:培养学生的推理能力(可运用数学归纳法的知识),学习书写结构简式,并在此基础上主动建构烷烃概念。

学生活动四:每四人一个小组合作制作丁烷的分子模型,并在活动中交流,提出问题,并尝试解决。

意图:鼓励学生学会发现问题、提出问题。在知识的比较和运用中巩固所学新知识。抓住学生的"最近发展区",构建新的知识体系(形成对同分异构体的认识),符合学生的学习心理。结合学生提出的问题,教师可根据课堂反应适时分层提问如:①四个碳的烷烃有几种构造?它们的性质是否相同?它们是否是同系物?它们有什么共同点和不同点?②什么是同分异构现象和同分异构体?同分异构体与同素异形体有什么不同?③一氯甲烷有没有同分异构体?二氯甲烷有没有同分异构体?④一氯丙烷有没有同分异构体?

点评:本课题学习旨在通过4个学生活动,让学生实现科学知识和技能的自我建构,同时体验获得知识的过程和方法,有利于培养科学的态度和创新能力,这一案例生动地体现了教材内容意义的动态生成过程。

第三节 国外中学化学教材概览

随着社会的发展,教材也逐步加以改革以适应社会发展的要求,体现了学科的科学性,知识性、趣味性、可读性和实用性。下面简要介绍三套具有代表性的国外中学化学教材。

一、国外代表性中学化学教材简介

(一)美国《现代化学》*Chemistry: A Modorn Course*

美国现在比较盛行、发行量比较大的教材是《现代化学》,它在美国高中150多种化学教材中发行量约占50%,理论篇幅比较多,比例约为40%,详见表3-4。《现代化学》是一套理科学生学习的教材,难度较大。

表 3－4 美国《现代化学》教材中理论性知识分布表

维 度	主要内容
物质结构	道尔顿原子模型、现代原子理论、光电效应、氢原子光谱、玻尔原子模型、海森堡测不准原理、薛定锷方程、原子轨道、量子数、电子亚层、电子构型的表征、核外电子排布、元素周期表（分区、电离能、电子亲合能、电负性的变化规律）、轨道杂化、共价键（σ 键、π 键、大 π 键）、离子键、金属键、8 电子规则、电子式、共振式、VSEPR 理论、分子极性、氢键、色散力、晶体构型、化合价、氧化数、化学式、分子式、分子量、式量、几何异构体、倍比定律、盖吕萨克定律、阿佛加德罗定律、摩尔、金属活动顺序、质量守恒定律
气 体	物相、分子运动论、波义耳定律、Gay－Lussac 定律：压强－温度的关系、道尔顿分压定律、理想气体、真实气体、气态方程、联合气体定律、标准摩尔体积、气体的摩尔体积、理想气体常数
化学反应类型	合成反应、分解反应、单取代反应、双取代反应、燃烧反应、氧化还原反应、取代反应、加成反应、缩合反应、消去反应；半反应、原电池、伏打电池、电解池
热力学和动力学基础	反应热、焓、生成热、溶解热、燃烧热、键能、熵、自由能、碰撞理论、活化能、活化络合物、质量作用定律、化学平衡常数、勒沙特列原理、电极电位、摩尔汽化热、摩尔熔化热、热容、比热、化学反应速率、影响反应速率的因素
溶 液	稀溶液的依数性、阿累尼乌斯定律、酸碱质子理论、酸碱共轭、路易斯酸碱理论、电离常数、同离子效应、缓冲溶液、溶度积、溶解度、悬浊液、胶体、蒸汽压、沸腾、凝固和融化、水的结构、电解质和非电解质、溶解速率、质量摩尔浓度、强电解质和弱电解质、电离、渗透压、指示剂、等量点、酸碱滴定
核化学	质量亏损和核的稳定性、天然放射性、半衰期、人工放射性、衰变、裂变、聚变、人工蜕变、核反应堆、核辐射

（二）《社会中的化学》*ChemCom*

美国在 1988 年出版了一本很好体现 STS 教育思想的化学教材《社会中的化学》。此教材主要是为高中或大专非理科学生编写的。正如出版者所表明的那样：“这个教材并不是要取代传统的化学教材，然而，如果你的大多数学生（95% 左右）不准备学习化学，甚至不打算学习理科的话，这是一本很好的教材。大多数的化学课程是为进大学的学生设置的，而不是为大众学生设置的。对大多数学生来说，这是他们唯一可以接受的化学教材。”

ChemCom 在使用过程中，也历经几次修订，2002 年推出的第四版由原来的 8 章调整为 7 章，相对变化较大[1]（见表 3－5）。从标题上我们可以看出，第四版教科书在重视社会问题的同时，也关注化学学科观念的形成，努力实现社会需要与学科逻辑的结合，这反映了 20 世纪 90 年代以后美国科学教育改革的理念和要求。

---

[1] 毕华林. 走向生本的教科书设计[M]. 济南：山东教育出版社，2006：36.

表 3-5 不同版本 *ChemCom* 体系比较

第二版(1993)	第四版(2002)
第一章 满足用水的要求	第一章 水:探究溶液
第二章 化学资源的保护	第二章 材料:结构与使用
第三章 石油:石油用于建设还是燃烧	第三章 石油:键的破坏和形成
第四章 了解食物	第四章 空气:化学和大气
第五章 世界中的核化学	第五章 工业:利用化学反应
第六章 化学、大气与气候	第六章 原子:核的相互作用
第七章 健康:危害与选择	第七章 食物:生命所需的物质和能量
第八章 化学工业:承诺与挑战	

(三)英国的《索尔特化学》*Salters' Chemistry*

《索尔特化学》是英国的约克大学理科教育组开发编制,1994 年由 heinemann 出版公司出版。它由 *Chemicai Storylines*, *Activities*, *Chemcial Ideas*, *Thachers Guide* 四本教学用书组成[1]。《索尔特化学》的课程目的主要有 3 个:①认识化学在社会及人类生活中的广泛应用和联系;②对化学的概念、原理等的实际应用具有理智的态度;③懂得有关食物、建筑材料、资源开发中的化学知识。这本教材有三大突出的特点:一是注重以学生日常生活经验中或现实中的化学问题为学习的起点;二是结合化学的广泛应用,介绍化学在人类生活与社会发展中的现实意义;三是用 STS 的方式来表现课程的学习过程,突出学习的综合性和理论联系实际。《索尔特化学》设置了 16 个学习主题:衣着中的化学、饮料、食物、金属、取暖、运输化学品、建筑材料、食品生产、农业中的化学、化学与保洁、矿物、塑料、燃烧和化学键、今天和明天的能源、医疗与保健药品、用电和发电。

《索尔特化学》要求教师在教学中更加注重探究性和解决问题的时效性,鼓励学生参与实际的探究活动,以达到活用知识、训练科学技能和培养探究能力即科学态度的目的。活动形式主要有设计课题进行探究、实证性的操作实验、小组讨论与合作解决问题、撰写课题报告、角色扮演、辩论和决策活动等。

二、国外化学教材编写的启示

通过对国外几套代表性的高中化学教材的分析,对我国高中化学教材在内容的选择和组织以及体系、体例的设计编排上,有如下几点启示:

---

[1]刘翠萍.英国中学化学教材 *Chemical Storylines* 习题编制的启示[J].国内外化学教育动态,2005(6):39.

(1)教材内容的选择和组织要以促进学生发展、提高每个学生的科学素养为主旨,综合落实知识技能、过程方法、情感态度价值观三个方面的课程目标。要紧密围绕并权衡化学学科的基本知识、科学探究和化学学科的思想观念、研究方法以及学习策略、具有STS教育价值的主题和素材三个维度来在选择和组织各个模块教材的内容。

(2)教材要具有良好的适应性,具有更强的灵活性和多样性。综合采用多种课程设计取向,尝试设置多种水平层次,提供多样选择性,能够满足不同学生的发展需要,为教师的教学留出创造的空间,适应不同地区和学校的实际条件。

(3)依据学生的认知发展规律和学科知识体系组织教材内容,突出教材的启发性、思考性,努力创设问题情景,引导学生积极主动地建构化学知识。

(4)教材体系的构建包括确定教材单元主题的内容和编排顺序两个方面,如何处理好学科知识、社会需求、学生发展三者之间的关系是构建教材体系的关键所在。要考虑教材内容的深度与广度的平衡,防止二者相互脱节。不论是过程方法的训练,还是概念理论的构建,都要力争循序渐进。同时,针对高中化学课程的特点,还需要综合考虑不同课程模块的功能和特点。

(5)对于教材体例的设计,要充分考虑高中学生的心理发展水平,充分体现以探究为核心的学习过程。栏目的设计不宜过多,每个栏目应具有明确的功能,对学生的学习确实发挥引导和促进作用。考虑高中化学课程标准的要求,不妨在确定各个模块的通用栏目基础上,再根据不同课程模块的特点,确定各具特色的、不同层次的“模块栏目”。

【资源链接】美国《化学:与变化的世界相联系》教材栏目[1]

美国《化学:与变化的世界相联系》一书中的栏目丰富多彩,贯穿教材的始终,突出了教材的主线,尤其是在科学探究、联系生活和社会实际、职业导向等方面显示出自己的特色:

- 问题解决——学做化学(Problem Solving—Chemistry at Work)
- 活动中的化学——给消费者的建议/你和你的世界(Chemistry in Action—Consumer Tip or You and Your World)
- 化学探索/化学活动(ChemExploration or ChemActivity)
- 整合(Integrating)
- 科学、技术与社会的联系(Connection—Science, Technology, and Society)
- 实验室探究(Laboratory Investigation)

---

[1]刘知新.化学教学论[M].3版.北京:高等教育出版社,2004:78.

(6)创设真实的学习情景和多样化的探究学习活动,培养学生分析问题和解决问题的能力,重视学生的亲身体验和主动参与。探究活动的设计要重视开放性,避免机械化、表面化,使每一个学生都能切身体会到探究的乐趣,促进新的学习方式的形成。

第四节　化学新课程资源的类型与利用

面对新课程,教师在化学课程资源开发与利用方面,面临双重任务,既要不断更新化学课程资源观念,革除片面的、狭隘的化学课程资源观,不断建立与新课程相适应的新课程资源观,还要积极投身到高中新化学课程资源的建设与应用上来,化学教师不仅要成为新课程的实施者,还要努力成为课程资源的建设者、管理者和共享者,在课程实施中积极参与到新课程开发与建设中来,并有效利用课程资源。

一、化学课程资源的类型

化学课程资源是学科课程资源的一种,就其存在形态和内容来说,通常有以下几种。

(一)化学教学参考资料

化学教学参考资料的概念是非常宽泛的,在宏观或微观方面指导化学教育教学的一切参考资料,都可以称为化学教学参考资料。具体来讲,主要包括化学教学法指导资料、化学教学参考书、化学课外活动指导手册、化学备课参考资料等,也包括不同版本的化学课本及其配套的教学参考资料、国家统一制定的化学课程标准及其相关解读手册、化学教学大纲、高考化学考试大纲及其说明等。化学教学参考资料是每位化学教师必备的资料,是化学教师专业成长最现实的助手,也是化学教学中最为重要的资源。

(二)教学课件和课件素材

化学教学课件是依据教学设计或教学方案为脚本在特定软件平台或系统下编制的课堂教学软件,课件素材主要是用于编制课件所用的素材,如,实验动画、装置图、微观粒子运动状态、有机分子结构模型等。化学教学课件及相关素材,对增强课堂教学的直观性,提高课堂教学效果,提供直接生动的场景,特别是在化学学科的实验或微观结构教学中有着不可替代的作用。因此,它们都是一种重要的化学教学必不可少的化学课程资源。

(三)优秀教学设计或说课案

课程标准要求的实现、教学目标的完成、教材所承载教学内容的有效传授,如何转化为实际的课堂教学过程,都需要在课堂教学前编制课堂教学的实施计划或实施方案,又叫教学设计或教学方案。用于说明编制教学设计或教学方案的意图、思路和原由的文本材料,叫说课案。教学设计、教学方案与说课案不仅是教学课件编制的脚本,同时又是指导化学教学的蓝图。因此,教学设计与说课案都是非常重要的课程资源。

(四)学习辅导资料、习题集

学习辅导资料是指用于指导学生学习的同步或综合性辅导资料,其内容包括学习内容解疑、学科知识串讲、典型例题讲解、学习方法指导、重点难点突破等,它是教师课堂教学的重要补充,是学生无声的老师,是学生知识积累与方法领会的不可多得的帮手。一本好的学习辅导资料,会让学生受益终身。习题集是指用于巩固教学效果、训练学生解题思路与方法,以形成解题经验的习题汇编,也包括同步训练试卷等。它们都是学生学习过程中不可缺少的重要参考资料,也都是课程资源的重要组成部分。

(五)化学实验室及装备

化学实验室不仅是验证物质性质、化学基本原理的重要场所,也是探究物质性质和组成、培养与训练实验基本技能的重要功能室,同时化学实验室又是研究性学习、化学实践活动的重要依托。因此,无论从化学学科的实验性特点考虑,还是从化学实验室的功能出发,都决定了化学实验室及其配套设施是化学学科最为重要的课程资源。

(六)化学图书、期刊

有关化学学科的图书千种万类,无论所承载的是学科知识,还是学科方法;无论介绍的是学科前沿,还是化学学科的科普读物,在课程实施中都有非常重要的价值,都可以直接或间接地进入课程或课堂教学。化学类期刊也多如牛毛,它所给出的往往都是最新的化学信息资源,它具有新颖、同步、方便、直接、实用、更新快、集名家之智慧的特点。与中学化学教学相关的各种期刊,包括杂志或报纸都是可以直接进入课程的信息资源。

(七)电子媒体

电子媒体包括影视光碟、媒体新闻、电子网络等。教学课件及素材、教学设计及说课案等,更多的是以电子稿的形式存载于 CD、VCD 之中,这些光碟已经成为学校课程资源库的重要组成部分。电视新闻媒体中也有许多可以利用的课程资源，特别是电子网络，不仅是当前人们开发、建设、交流与共享的资源平台，同时电子网络资源也是当前最具开发价值与开发潜力的信息资源，电子媒体本身就是一座具有巨大发展潜力的课程资源库。

（八）社区、工厂、农村、科研院校

社区、工厂、农村、科研院校都是校外课程资源的重要组成部分，不仅开发价值巨大，同时也是校内课程资源的重要补充，还是课程资源利用的空白点。基于化学学科的社会性、科学性、生活性等特点，社区、工厂、农村、科研院校都是潜力巨大的课程资源库，社区活动、工农业生产过程、科学研究各环节不仅是蕴藏着十分丰富的化学学科课程资源，还承载着相当客观的活动课资源，同时大专院校、科研机构又是重要的人才资源和高端化学实验资源基地。

（九）教学经验及教学艺术

化学教师的教学经验、教学素养、教学艺术、教学方法等，虽然都是隐性的，但往往都是最重要的课程资源。一所学校的化学教师的基本学科素养，虽然很是校本的，也是极富有个性化的，但又是最为难得的学科资源，因为它直接决定着学生学习化学的学习兴趣、学习效果、学习成绩，甚至决定学生在选修课程上的价值取向和今后成长与发展的方向。

二、化学课程资源的利用

化学课程资源的第一价值在于应用，没有利用价值的课程资源不可称之为课程资源，无法利用的课程资源也是无效资源。因此，课程资源的利用需要讲究一定的方法与策略。

（一）充分利用校内资源

校内课程资源是实现课程目标，促进学生全面发展的最基本、最便利的资源，也是最能引起我们重视的课程资源。其利用效果如何，关键在于我们能否以现代教育理念为指导，能否根据学校自身的特点，结合教学实际有效地加以利用。当然，在利用校内课程资源时，要特别注意显性资源、隐性资源的利用，如化学教师的教学经验、处理具体教学内容的方法与策略、难点与疑点的化解办法等，这些都是非常重要而且可以直接利用的课程资源，这些来自课程实施者自我开发的、原生态的、素材性课程资源是提高教育教学质量的根本，必须加以充分利用。

（二）重视利用校外资源

校外课程资源是校内课程资源的必要补充。要重视利用校外各种化学课程资源，通过参观、访问、讲座、讨论、实习等途径，使学生更多接触社会，了解化学与社会生活、经济发展、环境建设、科学技术、工农业生产等的关系，以激发学生的学习动机，并在化学知识的学习中有效地培养其实践能力和社会适应能力。

校外的化学课程资源极为丰富多彩，有社会提供的科普教育资源，如科技馆、化学科研院所、各种社区的科普教育基地以及所在地区高校可利用的科学教育资源和化学教育人才资源等；有可以作为科学教育的间接社会资源，如医院、化工厂、污水处理厂、金属冶炼厂、有机化工、采矿厂、农场、农业科技示范田等；有日常生活和生产中的素材，如在教师指导下，测定工业废水的污染情况、生活水源地水资源卫生状况、农田水质 pH 情况等，自主设计防治、处理或改善对策，等等。

另外，校外的化学课程资源最容易成为化学研究性学习的条件性资源，中学生在开展化学研究性学习时，更多的研究课题都依赖于甚至取材于这些校外课程资源，学校必须加以重视。

（三）广泛使用各种媒体资源

无论是平面媒体，还是空中传媒都蕴藏着极为丰富的、鲜活的课程资源，都有着非常重要的利用价值。化学学科是与社会、生活紧密相联系的学科，化学新物质的合成、化学实践与理论的最新发展、生活中重大的化学事件、化工生产与农业生产中化学最新应用等，不仅是最现实的课程资源，也最容易作为素材出现在各类试题中。媒体资源的利用重在广泛，重在所传播课程资源的价值。传播或传递化学课程资源的媒体主要有：影视媒体、广播、报纸杂志，还有因特网等。所有课程实施者，都要积极关注这些资源，并做好收集归类，结合具体的教学内容加以应用。当然，不同条件的学校，可根据各自不同的实际，有选择、有重点地利用各种媒体资源。

（四）合理利用网络信息资源

随着互联网的普及和推广，教师可以方便地从互联网上获取各种信息（化学与社会、化学与新闻、化学与环境、新技术所含有的化学知识等），下载各种教学资料、教案及课件，再整合自己的见解，制作适合教学需要的各种课件，并以此作为教学素材，应用于课堂教学之中，达到提高教学效率的目的。

网络信息资源，主要包括三个方面：①共建课程资源平台上的自主开发的课程资源；②广泛存在于因特网上的共享资源和各种免费资源；③专业课程资源网站的有偿使用资源等。所谓合理利用，是指根据网络资源特点，最大程度地发挥网络资源的优势，服务于新课程。具体地说，“合理使用”有以下三种理解:①根据网络资源的可调取性,在课程实施过程中,不必把所有的可用资源都下载或调取在某一个平台上,而是把所要选择的课程资源链接到课件中,现场使用随时调取;②根据网络资源的互动性,发挥某些课程资源自身所带的评价功能,对学生的学习结果进行即时评价;③根据网络资源的广泛性,利用搜索引擎通过互联网直接搜索所需要的各种课程资源,提高课程资源的选择空间,也更有利于课程资源的有效利用。

(五)恰当使用教材

教材是实现课程目标的载体之一,是最重要的课程资源。教材是为教师的教和学生的学服务的,是为实现学生发展这一教学的终极目标服务的,教学过程不只是从教科书到教师再到学生的单向传递过程,而应该是学生、教师、教科书以及环境之间的多向互动和探究的过程。新课程理念下的教材将是帮助学生进行学习并学会学习的工具,是引导学生理解人类已有经验和知识的媒介,是课堂学习的重要资源。在高中化学新课程的实施中,教师要认真研究新教材,充分吸收不同版本教材的优点,根据当地的课程资源和学生的学习情况,创造性运用教师去"教",而不是简单地"教"教材。

(六)慎重选择教辅资料

注意选择使用与教科书相配套的教学参考资料、教辅资料、多媒体教学资料光盘、教学影像资料、教学软件、教学案例等,以帮助教师正确理解课程标准和教材,准确把握教学要求,有效组织教学活动。新教材使用后,教辅材料多如牛毛,鱼目混珠,师生往往会无所适从。目前市场上的教辅资料与课程标准要求不相符合的内容仍然存在,相应的题目学生不会做,教师就补充内容,这种盲目地适应教辅材料的做法,会使我们的教学背离课程标准,直接造成教学内容增多、教学难度加大。课程资源不是试题资源,教辅资料绝不能成为新一轮题海战术的战场,在选择教辅时,绝不能引导学生再次误入题海。因此,教师在备课时要认真筛选习题,使习题与教材内容相配套,要特别防止不良教辅材料可能给新课程实施带来的干扰。

总之,化学课程资源的利用,既有课程实施所必要的共性要求,也是课程实施者一项非常个性化的常规要求。再丰富的课程资源,不加以利用或利用不当,其后果都是非常严重的。因此,广大教师必须充分认识课程资源的实际价值,不仅要积极参与到课程资源的建设中来,还要积极有效地、自觉主动地、富有创造性地利用各种课程资源为课程实施服务,为课堂教学服务。

思考与练习

1. 高中化学新教材有哪些新功能？在新课程理念下教师应具有怎样的教材观？

2. 查阅资料，概述我国 1978 年以后的初中化学教材发展简史？

3. 查阅资料，概述我国 1978 年以后的高中化学教材发展简史？

4. 如何从网络中获取化学教学资源？

5. 谈谈国外中学化学教材对我国化学教材编制的启示。

第四章　化学教学的原理与方法

教学是教育目的规范下的、教师的教与学生的学共同组成的一种教育活动。教学是由教师的教和学生的学所构成的，教是影响学生学的重要条件之一，但学生不用教也能学，即使教师在教，倘若学生不予注意或知识准备不足，教也不一定导致学。教和学是既相互关联又相互独立的活动，或者说是教学实践活动的两个不同性质的方面。教学是教学理论、教学心理学的研究对象。前者主要研究"怎样学"的问题，后者主要研究"怎样教"的问题。本章围绕化学教学基本理论，化学教学过程的本质，化学教学原则、模式、策略和方法等问题进行探讨。

第一节　化学教学基本理论

教学理论的形成与发展经历了漫长的历史阶段，从教学经验总结到教学思想成熟，再到教学理论的形成与发展。这一进程就是人们对教学实践活动的认识不断深化、不断丰富的过程。

一、我国传统教学理论

我国传统教学理论内涵丰富，不同历史时期，不同时代具有不同的教学思想。这些教学思想大多是在前人思想基础上提出的，进而符合那个时代教育教学的需要。如我国两千多年前出现的《学记》，就是对教学经验的精辟概括与总结，是我国古代教学思想之大成，被认为是世界教育史上最早论述教学的专著。它不仅内容涉及教学理论方面，而且"学记"一词也与今天教学理论这个词差不多，在古代汉语中，"学"就是指教学，"记"是一种文体，有记述、论述的意思[1]。

---

[1]施良方. 教学理论：课堂教学的原理、策略与研究[M]. 北京：教育科学出版社，1999：19.

我国传统教学理论最早可追溯到公元前6世纪,孔子(公元前551—公元前479)的教育思想蕴含了教学理论的萌芽。他倡导启发式教学,“不愤不启,不悱不发,举一隅不以三隅反,则不复也。”[1]同时他提出“学而不思则罔,思而不学则殆”[2],提倡“躬行”,即身体力行,初步形成了把“学”、“思”、“行”看作统一的学习过程的思想,这是最早的教学理论思想。这一思想被后来的儒家思孟学派所发展,在《中庸》中明确提出了“博学之、审问之、慎思之、明辨之、笃行之”的学习过程理论。这一过程理论强调学生个体能动的学习、思考和实践。在教学理论方面,程朱理学进一步深化了因材施教,启发诱导,循序渐进,温故知新,博约结合等教学思想。朱熹的读书法也对古代的教学理论有重要贡献[3]。

近代西方教育思想渐渐传入我国,被毛泽东称为“学界泰斗,人世楷模”的蔡元培(1868—1940)提出“五育”并举的教育方针。“皆今日之教育所不可偏废”是蔡元培教育思想的一个显著特点,也是他对中国近代教学理论的重大贡献。陶行知(1891—1946)则重视教育与生活的联系,他的生活教育理论主要由三大教育原理组成:“生活即教育”、“社会即学校”和“教学做合一”[4]。其中“教学做合一”思想在陶行知生活教育理论中占有重要的地位,是“生活即教育”在教学方法问题上的具体化。

当代教学理论更加发展,如我国王策三的《教学论稿》(1985),他是以伦理学和认识论为理论基础来构建教学理论体系的,其确定教学理论的研究范围主要是:教学的目的和任务、教学过程(规律与原则)、教学内容、教学组织形式、教学手段与方法以及教学效果的检查与评价等。

二、国外教学理论及其发展

教学理论源于教学实践,国外古代教学经验的长期积累孕育了最初的教学观念和思想。国外教学思想的源头可追溯到古希腊。雅典著名思想家苏格拉底(Socrates,公元前469—公元前399)在其教学中使用对话、提问、暗示、诘难、归纳等方法,激发学生思维,以使之主动寻求答案,称之为“产婆术”,教育史上认为这是西方最早的启发式教学。古罗马著名教育家昆体良(Marcus Fabius Quintilianus,约35—95)系统地总结了他从教二十余年的教学经验(特别是教学法方面的经验),写成十二卷的《雄辩术原理》,被誉为古代西方的第一部教学法

---

[1]《论语·述而》

[2]《论语·为政》

[3]朱永新.中外教育思想史[M].南京:南京大学出版社,2000:293-294.

[4]孙培青.中国教育史[M].上海:华东师范大学出版社,2000:467.

专著。提出了"摹仿、理论、练习"三个循序渐进的学习过程理论。

中世纪是宗教统治的时代,教学理论发展缓慢。近代是国外教学理论的形成时期。1632 年捷克大教育家夸美纽斯(Johann Amos Comenius,1592—1670)出版了教学论史上划时代的著作《大教学论》。西方学者认为,它是第一本最系统地总结了欧洲文艺复兴以来的教学经验的著作,奠定了该学科的基础。17 世纪因此而被称为教学论的世纪。夸美纽斯之后,法国的卢梭(J. J. Rousseau,1712—1778)和瑞士的裴斯泰洛齐(Johann Heinrich Pestalozzi,1746—1827)继承和发展了夸美纽斯的自然适应教学思想,对近代教学理论作出了重要贡献。德国著名教育学家赫尔巴特(Johann Friedrich Herbart,1776—1841)在裴斯泰洛齐教学思想影响下,在教育史上第一次建立了以心理学为基础的教学理论,提出了"明了、联想、系统、方法"四个阶段,对指导和改进教学实践起到了积极作用,标志着教学过程理论的形成。但他的传统教学理论忽视学生的主动性,忽视学生个人经验和能力在教学中的重要作用,压抑了学生的积极性,不利于教学的改进。19 世纪末 20 世纪初,出现了一种反传统教育派的进步教育思潮,其思想代表是美国实用主义教育家杜威(John Dewey,1859—1952)。他反对教材中心、教师中心和传统的课堂教学,主张儿童活动中心,重视学生的生活经验,通过从"做中学"来调动学生的积极性,促进他们的成长。杜威依据学生在"做中学"的认识发展提出了"困难、问题、假设、验证、结论"的五步教学法。但因忽视了教师和教材的作用等因素,学生学不到系统的科学知识,导致教学质量的降低。

20 世纪 40 年代,马克思主义教学论诞生,这是教学论发展史上一次革命性的飞跃。在苏联十月革命后社会主义条件下形成了以苏联教育家凯洛夫(И. A. Kanpob,1893—1978)主编的《教育学》为代表的教学理论。同时,教学理论正朝着哲学和心理学两个方向发展:一是欧洲(尤其是德国和苏联)与日本、中国以伦理学和认识论为理论基础来构建教学理论的体系,如苏联达尼洛夫等编的第一本以《教学论》(1957)命名的专著,斯卡特金主编的《中学教学论:当代教学论的几个问题》(1982)等。确定教学理论的研究范围是:教学的目的和任务、教学过程(规律与原则)、教学内容、教学组织形式、教学手段与方法以及教学效果的检查与评价等,二是英语国家(尤其是北美)以心理学为理论基础来构建教学理论的体系。如美国布鲁纳的《教学理论探索》(1966),奥苏贝尔的《教育心理学:认知观》以及加涅的《学习条件和教学理论》,认为教学理论是一种处方性的和规范性的理论,它所关心的是促进学习而不是描述学习。教学理论必须建立在学习理论的基础之上,而且还需要把焦点对准教学实践,这就是说,教

学理论一定要在更大程度上关心教学的程序或技术的方面[1]。

20世纪五六十年代以来，由于社会生产力和科学技术的飞速发展，出现了世界性的教学改革潮流。具有代表性的教学理论流派有：苏联赞可夫的“小学教学新体系”，巴班斯基的“教学过程最优化”理论，保加利亚洛扎诺夫约“暗示教学”，德国瓦根舍因等人的“范例教学”等。斯金纳（B. F. Skinner）的程序教学理论、布鲁纳（J. S. Bruner）的认知结构教学理论、布卢姆（B. S. Bloom）的掌握学习教学论、加涅（R. M. Gagne）的学习阶层论、奥苏伯尔（D. P. Ausubel）的有意义学习教学论、罗杰斯（C. R. Rogers）的非指导性教学论、凯勒（F. S. Keller）的个人化教学系统理论、阿特金森（R. C. Atkison）的最佳教学策略、托兰斯（E. P. Torarnce）的创造性教学理论、格拉泽（R. Glaser）的个别化教学设计模式、班杜拉（A. Bandura）的社会学习理论等。

下面就近几十年来影响较大的一些国外教学理论作简要介绍。

（一）布鲁纳的发现教学理论

布鲁纳（J. S. Bruner），美国教育心理学家。布鲁纳从结构主义思想出发，以智力发展为主线来研究儿童认知过程，在此基础上构建了他的教学理论。他认为儿童的认知发展过程是由3个阶段组成的，按照认知复杂性增加的顺序，这3个阶段依次是：动作描述（用动作再现事物的表象）阶段、图像描述（用图像再现事物的表象）阶段和符号描述（用符号再现事物的表象）阶段。通过教学可以促使学生的智力发展。

布鲁纳的发现教学理论重视智力发展顺序，重视认知结构的形成，重视改进学习过程，重视内部动机的作用，有着积极的意义和广泛的影响。但是，这种理论忽略了学生和科学家探索过程的差别，也未能阐明发现教学的适用范围。实践证明，把发现教学作为唯一的或主要的教学模式使用是缺乏可行性的。

（二）赞可夫的发展性教学理论

赞可夫（1901—1977），苏联著名教育家，心理学家。他的主要著作有：《教学与发展》、《教学论与生活》、《和教师的谈话》、《论教学论研究的对象与方法》、《论小学教学》等。赞可夫的教育实验以辩证唯物论和系统论为指导，运用心理学、统计学等科学方法，对学生在他的实验教学中达到的发展水平进行了长期的动态研究，同时坚持对实验教学和传统教学的做法和结果进行对照研究。不断总结研究成果，提出了他的发展性教学理论。

赞可夫的发展性教学理论的主要观点体现在：

---

[1]施良方. 教学理论：课堂教学的原理、策略与研究[M]. 北京：教育科学出版社，1999：20.

第一,教学改革应主要追求促进学生的一般发展,并且使学生的一般发展尽可能达到最理想的水平。所谓"一般发展"是相对于某一门学科或某一组学科引起的独特的发展(即"特殊发展")而言的,指的是由各门学科引起的共同一致的发展,是学生身体和心理的全面发展,即包括了智力发展,情感、意志、道德品质、个性特点和集体主义精神的发展及身体的发育等各个方面。

第二,"一般发展"教学的指导性原则。以高难度进行教学的原则;以高速度进行教学的原则;理论知识起指导作用的原则;使学生理解学习过程的原则;使全体学生都得到发展的原则。

(三)布卢姆的掌握教学理论

布卢姆(B. S. Bloom),美国教育家和心理学家。他的教学理论以新的教学评价理论和学生观为基础,吸取其他教学理论的合理之处,形成了自己的特色。

布卢姆认为,传统的教育评价基本上是用来给学生分等分类的,这对改进教学所起的作用很小,却会对许多学生的人格发展产生不利的影响。他提出了教育评价的新概念,主张教育评价以改进教学为目的,以系统收集证据为手段。他认为,教学结构可以分成3个主要部分:学习前学生的准备状况、教学活动和要达到的教学结果。为了达到预定目标,需要对这3部分进行评价,来获得教学反馈信息并进行相应的调整。这3阶段的评价工作分别为诊断性评价、形成性评价和终结性评价,它们的目的、功能、步骤和方法各不相同。布卢姆发现,家庭和学校环境是决定儿童学习优劣的主要因素。根据他对影响学生学习的因素的研究,只要提供适当的学习条件,大多数学生在学习能力、学习速率和积极的学习兴趣、态度等方面的差异可以减少到很小的程度。以此为基础,他提出要"为掌握而学,为掌握而教",并且设计了跟一对一个别教学方法等效的群体教学方法。

布卢姆的掌握教学理论着眼于改进班级教学和减少学习的差异,是一种新传统主义教育流派。

(四)加涅的规划教学理论

加涅(R. M. Gagne)的教学论思想也是以他自己的学习理论为基础的。加涅的学习理论主要涉及学习的过程、结果和条件等方面。加涅认为,无论是简单的学习还是复杂的学习,一般都包括8个阶段,它们依次是:动机阶段、领会阶段、获得阶段、保持阶段、回忆阶段、概括阶段、操作阶段和反馈阶段。每个学习阶段都可以看作是学习者中枢神经系统把信息从一种形式转换到另一种形式,直到在一种操作中得到反应的内部过程。内部学习过程受到外部环境刺激的影响,这种环境通常是教师教科书或其他资源通过语言的传递而形成的。规

划、设计、选择和监督这些外部环境的安排，以达到激活必要学习过程的目的，是教学管理者的任务。加涅认为，教学是复杂的，并且受到一些特殊情境的限制，所以一定要事先规划。教师在教学中最重要的工作就是要使学生的学习得到帮助。

（五）瓦根舍因的范例教学理论

范例教学理论是以瓦根舍因、克拉夫基等人为代表的前联邦德国教育家提出的一种教学理论。这种理论的基本思想是：工作的能力比泛泛的知识更重要。应该通过“教养性学习”使学生获得系统性知识，了解学科的基本结构和各种知识之间的联系，让他们对一门学科有一个整体的、全局的观念，而不是像传统教学那样尽力让学生掌握一大堆所谓具有系统性的材料。

范例教学理念下的教学活动要求达到四个统一：即教学与训育的统一、解决问题的学习与系统的学习的统一、掌握知识与培养能力的统一、主体（学生）与客体（教材）的统一。范例教学的基本程序一般有四个阶段：范例性地阐明“个”的阶段，范例性地阐明“类”的阶段，范例性地掌握规律阶段，范例性地获得关于世界与生活的经验。实际上，范例教学不是一种新的发明，也不是由某个人首创。它的许多思想很早就被不少人提到或者用于教学实践。但是，前联邦德国教育界对它作了集中、系统、深入和充分的总结、研究、讨论和阐述，终于使它成为一个独立的教学理论流派并引起广泛的注意。

（六）巴班斯基的最优化教学理论

巴班斯基，苏联著名教育家。他提出了教学质量最优化理论。巴班斯基认为，为了拟订或选择最优的教学方案，要用系统、完整的观点看教学过程的结构；要分析研究教学过程的内部联系和矛盾，揭示教学的规律性；要按照所揭示的教学规律提出新的教学原则体系。在总结教育实验研究经验的基础上，巴班斯基认为下列实施程序是切实可行而有效的：

（1）教师掌握教学、教育任务，使任务具体化；

（2）选择在该条件下最优组成教学过程的标准；

（3）为解决规定的教学、教育任务，研究并制订对该条件来说最好的综合手段；

（4）尽可能改善条件以实施所选定的教学方案；

（5）实施所拟订的教学工作计划；

（6）根据所选择的最优化标准分析教学过程的结果。他还分别在研究教的最优化方法、学的最优化方法的基础上，提出了教学最优化的方法体系。掌握教学最优化思想将会促进教师创造个性的发挥，增长他们的才干和提高教育工作的艺术。

(七)建构主义教学理论

建构主义教学理论以建构主义认识论和建构主义学习理论为基础,建构主义作为认识论可以追溯到古代哲学家苏格拉底和康德,作为学习理论则跟杜威、维果斯基、皮亚杰、布鲁纳等人有关。

建构主义者认为,长期以来,多数教学理论都以客观主义认识论为基础的。客观主义认识论把知识看作是不依赖于人脑而存在的实体,认为在知识完全"迁移"到人的大脑内部进入人内心活动世界时,人们就真正获得了知识。因此,以客观主义为基础的教学理论偏重于教的方面。建构主义认为,"实在"不过是知者的心中之物,是知者构造了实在,或者至少是知者按照他自己的经验解释了实在。学习者的知识应该是他们在与环境的交互作用中自行建构的,而不是灌输的。因而,建构主义教学理论特别侧重于学的方面。提出"情境、协作、会话和意义建构"作为建构主义学习理论的四大要素。

建构主义的教学原则主要是:

(1)所有的学习活动都应该以更有效地适应世界为目的。为此,要跟有关问题的解决或任务的完成挂钩。

(2)学习的目的和问题不应该是强加给学生的,教学目标要跟学习环境一致,支持学生自己分析和提出问题。

(3)设计真实的任务和环境,使学生能够经历与实际世界类似的认知挑战。

(4)设计的学习情境的复杂程度应该跟实际情境的复杂程度相近。

(5)让学生自主解决问题,教师要激发学生的思维和学习的积极性。

(6)设计支持和激发学生思维的学习情境,教师的作用不是提供答案,而是提供示范、教练和咨询,在学生遇到问题时,给予有效的支持。

(7)鼓励学生在社会情境中检验自己的观点和对真实的理解。

(8)鼓励学生进行反思、协商和持有多重观点,发展自我控制能力,成为独立的学习者。

在建构性教学中,学生是知识的积极建构者;教师则是学生建构知识的支持者、辅导者和高级合作者。

(八)个性化教学理论

个性化教学理论提倡从学生的个性差异和学习需要出发,将教学由过去的分离状态演变成一个完善的整体系统,以满足个体灵活多样的发展需要[1]。其

---

[1] Dianne L. Ferguson, et al. *Designing Personalized Learning for Every Student*[M]. ASCD, 2001:2-4.

最早起源于加德纳"以个人为中心的学校"[1]设想,加德纳认为教学应该采用学生自身最新的学习框架去做最有利于学生学习的教育决定,从而确定最有利于学习的教学方式。为此,与传统教学相比,个性优化教学中需要引入三种角色,即评价专家、学生课程代理人和学校社区代理人,以实现在学习者个性特征和学习环境之间努力达成一种平衡。

个性化教学是对传统"划一性"教学提出的教学理论,认为个体存在认知维、情感维和生理维三个方面的差异,因而导致学生学习方式的差异,教学就应该符合这些差异性[2]。与一般的教学理论相比,个性化教学更加强调教学过程中的差异诊断、处方、教学、评价,通过重塑教师的角色认知,以此构建适合每一个学生差异性发展需要的教学结构模型。

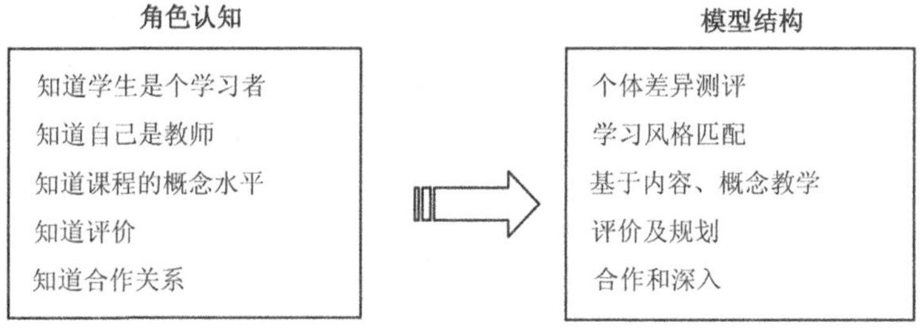

图 4-1　个性化教学中教师角色认知和模型结构[3] (William Powell,2011)

【思考讨论】结合国内外教学理论的发展及中学化学新课程改革的思想,谈谈你对化学教学过程的理解。

第二节　化学教学过程的本质和原则

化学教学过程的理论是进行化学教学活动的基本理论。教师只有很好地认识和了解它,才能科学地组织化学教学活动,掌握化学教学过程的本质、特点和功能,从而有效地提高化学教学质量,顺利地实现化学教学目的和任务。

---

[1] [美]霍德华,加德纳. 多元智能[M]. 沈致隆,译. 北京:新华出版社,2005:77.

[2] James W. Keefe and John M. Jenkins. "Personalized Instruction". http://www. lecforum. org/publications/Jenkins_Keefe_KAPPAN_Article_1. htm.

[3] William Powell & Ochan Kusuma-Powell. *How to Teach Now*[M]. ASCD,2011:3-4.

一、化学教学过程及本质

化学教学过程是学生在教师有目的、有计划的指导下,积极主动地进行科学探究活动,形成化学基本观念,掌握基础知识、基本技能、探究方法、发展能力,端正态度,形成科学世界观及其个性全面发展的过程。

这个过程是通过一系列化学教学活动完成的。因此,化学教学过程也是教学活动过程。了解化学教学活动的构成要素及其相互关系是非常必要的。

(一)现代化学教学系统的构成要素

1.化学教学系统诸要素分析

中学化学教学是一个复杂的系统,是由学生、化学教学目的、化学课程、方法、环境、反馈和化学教师等相互作用和相互联系着的若干组成要素以一定结构方式结合形成的具有特定功能的有机整体。化学教学过程是通过一系列化学教学活动完成的,因此,化学教学过程就是化学教学活动过程。

(1)化学教学活动为学生而组织,没有学生就没有组织教学活动的必要与可能。学生是学习的主体,没有学生就不存在教学活动,所以学生是化学教学活动的根本因素。学生这个因素主要指的是学生的身心发展水平、已有的知能结构、个性特点、能力倾向和学习前的准备情况等[1]。学生自身的素质是学习的动力要素。学生自身的素质主要包括兴趣、动机、毅力等情感因素以及原有的认知结构、学习行为习惯、思维能力等认知因素。学生是一个独立的学习主体,有着自己的个性特点和学习风格。只有充分调动他们的主动性、积极性,化学教学系统才能真正地运行起来。学生的学习要求和学习效果是推动化学教学改革的重要动力,是对教师运用教学方法的能力和水平的评价,是化学教学方法改革和更新的内动力。

(2)组织化学教学活动是为了达到一定的教学目的。所以,化学教学目的也是化学教学活动必不可少的要素之一。化学教学的根本目的,是使学生的认知结构、心理结构、品德结构等发生预期的变化,是学生发展状态的积极变化。

(3)化学教学目的凭借什么去完成?在化学教学中,主要凭借化学教学内容,或者说是化学课程。这是化学教学活动中最有实质性的因素。具体表现为中学化学课程方案、化学课程标准和化学教材。

(4)化学教师怎样根据并运用化学课程教材来使学生学习,从而达到化学教学的目的?这就必须依靠一系列方法。所以方法也是化学教学活动的一个

---

[1]李秉德.教学论[M].北京:人民教育出版社,1991:11.

要素。它包括化学教师在课内和课外所使用的各种教学方法、教学艺术、教学手段和各种化学教学组织形式。

(5)化学教学活动是在一定的时空条件下进行的,如果说学校的建筑、图书、化学实验条件、电教媒体是化学教学得以进行的硬环境,那么作为当今社会文化背景下亚文化之一的校园文化则是学生学力和人格成长的软环境,这种文化环境应是到处弥漫着探究气氛的学校,师生皆学且善于质疑问难的学校;教师是积极探索、勤于研究、善于指导学生创造性学习的促进者,在这种教师影响下的学生才会是把自主学习、独立思考与教师的指导相结合,学习书本知识与实践活动相结合,把化学知识的获得、能力的提高与科学态度和自然观的形成作为自我实现的需要。环境条件既然是化学教学活动必须凭借而无法摆脱的,因此它就必然构成化学教学活动的一个要素,教学环境深刻地影响着学生的认知特点以及对化学知识的价值判断和信念[1]。

(6)化学教学是在化学教师和学生之间进行信息传递的交互活动。这种信息交流的情况进行的如何,要靠反馈来表现。应从“教”与“学”两方面进行反省,化学作业、测验只是学习者掌握教材真实程度的一种反馈信息,更重要的是看化学教学过程中学生做了什么、说了什么、想了什么、学会了什么、感受到了什么,教师如何创设学习情境,激发学生的化学学习热情与探究兴趣,如何组织学生进行讨论、交流,引导学生解决化学问题,如何评价和激励学生[2]。

(7)在化学教学活动中绝对少不了的要素,就是教师。化学教师的素质(包括思想品德素质、教育思想素养、新课程理念、科学文化素质、能力素质及身体和心理素质等)是动力要素。也可以概括为职业品质和业务水平两个方面,职业品质主要是指职业道德,特别是责任感,对学生的情感态度、价值取向等。业务水平主要是指专业文化水平和教育教学能力。前者是知识结构状况、各种知识储存量、专业知识深广度;后者是指全面掌握和运用教材的能力、组织管理能力、语言表达能力、对学生状况的认识和因材施教的能力、对教学效果预测的能力、教学机智水平等。教师在整个教学系统中处于主导者、主控者的关键地位。

2. 化学教学各要素之间的关系

研究化学教学系统各组成要素的结合形式及其整体的特定功能,有助于从各要素的相互联系和作用中发现系统的规律性,从而指导中学化学教学。化学教学系统诸要素之间的关系我们可以用图 4-2 来表示:

---

[1]马永平,杨承印. 教学情境中的化学教学系统结构探析[J]. 化学教育,2003(9):7.

[2]李永红. 中学化学教育学[M]. 武汉:武汉大学出版社. 2002:86.

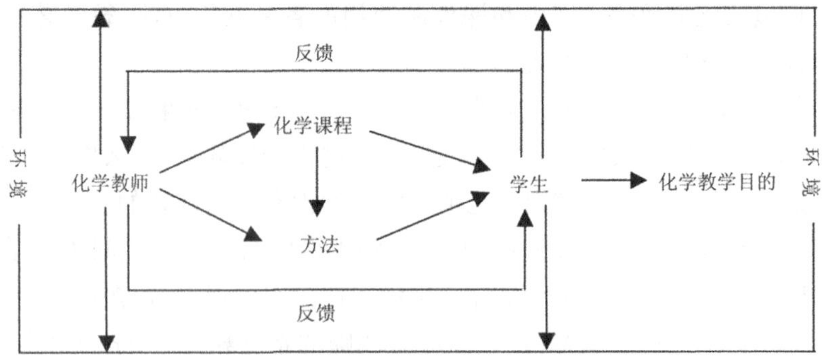

图4－2　化学教学活动构成要素示意图

图4－2说明：化学教学的最终任务是要完成化学教学目的，而化学教学目的是否达到要从学生身上来体现，学生是化学教学活动的出发点和落脚点。为了达成目的，必须通过化学课程与方法的中介。化学教学目的、任务是否完成，达到什么程度要看学生方面发回来的反馈信息[1]。在整个化学教学过程中，环境都会对化学教师和学生产生有利的或不利的影响，但教师和学生也会对环境发生反作用。

（二）化学教学的特征

1. 以化学实验为基础

以实验为基础是中学化学最突出的特征。化学实验是化学科学研究的重要方法，也是化学教学的有力手段。化学教学过程中的感知、理解、巩固和应用知识并形成能力等几个基本阶段，都与化学实验密切相关。通过化学实验，可以使学生获得必要的感性认识，帮助学生掌握化学基础知识，训练学生正确地掌握实验的基本方法和基本技能，培养学生观察、思维、独立进行实验操作以及独立解决化学问题的能力。同时，还能培养学生理论联系实际的学风和实事求是、严肃认真的科学态度。实践证明，中学化学教学离开了化学实验，教与学就失去了活力与魅力。因此，加强实验教学是突出化学学科特点、保证完成化学教学任务的重要手段。在化学教学实践过程中，可以从以下几个方面体现化学教学的这一特征：

（1）让学生亲自做实验和观察各种现象，亲自体验通过实验进行的探索规律的活动。

（2）结合实验事实和实验过程，让学生认识化学概念和理论是怎样形成的。

（3）结合典型的化学史实，让学生了解化学科学的发展进程。

---

[1]李秉德. 教学论[M]. 北京：人民教育出版社，1991：15.

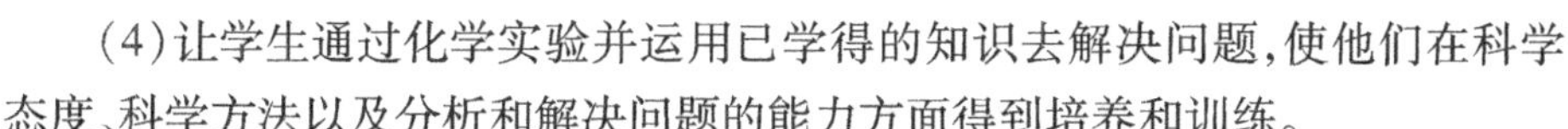

(4)让学生通过化学实验并运用已学得的知识去解决问题,使他们在科学态度、科学方法以及分析和解决问题的能力方面得到培养和训练。

2. 以化学用语为工具

化学用语是化学学科的专门语言,是学习化学知识和进行研究交流化学科学技术的专门工具,是人们理解物质化学变化的最贴切、最丰富的符号系统。原子、分子、离子要用元素符号来表明,物质的化学变化要用化学方程式或离子方程式来表达,化学计算也要依据化学用语,等等。化学学习的各个领域都要用到化学用语,所以,学生要想顺利地学习化学,就必须熟练掌握化学用语。因此,加强化学用语的教学,明确其化学意义,是提高化学教学质量的重要途径。

(三)化学教学过程的本质

化学教学过程是一个多层次、多方面、多形式和多矛盾的复杂过程,从普遍而具有指导化学教学全过程的意义上来说,可以从两个层面去把握其本质[1]。

1. 化学教学过程是教师指导下的特殊的认识过程

化学教学过程,有赖于化学教师的教和学生的学统一认识活动过程的建构,它既要遵循人类科学认识的一般过程和规律,又不能完全等同于人类一般的科学认识活动,而是一种特殊的认识过程。其特殊性主要表现在以下几方面:其一,间接性,化学教学过程是运用间接的方式学习和掌握前人总结的经验;其二,有领导,化学教学过程的认识活动是在教师的启发引导下完成的;其三,简捷性,化学教学过程不是简单地重复前人发现某一知识的全部过程,走的是一条认识的捷径,是一种经过专门设计的简化的、缩短的认识过程;其四,序列性,人类认识过程往往表现出一定的跳跃性和曲折性,而化学教学过程中的教学体系是以化学学科知识的逻辑顺序、学生的认识顺序和学生心理发展顺序巧妙结合而成的,具有较强的序列性。

2. 化学教学过程是促进学生全面发展的过程

人的全面发展从心理学角度来说是指人的身体(生理)和心理双方的和谐统一发展。通过学习活动,学生在学习文化科学知识,认识客观世界,形成主观世界的过程中,他们的体力、智力、情感、意志、思想品德也都得到发展。同时在教师的教与学生的学的过程中,不仅教师和学生之间固有的相互作用得到平衡和发展,而且学生与学生之间也围绕某些内容,发表各自的意见,相互交流,相互启发,相互争议。这个过程不仅可以互相取长补短,使学生之间差异资源得到有效利用,而且也可以训练学生与同伴交流、合作、协商、共谋发展,这也是构

---

[1]唐力.现代中学化学优化教学教程[M].桂林:广西师范大学出版社,2001:32.

建和谐社会对人才培养的要求。

由以上可以看出,化学教学过程就其本质而言,乃是教师把人类已知的科学真理,创造条件转化为学生的真知,同时又引导学生把学得的化学知识转化为能力的一种特殊形式的认识过程。它与科学认识过程的相同点在于都是智力活动,都要实现认识上的“两个飞跃”和“两个转化”,即从感性认识到理性认识的飞跃,从理性认识到实践的飞跃。通过教学活动学生完成两个转化,即知识转化为真知,真知转化为能力,形成科学世界观。

(四)化学教学的特点

化学教学活动是指一种专门组织起来的,旨在引起化学教与学的师生之间互感互动的系统活动。它具有以下基本特点:

1. 化学教学是一种多边活动

教师和学生是教学系统的两个动态因素,其间的互动构成教学活动的统一体。传统教学论认为,教学是一种师生之间的双边活动,这一表述有其合理性,但它只限于教师与学生之间的彼此影响,否认了学生与学生之间的相互影响,将教学活动过于简化了。实际上,教师在课堂上的一切行为,几乎都发生在学生群体相互作用的情境之中。教学不仅仅是师生之间的双边活动,也应当是各动态因素之间多边互动的统一体。在教学活动中,应充分利用各种人力资源,力求通过师生互动、生生互动等机制来加强信息交流强度,拓宽信息交流通道,从而实现教学的最优化。师生关系图如图 4 – 3 所示。

从信息交流的角度来看,图 A 指的是传统的教师讲,学生听的单向传输模式,缺乏师生互动。图 B 是双向交流模式,虽然有师生互动,但缺乏生生之间的交流和合作。图 C 是教学中师生互动(信息交流)关系的主要类型。图 C 表示“多向式”关系,其特征是除了在师生之间双向信息交流之外,还有学生与学生之间的横向交流形式。在这种模式中,教师与学生、学生与学生之间都有着相互的呼应与信息交流。图 D 是多向混合互动交流模式,类似于有机化学中甲烷的分子结构。这种交流中,有生生交流、师生交流,更有师师交流。这种交流包括不同学科、不同地域、不同国籍之间的交流和合作。学生主体位于化学教学的中心地位,是化学教学的出发点和落脚点。教师作为学生集体中的一员,与学生共同进行活动,同时进行双向交流,形成信息交流的立体网络。

2. 化学教学是一种目标导向活动

教学必须有目标,没有目标的活动不能称之为教学。教学作为全面完成学校教育任务、实施全面发展的素质教育的基本途径,它必须完成培养学生德、智、体、美、劳等全面发展的多项目标。虽然学校也通过课外实践活动等途径对

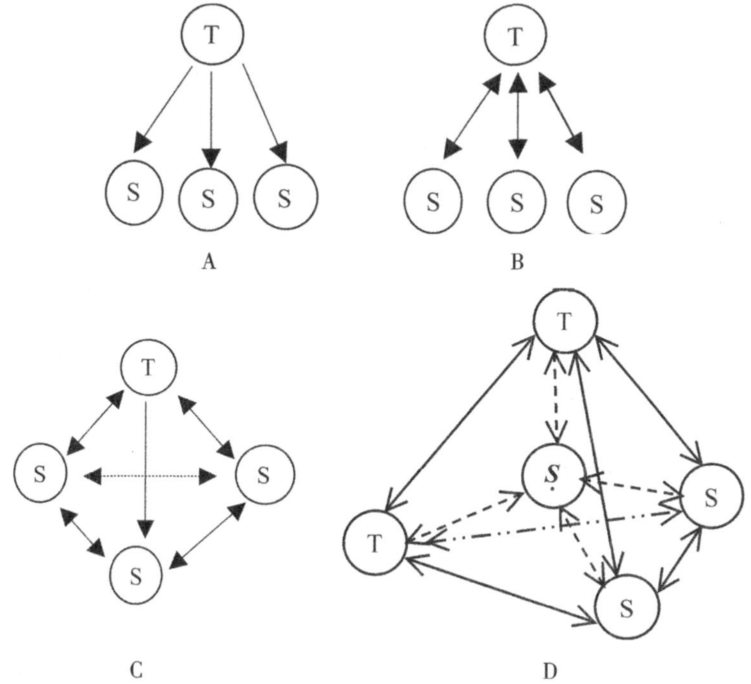

T—教师　S—学生

图 A:传统的教师讲,学生听的单向传输模式

图 B:双向交流模式

图 C:多向交流模式

图 D:多向混合互动交流模式(2T－3S 图)

图 4－3　师生互动关系

学生进行教育,但教学在达成学校教育目标方面的主导地位是不能代替的。因为学校的主要作用就是教学,教学的主要功能就是达成一定的教育教学目标。化学教学以提高学生的科学素养为根本宗旨,促进学生的知识与技能、过程与方法、情感态度与价值观的全面提升为目标的特殊认识活动。

3. 化学教学是一种情感活动

教师与学生多向的信息交互活动,决定了教学活动必定是一种情感活动。具体言之,教学活动是以师生之间情感交流所形成的"情感场"为背景而展开的,教师的教学必须有学生的积极配合方能取得良好的效果。和谐合作的师生关系和良好的情感气氛,是现代教学论所强调和追求的。

4. 化学教学是一种系统活动

科学的教学活动具有严格的程序和周密的设计,是一种系统化的活动。教师教学之前需要计划教学,从教学目标的编制、教学程序的设计、教学方法的选择，到教学效果的评定等，都是出自教学活动系统性、程序化的要求。近年来，教学设计作为一门独立学科迅速崛起：一方面这是提高教学效率的需要；另一方面是教学活动系统化特点的根本要求。从世界各国教学改革的趋势来看，加强教学活动的系统化设计已成为现代教学改革的一个重要特征。

二、化学教学原则

教学原则是教学中必须遵循的基本要求，它制约于教学目的，反映教学过程的规律，是教学实践经验的总结。教育学和教学论著作中阐述的教学原则很多。化学教学法、化学教育学、化学教学论、化学课程与教学论等各种版本的著作中提出的教学原则，看法不甚一致。这种情况一方面说明教学原则的多样性，另一方面也说明教学原则在名称和体系上还存在不确定性。中学化学教学原则是以中学化学教学的目的、内容、学生的年龄特点，以及中学化学教学过程的客观规律为依据，从中学化学教学实践经验中总结出来的，并不断地在中学化学教学实践经验的积累和对中学化学教学规律的揭示中改进和完善。

目前，关于教学原则的论述，国内外都还没有统一的意见，教学论著作中提到的许多教学原则，如思想性和科学性统一原则、理论联系实际原则、教师主导作用与学生主动性统一原则、系统性原则、直观性原则、巩固性原则、量力性原则、因材施教原则等，对于化学教学都有指导作用。然而，化学教学又有自身的特殊性，其中尤以实验为基础、化学用语为工具、归纳类比为主要思维模式的学科特征的影响最为深刻。本书结合化学学科特征及化学教学过程的本质着重从以下几个方面探讨化学教学原则[1]。

（一）教为主导，学为主体

在化学教学过程中，教师充分发挥主导作用的同时，要充分调动学生学习的主动性和积极性，使化学教学过程完全处于师生协同活动、相互促进的状态之中。实质就是处理好教师与学生、教与学的关系。

坚持“教为主导”是因为：一是学生学习的内容是人类间接经验，其学习行为受到自身生理、心理、认识水平等因素制约，需要教师为主导；二是教师“学在先，术有专攻”，有能力进行主导；三是教师只是学生学习的外因，只能进行主导。“教为主导”主要体现在教师对教学的领导、指导和辅导。坚持“学为主体”是因为：一是学生是认识上的两个“飞跃”和学习上的两个“转化”的内因；二是学生具有主观能动性；三是学生是教学的出发点和归宿，教学效果主要看

---

[1]唐力．现代中学化学优化教学教程[M]．桂林：广西师范大学出版社，2001：37－47．

学生主体作用的发挥程度。学生的主体作用主要体现在:学生的自主性,积极主动,自觉的学习,并与教师的主导同步。

(二)激发学习动机,培养学习兴趣

学习动机是学生内在的学习需求。学生学习化学的积极性和自觉性都是学习动机在态度上的外在表现。所以激发和培养学习动机是进行启发探究教学的首要要求[1]。激发学习动机,培养非智力因素这一化学教学原则落实在教学过程中,就是要通过化学实验,改进化学教学方法,创设有效教学情境等来提高学生学习化学的认知内驱力。主要途径和方法有:

(1)创设问题情景,激发学生的求知欲和积极性;

(2)充分利用化学实验,激发学习积极性;

(3)运用现代化教学手段;

(4)鼓励学生发现问题,提出问题,积极发言,交流讨论;

(5)紧密联系社会生活科技实际,使学生认识化学的科学价值;

(6)积极开展化学课外实践活动;

(7)教师语言激发;

(8)寻找知识的兴奋结合点;

(9)直观教具提供化学史背景材料。

(三)打好"双基",发展智能

通常所说传统意义上的"双基"是相对于化学学科更高层次的知识而言的,是进一步学习化学学科所必需的基础知识和基本技能。这种"双基观"重视化学系统学科知识的传授,重视知识量的积累。化学新课程改革为传统的双基观赋予了新的内涵,即要为公民的终身学习奠定基础,而不仅仅是升入高一级学校。这些基础应包括终身学习的愿望和能力、方法等。要为公民适应现代社会生活奠定基础。不仅有就业职能,还应有社会交往、合作、忍耐挫折等能力。化学新课程标准中所倡导的化学基础知识和基本技能,是为学生的终生学习和适应现代社会生活打好基础所必需的。因此,遵循认识规律,循序渐进地向学生传授终生学习和适应现代社会发展所必需的基础知识和基本技能,同时发展学生的智能,是化学教学的一项基本任务,也是一条重要的教学原则。

教育理论和教育实践证明,只有精确的、科学的、逻辑严密的知识才有较高的发展智能的价值,同时注意扩大学生的知识面,也能丰富学生的智力生活。所以教师在选择和组织化学教学内容时,必须选择科学的、规律性的知识,既注

---

[1]李秉德.教学论[M].北京:人民教育出版社,1991:80.

重知识的质，又要保证知识的量。在化学教学方法上，既要能引起学生积极探究的兴趣，又要注意训练学生的能力，包括动脑的能力和动手的能力[1]。

（四）加强实验引导，注重启迪思维

这一原则反映了“以实验为基础”的学科特征。从化学教学的整个过程看，抓住以实验为基础这一基本特征，组织、运用好各种实验，发挥实验（如演示实验、边讲边实验、学生实验、家庭小实验等）对学生的认知、情感、意志、行为以及态度、方法等的激励、引导作用，使实验引导和启迪思维相结合。

在化学教学中，实验引导包括让学生做实验、观察演示实验和投影实验、观看实验挂图和听教师讲述实验史料，总的要求是为学生提供具体、可信的事实，活跃思想、开阔思路，使他们能够“看—做—想”协调统一。

启迪思维与实验引导往往是同步进行、不可分割的。教师要教给学生观察化学实验现象的方法，如观察什么、怎么观察等，避免只抓住感觉新奇、强烈的实验现象，而忽视实质性内容的现象；同时，抓住实验过程中的典型现象，如发光发热，产生气体、沉淀等，适时地提出一些富有启发性的问题，启迪学生在观察过程中积极地进行思维，才能真正把观察引向深入，由贯彻物质变化的宏观现象到把握物质的本质和变化规律[2]。例如，伴随金属钠与水反应的实验进行，教师不失时机地提问：①钠很容易被小刀切割，说明了什么？②为什么钠投入水中不下沉，而是浮在水面激烈反应并熔成球状？③滴有酚酞的水逐渐变红色，有可能生成什么物质？在观察现象过程中，通过分析、综合、判断等思维活动，学生不难获得对钠性质的深刻而又全面的理解。总之，引导学生从观察物质的性质和变化的直观现象入手，进行科学思维，从而达到把握物质的本质属性和变化规律的目的。

第三节　化学教学模式和教学策略

教学模式是在一定的教学思想指导下，围绕教学活动中的某一主题，形成相对稳定的、系统化和理论化的教学范型[3]。教学策略是在一定教学理念指导下和在一定教学实践经验的基础上，为有效达到教学目标而对教学活动的顺序安排、教学方法的选择、学习方式的确定等采用的所有具体的问题解决行为方式。

---

[1]李秉德. 教学论[M]. 北京：人民教育出版社，1991：78.

[2]范杰. 化学教学论[M]. 太原：山西科学技术出版社，2000：47.

[3]李秉德. 教学论[M]. 北京：人民教育出版社. 1991：124－131.

一、化学教学模式

基于不同的化学教学指导思想设计、实施化学教学活动必然导致各种各样的教学程序和策略,从而产出各类化学教学模式。从静态看,教学模式是一种教学的结构,它包含教学的组成、各组成部分的定位以及它们之间的关系。从动态看,它是一种教学的程序,即教学各部分前后的编排、进行的流程。

(一)化学教学模式的涵义

化学教学模式是构成化学课程、选择教材和提示化学教师活动的一种范型或方案,换句话说,化学教学模式是体现化学教育教学思想的一种工具,是教育教学思想在化学教学活动流程中的一种简明概括[1]。化学教学模式是实现化学教学的目的、要求,实施特定的教学内容和策略,创设或优选高效率的教学条件和环境而采取的一种方略。由此可见,化学教学模式可以为化学教师提供指导和预见,对研究和改革化学教学具有开阔思路与指引方向的作用。

(二)化学教学模式的基本类型

1. 按教学主体划分的基本类型:以学生为中心和以教师为中心的教学模式

美国学者加德纳(M. Gardner)教授曾对这两种模式的特征做过比较[2]:

表 4-1 加德纳对两种教学模式的特征比较

以学生为中心	以教师为中心
教师像向导或小组领导人	教师像导演或权威
讨论	讲演
学生实验	演示实验
探究式视听教具	信息和视听教具
个别化教学	班级授课
学生设计并报告	特邀演讲人

这两种教学模式应看做是两种极端的教学范型。实际上,绝大多数的化学教师,在大多数的课堂教学活动中总是采用混合式,以力争取得最佳的教学效果。

2. 按化学课堂教学实际操作划分的基本类型

在化学课堂教学实际操作中,化学教学顺序的确定与所选择的教学模式有

[1] 刘知新. 化学教学系统论[M]. 南宁:广西教育出版社,1996:175.

[2] 高宪仁. 加德纳教授谈中学化学教学[J]. 化学教育,1983(3):54-56.

密切的关系。化学教学模式一般分为四大类[1],如图4-4所示。

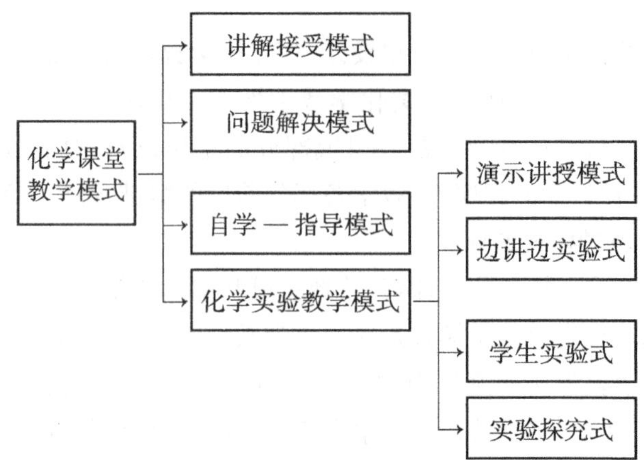

图4-4 化学课堂教学模式分类图

这些模式之间的差异比较可用图4-5、4-6表示:

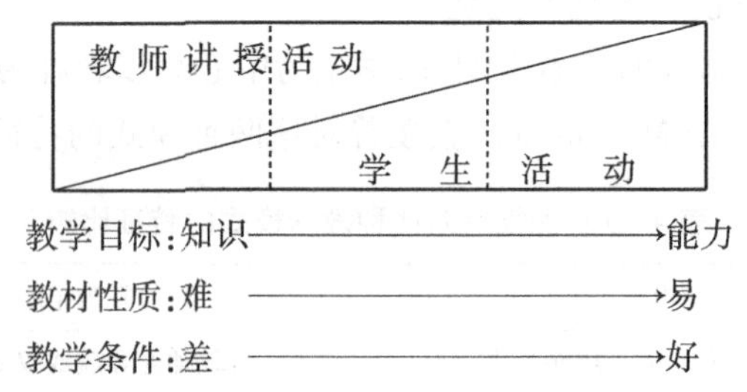

教学模式类型	讲解接受	问题解决	自学指导
模式特点	以教师为中心,系统讲授	以化学问题为中心,通过讨论解决问题,发展能力	以学生为中心,自学指导
一般适用范围	如化学理论课,绪言课	如化学复习课,练习课	如元素化合物知识课

图4-5 三种化学课堂教学模式的比较

实验是化学学科教学的基本特征,化学实验教学模式包括演示讲授模式、边讲边实验式、学生实验式和实验探究式,下面作以简单比较,如图4-6所示:

[1]靳莹等.化学课堂教学模式研究综述[J].化学教育,1999(7-8):15-16.

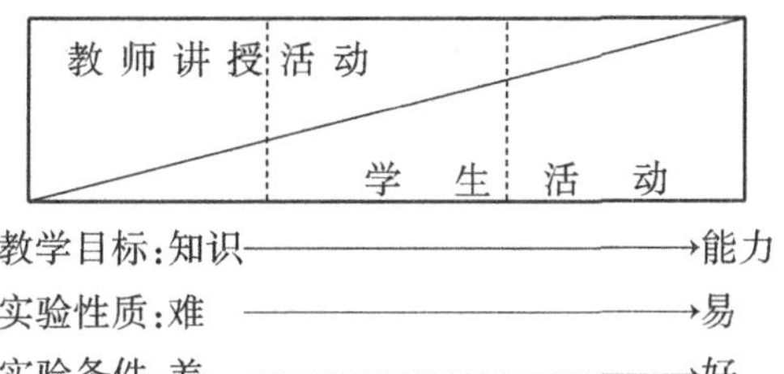

实验模式类型:	演示讲授式	边讲边实验式	学生实验式	实验探究式

图4-6 化学实验教学模式的比较

(三)几种主要化学课堂教学模式及其运用

1. 讲解接受教学模式

(1)理论基础。①认为学习是一种与人类实践活动有区别的特殊认识活动。学生知识技能的形成主要取决于教师的讲授与指导,教师系统全面的讲解是学生学习和掌握人类文化遗产最有效最经济的方法,这是一种传统的教学观。

②在接受学习中,学习者需要内化所学知识,以便日后使用。为此,及时的反馈练习可以达到强化记忆的目的。另外,不定期地对知识的尝试回忆,有利于记忆的保持。

(2)基本环节。诱导学习动机→感知教材→理解教材→巩固知识→运用知识→检查反馈。这种模式是在传统的课堂教学模式的基础上演变而成的;主要用于系统知识技能的讲授和学习。较有利于有目的有计划地组织整个教学过程和充分调动教师的主导作用。

【典型案例】原子核外电子排布的初步知识

教学过程:原子核外电子是如何运动的呢?它们能否挣脱原子核的吸引呢?激起了学生的学习动机。然后让学生猜想、交流,向同学说一说自己想象中的核外电子的运动情况。阅读课本图文;老师展示课件,核外电子如何运动?形成理论并讲述,借此引导学生空间想象能力,理解核外电子分层排布,得出结论:核外电子绕核做高速无规则运动,核外电子是分层排布的。布置课堂练习,检查学生掌握情况。

2. 化学问题解决教学模式

(1)理论基础。基于问题的学习,以问题为取向的教学,以问题为中心的教学，这些都是建构主义改革传统教学的重要主张。虽然对问题教学的重视可以追溯到古希腊时代的苏格拉底，他不相信知识或智慧可以由教师传授给学习者，主张使用探讨问题的方法促使学生自己去学习、去研究。其后杜威的“做中学”、布鲁纳的“发现学习”等也都强调问题的教学价值。但是问题教学在当今教育领域的崛起，却是来源于建构主义学习理论对学习的新视野。

(2)基本环节。问题教学是以解决问题为中心，注重学生的自主探究活动，着眼于创造性思维和实践能力的培养。在实施问题教学过程中，教师所起的作用与传统教学存在着较大的差异，教师的角色由知识的传授者转变为组织者、指导者、参与者。教师考虑的重点是依据新课程理念如何让学生“学”，如何确立学生的主体地位，如何通过问题解决去培养学生的创新精神和实践能力。其教学基本环节如图所示：

图 4－7　问题教学基本环节

问题教学模式在课堂教学中的实施强调以问题解决为主线，倡导学生积极自主地参与问题解决的全过程，关注学生在问题解决中的情感体验，注重通过问题解决使学生获取知识、了解科学方法、提高问题解决的能力。这种教学模式通常伴随着一定的教学过程，教学环节和教学目的展开，其基本框架如图所示：

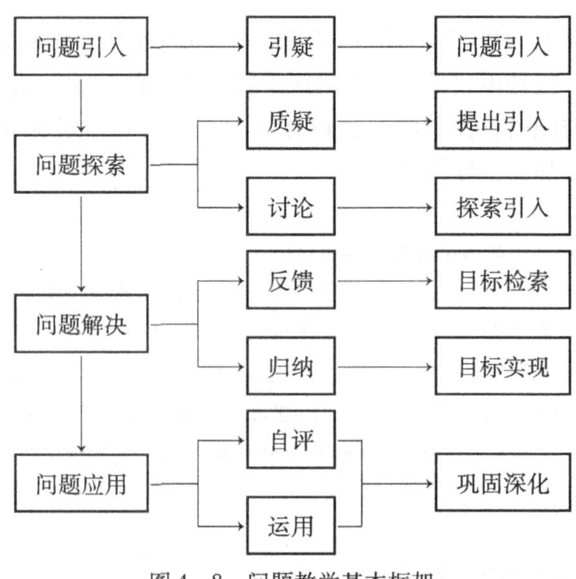

图 4－8　问题教学基本框架

【典型案例】《乙醇分子的组成和结构》教学设计[1]

1. 创设情景，激发兴趣，提出问题

酒是故乡的醇，我国的酒文化丰富多彩，请说出有关酒的诗句。据记载，我国是世界上最早学会酿酒和蒸馏技术的国家，酿酒的历史已有4000多年。酒中精华是什么？——酒精，化学名称为乙醇。乙醇有相当广泛的用途，如医用酒精（体积分数75%的乙醇水溶液）可用于杀菌、消毒等。今天我们就一起来研究乙醇。乙醇是一种什么样的物质呢？

2. 实物展示，感性认识

3. 设计实验，探究组成

性质由结构决定，组成乙醇分子的元素有哪些？具有怎样的结构？

[定性实验]：燃烧。分别用干燥的烧杯和内壁蘸有澄清石灰水的烧杯罩在火焰上，验证反应产物：水、CO_2，推测有C元素、H元素，可能有O元素。

[定量实验]：确定是否含有O元素。

取VmL乙醇，燃烧，将气体产物分别通过无水$CaCl_2$和碱石灰，分别测出增重$m(H_2O)$、$m(CO_2)$，计算。

[定量计算]将4.6g乙醇完全燃烧后，生成0.2mol CO_2和5.4g H_2O，测量乙醇蒸气的相对密度是相同状态下氢气的23倍，求乙醇的分子式。

4. 提出假设，探究结构

推测两种结构式：

A. CH_3CH_2-OH：有1个氢原子与其他5个氢原子不一样；

B. CH_3-O-CH_3：6个氢原子完全相同。

[定量实验]无水乙醇与钠反应。

[设计定量实验]定量测定足量的钠与乙醇反应产生的气体的体积。

[启发]（1）原料、原理是什么？控制乙醇过量还是钠过量——钠过量；（2）采用何种实验装置——气体摩尔体积测定装置；（3）实验的关键是什么？——确保乙醇完全反应；准确测定乙醇的体积、产生氢气的体积；气体发生器要干燥；（4）操作步骤如何？气体发生器如何加水？

5. 交流设计实验，得出结论

（1）原料：乙醇、钠。

（2）装置——气体摩尔体积测定装置（见下图）；

（3）操作步骤；

（4）数据处理；

（5）交流讨论，得出结论。

---

[1]张莉.“乙醇分子的组成和结构”教学设计[J].化学教学，2009（1）：47－48.

6. 模型展示，思考深化

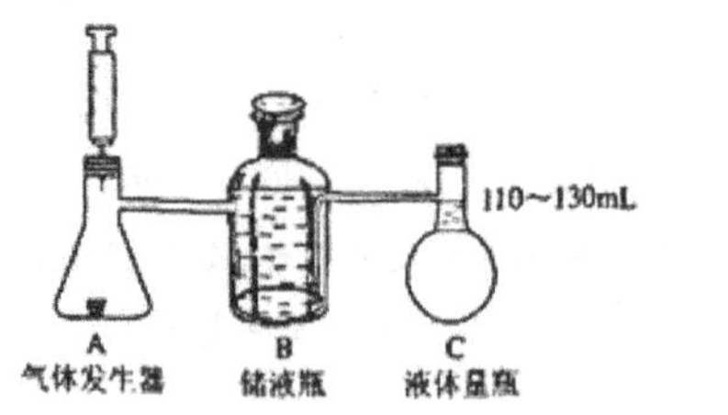

(1) 电子式：$H:\underset{H}{\overset{H}{C}}:\underset{H}{\overset{H}{C}}:\ddot{\underset{..}{O}}:H$

(2) 结构简式：CH_3CH_2OH或C_2H_5OH

(3) 结构式：$H-\underset{H}{\overset{H}{C}}-\underset{H}{\overset{H}{C}}-O-H$（①②③④标示化学键）

图 4－9　气体摩尔体积测定装置图

3. 自学—指导教学模式

（1）理论基础。①自学是根据社会和人的发展需要，借助社会力量，充分调动主观能动性自我学习，不断积累知识，获取技能和培养能力的活动[1]。②强调学生的自学，并不否定教师在学生的学习过程中的作用，如学生的学习计划，学习目标，学习内容，思维方法，自习，讨论，研究性学习活动等，都需要教师的指导。

（2）教学基本环节。

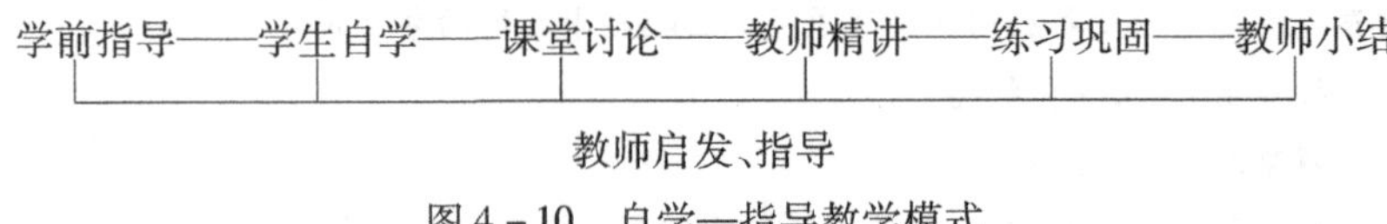

图 4－10　自学—指导教学模式

自学—指导模式与问题解决模式相比，进一步强化了学生参与的成分，因此更能激发学生的积极性和主动性，有效发展学生独立获取知识的能力。

【典型案例】《盐类的水解》教学设计[2]

1. 情景创设

盐溶液是否都显中性？通过提供的试剂和仪器，引导学生设计最简单的实验方案，验证碳酸钠溶液、醋酸钠溶液、氯化钠溶液、氯化铵溶液、硫酸铝溶液、硝酸钾溶液是否显中性？（教师指导学生设计实验方案，并给予及时评价）

2. 学案导学

提供导学提纲，学生思考并讨论完成以下问题：（1）醋酸钠溶液、氯化铵溶液中都存在哪些微粒？哪些微粒可能发生相互作用？（2）书写水解反应的离子方程式应注意哪些问题？（3）完成导学提纲中布置的填空。（教师组织学生阅读、完成导学提纲，以及组织学生汇报讨论结果）

---

[1]唐坚. 自学学——自学的规律与艺术[M]. 成都：四川科学技术出版社，1991：70.

[2]See more on http://chem.cersp.com/JXZY/JXSJ/GAOZH/200612/2093.html

3. 迁移应用

分别写出碳酸钠、硝酸铵、硫酸钾溶液中存在的微粒和可能发生的离子方程式，并判断溶液的酸碱性。

4. 课堂总结

教师引导学生回顾本节所学内容。

5. 当堂反馈(略)

二、化学教学策略

自20世纪80年代起，我国教育学者开始研究教学策略，对教学策略的概念有不同的见解。施良方教授认为"教学策略指的是教师为实现教学目标或教学意图(指难以明确或无需明确的目标)所采用的一系列问题解决行为。"[1]袁振国教授认为"所谓教学策略，是在教学目标确定以后，根据已定的教学任务和学生的特征，有针对性地选择和组合相关的教学内容，教学组织形式，教学方法和技术，形成具有效率意义的特定教学方案。"刘知新教授则认为"教学策略是从教学设计角度进行考察，在构思教学方案时，通常先要对教学过程预先作整体的概略的谋划、思考。"[2]本书在总结前人的基础上认为，教学策略是在一定教学理念指导下和在一定教学实践经验的基础上，为有效达到教学目标而对教学活动的顺序安排、教学方法的选择、学习方式的确定等采用的所有具体的问题解决行为方式。

(一)化学教学策略的概念

所谓化学教学策略，是为了解决化学教学问题，完成化学教学任务，实现化学教学目标而确定师生活动成分及其相互联系与组织方式的谋划和方略；是根据化学教学目标和教学条件选择，组织各种基本活动方法，调节、控制主体的内部注意、感知、思维和操作活动，对化学教学活动进行内部定向指导，监控和调节的准绳[3]。

(二)教学策略的特点[4]

1. 可操作性

教学策略是为实现一定教学目标的教学活动服务的。为此，教学策略就必然包括进行教学活动的程序、步骤、具体内容、方法和手段等。只有这样，教学

[1]施良方. 教学理论:课堂教学的原理、策略与研究[M]. 北京:教育科学出版社,1999:27.

[2]刘知新. 化学教学论[M]. 3版. 北京:高等教育出版社,2004:101.

[3]刘知新. 化学教学论[M]. 3版. 北京:高等教育出版社,2004:101.

[4]江家发. 化学教学设计论[M]. 济南:山东教育出版社,2004:67.

策略才可能在教学活动中具体化为师生双方的教学行为。对于师生双方来说，教学策略必须具有可操作性。不具有可操作性的教学策略是不可能真正发挥指导师生双方进行教学活动的功能的。这样的教学策略就没有产生和存在的必要。在严格意义上可以说，不具有可操作性的教学策略就不能被称之为教学策略。可操作性是教学策略有别于教学思想、教学模式等理论形态的标志。例如，针对学生在课堂教学中被动参与、学习积极性不高的状况，采用主动参与教学策略，使学生主动积极地参与到课堂教学之中以提高教学质量。这就要树立尊重学生、相信学生的思想，认真倾听学生的意见，了解学生的心理状态及其发展水平，激发学生的兴趣，这样就会在师生之间建立起平等、合作的关系，调动学生参与教学过程的积极性。有了参与教学过程的积极性，学生还不一定能够参与到教学活动之中，只有在学生既有参与的积极性，又有参与机会的情况下，学生才可能真正参与教学活动。学生参与的机会与课堂教学的形式结构有关。如果教师采取满堂灌的方式进行教学，学生虽有参与的积极性，也是不可能参与教学活动的，为此，必须改进课堂教学的形式结构，为学生创造主动参与的机会。可以采用师生问答、学生互相讨论、小组间合作等具体形式，解决学生参与教学活动的动力和可能性。主动参与教学策略还必须包括学生参与教学活动的具体内容，参与教学活动的学生的范围等。这样，师生按照主动参与教学策略所规定的步骤、内容、方法，一步一步地实施，就能够达到激励学生主动参与教学活动，提高教学质量、实现教学目标的目的。

2. 灵活性

在具体的教学活动中存在着许多变量，如教师、学生的心理状况、教学活动中的意外事件、学生对教学活动的反应，等等。这些变量使得教学活动呈现一定程度的可变性。这种教学活动的可变性使得教学活动不可能按照一套固定的程序进行下去。教学策略必须与不断变动的教学活动保持一致，体现出一定的灵活性。这就需要师生双方在按照教学策略所规定的程序、内容进行教学活动的过程中，根据变化中的教学活动适当地调整教学策略，使教学策略与教学活动保持动态一致。只有这样，教学策略才能发挥促进教学活动的最佳功能。

3. 目的性

教学策略是为了有效地实现一定教学目标而产生的带有策划和谋略意味的规定。教学目标是教学策略的灵魂，是制定教学策略的方向性依据，是实施教学策略的参照，是评价教学策略的有效性的重要标准。因此，教学策略具有明确的目的性。如：基于科学探究的教学策略的目的就是为了让学生理解并实践科学探究的过程，转变传统被动学习的学习方式。

(三)制定化学教学策略的依据[1]

1. 依据化学教学目标和教学内容

教学策略是为完成特定教学目标服务的,有什么样的教学目标,就应当选择能实现该教学目标的教学策略。教学内容决定教与学的方式,不同的教学内容也应选择不同的教学策略。

2. 依据化学教师的特征

要采取教师能驾驭的教学策略,有的策略虽然有效,但教师驾驭不了,仍发挥不了作用。由于教师都具有个人独有的长处、弱点、经验、能力和兴趣,教师往往倾向于采用他们已经用过的或者惯于使用的教学策略。这些策略过于频繁地使用会导致教师自身停滞不前和学生的厌倦。学生具有各种各样的学习风格,教师应该学会运用多样的教学策略来适应所有学生的需要。

3. 依据学生的特征

经验告诉我们,一些学生通过直接教学(如讲授和练习)能取得很好的学习效果,一些学生在合作学习的环境中能学得更好,还有一些学生则更适合独立地学习。除此之外,我们还知道,有些学生的学习水平能够达到综合、评价的水平,而有些学生的学习水平还只能达到认知和理解的阶段。了解这些关于学生的特征和学习风格有助于制定适当的教学策略。

4. 依据学校的物质条件

在制定教学策略时,要充分考虑学校的物质条件,如教学仪器设备、实验室装备水平、教学资源程度等。

(四)选择化学教学策略的注意事项

教学策略是为实现教学目标而确定的措施,按此实施则可引导学生行为达到预期的目标。实践和研究结果均表明,教学是一种复杂多样、灵活创新的认知、情感和发展过程,这就决定了教学目标的多重性(认知、动作技能和情意;智力因素、非智力因素等)。故而教学策略的选择和运用就须坚持:

1. 注意为学生创设最佳学习情境,重视情感陶冶

例如,在化学探究性实验教学中,教师在设计和组织化学教学时,一定要为学生观察与描述、研究与操作、概括与应用等科学技能的训练创造最好的条件(最有利于促进学生智力技能和操作技能的培养,而不是简单地为学生提供最好用的器材);在化学教学实施过程中,要从科学态度,刻苦钻研精神及爱护国家财产、保护环境,以及与同学合作等方面,对学生进行培养、教育。

---

[1]江家发. 化学教学设计论[M]. 济南:山东教育出版社,2004:68.

2. 注意为学生提供运用多种感觉分析器官的机会

例如动手操作、观察化学实验现象、描述化学事实、对有关数据和信息进行综合概括，以及结合生活或生产实际运用所学化学知识解决问题等。

3. 注意激励学生建构知识体系，发展他们的认知结构

例如指导学生运用联想编织记忆的网络，揭示化学知识间的规律、加深学生对有关化学事实的理解，等等。

4. 注意对学生强化学习态度和学习方法的指导，养成良好的学习习惯

譬如，指导学生会做实验、会纵览、会发问、会复习、会总结，等等。

第四节　化学教学方法

教学方法，是在教学过程中，教师和学生为实现教学目的、完成教学任务而采取的教与学相互作用的活动方式的总称。教学方法是教学过程整体结构中的一个重要组成部分，是教学的基本要素之一[1]。它与教学策略既有区别又有联系。教学策略是对教学活动的操作程序、方法、技术、手段等方面的概括性的规定。教学策略包含一定的理论和谋略成分，在概括性和包容性等方面高于教学方法，是教学方法的上位概念，而教学方法是教学策略在教学实践活动中的进一步具体化。

一、化学教学方法及其发展

化学教学方法是化学教师和学生在教学过程中，为了实现化学教学目的、完成教学任务，在教学原则指导下采用的一系列的活动方式、步骤、手段和技术的总和。它“反映一定的教学思想、教学原则、化学学科特征和师生相互作用的关系”[2]。

教学方法既具有继承性又具有时代性。各个时代的教学方法除了继承前代教学实践中行之有效的方法外，又都有些反映该时代特征的具有代表性和倾向性的教学方法，从中可以窥见该时期社会生活和科学文化发展的特点，也能够反映出那个时代教学理论和实践的变革状况。教学方法作为教育教学活动的构成要素之一，其形成和发展自然不会脱离教育教学的发展。目前比较一致

[1]李秉德. 教学论[M]. 北京：人民教育出版社，1991：183.

[2]刘知新，王祖浩. 化学教学系统论[M]. 南宁：广西教育出版社，1998(5)：84.

的看法是，教学方法的发展经历了由“不讲方法到讲究方法”，由“单一的教授方法到复合的教导学习方法”，由“简单的基本方法到复杂的综合方法和特定方法”，由“只关注认知的教学方法到覆盖各教学环节的教学方法体系”。现代教学方法越来越依赖现代技术手段，增加信息容量。比如幻灯投影，实物投影，摄录像，计算机辅助教学，网络资源的利用，等等。总之，教学方法源于教学实践，升华为理论后又反过来指导教学实践。在化学教育教学中，我们应始终坚持“教学有法、教无定法、教亦多法、贵在得法”的教学方针。

二、化学教学方法的分类

化学教学活动由七个基本要素组成：学生、化学教学目的、化学课程、方法、环境、反馈和化学教师。由这些要素所构成的教与学的双边活动方式是丰富而又多样化的。为化学教与学各项活动服务的化学教学方法也是多样化的，并且是随着教学目的、教学内容和学生的年龄特征的变化而变化的。因此，按照某些共同特点，把它们归属到一起，又按照某些不同的特点将它们区分开来，以便更好地认识和掌握它们的特点和规律，用于指导化学教学过程是非常必要的。

（一）国外化学教育专家提出的有代表性的分类体系

（1）美国学者加德纳（M. Gardner）的多种策略性化学教学方法分类：讲课—讨论、演示、学生实验、视听映视、野外实习和旅行、设计、请人演讲和演示、游戏、模拟和模型、叙事、小品、个案研究、问题解决法、自定进度教学、计算机辅助教学、经常性考查等。

（2）英国学者福尔斯（G. Fowels）在《化学课堂实验》（1959 年）一书中提出了英美各国化学教师认可的分类体系：

①信息法。即教师将化学事实和结论信息传授给学生的方法；

②启发法。以实验室的化学实验作用作为启发手段，让学生进行发现学习的方法；

③规范实验法。即通常的学生实验，主要是为学生提供一些验证性的实验。

④历史法。主要是向学生提供化学概念或理论形成和发展演进的全过程，以形成学生用发展的观点正确对待化学理论的方法和态度；

⑤现代法。即把现代自然科学发展的综合、交叉与统一的特点引入化学教学，把很多的化学现象概括化并尽可能地消除无机化学、有机化学及物理化学之间的界限。

(二)我国化学界提出的有代表性的化学教学方法分类体系

(1)刘知新,王祖浩主编的《化学教学系统论》(1998 年版)将现代中学化学教学方法分为四类:

①课堂教学法,是课堂教学常用的一类方法,主要包括课堂讲授(谈话法,讲述法,讲演法)、课堂练习(口头练习、书面练习、操作练习)、课堂讨论三种形式。

②实验室教学法,是在化学实验室中进行的具有特殊意义的一类方法,主要包括教师演示和学生实验(随堂实验、学生实验课)两种形式。

③个别教学法,是学生自学、教师辅导的一类方法。学生可以根据自己的能力和知识水平,或自定进度、自主学习,或分组学习、相互研讨,不受统一的教学进度的约束。具体形式有程序教学法、自学辅导法、小组学习法、合作学习法等。

④电化教学法,是现代电教技术与化学教学结合产生的一类教学方法,具有形象生动、表现力和感染力强、不受时空的限制、容易再现等优点。这类方法包括幻灯映示、录音播放、电影和录像放映以及计算机辅助教学等多种手段。

(2)范杰主编的《化学教学论》(2000 年版)把常用的化学教学方法分为四类:

①以语言传递信息为主的教学方法:主要包括讲授法、谈话法、讨论法、读书指导法。

②以直观感知为主的教学方法:主要包括演示法和参观法。

③以实践训练为主的教学方法:实验法、练习法。

④综合化的教学方法:程序教学法、发现教学法、范例教学法、掌握学习教学法、单元结构教学法、“读读、议议、讲讲、练练”教学法、程序启发教学法等。

(3)唐力主编的《现代中学化学优化教学教程》(2001 年版)把常用的化学教学方法分为三个层级:

第一层级是以语言文字为主要传递媒介的教学方法,包括讲授法、谈话法、讨论法、读书指导法、练习法、检查法。这些教学方法可以各自独立完成某一教学任务,教师的活动占主导地位,它们是教学方法体系的基础,可称为基本教学方法或基元教学法。

第二层级是以化学实验、实物为主要媒介的教学方法。如实验法、演示法、参观法、直观模型法。这类方法是各自独立的具体的方法,使用时要有一定的物质条件和要求。一般以学生活动为主,教师的活动则应围绕学生的活动而展开,它们是构成第三层级方法的基本要素。

第三层级的教学方法是新的综合的方法。如发现法、引导发现法、“读读、议议、讲讲、练练”教学法、单元结构教学法、程序启发教学法。这些方法的创立都是基于某种教学思想。

(4)刘知新主编的《化学教学论》(第三版,高等教育出版社,2004 年)把常用的化学教学方法分为三组方法[1]:

①教学活动的发动和定向方法。

②教学活动的组织和实施方法。

③教学活动的检查、反馈和调控方法。

根据刘知新教授主编的《化学教学论》(第二版,高等教育出版社,1997 年)和《化学教学系统论》(广西教育出版社,1996 年),本书将化学教学方法的分类概括如图 4-11 所示:

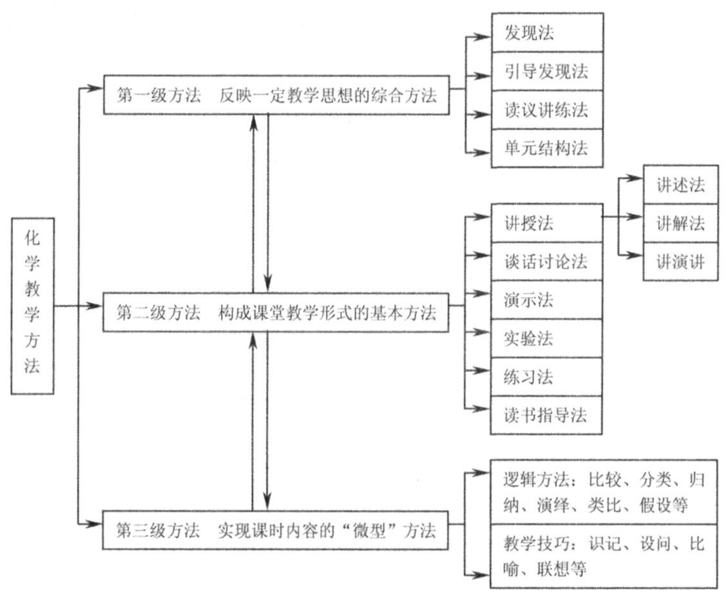

图 4-11 化学教学方法分类图

(三)常用的化学教学方法

常用的化学教学方法,属于第一级方法的有发现法、引导发现法、读议讲练法和单元结构法;属于第二级方法的有讲授法、谈话法、讨论法、演示法、实验法、练习法和读书指导法;属于第三级方法的有逻辑方法(如比较、分类、归纳、演绎、类比、假设等)和教学技巧(如识记、设问、比喻、联想等)。下面选取典型

[1]刘知新. 化学教学论[M]. 3 版. 北京:高等教育出版社,2004:105.

的几种加以讨论。

1. 讲授法

讲授法是以化学教学内容的某种主题为中心,有组织有系统地运用口头语言向学生传授知识,促进学生智力发展的方法。它的最大优点是能够在较短时间内,向学生传授大量的知识,其缺点是学生的自主性不能得到很好的发挥。尽管如此,讲授法仍是化学教学最基本、最重要的方法之一。一般而言,讲授法中又包括讲述、讲解、讲演等几种不同的讲授形式。

2. 讨论法

讨论法是在教师指导下,由全班或小组成员围绕某一中心问题相互交流个人看法,相互启发、相互学习的一种方法。其特点在于:讨论是集体成员之间的多面信息交流。讨论活动以学生自己的活动为中心,每个学生都可在一定范围之内自由地发表自己的见解,通过反馈信息的获得,逐步调整自己的观点,最终获得对问题的全面理解。

运用讨论法教学时教师要做到:讨论前教师布置讨论的课题,指导学生复习有关知识,查阅相关资料并写好发言提纲;讨论题要深浅适当,紧扣教材;讨论中要注意适时激发和引导学生大胆发表观点;讨论结束时要作出小结,提出需要进一步思考的问题。

3. 练习法

练习法是学生根据教师的布置和指导,通过课堂及课后作业,将所学知识运用于实际,借以巩固知识,形成技能与技巧的方法。这是各科教学中普遍运用的一种教学方法。练习包括口头(回答)练习、书面(笔答、板演)练习和操作练习三种形式。在化学教学过程中,由于每节课中学生要接受的信息量很大,需要培养的技能很多,所以,需要学生有计划地加强练习。这样,通过师生的共同努力就可以有效地完成教学任务。

运用练习法教学时教师要做到:提出任务,明确目的,说明方法;练习题要难易适度;练习时注意培养学生自我检查、自我分析、自我更正的能力;适当地进行个别指导;学生完成练习后,教师要认真仔细地进行分析、总结,及时发现并解决问题;注意练习形式的多样化。

4. 观察—演示法

观察—演示法是教师在课堂上通过演示化学实验或展示与教学内容有关的实物、标本、模型、挂图,或者采用一些现代的教育教学技术而进行教学的一种方法。学生通过观察,获得感性认识,形成对化学知识的理解和掌握,这样有利于学生观察能力的培养。

观察—演示法是化学教学中运用较多的一种方法，但每种方法都不是单一使用的，要和讲授法、讨论法等方法综合运用。为了更好地运用观察—演示法，要注意以下几点：

(1)精心设计化学演示实验和展示内容，做到目的明确，操作简捷，现象明显；

(2)教师要做到边演示边讲解，指导学生做好观察；

(3)引导学生边观察边思考，透过现象看本质，达到对化学知识的理解和掌握。

5. 参观—调查法

参观—调查法是指教师根据教学目的，组织学生去化工厂、矿山、科研机构、博物馆、野外观察，调查实际事物的化学现象和过程，以获取实际知识的教学方法。参观—调查法可以较好地使化学教学与化工生产以及生活实践结合起来。运用此法时要注意以下几点：

(1)教师要作好参观、调查前的准备工作。根据教学内容的要求确定参观和调查的目的、地点、步骤，作出详细的计划，向学生公布。指导学生搜集有关的化学知识，并作好记录的准备，以便参观、调查完成后讨论总结。

(2)作好参观、调查过程的组织指导工作。参观、调查时要让学生注意安全，遵守纪律，认真地听讲解并作好记录；善于发现问题，敢于提出问题，并能提出自己的解决方案。

(3)要充分利用社区学习资源。社区是学生的生活环境，也是学生的学习环境。社区中蕴藏着丰富的化学课程资源，包括图书馆，科技馆，博物馆，科研单位，大专院校，工矿企业，消防环保部门以及农、林、牧、渔等生产单位的研究人员，技术资料，仪器设备和相关的信息等。学校和教师要重视社区教育资源的开发与利用。要结合教学内容，组织学生开展参观、访问、调查、考察、实习以及邀请有关人员来校演讲、座谈等活动，开拓学生视野，引导学生从社会实践中学习，关心社区的建设和发展，参与社区的建设实践。

(4)要作好参观—调查后的总结工作。参观、调查后指导学生整理参观记录和调查的数据，最好能把数据表格化、线图化或方程式化。把总结成果在同学间进行交流，总结出参观、调查的心得体会和收获，并写出书面的总结材料或调查报告。

(5)对于参观—调查法的教学评价宜用学习档案评价和活动表现评价。应培养学生自主选择和收集学习档案内容的习惯，给他们表现自己学习进步的机会。通过观察、记录和分析学生在各项学习活动中的表现，对学生的参与意识、合作精神、实验操作技能、探究能力、分析问题的思路、知识的理解和应用水平以及表达交流技能等进行评价。力求在真实的活动情景和过程中对学生在知识与技能、过程与方法、情感态度与价值观等方面的进步与发展进行全面评价。

【资源链接】翻转课堂

翻转课堂的教学方法就是教师课前将学生自学的资源及练习布置到网络平台上,学生在课前利用平台上的资源,按照教师的安排进行自学,并做一些练习。老师在课前获得了学生学得怎么样的情况,哪些学生遇到了哪些困难,然后他们在课上不再花很多时间进行系统讲解,而是利用宝贵的面对面授课时间,组织各种有利于学生深度参与的互动活动,例如:利用课上时间,组织学生反思和互助,解决学生学习中的困难,发展学生的元认知能力;利用课上时间开展实验教学,帮助学生实现知识迁移;利用课上时间组织学生尝试解决真实的复杂问题,发展学生运用多学科资源的问题解决能力。翻转课堂利用网络平台、学习资源和学习活动,将课堂的时间重点用于开展对学生发展更有价值的活动。

翻转课堂最本质的目标是引导学生深度参与学习,把在传统课堂上完成的那些不需要互动的事情,更多地移到课外,让学生借助于互联网工具先自主去做,而课堂上宝贵的45分钟,教师通过师生的互动、生生的互动,帮助学生解决复杂的问题,完成反思与评价,实现更有效、更高的教学质量。

翻转课堂有以下几个好处:一是学习结果保持率比简单地听讲高;二是有助于学生创新能力的培养;三是有利于培养学生自主学习能力。

翻转课堂的实践让我们看到,传统课堂的教与学之间的关系正在改变。我们的课堂正由传统的讲授式变为学生主动建构的课堂;在新型课堂关系中,老师是帮助学生获取问题答案和发展高阶能力的引导者和帮助者;学生的学习不再那么依赖老师,而是自主的;同学之间不仅有竞争,还有合作与互助;在这个过程中,学生不仅实现了学习目标,还将学会如何学习。未来的课堂上学生一定是处于主动地位的,而不再是被动的。今天我们拥有很多好的技术,对教育领域来说所有的技术都是我们的工具,可能是我们改革的助推力,教育信息化不是为了熟练掌握技术而引进技术,我们运用这些技术的目的,一定是为了完成更好的教育教学效果,更好地为学生服务。

三、化学教学方法的选择、组合和优化

“方法的基本问题是选择。”[1]要有效地完成教学任务,必须正确地选择和

[1][美]L. H. 克拉克,I. S. 斯塔尔. 中学教学法(上)[M]. 赵宝恒,蔡俊年等,译. 北京:人民教育出版社,1985:7.

运用教学方法。化学教学中方法是多种多样的,科学的选择适合当前教学的教学方法是非常重要的。不论我们如何研究教学方法,最终目的是帮助教师明确在什么情况下选择什么样的教学方法以及如何进行更好的选择。在选择教学方法时要根据特定的教学任务、教学内容、师生特点、物质条件等,对各种方法进行比较分析,选择出最合适的方法体系或多种教学方法的合理组合。

在选择化学教学方法时要遵循以下基本要求:

(一)要考虑到化学学科和化学教学内容的具体特征

这是对教学方法选择的最基本要求,把握住化学学科的基本特征,即化学学科与其他学科的不同之处,比如化学的以实验为基础的特点,在选择教学方法时就可以将知识的学习与实验更多地结合起来。化学教学中有意识地运用反映学科特征的方法,如实验法、观察法等。

化学教学内容有几个大的组成部分,具体到某一部分时要具体对待,选择最合适的方法。比如对理论性强的基本原理内容,采用讲授和启发的方式,并将类比、归纳、演示等逻辑方法穿插其中;对一些有关元素化合物的事实性知识,可通过实验演示、实物模型展示等直观手段,并配以图表归纳、比较、联系等形式强化记忆;对化学实验课的教学内容,则是讲授法、演示法、练习法、讨论法等方法的组合运用。对化学计算的要求比较高,因此需要系统的讲解,加以逻辑方法、问题解决方法、练习法等。

(二)要考虑到化学教学目的和教学目标

化学教学目的应贯穿于教学过程始终,而化学教学方法是实现教学目的的有力保障。对教学方法起直接作用的是具体的教学目的,将教学目的细化到每一课时的时候就形成教学目标。教学目标包括知识与技能、过程与方法、情感、态度与价值观等各个方面,每一方面的目标都应该有与之相关的教学方法。如要求达到识记、理解级别的目标,阅读法、讲授法、练习法、演示法等方法是可用的。要求熟练掌握的化学操作技能,则采用演示法、实验法、练习法等。而要达到分析、综合等高层次目标和培养学生的态度、情感和科学方法,在运用讲授法的同时,多用探究法和发现法。

(三)要考虑到学生的实际情况

教学方法的选择,要考虑到学生的年龄特征、个性心理特征、认知特征和知识基础。要把学生的可接受性建立在现代心理学和教育学对青少年智力发展研究成果上。

比如,对于初三的学生来说,化学知识少,化学思维能力差,化学实验操作技能缺乏,因此在化学教学中需要较多地采用演示实验帮助学生获得感性知识，让学生从教师的实验操作示范中获得实验技能知识。进入高中以后，学生的化学知识、实验操作技能和思维能力的发展积累到一定程度，就可以更多地采用讨论法、演示法、实验法，以综合培养学生的各种能力。

（四）要考虑到化学教师自身的业务水平和教学风格

教师的业务水平、实际经验、个性特点等都是教学成功与否的关键因素。有些教学方法虽好，但是具体到一个教师身上，如果不能充分发挥他的自身的优势，往往很难取得好的效果。比如，有些教师擅长语言表达，可以较多地采用讲授法、谈话法。而擅长动手实验的化学教师可以多采用演示法、实验法等设计一些小实验，既能活跃课堂气氛又能让学生从中观察和学习必要的实验操作技能。个性特点不同的教师在选择教学方法时优先考虑的重点是不同的，应扬长避短，发挥个人的优势，选择与自身的特点相适应的教学方法。因此教师应该努力提高自身的素质条件，更好地应用多种多样的教学方法。

（五）要考虑学校的物质条件

在选择教学方法前要考虑学校所能提供的物质条件，比如仪器、图书、设备、设施、时间等，超越了实际的物质条件，则很难完成教学任务。比如，在学习物质性质的时候，有条件时可以将实验设计成投影实验或微型实验，效果好，而且经济节约。但是如果只是看到了它的优点而采用，学校却不能提供相应的设备，则教学就难以顺利进行。

（六）要把多种教学方法优化组合灵活运用

一个完整的化学教学过程是由不同的教学内容，不同的教学目标，不同的教学对象和不同的教学条件构成的，这些因素的有机组合，决定了教学方法的多样性。各种教学方法的特点各不相同，而且优缺点也各不同，所以各自的适用范围存在差异。因此将各种方法优化组合，互为补充，按照一定的顺序组合成具体的教学方式，发挥整体综合效应。这样，既利于全面发展学生的认知能力，又可以调动学生的学习积极性，全面提高化学教学质量。

“化学教学方法是化学教师发挥聪明才智、进行创造性劳动的重要领域，是化学教学改革的活跃因素。”化学教师可以根据学生的认知水平、兴趣、爱好和学校的物质条件，选择或创造合适的教学方法，以保证取得好的教学效果。

综上所述，教学原则指导着教学策略，教学策略的制定必须遵循教学原则，教学策略的程序化就构成了教学模式。在教学模式中，基本教学策略指导课堂教学策略，课堂教学策略基本上规定了所使用的教学方法，每一教学方法的使用必须有助于教师向课堂教学策略所指出的方向迈进。

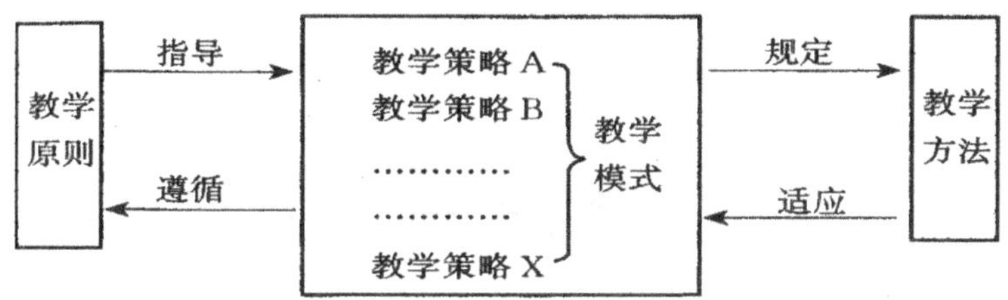

图4-12 化学教学原则、策略、模式及方法关系图

思考与练习

1. 简要概述我国古代教学理论的主要思想。

2. 简要概述现代西方教学理论的主要流派及主要观点。

3. 你对中学化学教学过程是如何认识的?

4. 中学化学教学应遵循哪些基本原则?结合教学实例,谈谈如何更好地贯彻、运用这些教学原则。

5. 结合具体的教学实例,列举中学化学教学中常用的教学方法有哪些?

6. 如何恰当地选择和运用教学方法?

7. 列表说明教学模式、教学方法、教学策略间的异同点。

8. 就近调查一两所中学,结合我国新一轮基础教育课程改革,了解被调查学校在教学方法改革方面有哪些新举措?实施效果如何?

第五章　化学探究式教学的特征与实施

探究式教学是进行科学教育的有效途径,也是中学化学课程中一种重要的教与学的方式。开展探究式教学有利于学生科学素养的全面发展,与其他教学方式相比较,它具有综合优势。本章将主要介绍探究式教学的特征、主要类型及在中学化学新课程中的具体实施。

第一节　探究式教学的特征

作为学习方式的科学探究活动和过程称为探究性学习,符合学生进行探究性学习所需要的基本特征和要素,并对学生进行探究性学习具有明显支持和促进作用的教学活动和过程称为探究式教学。在学校体系中往往统称为探究式教学或基于探究的教与学,对于理科教育,有时简称为科学探究。科学探究是以其与科学教育的科学本性相一致、有利于学生的全面发展、有利于转变极其被动的学习方式等综合优势而重新回归科学教育和科学课堂的,使学生进行基于科学探究的学习,可以综合反映科学学习的内容和目的特征、活动和过程特征。

【资源链接】科学探究[1]

科学探究指的是科学家用以研究自然界并基于此种研究获得的证据提出种种解释的多种不同途径。科学探究也指的是学生用以获取知识、领悟科学的思想观念、领悟科学家们研究自然界所用的方法而进行的各种活动。以探究为本的教育旨在帮助学生学习科学知识、掌握科学方法以及真正理解科学的本质。这样,就将科学知识的学习与科学方法的学习以及科学本质的学习联系了起来。

探究是一种涉及探究自然或物质世界过程的学习方式,在寻求新的理解的过程中,它导致提出问题、做出发现并对发现进行严格的检验。科学教育中的探究

---

[1]刘知新. 化学教学论[M]. 3 版. 北京:高等教育出版社,2004:192 – 194.

应该尽可能接近地反映做真正的科学研究所从事的工作。

探究是一种复杂的学习活动，需要做观察；需要提问题；需要查阅书刊及其他信息源以便了解已有知识；需要设计调查和研究方案；需要根据实验证据来核查已有的结论；需要运用各种手段来搜集分析和解释数据；需要提出问题、解释和预测；需要把结果告知于人。探究需要明确假设，需要运用判断思维和逻辑思维，需要考虑可能的其他解释。

一、探究式教学的特征

探究式教学以其未知性与问题性、发现性与探索性、过程性与开放性、主动性与互动性而有利于学生掌握与应用科学知识，建构与发展科学概念，理解科学本质与科学过程；有利于学生形成较强的问题意识，掌握学习策略、探究方法和实验技能，锻炼实践能力；有利于激发学生对科学的浓厚兴趣和对科学学习的积极动机，培育科学态度和创新精神；有利于真正发挥学生学习的主体性，更加有效地改变师生关系[1]。化学探究学习是一种复杂的教育教学活动，要正确实施基于探究的教与学，必须把握体现探究教学核心思想的特征。

（一）以问题情境为中心

问题与疑问是探究式学习的起点，也是探究式教学的一个基本特征。宋代哲学家朱熹说过："学贵善疑"、"大疑则大悟，小疑则小悟，不疑则不悟。"怀疑—问题—思考是学有成就的必要条件。化学探究式课堂教学过程中，教师应该合理创设能激发学生探究的化学问题情境，以问题为中心引导学生学习，积极鼓励学生自己去发现问题和提出问题，使探究新知识的过程成为学生主动提出问题、分析问题和解决问题的过程。

在化学教学中，具体的实施途径有：(1)通过演示实验创设问题情境；(2)通过讲述与化学有关的小故事创设问题情境；(3)通过讲述化学史实创设问题情境；(4)通过报纸、广播、电视、互联网等各种媒体中与教学内容有关的新闻报道创设问题情境；(5)通过实物、图片、图表、模型等创设问题情境；(6)通过多媒体课件、影像资料等创设问题情境；(7)通过学生熟悉的生活情境引发学生探究，或者让学生在真实的生活情境中进行探究。

例如，学习有关水的净化这节课，教师通过播放 2006 年本市特大洪灾的录像创设问题情境：混浊水面漂浮着各种垃圾……一个小孩用杯子盛混浊的水喝，然后画面定格……立即有学生情不自禁叫起来："不能喝！"同学们自然而然

---

[1] [美]国家研究理事会. 国家科学教育标准[S]. 戢守志，金庆和，梁静敏等，译. 北京：中国科学技术文献出版社，1999：30.

地围绕如何净化水提出许多问题："泥水中含有哪些杂质?"、"分别用什么方法除去?"、"要得到纯净水需要哪些过程呢?"、"如何用简单的方法让洪水变成能喝的水?"、"自来水为什么不能直接喝?"、"自来水是纯净水吗?"、"自来水是怎么生产出来的?"这一系列的问题和真实的情境激发了学生的探究兴趣[1]。因此，创设问题情境是探究式课堂教学的良好开端。

（二）强调自主参与[2]

自主性是探究学习的立足之本。以探究推动学生学习方式的根本变革，进而促进学生的全面发展，这是实施探究教学的终极目标。探究教学的落脚点是学生，一切为了学生发展。所以探究教学一定要重视学生在学习中的主体地位，保证学生学习的主动性。基于此，探究教学很重要的一个特征就是强调学生自主参与，只有这样才能保证学生的发展不是空话，否则探究教学又会流于机械的方法训练、技能训练。

要保证学生的自主参与，教师需要尊重学生的兴趣和爱好，鼓励学生主动发现和提出问题，学生根据自己对问题的态度和看法，按照自己的思路和方式对问题形成假设、自己决定收集什么样的证据以及通过什么方式来收集、自主实验直至获得问题解决。探究学习提倡和保证学生自己决定探究方式、探究途径，教师只是提供必要的帮助和指导。学生可以有充分的机会通过自己的思考提出新思路、新方法和新观点。而且在提出问题到解决问题的整个过程中，学生有自己评价学习过程的进展的权利，可以积极发表自己的观点。

例如，在有关水的净化这节课的教学设计中，教师充分渗透了学生自主参与的教学意识，学生以小组为单位，先猜想水的净化方案，再设计检验方式和途径，然后进行实践检验，最后写出研究报告。为了使泥水更清澈，学生想出了很多办法，如能否用净水剂？带着这个问题，学生们上网查找资料，知道了明矾、硫酸铝、硫酸铁、聚氮化铝可以作为净水剂；有的同学就地取材，把仙人掌等植物用棍棒捣烂加入污水中净化；还有一个同学受生活中用纱布制作豆腐的启发，他让泥水通过纱布发现比原先清澈了些，但依旧混浊，又将纱布反复叠加成很厚的一层，重复前面的操作，发现现象如他所愿，泥水又清澈了许多，但是还有些混浊，他就猜想可能纱布的空隙太大，无法很快使水清澈。再用海绵、卫生纸、棉花等分别代替纱布，发现效果还是不理想，后来他干脆把这几种用品全叠在一起置于竹筒中，然后让泥水通过，现象和结果让他欣喜若狂。这个同学带

[1]林玉燕.走进生活的化学探究性学习[J].福建教育学院学报，2006(9)：33－34.

[2]毕华林，刘冰.化学探究学习论[M].济南：山东教育出版社，2004：23.

着解决问题的欲望,不知不觉陷入了化学探究的活动中。在他进行自主探究时,他还没有学过"过滤"的方法,可他却提前体验了过滤的过程,还制作了简易的过滤器。教学活动全过程,充分体现了学生的主体参与性。

(三)注重实践探索

实践是探究式学习的灵魂。实施化学探究式课堂教学,必须加强实践探索活动,让学生围绕研究的问题,在实验、观察、统计、读书、查阅资料、搜集信息、访问、调查、分析现象和数据等大量实践、探索活动中,丰富感性认识,训练、提高实践能力。

对于科学教育中的探究,《美国国家科学教育标准》是这样描述的:"探究是一个多侧面的活动,需要做观察;需要提出问题;需要查阅书刊及其他信息源以便弄清楚什么情况已经是为人所知的东西;需要设计调研方案;需要根据实验证据来检验已经为人所知的东西;需要运用各种手段来搜集、分析和解读数据;需要提出答案、解释和预测;需要把研究结果告之于人。探究需要明确假设,需要运用批判思维和逻辑思维,需要考虑可能的其他解释。"其中,观察、查阅书刊、设计方案、检验、收集信息等都属于实践活动的范畴(实践并不等于单纯的操作!)。实践是探究的基本形式和根本保障,脱离实践的探究学习,只能是形同虚设。

科学探究非常强调证据的重要性,假设的验证、探究结论的获得不是依赖于对已有理论的轻信盲从,也不是取决于权威专家的观点,而是必须用事实证据来证明,是基于对证据进行分析而得出的。而证据的获得需要通过亲身观察、做实验、开展调查研究等方式实现,这些寻求证据的方式都是典型的实践活动,离开了亲身实践就难以获得充分的证据。

(四)重视合作交流[1]

小组合作、共同完成学习任务是探究学习的主要形式。探究学习尤其强调合作交流。在探究学习中,合作交流有两个层面的含义。一方面,将学生分组,小组成员间合作完成整个探究任务,即让学生在小组或团队中展开探究,教师放权给小组,小组内成员间共同合作、相互讨论和交流,共同对探究过程负责。这样,在探究过程中,每个学生都承担一定的任务,扮演着不可忽视的角色,共同对问题进行探索。通过小组内的合作交流,大家相互影响,相互促进,每个人都能有效地学习,积极参与探究学习活动,而且能够培养学生的团队精神和协同工作能力。探究学习中合作交流的另一层含义是指在获得小组内探究结果

---

[1]毕华林,刘冰.化学探究学习论[M].济南:山东教育出版社,2004:24.

后，还需要每个小组用口头、书面等形式比较明确地表述探究的过程、活动以及结果，在小组间进行交流，并为自己的观点进行解释和辩护，在小组间交流过程中，每个人都要敢于发表自己的观点和看法，又能够善于倾听他人的意见。通过这样的讨论与交流，可以开阔学生的视野，进一步加深对问题更全面、更深刻的认识，使探究更富有成效。

（五）强调思维开放

探究式学习是通过发现问题，研究探索，从而获取知识和技能的一种学习形式。探究式学习关注的不仅仅是问题的结果，更重要的是关注学生主动探索问题的过程，关注培养学生的思维能力，特别是创造性思维的方法和途径。因此，实施探究式教学，必须具有思维开放特征，所以问题应该能够启迪学生充分思考，必须给予学生广阔的思维空间。

（六）注重能力方法培养

探究式学习，以提高学生的综合素质、培养学生的综合能力和方法为目标。应根据化学学科特点和具体教学内容，努力培养学生的各种能力。例如，在设计研究某个问题的方案中，培养学生的独立思考、创新思维能力；在完成某个问题的研究过程中，培养学生的实验操作、观察分析、实践探索能力；在研究某个化学知识与科技、生产、生活的联系的问题中，培养学生关注社会热点，发现问题，分析研究问题，应用所学知识解决问题的能力，等等。

化学课程中探究性学习的最根本特征应该是围绕化学科学问题，运用科学方法进行科学的探索活动，经历科学的工作过程。开展探究式教学不仅是为了培养学生的科学探究能力和学习科学方法，它一定要作为学生认识自然和理解物质世界的重要途径和有效手段，所以开展探究式教学一定要既关注过程和方法，也要关注结果和收获。在实践中，既不能将探究式教学神化也不能将其泛化。探究式教学以其未知性与问题性、发现性与探索性、过程性与开放性、主动性与互动性而有利于学生掌握与应用科学知识，建构与发展科学概念，理解科学本质与科学过程；有利于学生形成较强的问题意识，掌握学习策略、探究方法和实验技能，锻炼实践能力；有利于激发学生对科学的浓厚兴趣和对科学学习的积极动机，培育科学态度和创新精神；有利于真正发挥学生学习的主体性，更加有效地改变师生关系。

【资源链接】“探究性学习”与“研究性学习”的区别

1. 教师作用的差别：“探究性学习”虽强调了学生的主动性、活动性，但学生的活动仍然都是在教师精心安排下实施，教师指定学习内容。是一种以教师为主

导，学生为主体的教学过程。“研究性学习”是指学生在教师指导下，以类似科学研究的方式去获取知识和应用知识的学习方式。在“研究性学习”中，学生是研究学习的主体，教师则是以平等参与者身份介入的，教师是组织者、参与者和指导者，教师“指导不指令，参谋不代谋”。

2. 对课题的选定、学习过程的控制、学生的学习成绩评定方式不同：“探究性学习”的课题是教师选定，结果是预知的，教师对学习过程是可操纵的，对学习成绩的评定具有绝对的权威。而“研究性学习”是以学生的自主性、探索性学习为基础，从学生生活和社会生活中选择，学生自主确定研究专题，主要以个人或小组合作的方式进行。由于“研究性学习”的开放性，教师对学习过程、结果无法事先预料，也就谈不上对过程操纵了。对学习成绩的评定以学生的自我评价和相互评价为主。

3. “研究性学习”重在过程，“探究式学习”既重视过程也重视结果：“研究性学习”重在学习的过程，在评价学生的学习成果时不以成败论英雄；在研究性学习的过程中，学习者将模拟科学家的研究方法和研究过程，提出问题并解决问题，研究性学习的实质是学习者对科学研究的思维方式和研究方法的学习运用，通过这样一种基本形式和手段，培养创新意识和实践能力。而“探究式学习”既重视过程也重视结果。

4. “研究性学习”是综合实践活动课的内容之一，“研究性学习”可以视作“活动课程”的延续和发展。研究性学习不同于学科知识传授，不能只是坐而论道，要实践，要活动。让学生亲身经历体验感受实践过程、获取直接经验，养成科学精神和科学态度，掌握基本科学方法，提高综合运用所学知识解决实际问题的能力，在实践中创新。研究性的知识来源是多方面、多渠道的，即除了学习教科书中的间接知识以外，学习者还要广泛地获取未经加工的第一手资料——直接知识。获取知识的目的是为了应用，学会实际动手操作是研究性学习的重要内容，也是与一般的知识学习的基本区别。

二、探究式教学与其他教学方式的关系

探究式教学作为一种重要的教与学的方式，与其他教学方式不是互相排斥和对立的关系，而是相互融合、相互促进的。只是探究式教学是基于科学探究的活动过程特点而设计和组织的，要求具有更强的未知性与问题性、发现性与开放性、主动性与互动性。

（一）探究性学习与发现学习

发现学习是一种以发现新知识为目的的探究学习。除了发现新知识这一目的外，探究学习的目的还包括解决具体问题、表达抽象观念或描述复杂事物、培养特定技能或能力。根据目的不同，探究学习可以分为发现型探究学习，应

用型探究学习即项目学习，表达型探究学习（写作、形式设计等），训练型探究学习（经常以游戏的形式出现）等。

（二）探究性学习与启发式教学

真正意义上的探究学习应该是包含搜集信息、分析信息、表达和交流活动的学习方式，并且在探究过程上是多种多样的，而启发式教学主要是依靠学生的思维活动来回答教师的问题。学生在探究性学习中是由自我驱动，而在启发式教学中是被教师驱动，其实教师对学生进行启发式教学的最高境界应该就是学生可以进入自我驱动的探究性学习。在探究式教学中经常需要来自教师的启发、示范、指导、讲解、精致等[1]。

（三）探究性学习与接受式学习

探究性学习与接受式学习的目的是相同的，但在这两种学习中学生的主动性则有较大的差异，而且探究性学习更强调解决问题的科学过程，接受式学习则更多地指向获得知识结论。从另一方面讲，接受是学生学习的根本属性，探究是接受学习的一种积极主动的形式，是学生学习科学所特别需要的一种特殊形式的接受学习。

（四）探究性学习与研究性学习

研究性学习也属于探究性学习的范畴，它是一种特殊的探究学习类型。研究性学习是指学生在教师指导下，从自然、社会和学生自身生活中选择和确定专题进行研究，并在研究过程中主动地获取知识、应用知识、解决问题的学习活动。根据新的课程计划，研究性学习是一门课程，而探究性学习是本次课程改革倡导的一种主流学习方式。作为一种学习方式，研究性学习和探究性学习从本质上看是一致的，都是提倡学生用科学探究的方法来进行学习。从这一角度看，研究性学习是探究性学习的一种特殊类型，主要用于面向跨学科的研究性学习课程中。

（五）探究性学习与问题解决教学模式

问题解决教学模式是指依据教学内容和要求，由教师创设问题情境，以问题的发现、探究和解决来激发学生的求知欲和主体意识，培养学生的实践和创新能力的一种教学模式。问题解决教学模式的主要目标是形成和培养学生的问题意识，提高学生分析问题和解决问题的能力，促进学生创造型的发展。其中，教师创设问题情境是教学设计的中心环节。

由于探究性学习方式是以问题和科学活动过程为本的，所以它与合作学习

---

[1]刘知新. 化学教学论[M]. 3 版. 北京：高等教育出版社，2004：195.

和建构式学习、问题解决式教学乃至启发式、讲授法等其他学习或教学方式都具有很强的融合性，有利于促使教学方式多样化。科学教育界以前所未有的热情重新强调科学教育的科学探究性，并不是因为探究式教学在传授知识的数量方面比其他教学方式更具有优势，而是因为这种教学方式具有综合性的优势，恰恰是这些综合优势对于当今的科学教育目的和人才培养观是有巨大价值的。

在化学教学中，我们应该在强调探究式教学的同时，注意多种教学方式和方法的综合运用。事实上，灵活多样的教学方法有助于提高学习效率，每种教学方式各有长处和短处，运用得好都会发挥其他教学方法不能代替的特殊功效，运用不好也都会产生这样那样的问题。如教师擅长讲授，讲述得好，也可以生动地向学生传达大量的有用信息；运用不好的话，授课会很沉闷，让人昏昏欲睡。探究式教学能启发和锻炼学生的思维，但运用不好，也可能使课堂讨论变得杂乱无章，离题万里。从另外一个角度来看，探究式教学需要花费很多时间，如果所有的内容都用探究的教学方法，不仅教学时间不允许，也不一定符合教育的经济性原则。总体说来，在实际教学过程中，应综合运用多种教学方式，应该彼此取长补短，互相促进，不可偏废。

三、探究式教学的主要类型[1-2]

在学校环境下的化学学科的探究性学习或探究式教学可以有非常丰富的类型。例如，

（一）按照科学探究的任务和问题的性质分类

（1）认识物质的性质及其变化的探究。

（2）认识物质的组成和结构的探究。

（3）认识化学反应规律和原理的探究。

（4）应用化学知识解决实际问题的探究。

（二）按照科学探究活动所包含的探究要素的多少分类

（1）完全的探究——指把科学探究的所有要素都包括在内的探究。

（2）部分的探究——如果其中的一个或几个要素没有满足，就是部分的探究。

例如，如果科学探究中的数据（证据）由教师直接给出，探究集中在从对数据的解释开始之后的环节，这样的探究就是部分的探究；当学生亲自完成探究

[1]刘知新.化学教学论[M].3版.北京：高等教育出版社，2004：196.

[2]毕华林，刘冰.化学探究学习论[M].济南：山东教育出版社，2004：21.

活动,而最后是由教师做出总结和评价,这样的探究也是部分的探究。

(三)按照学生探究活动的难易程度及教师提供组织、指导的程度分类

(1)结构型探究——在探究时向学生提供将要调查研究的问题、解决问题所要使用的方法和材料,但不提供预期结果。学生自己要根据收集到的证据进行概括,发现某种联系,找到问题的答案。

(2)指导型探究——在探究时只给学生提供要调查研究的问题,有时也提供材料。学生必须自己对收集到的数据进行概括,弄清楚如何回答探究问题。

(3)开放的探究——在探究时学生必须自己独立完成所有的探究任务,当然也包括要调查研究的问题。

(4)探究过程中,学生在提出问题、收集证据、作出解释、总结并交流学习成果等方面自主负责的越多,探究就越开放。但是,受已有水平的限制,现实中学生很少有足够的能力进行这样完全开放的探究。相反,如果由教师和学习材料给予的指导越多,这样的探究就越具有指导性。

(四)按照科学探究活动的形式和途径分类

(1)观察探究——如:观察在水中加入少量盐后凝固点和沸点的变化;观察并解释浓氨水和浓盐酸接近时的“空中生烟”现象等。

(2)实验探究——如:实验探究空气中氧气的体积分数;实验探究酸碱的主要性质等。

(3)调查探究——如:调查当地金属矿物的开采和金属利用情况,提出有关的建议;调查“白色污染”形成的原因,提出消除这些污染的建议等。

(4)讨论探究——如:讨论工业上用蒸馏法淡化海水的可能性;辩论空气中二氧化碳是否会越来越多等。

(五)按照科学探究活动的场所分类

(1)课堂内探究。

(2)课堂外探究。

(3)课内与课外相结合的探究。

(六)按照科学探究开展的教学时间分类

(1)单课时的探究。

(2)连堂课的探究。

(3)专题的探究。

(七)按照学生进行探究的组织形式分类

(1)学生个体探究。

(2)小组合作探究。

第二节 探究式教学的实施

化学新课程改革将科学探究作为突破口，旨在转变学生的学习方式，让学生有更多的机会主动地经历和体验科学探究过程，在知识的形成、联系、应用过程中养成科学的态度，获得科学的方法，理解科学的本质，在“做科学”的探究实践中逐步形成终身学习的意识和能力。

一、化学新课程中的科学探究

（一）化学课程标准中科学探究的涵义

全日制义务教育《化学课程标准（实验稿）》将探究作为课程改革的突破口，明确提出“义务教育阶段化学课程标准中的科学探究，是学生积极主动地获取化学知识、认识和解决化学问题的重要实践活动”，“是一种重要的学习方式，也是义务教育阶段化学课程的重要内容”[1]。

高中化学课程标准也提出“通过以化学实验为主的多种探究活动，使学生体验科学研究的过程，激发学习化学的兴趣，强化科学探究的意识，促进学习方式的转变，培养学生的创新精神和实践能力。”[2]

（二）化学新课程中科学探究的内容

化学新课程将科学探究作为重要的课程内容，把科学探究过程和方法作为学生学习的对象，充分体现了新一轮基础教育改革从“以知识为中心”转变为“以学生发展为本”的理念，有力地促进了学生学习方式的转变，将科学知识与科学方法以及科学本质的学习联系了起来，充分发挥了科学探究对于科学素养发展的不可替代的价值。

科学探究是人们认识客观世界、获取科学知识的重要途径。传统化学课程内容的选择更多地关注了知识结论，而忽视了获得知识结论的过程与方法，这样就割裂了“抽象的书本知识与人的发现问题、解决问题、形成知识过程的丰富、复杂的联系”。“静态的科学结论”和“动态的探究过程”是现代科学的两个方面，忽略了科学的“过程与方法”，一方面不可能达到对科学本质的认识，另一方面也滤掉了过程与方法对学生发展的教育价值。

---

[1] 中华人民共和国教育部. 全日制义务教育化学课程标准（实验）[S]. 北京：北京师范大学出版社，2001：9.

[2] 中华人民共和国教育部. 普通高中化学课程标准（实验）[S]. 北京：人民教育出版社，2003：2.

全日制义务教育《化学课程标准(实验稿)》在内容标准中单独设立主题,从"增进对科学探究的理解"、"发展科学探究能力"和"学习基本的实验技能"三个方面对科学探究提出了具体的学习内容和目标。

高中化学新课程没有将"科学探究"单独设立主题,而是根据不同模块课程的特点,在相关主题里设置了科学探究的内容。例如在必修化学1"认识化学科学"、"从实验学化学"等主题中都对科学探究提出了具体的要求。突出了科学探究活动的设计,让学生尽可能通过探究活动来学习化学知识。在内容的呈现上,不是把现成的结论直接告诉学生,而是从学生已有的生活经验出发,创设生动活泼的学习情景,引导学生自己去发现和提出问题、做出假设和猜想,设计方案,并通过观察、实验、阅读、思考、讨论等活动,获得对知识的理解。另外,在所有课程模块的内容标准中,都列有"活动与探究建议",这些探究活动也是化学课程内容的有机组成部分。将科学探究作为高中化学重要的课程内容,是化学新课程改革的突出亮点,实现了课程内容观念的重大转变,是促进学生科学素养主动全面发展的有力保证。

二、探究式教学的构成要素

《义务教育化学课程标准(实验稿)》中将科学探究过程概括为:提出问题、猜想与假设、制订计划、进行实验、收集证据、解释与结论、反思与评价、表达与交流等要素。在每个要素中,还包含了更具体的科学方法,如观察、实验、实验变量控制、测定、记录、数据处理、分类、科学抽象、模型化、提出和验证假说、获得结论等。下表列出了上述要素中学生进行的活动以及所运用的科学方法。

表5-1　科学探究的要素及其科学方法

探究要素	学生活动	科学方法
提出问题	从日常现象或化学学习中,经过老师或同学的启发,或独立地发现一些有探究价值的问题,并且能够清楚地表达出来	观察表述
猜想与假设	搜索原有知识经验,生成对问题情境及其内部关系的初步理解,建立起关于问题的猜想和假设	预测推理 形成假设
制订计划	提出活动方案,设计调查或实验等具体探究活动的步骤,考虑特定的实验条件对实验的影响	变量控制
进行实验	积极参与完成化学实验操作,并能在实验操作中注意观察和思考相结合	实验观察
收集证据	通过观察、实验、调查、查阅资料等收集资料证据	测量记录 数据处理

续表

探究要素	学生活动	科学方法
解释与结论	从信息材料和事实出发,按照一定的理论逻辑方法来推理变量之间的关系,经过加工与整理,对假设作出判断,得出结论	分类 科学抽象 模型化 图表化
反思与评价	对探究结果、探究过程进行反思,作出评价	反思
表达与交流	用口头、书面等形式明确表述探究的过程、活动以及结果,发表自己的观点,倾听他人的意见	交流

科学教育的实践表明,科学方法只有与科学知识相结合,融入真实的科学探究活动中才有意义,才能为学生所理解和掌握。因此,化学课程中的科学探究,科学方法的学习一定要与科学探究活动的开展、科学知识的获得、科学情感的培养紧密地结合起来。

【典型案例】碘盐中碘元素的实验探究[1]

问题:碘是人体不可缺少的一种营养素,当摄入量不足时,肌体会出现一系列的障碍。所以补碘是一项重要的生活行为。日常生活中人们主要通过食用加碘盐来补充碘。那么从化学的角度来看,碘盐中的碘是以哪种微粒形式存在?是游离态?还是化合态?是哪种形式的离子呢?

假设:(1)以 I_2 的形式存在;(2)以 IO_3^- 的形式存在;(3)以 I^- 的形式存在;(4)I^-、IO_3^- 共存。

证据:(1)I_2 易升华且碘蒸气有毒,I_2 有颜色,故碘盐中碘不可能以 I_2 形式存在;

(2)往碘盐溶液中加入淀粉,观察现象;

(3)往碘盐溶液中加入氨水和淀粉溶液,观察现象;

(4)往碘盐溶液中加入醋酸,用淀粉 KI 试纸检验,观察现象。

解释:碘盐中碘元素不以 I_2、I^- 存在,也不可能以 I^-、IO_3^- 共存,而是以 IO_3^- 形式存在。

评价:IO_3^- 不稳定,在受热、光照后极易散失,所以碘盐应贮存于阴凉处,烹调菜肴时应在菜出锅时加入为宜。

三、探究性学习活动的特点

(一)驱动性

兴趣是积极探究某种事物的认识倾向,是对事物本身或事物未来的结果感

[1]毕华林.高中化学新课程教学论[M].北京:高等教育出版社,2005:189.

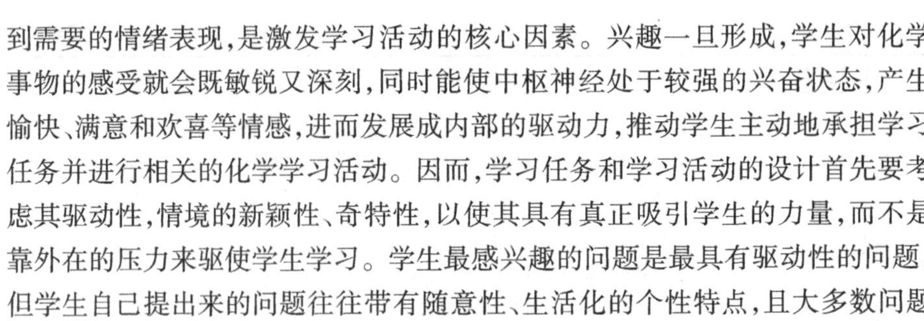

到需要的情绪表现,是激发学习活动的核心因素。兴趣一旦形成,学生对化学事物的感受就会既敏锐又深刻,同时能使中枢神经处于较强的兴奋状态,产生愉快、满意和欢喜等情感,进而发展成内部的驱动力,推动学生主动地承担学习任务并进行相关的化学学习活动。因而,学习任务和学习活动的设计首先要考虑其驱动性,情境的新颖性、奇特性,以使其具有真正吸引学生的力量,而不是靠外在的压力来驱使学生学习。学生最感兴趣的问题是最具有驱动性的问题,但学生自己提出来的问题往往带有随意性、生活化的个性特点,且大多数问题情境远比学习所需的问题复杂得多,因此在设计具体的学习任务和学习活动时既要充分关注学生的兴趣所在,又要处理好学生的学习倾向与教学目标之间的关系,应该兼顾二者的有机融合。

(二)诱发性

从建构主义教学观来看,有效的学习任务应该具有诱发性,它容易诱发出学习者的已有经验、对问题和现象的个人观点和认识,并且有利于产生观点和想法的差异,造成学生的认知冲突。学习任务和学习活动具有诱发性,具体表现在:学习任务和学习活动本身既不能让学生觉得无从下手,也不是学生仅靠简单的回忆或知识再现就能完成的;它有一定的难度,能引起学生的认知冲突,但又能激励学生积极思考、主动探索的精神,激发他们的创造性思维,启发问题解决的途径,学习过程要经历系列信息的改变或重组,通过运用比较、分析、综合、归纳、演绎等高级认知活动,通过独立学习及与他人的合作、交流等多种方式来完成。如从学生经常喝的碳酸饮料出发,实验探究奇妙的二氧化碳的性质:能使澄清的石灰水变浑浊,使紫色石蕊试液变红等。这一组学习任务首先提示学生要用实验的方法来解决,要把二氧化碳和澄清的石灰水互相混合或通入紫色石蕊试液中,观察其变化过程。但二氧化碳从哪里获取?这是该学习任务引发出来的一个必须首先解决的问题,学生可以通过多种渠道来完成二氧化碳的收集任务:从碳酸饮料中收集二氧化碳(振荡饮料瓶,用导管导出;取出部分饮料置入大试管中,加热,用导管导出,2 人或 4 人合作完成),可以借助于一支洁净的塑料或玻璃管,用嘴吹入二氧化碳(受生物呼吸知识的启发,独立完成),有的同学也想尝试用实验室制备二氧化碳的方法(多人合作完成)……接下来二氧化碳通入量的多少、反应温度的高低等又可能引发一系列的问题。

(三)易参与性

活动是发展的基础,成功的参与是学生发展的必要条件。学习任务和学习活动的可参与性有两层涵义:第一,让全体学生都能参与其中。这就必须保证学习任务和学习活动的层次性、难度和表述方式等要适合全体学生的心智发展

水平（学生已有的认知结构和身心发展水平），以保证使大多数学生在学习过程中都处于有效的活跃状态，主动地投入到集体的或独立的学习活动中，在自主学习中手脑并用，通过亲身体验获得直接经验，成为个人认知结构建构过程中的积极参与者。如在初步认识化学阶段，通过研究蜡烛燃烧的过程来讨论物质发生的变化，让学生探究化学变化的本质特征和外在表现。虽然学生在以前没有练习过化学的基本实验操作，但所有的学生都可以参与学习：点燃蜡烛，进行观察，做记录，并根据现象进行分析、总结。第二，参与形式应多样化，以保证学生参与的效果。让每个学生都能把蕴藏在自己身上的潜能开发出来，通过自主的学习活动和经验来拓宽知识、扩大视野、训练技能和发展各种能力以及情感态度与价值观。每个人都有自己的学习风格，有不同的兴趣、爱好、观念、思维方式及认知结构，不可能都以相同的方式去学习，同样学习任务应该能够让不同的学生用不同的方法来解决。即学习任务和学习活动要注意个别差异，要留给学生不同程度的自由空间。如课堂探究金属的物理性质，有的学生有兴趣和能力通过实验探究不同金属的导电性，有的学生则关注其导热性，有的学生对金属的硬度很感兴趣，并想出了比较金属硬度的方法，还有学生关注探究金属的磁性、延展性、熔沸点、强韧性，等等。不同的学生参与侧重点不一样，这样通过交流，学生不仅可以反思自己的探究结果与过程，而且能获取他人的探究信息并给予评价。

（四）可生成性

学习任务和学习活动设计的最终目的是产生高效的学习效率，促使学生的全面发展，它的可生成性可以从纵横两个方面来理解。纵的方面，主要是看某一具体的学习任务和学习活动在学生的发展过程中所起的作用以及在整个课程学习中的地位和价值。一般的学习活动是按照由简单到复杂，由近及远，从具体到抽象的过程展开的。化学学习要确保基础知识，但要更注重基本概念、认识的形成过程，尤其是对于一些核心内容和关键环节要给予足够的重视，如让学生从宏观过渡到微观的内容，从研究具体的物质上升为研究一类物质，从注意事物的外在表现发展到分析事物的内在本质的思想，等等。横的方面，是要具体分析学习任务和学习活动可以促进学生哪些方面的发展：让学生掌握了多少基础知识和基本技能？通过什么样的过程和方法，培养发展了学生的哪些能力？带来哪些情感态度的转变或升华？具体的学习任务和学习活动的迁移价值如何？能否真实促进学生个性的发展并由此引发出更多的学习活动和问题，创造更大的发展可能？如通过具体的酸、碱、盐等物质的学习，学生能否在教师的引导下或自主地进行总结和反思，通过对具体的酸、碱、盐的性质和学习途径的归纳总结上升为对酸类、碱类、盐类物质的探究，在此基础上能否继续对其他具体的酸、碱、盐物质及其联系和应用等进行进一步的研究学习。

(五)多重教育功能

化学教学中具体的学习任务和学习活动不仅要促进学生在知识与技能、过程与方法、情感态度与价值观三个方面的发展，而且要让学生经由多样化的学习过程后能够运用所学来解决实际的问题，引发一系列更有效的学习行为，升华对学习的本质、科学过程和本质及其价值的认识，并由学习的直接经验逐步意识到自我存在和发展的价值和意义。其价值性主要体现在三个层次：第一，学习任务和学习活动包含的知识与技能、过程和方法的基础性价值，如学生是否掌握了基本知识和重要的实验技能，是否发展了化学与技术、社会相关的知识，是否理解知识的形成过程，是否学会了科学探究的基本过程和方法，学生的信息加工能力、讨论交流能力、竞争与合作能力、实践能力等是否有质的飞跃；能否运用科学知识和技能就一些问题如健康、保健、安全等做出决策和评价等。第二，学生经由一定的学习体验后所带来的情感、态度和价值观的变化与发展性价值。如是否保持和增强了对生活和自然界中化学现象的好奇心和探究欲望，是否发展了科学学习兴趣，加深了对学习过程和本质的认识，对科学的认识等是否能进一步发展，是否促进了学生建立"世界是物质的"、"物质是变化的"、理论与实践之间的关系等观念，是否有助于学生科学地认识化学对人类、社会的作用，是否感受到了化学是一门实用的、创造性的中心学科，必须正视传统化学和化工过程由于使用不当已经造成的对人类社会的负面影响，是否发展了学生的实践能力和创新精神，等等。第三，学习任务和学习活动是否能展现和发展学生主体的真实价值，促进学生成为有价值的人。如学生的自我意识和自我评价能力是否能得到培养和提高，是否认识到了自己在学习过程中的作用，能否帮助学生意识到自己的学习优势和不足并加以改进、增强自我监控意识，改进学习策略与方法等。

【典型案例】阿司匹林分子结构的确定[1]

1. 课前准备

我给学生布置了预习作业：(1)计算常见各官能团的不饱和度。(2)复习常见各官能团的检验方法(包括试剂、操作和现象)。

2. 创设问题情境，提出探究思路

上课时先由学生交流预习作业，使知识更概括、更有条理，为探究学习的顺利

[1]马胜利. 中学化学探究学习教学研究与实践[M]. 北京：北京师范大学出版社，2005：177－180.

进行提供保证。接着我就给学生提出了这样一个问题:20世纪有10项最重要的发明,它们至今仍深刻影响着人类文明,大家知道这10项发明吗?学生们议论纷纷,推测猜想,虽然有的发明不属于这10项发明,但是这10项发明学生们都说到了:原子弹、民航客机、航天飞机、个人电脑、电视、移动电话、人造卫星、克隆羊、因特网和阿司匹林。其实这10项发明都和化学这门自然科学有着直接或间接的联系,这节课我们把目光集中在阿司匹林这里。为了激发学生探究阿司匹林分子结构的兴趣,我印发了一份有关阿司匹林图片、历史和用途的阅读材料。阿司匹林是20世纪10项最重要的发明之一,是应用最广泛和最成功的合成药物。合成的前提是什么?学生异口同声地说:"要先知道其分子结构。"就这样,我顺利创设了问题情境,自然地引入了探究课题。

接着通过师生讨论,得出了探究有机物分子结构的一般思路:

有机物所含元素→分子式→所含官能团→官能团数目→结构简式→空间构型,使每个学生的头脑中都建立起清晰的探究思路。

3. 探究过程

遵循这条思路首先用燃烧法提出了阿司匹林所含元素和分子式的假设。学生根据我给出的实验数据(1 mol阿司匹林完全燃烧要消耗氧气9 mol,生成二氧化碳9 mol、水4 mol)口算就得到了阿司匹林的分子式$C_9H_8O_4$。

接着是推测其所含的官能团。由于课前进行了预习,学生顺利地根据阿司匹林的分子式、所含氧原子数和常见官能团的不饱和度(阿司匹林的不饱和度为6)进行大胆的推测。我让大家继续进行组内讨论,组间交流,确定阿司匹林的官能团。学生反响强烈,发言热烈,各组列举了使常见官能团产生6个不饱和度的可能组合。推测可谓五花八门:①1个苯基,2个羧基;②1个苯基,1个羧基,1个醛基,1个羟基;③1个苯基,1个羧基,1个酯基;④2个碳碳三键,1个羧基,1个酯基……

当然这其中有的推测刚一提出就被其他学生否定:有的考虑了不饱和度,没有考虑氧原子数;有的考虑了分子式,但没有考虑不饱和度。在众多的组合中学生自己就意识到只通过分析假设是很难确定阿司匹林的官能团。化学是一门以实验为基础的自然科学,可以从实验入手,探究阿司匹林可能含有的官能团。

下一步是进行实验探究,参考课前预习,各小组确定官能团检验的实验方案。为此各小组内展开热烈的讨论,各组间又进行了充分的探讨、交流和评价。

例如,一个小组代表在全班展示了他们的实验方案(如表5-2)。

他们在解释实验方案时也提出了新的困惑:①若溴水褪色,说明有不饱和键,如何确定这不饱和键是碳碳双键还是三键?②利用水解来检验酯基,如实验没有明显的现象,无法说明是否有酯基。在此,他们希望听取其他小组的意见并将目光投向了我,看得出来他们想及时得到同学的帮助和老师的指导。

表 5-2 实验方案

实验目的 （欲检验的官能团）	实验操作 （检验试剂和现象）	实验结论 （是否含有）
羧基	碳酸氢钠溶液	（实验后填写）
碳碳双键或碳碳三键	溴水	
醇羟基	红热的铜丝	
酚羟基	三氯化铁溶液	
醛基	银氨溶液	
酯基	氢氧化钠溶液	

我当时并没有马上进行点评，而是鼓励其他小组代表发言，其他小组纷纷发表了自己的看法，对他们的实验方案进行补充：①阿司匹林一般是白色圆形药片，实验时应先配制溶液，而且最好是饱和溶液，这样浓度大，现象明显；②实验中所用的仪器还应有研钵、烧杯和玻璃棒等；③用 pH 试纸检验羧基更方便直观，理由是若阿司匹林浓度不大，加入碳酸氢钠溶液，现象不明显将影响判断。

但是其他小组的发言也没有解决"如何确定是碳碳双键还是碳碳三键"和"如何检验酯基"的问题，我没有直接告诉学生答案，而是让他们带着疑问和困惑去实验探究。这样可以避免让学生的实验带有验证味道，也使我能够知道，让学生放手去干，他们到底能走到哪一步，我心里也希望学生们能给我带来惊喜。

学生们进行的实验探究，总体来说是令人满意的，能够做到团结合作，有人记录、有人配溶液、有人准备性质实验的试剂，还真有点统筹安排的意思。当然也有不尽如人意之处，比如，在烧杯中配制溶液时玻璃棒搅拌碰杯壁出现声响、性质实验取液量过多等，但是可贵的是小组成员之间在出现错误时相互提醒，及时改正。我在教室巡视各小组的实验情况，并适时适度给予指导。有时，我不直接告诉学生结论，而是提供思路，让学生自己去进一步思考和讨论。

4. 交流结果

实验探究结束后，进行小组间的交流。每个小组由一名学生发言说明实验，另一名学生及时展示实验现象。各小组都汇报得有声有色，既有成功的结论，也有失败的弯路。例如，一个小组汇报如下：

取溶液，加入氢氧化钠溶液，水浴加热，我们想如果有酯基会生成羧基和羟基，可以检验这两种官能团，先想到检验羧基，我们用 pH 试纸检验，试纸呈紫色，怎么是强碱性？这时才想起来刚才水解时加入了氢氧化钠，不显碱性才怪呢。接着想到用酸中和，可也不行，因为无法说明是水解生成的羧基显酸性还是后加入的酸显酸性。看来检验羧基行不通，我们就只好去检验羟基，做了红热铜丝的实验，可是黑色的氧化铜并没有变成红色的铜，难道也没有羟基。就在我们要下结论时，一位小组成员说道：可能不是醇羟基，而是酚羟基，因为不饱和度为 6，很可能含有苯环，这位成员的提醒又激起了大家的兴趣，大家决定用三氯化铁溶液检验酚羟基。这次大家没有急于操作，而是经过协商，先用酸中和过量的氢氧化钠

溶液,为确定溶液为酸性,又用 pH 试纸进行检测,之后再加入三氯化铁溶液,我们兴奋了,因为我们看到了紫色,这说明其中确实存在酯基,我们小组为自己的成功感到骄傲。

其他小组都给他们报以热烈的掌声,我作为教师也为学生的成功感到欣慰。

其实,我在巡视过程中也看到了其他小组成功确定了酯基,有一个小组水解后没有中和过量的氢氧化钠溶液而直接加入了三氯化铁溶液,出现了红褐色的沉淀,学生自己就对出现的现象加以分析,他们问我:这是氢氧化铁沉淀吧? 怎么会出现这个实验现象呢? 我没有马上回答,而是略微提示,给予鼓励,让他们小组讨论一下,再自己探究。后来,这一小组也成功了。

各小组的实验探究进程不同,成果不同,但是学生们都会有自己的收获。

检验酯基的实验使学生深深体会到:平时学习的一个简单孤立的知识,放在复杂的实际中应用还会遇到一些具体问题。就这样,各小组的汇报既是对自己工作的肯定与反思,也是对其他组同学的提示,而其他组同学对汇报组的实验探究也直率地提出不同意见,甚至在辩论中得出答案,而对汇报组的成功也同样给予了热烈的掌声。作为老师我为学生的成功而欣慰,为学生执着的探究精神而感动。

最后,我又给了学生一些资料确定阿司匹林所含官能团的数目,1 mol 阿司匹林与足量的碳酸氢钠溶液反应可产生 22.4 L(S. P. T)气体,与足量的氢氧化钠溶液反应最多可消耗 3 mol 氢氧化钠。这些资料帮助学生确定了阿司匹林分子中含有一个羧基和一个 $C_6H_5-O-CO-R$。

学生们写出了阿司匹林可能的几种结构简式。我给大家展示了药品说明书上阿司匹林实际的分子结构,并和同学们一起分析了其空间构型。到此,疑团一个接一个地揭开了,学生自己通过实验探究确定了阿司匹林的分子结构。

[教学后记]

课后,我和一些学生进行了座谈,有个学生说:“这节课既动脑又动手,毫无倦意,意犹未尽。”还有个学生谈道:“自己通过探究得来的知识自己格外珍惜,记忆更加深刻,更重要的是感受到了探究对化学学习的重要性。”

学生们进入高三以来,各科高考的压力迎面袭来,在困惑彷徨之际,往往将提高成绩的砝码压在了多做题上。老师们为了在短期内收到好的教学效果,给学生们设置了各种各样的习题。学生们的思维在老师们设定的框内转,被老师牵着鼻子走,时间长了,师生们疲惫不堪。“一道题讲了三遍还不会做”也就成了自然现象。有机化学是高考的一部分,以前我总是充分地讲,反复地练,可是结果就是不理想。在“要让学生们自主学习”思想的指导下,对有机化学的复习进行了重新的设计和编排,收效比预计的要好,证明这种探索是有效的。这节课的实践令我吃惊地发现,学生的潜能是如此之大,身为老师我应该认真反思自己的教学方法,网络时代的学生怎能接受传统的说理式教学,这节课无疑也为我自己进一步探索现代学生的教法提供了契机。实验探究作为学习化学的重要方式,能打破传统的以老师为课堂“统治者”、学生只能被动接受的学习模式,培养学生对化学的兴趣,增进学生对科学本质的理解,锻炼学生的科学探究能力,养成学生与人交流、分享与协作的习惯。

[案例评析]

郑燕老师的这节课是高三年级有机化学的综合复习课,她的设计具有三大特点:

1. 选题巧妙,题目名称具有吸引力

《阿司匹林分子结构的确定》,此课题不仅与学生的生活实际有所联系,更主要的是分子的结构涵盖了羧基、羟基、苯环等有机化学中的重要官能团,知识面涉及广、立意深,激发了学生的学习兴趣,给跃跃欲试的学生们大胆尝试、大显身手的机会。

2. 探究法是提高课堂教学效率、培养学生创新能力的好途径

课一开始,郑老师就让学生交流课前作业,其目的:一是强化基础知识,二是为课题顺利进行提供保证。学生利用分子式 $C_9H_8O_4$、不饱和度,大胆猜测官能团的种类和个数,通过多种形式的讨论进行合理的分析和推断,然后再通过化学实验进行科学验证。这一过程呈现了人类认识世界、发展科学的历史史实。如果没有当初那“嫦娥奔月”的美丽动人故事,哪会有今天的“神舟五号”载人飞船的成功呢?大胆猜测、丰富的想象是创新的前奏曲。

3. 复习方式新颖,趣味盎然

郑老师选择了20世纪的10项最重要的发明之一——阿司匹林。课堂成了“探究实验”的场所和实验室,作为学生完成《阿司匹林分子结构的确定》,他们兴奋不已。“兴趣是最好的老师”,只有激发出学生学习的兴趣,才能让他们乐于学习并学得轻松愉快,才能让课堂焕发出生命的活力。在教师的引导下,学生似乎成了“科学家”,从确定研究物质分子组成的一般方法入手,通过定性、定量推导,确定阿司匹林的分子式,继而利用化学实验推导出结构式。在解决问题的同时,也深深地体会到化学实验的神奇魅力。

四、开展探究式教学的限制性因素

科学探究作为一种重要的学习方式,对发展学生的科学素养有着不可替代的作用。但是要组织探究式教与学,在实际化学教学中有很多困难,需要认真分析其限制性因素,做出适当处理,这样才有利于科学探究学习的进行。这里主要从学生、教师、社会环境等方面对限制性因素进行分析。探究式教学的限制性因素可以用下图表示:

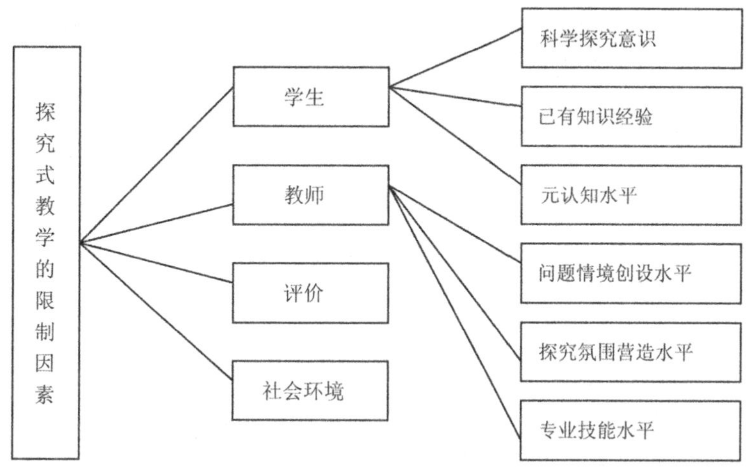

图5-1 探究式教学的限制性因素

(一)学生自身对探究学习的影响

1. 学生的科学探究意识

学生是探究学习的主体,只有学生积极主动地投入到各种各样的探究活动当中,成功、高效的科学探究学习才会成为可能。而这取决于学生科学探究意识的强弱。任何活动都是受一定意识驱使的,科学探究学习尤其需要更强烈的意识内驱力。科学探究学习不像接受学习那样仅仅关注学生知识和技能的积累,它注重学生对科学探究活动的体验和对科学方法的学习,倡导学生自己动手、动脑,得出结论,强调学生的情感体验与价值观的培养。而且在探究的过程中会出现各种各样的困难和问题需要学生去解决。

如果没有强烈科学探究意识的驱使和支配,学生不会去主动地发现和提出问题,不会去努力地寻找解决问题的途径,不会去积极地与老师、同学进行商讨。所以,学生的科学探究意识是影响科学探究学习的最基本的因素。

2. 学生已有的知识经验对化学探究学习的影响

学习任务是以某一先前学习为基础的。这就决定了任何学习都不是在白板上画画,而是建立在一系列的预先学习的基础上。科学探究学习强调学生的自主探究,对探究问题的理解,提出假设和猜想,确定探究方法,对数据的处理与分析,形成解释等一系列探究活动都倡导学生能亲自去体验,以此增进学生对探究过程和科学方法的理解,其中涉及多个概念原理以及大量的经验背景。这就需要学生利用已有的知识去分析问题,经过深思熟虑对问题做出猜想,提出自己的假设;在已有的知识经验基础上选择科学探究方法,等等。学生总是在已有知识经验的基础上去开展自己的探究活动,形成对事物的新的理解。因此,在科学探究学习中,学生已有的知识经验,即学生的认知结构将直接影响科学探究活动的进行,影响科学探究学习的质量。

3. 学生的元认知水平对化学探究学习的影响

元认知是由美国心理学弗拉维尔首先提出的。元认知是认知主体对自己的能力水平、学习材料的特点及学习策略等方面的认识,同时又是在元认知体验的基础上对自己在学习过程中的结论、思路和方法进行计划、评价,并根据评价结果做出调整、改进和完善的过程。

探究学习不同于传统学习的一个显著特点就是学生有充分的自主权,他们自己提出问题、做出假设,并以自己的方式设计实验来寻求证据直至得出结论。要获得理想的探究效果,他们必须对学习过程进行合理的自我规划和控制。自我监控是化学探究学习中很重要的环节,学生的元认知水平对化学探究学习的影响主要体现在其对自我监控过程的影响上。

元认知水平高的学生能够更多地通过对自己的思维加工过程进行反思,有意识地对学习过程进行自我评价和调节,使探究学习的目的性、计划性和灵活性增强。这具体表现为:(1)经常利用不同的方式对自己的观点进行自我评价;如表达自己对问题的理解程度、清楚地认识到理解上的失败和陷入僵局以及做出价值性判断;(2)注意并重视异常数据和与直觉不相符合的现象,在感到迷惑或意识到遇到障碍时经常自我提问,发现错误并主动进行自我纠正;(3)能考虑一系列可能的答案,批判性地考虑自己以及他人的观点的局限性,并努力去理解最后的选择;相反,自我监控水平低的学生就很少对学习过程进行自我评价和调节,他们更多地只关注问题本身,往往只是盲目地按照程序去“做”,但几乎不考虑为什么要这样做、做得怎么样,很少对程序的有效性进行批判性的评价,甚至不知道自己在做什么,自然就谈不上对学习过程的有效调节。这样的探究学习缺乏计划性和目的性,容易走弯路,必然导致效率低下。

(二)教师对探究学习的影响

教师是教学系统的关键构成要素之一,探究学习不但没有忽视教师的作用,而且对教师的要求更高,教师必须努力发挥自己的能动性和创造性、不断充实和发展,才能促进角色的转变,真正成为探究学习的促进者,保证探究学习的有效开展。我们认为,教师对化学探究学习的影响体现于其问题情境的创设水平、探究氛围的营造水平和专业技能三个方面。

1. 问题情境的创设水平

问题是探究学习的前提,任何探究活动都开始于问题,围绕问题而展开。问题情境创设恰当,能够激发其探究欲望,使学生的学习过程围绕科学性的并

能激发学生思维的问题而展开,学生才可以开展高水平的探究学习。因此教师创设问题情境的水平很关键。问题情境需要具备三个条件[1]:一是学习者能否在先前经验基础上觉察到问题的存在;二是探究内容对学习者来说一定是新的未知,经过努力是可以掌握的;三是能否激发探究者的认知冲突、需要和期望。教师创设出高水平的问题情境是化学探究学习顺利开展的前提。

2. 探究氛围的营造水平

化学探究学习主张让学生通过各种探究活动如观察、调查、实验、收集数据等,自主参与并体验知识的获得过程,自主得出结论。它强调把学生置于主体地位中,给学生充分的选择权和自主权,鼓励学生自由表达,大胆探索。要真正实现这一点,就需要教师设法营造一种良好的探究氛围,让学生处在一种平等、民主、和谐、宽容的环境中,这是学生自主探究的保障。良好的氛围体现在师生、生生之间的相互尊重和理解。首先,教师要尊重学生。教师要平等地看待每一位学生,尊重每一位学生的想法和选择。尤其对于传统观念中的“差生”,要以一种欣赏的眼光看待他们,创造机会鼓励他们大胆发言,努力找到其闪光点,要肯定其积极的一面,让其体验成功的喜悦,体验自己的价值。其次,让学生之间互相尊重。这样才能更好地合作和交流,达到理想的效果。教师设法创设民主、平等、和谐的探究氛围,是化学探究学习顺利开展的有力保障。

3. 专业技能水平

探究学习的教学理念为我们诠释了一幅全新的教师形象,要求教师及时转变自己的角色,由传统的知识的传授者转变为学生发展的促进者。要适应这种角色转变,不是一两句话就可以实现的,教师必须拥有过硬的专业要求和技能。教师的专业技能对探究学习的影响体现在以下两个方面:一方面,教师是否拥有渊博而灵活的知识。探究学习的开放性和过程性要求教师必须拥有更渊博的知识且足够灵活,使教师能够运用它分析、解决新的问题,教师才能真正成为学生的帮助者和探究的参与者。另一方面,教师是否具有敏锐的洞察力和组织能力。学生在探究过程中经常会遇到困难或疑惑,甚至偏离目标。教师必须具有敏锐的洞察力,能够及时察觉学生的困难,注意其情绪变化,抓准时机对其进行鼓励和必要的点拨指导。这就要求教师必须具有敏锐的洞察力。另外,教师还要抓准时机对学生的活动进行评价,组织学生进行交流讨论和自我评价。教师过硬的专业技能是化学探究学习顺利开展的关键。

---

[1]唐力. 化学探究式教学过程建构性特征的研究[J]. 课程. 教材. 教法,2002(3):54 - 59.

（三）社会环境对探究学习的影响

在探究学习中无论是假设的提出还是数据的解释，尤其是通过观察、实验、调查等途径进行证据的收集，都要依靠一定的物质或人力资源，如实验设备、图书馆、信息中心、活动场所、某一领域的专家等，这些资源靠学校一方是无法全部满足的，必须从社会中获取。如果社会能够提供一些探究资源上的支持，将会从物质上保证探究学习的顺利开展。另外，探究学习的开放性使传统的大班教学往往很难顺利进行，因此发展小班化教学，即保证合理的师生比，也是探究学习顺利开展的重要保障之一。有了一定的物质资源做基础，还需要社会各界人士从行动上对探究学习予以支持。这是尤为重要的一点。教育不仅是学校的事儿，它是家长、社会共同的事业，每个人都有责任关注学生的发展，为孩子的探究提供力所能及的帮助，包括物质上的和精神上的支持。“社区及整个社会必须树立大教育观，把学生的成长看作是一种包括所有公民在内的社会责任”[1]。社会为探究学习提供足够的资源并为这些资源的利用创造有利的条件是探究学习顺利实施的重要保障。

练习与实践

1. 请与同学交流你所关心的有关探究式教学的问题。

2. 你认为，化学教学实施探究性教学的限制性因素有哪些？如何克服？

3. 选择某个化学内容（可以从教材中选择一课时内容），尝试设计一份探究式教学的方案，并与常规教案进行比较。

4. 到中学现场观摩一节化学探究式教学的课堂教学（或观看一节课的录像），然后进行交流研讨。

5. 请通过书籍、期刊或网络查阅有关探究式教学的文章、论述，写一篇3000字左右的综述或评述。

---

[1]钟启泉.《基础教育课程改革纲要（试行）》解读[M].上海：华东师范大学出版社，2001.

第六章　化学学习的理论与方式

纵观古今中外，学习理论在教学实践中不断继承与发展，学习方式也在延续中不断转变、更新，面对当今的时代，学习者正继承发扬着适应时代要求的学习理论和方式。了解化学学习的理论和方式对于教师的化学教学有关键性的作用。如今，面对我国课程改革的契机，如何将中国传统的学习理论和方式现代化？如何将国外经典的学习理论和方式本土化？如何将具有普适性的学习理论和方式与化学学科学习特点相结合以实现二者的有效整合？这些问题成为化学教育工作者当前亟待考虑的关键问题。本章主要阐述了化学学习基本理论、中学生学习化学的特点、化学学习的过程和原则、化学学习方式、影响化学学习质量的因素等方面内容，旨在为中学化学"教"与"学"提供有益借鉴。

第一节　化学学习基本理论

什么是学习？心理学家对此曾有过各种不同的概括。如，认知心理学认为学习即信息加工过程。人本主义认为学习是学习者自我的变化等。现在，心理学家们一般认为，学习的概念有广义和狭义之分。从广义上说，学习是人和动物在生活过程中获得个体经验的过程。凡是以个体经验的方式所发生的个体的适应变化都是学习。从狭义上说，学习是专指学生在学校里的学习，是学习的一种特殊形式。即学习是学生在教师指导下，有目的、有计划、有组织、有步骤地获得知识、形成技能、培养才智的过程。本书中的化学学习就是一种狭义的学习，指的是学生在化学教育情境中，以化学实验为基础，以教学语言、化学语言为中介，获得化学知识与技能、训练过程与方法、形成情感态度与价值观为目标，积极主动地认识化学与人类生活的密切关系，理解物质的组成、结构、性质以及变化规律，加深对物质世界和科学本质的认识，培养学生的社会责任感，增强创新精神、人文精神和实践能力的过程。

一、我国传统的学习理论

中国古代思想家的一些有关教育的言论，体现了我国传统的朴素学习观。如：

(1)学而知之。

"吾尝终日而思矣，不如须臾之所学也。"(《荀子·劝学》)

"不学自知，不问自晓，古今行事未之有也。"(王充:《论衡·实知篇》)

(2)立志乐学。

"知之者不如好之者，好之者不如乐之者。"(《论语·雍也》)

"为学须先立志，志既立则学问可以次第著力。"(朱熹:《朱子·全书》)

(3)学思结合。

"学而不思则罔，思而不学则殆。"(《论语·为政》)

"思而得之则深。"(郑玄:《郑志》)

(4)知行统一。

"博学之，审问之，慎思之，明辨之，笃行之。"(子思:《中庸·二十章》)

"君子之学也，入乎耳，箸乎心，布乎四体，形手动静；端而言，蠕而动，一可以为法则。"(《荀子·劝学》)

"学至于行而止矣。"(《荀子·儒效》)

中国古今流传的学习理论包含着丰富而深刻的内容，尽管这些理论不是系统化的理论，但如果经过收集、整理、总结和升华，却能得到一套能反映学习的本质、特点、过程和规律的比较系统的学习理论。我国传统学习理论对于化学学习的启示体现在宏观方面为：化学学习离不开深入思考，融会贯通，需要学思结合，重视化学实验教学的重要意义，实验检验化学知识的真实性、正确性。

二、国外学习理论及其发展

国外心理学界对学习基本理论的阐述众说纷纭。归纳起来，一般可归纳为四大流派[1]：①学习是指刺激—反应之间联结的加强(行为主义)；②学习是认知结构的改变(认知学派)；③学习是指自我的变化(人本主义)；④学习是主体对客体积极建构意义的过程(建构主义)。

(一)行为主义学习理论

行为主义理论认为学习是刺激与反应之间的联结，又称为"联结学说"。常

---

[1]张大均.教育心理学[M].北京:人民教育出版社,2003:59.

用S－R表示。具有代表性的主要有桑代克（Thorndike E. L.）的联结主义、巴甫洛夫 И. Л. Павлов（Pavlov I. P.）的经典条件作用、斯金纳（B. F. Skinner）提出的操作条件作用理论。

一般而言，行为主义流派认为学习是一种渐进的、尝试与错误的过程，强调用外部的强化去塑造行为，十分注重对外显行为的实验研究，倡导动物与人的行为进行类比的客观研究，强调客观的观察和实验。它的主要理论假设是把环境看作是刺激，把伴随而来的有机体行为看作是反应，认为通过对环境的"操作"和对行为的"积极强化"，任何行为都能被创造、设计、塑造和改变。在实际教学中，教师对学生理想的行为要给予表扬和鼓励，还要尽量少采取惩罚等消极强化手段，只有强化正确的"反应"，即肯定的方式来塑造行为，通过行为矫正来消退错误的"反应"，从而取得预期的效果。教师的重要职责是要创设一种最佳的学习环境，通过有意义的强化尽可能在最大程度上矫正和塑造学生合适的行为。此外，学生在学习过程中，可以首先设置和明确目标，确立各种小步骤，然后观察自己的工作、记录自己的行为和评价自己的成绩，最后可以选择和执行强化[1]，实现学生学习的自我管理。

行为主义的代表人物有巴甫洛夫、华生、桑代克和斯金纳等。其中，桑代克、斯金纳在巴甫洛夫和华生的理论基础上分别提出了试误学习理论和操作学习理论。桑代克提出"学习即联结，心即是一个人的联结系统"，认为学习是一个不断犯错，不断尝试的过程。学习者在过程中会遵循一定的规律，即准备律、练习律、效果律。斯金纳认为，学习不是简单地"试误"，而是强化刺激的结果。提出了操作性条件反射论、强化理论以及程序教学。

行为主义理论在化学教学中的应用：①鼓励学生大胆尝试，体会化学科学研究的乐趣，形成良好的化学科学素养。学习是一个不断尝试、探索的过程，排除错误，学生最终会找到正确的方法和途径。②化学教学中要充分考虑学生已有的学习水平、状态。不仅要关注学生化学知识本身的基础和水平，也要注意学生课前的心理、情绪等的状况。③化学教学中要合理设计化学教学目标，使学生在化学学习的过程中产生成就感，避免学生产生厌学情绪。④在教学中合理正确地使用奖励与惩罚，要多赞许、鼓励学生，尽量避免对学生进行惩罚。

（二）认知主义学习理论

认知学习理论强调分析学习者的内部心理结构，认为学习是学习者认知结构的改变，是完形的出现、顿悟的过程，强调内部动机是学习的主要动力，有机

---

[1] 吴庆麟. 教育心理学——献给教师的书[M]. 上海：华东师范大学出版社，2003：156.

体本身对学习发挥重要的能动作用，而不是环境的刺激引起个体行为的改变，较多的以人作为实验研究对象。

1. 皮亚杰的认知—发展学说

(1)认知—发展理论中的概念。皮亚杰把学习看作有机体对觉察到的环境的组织与适应。在他的认知—发展理论中有四个最重要的概念：图式(schemate)、同化(assimilation)、顺应(accommodation)和平衡(equilibrium)。图式是认知或心理结构，图式的变化导致认知的形成和发展，图式变化的原因在于同化和顺应。同化是人们把新的知觉要素或刺激物整合到原有的图式或行为模式中去。顺应则是新图式的创造或旧图式的修改。为了形成适量的、概括性的图式，同化与顺应之间的均衡是必要的，皮亚杰把这种均衡称为平衡。

(2)认知结构发展的原因。按照皮亚杰的理论，可以这样来解释人的认知过程，当人感受到一个新的刺激物时，他就试图把这一刺激物同化到一个原有的图式中去，如果他成功了，与特殊刺激事件有关的平衡就暂时达到了；如果人不能同化这一刺激，那么他试图通过修改某一图式或创造一个新图式以顺应这一刺激，当完成这一顺应时，对刺激物的同化就继续进行下去，并达到了平衡。因此，可以把顺应过程看作是认知或心理结构(图式)的质变，而同化仅仅是把刺激物增添到原有的结构中去，这是一种量的变化。这种质量互变，即同化与顺应的协调与整合是认知结构的生长与发展的原因。

(3)内在动机是智力发展的主要动力。皮亚杰广泛探讨了认知行为的动机问题，他拒绝行为主义“强化”这一概念，也拒绝把外在的需要看作是推动有机体认知行为的主要原因。他认为，参与认知活动的需要是一种内在的需要，动机来自有机体的内部。当儿童遇到那些和他们所希望或预料的不一致的经验时，就处于不平衡状态，同化和顺应的机制就被启动，而同化是儿童试图达到平衡的首要选择。

2. 布鲁纳的认知—发现学说

现代认知理论的代表人物布鲁纳认为，学习是通过主动发现而形成认知结构的过程。他认为，儿童的认知发展不是刺激与反应结合的渐次复杂化的量的连续过程，而是由结构上迥异的三个阶段组成的阶段性的质的过程。

(1)认知发展的三个阶段。这三个阶段是行为把握、图像把握和符号把握。行为把握是同手足的直接行动联系在一起的。而图像把握以视觉图像为主。也包括听觉图像。在行为把握中，一个刺激只产生一个反应。但在图像把握中，一个刺激，可以对它具有的两个以上的侧面同时作出反应。符号把握是最高的认知方式，它是依靠语言符号来表现的认知。符号把握可以自由地交流，

还可以作出种种的变形或发展，从而可以逻辑地把握事物，认识事物诸要素间的关系。

由于符号把握具有无穷的生命力和发展力，布鲁纳强调，处于学科核心地位的基本概念和基本主题是促进、增进儿童的智力所必需的，要突出学科基本结构的学习。

(2)学习动机的作用。关于学习动机，布鲁纳非常强调内部动机是促进学习的真正动力。所谓内部动机，是想要在学习本身中发现学习的源泉和报偿。所要求的报偿是对于该活动的出色结果的满足感，或者是对活动过程本身的喜悦。因此，布鲁纳主张学习者自己去发现教材的结构，在发现中培养发现的喜悦感。他的发现学习理论，对全世界的教育产生了极其深远的影响。

(3)直觉思维的作用。布鲁纳非常重视发现学习过程中的直觉思维，他把分析思维和直觉思维作为发现学习中并驾齐驱的两部马车。布鲁纳把直觉思维同他的行为把握→图像把握→符号把握的认知发展阶段理论紧密联系在一起。直觉思维通常采取图像的方式进行，因而不受时间顺序和逻辑顺序的束缚，可以同时一览无余地把握构成的各种要素。另外，直觉思维多是图像把握或图像之前的情绪性的感知，是难于言传的，具有非语言的性质，因此直觉思维可以先于分析思维对事物进行认知，在发现中起到逻辑的分析思维所不能起到的作用。

3. 奥苏伯尔的认知—意义接受学说

奥苏伯尔认为，有意义学习就是把新知识和原有知识联系起来，将新知识纳入到学者原有的认知结构中，所以一切有意义的学习都是在原有知识的基础上产生的，学习者原有的认知结构始终是影响新的学习与保持的关键因素[1]。奥苏伯尔在以此为基本线索的研究中，形成了他的认知—意义接受学习理论。

(1)认知结构变量。奥苏伯尔认为，影响意义接受学习的最重要因素是学生的认知结构。所谓认知结构，就是指学习者头脑中的知识结构，由学生眼下能回想出的事实、概念、命题、理论等构成的，它与教材中的知识结构有所不同。各个学习者的认知结构在内容和组织方面各有其特征，这一特征称为认知结构变量。奥苏伯尔提出以下主要认知结构变量：①在认知结构中是否有适当的并起固定作用的观念可利用；②新的学习内容与同化它的原有观念的可辨别的程度，③原有的起固定作用的观念的稳定性和清晰性。可见，认知结构中起固定

---

[1]皮连生.知识分类与目标导向教学：理论与实践[M].上海：华东师范大学出版社，1998：44.

作用的观念对新的学习是否有意义,起着十分重要的作用。

(2)同化理论的核心。奥苏伯尔对新旧知识相互作用过程进行了卓有成效的研究,提出了知识学习的同化理论。意义接受学习也是以学习的同化理论为基础的。他扩大了皮亚杰提出的同化概念的内涵,认为同化是任何学习的基本形式。奥苏伯尔同化理论的核心是:学习的实质是新知识与学习者认知结构中已有的适当观念建立非人为的和实质性的联系。所谓实质性联系,指新知识与学习者原有知识网络中的符号、表象、概念、命题建立联系。而新旧知识建立非人为的联系,指新知识与原有知识网络中有关观念建立合理的或合乎逻辑的联系[1]。学生能否习得新信息,主要取决于他们认知结构中已有的有关观念,意义学习是通过新信息与学生认知结构中已有的有关观念的相互作用才得以发生的;由于这种相互作用的结构,导致了新旧知识的意义的同化。

(3)意义学习。奥苏伯尔进一步将意义学习按其由低到高的层次分为三种类型:①表征学习。指学习单个符号或一组符号的意义,即学习的符号是代表什么。表征学习的主要内容是学习词汇,即明确所学的词汇代表什么。这种学习的心理机制是,符号和它们所代表的事物或观念在学习者认知结构中建立了相应的等值关系。尽管表征学习具有机械学习的基本特征,但由于符号与实体之间有实质性的联系,因而表征学习从总体上看仍属于意义学习。②概念学习。指掌握由符号所代表的同类事物的共同的关键特征。如果某类事物的这种特征在学习者认知结构中有了一般意义,那么他就掌握了这个概念。获得概念有两种基本形式:概念形成与概念同化。学习者根据直接经验,从多个具体事例中抽象出它们的关键属性,这种获得概念的形式叫概念形成。以定义的方式直接向学习者呈现,学习者利用认知结构中原有的有关概念理解新概念,这种获得概念的形式叫概念同化。奥苏伯尔认为,后者是学校中学生获得概念的主要形式。③命题学习。是指学习由几个概念联合所构成的由符号代表的复合意义。命题是以句子的形式来表述的。命题学习是新命题的内容同认知结构中原有的有关观念以特定方式相结合并产生相互作用的结果。这种结合可以是下位关系(又称类属关系)、上位关系(又称总括关系)或并列关系。

a. 上位学习。当学生学习一种包摄性较广,可以把一系列原有概念从属于其下的新命题时,新学习的内容便与学生认知结构中已有概念产生了一种上位关系。上位概念一般概括性高,也较抽象,教学中如直接切入则不利于学生的理解和掌握。如学习烷烃的概念时可先提供 CH_4,$CH_3—CH_3$,$CH_3—CH_2—CH_3$,

[1]皮连生.学与教的心理学[M].上海:华东师范大学出版社,1997:116.

$$\begin{array}{c} \quad CH_3 \\ \quad | \\ CH_3—CH—CH_3 \end{array}$$ 等下位实例，通过抽取其共同特征，得出上位概念。

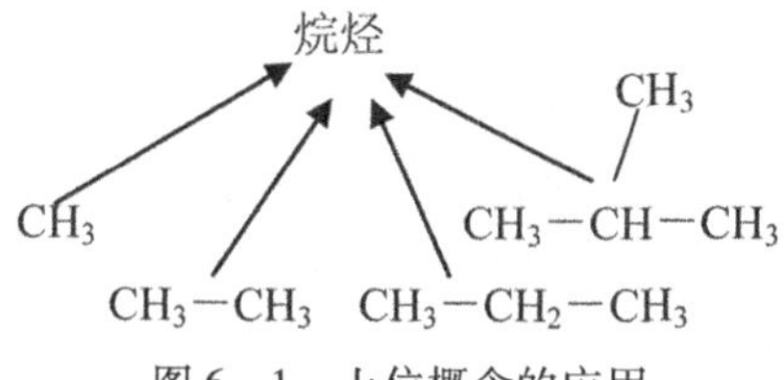

图6－1 上位概念的应用

b. 下位学习。新学内容从属于认知结构中已有的包摄性较广的概念被称为下位学习。这是新教材与学生已有概念之间最普遍的一种关系。当学生要学习的概念是已掌握的某个概念的下位概念时，可采取这种模式，找出新概念和已有概念相关的部分，借助已有概念的固定作用，把新概念纳入认知结构的相应体系。下位学习分派生类属同化和相关类属同化两种。

一是派生类属同化。派生类属同化指新学习的内容仅仅是学生已有的、包摄较广的命题的一个例证，是对原先概念进行量变，其自身外延扩大，但内涵不变。即要学习的概念可从上位概念派生而推出。当新材料作为原上位概念的特例，便产生了派生类属学习。如从醇的概念（烃类分子中饱和碳原子上的氢被羟基取代的化合物）可派生出环己醇也属于醇类（见图6－1）。

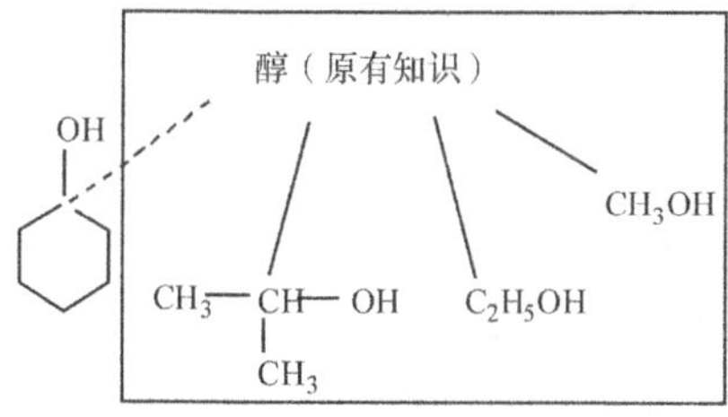

图6－2 派生类属同化的应用

二是相关类属同化。当新内容扩展、修正或限定学生已有的命题，并使其精确化时，表现出来就是相关类属同化。如硝酸具有强氧化性是对酸的一种限定（见图6－2）。

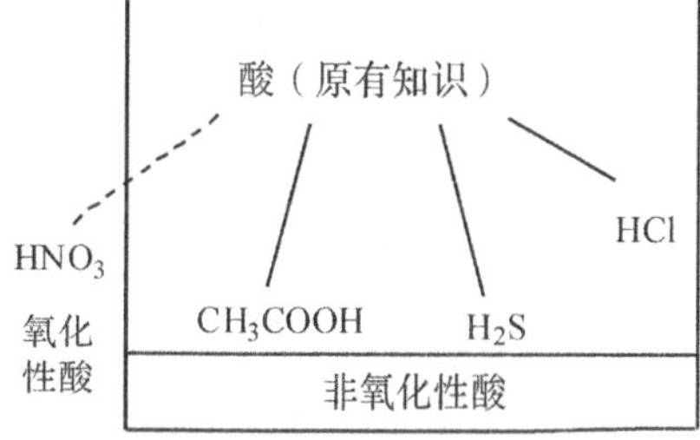

图6－3 相关类属同化的应用

c.并列结合学习。当学习的新概念与认知结构中原有的概念不产生上下位的关系,而存在某些本质的区别。但彼此间有着共同的关键特征,这时的学习称为并列结合学习。许多新命题和新概念的学习都具有这类意义。如学习烯烃和炔烃,它们虽是本质不同的概念,无上下位的关系,但它们呈并列关系且相互作用,可产生联合的意义,即它们都是不饱和烃。再如苯的硝化和磺化反应,比较反应条件、生成产物等方面,抓住各自属性进行并列教学,能取得较好的效果。

总之,上位学习、下位学习和并列结合学习三者的内部、外部学习条件不同,新、旧知识相互作用的过程和结果也不同,在进行任务分析时,必须弄清楚新、旧知识之间的关系,从而选择最优的学习模式。

认知学习理论在化学中的应用:(1)关注学生的化学知识结构,帮助学生建立自己的化学知识体系。我们知道,懂得基本原理可以使学生更加容易理解化学学科,而且具体的知识只有放进构造得很好的知识模式中才能被学生牢固地记忆,学生只有领会基本的化学原理、掌握必要的化学知识、形成正确合理的化学观念才能解决实际的化学问题。(2)在化学教学中充分发挥先行组织者的功能。所谓先行组织者,就是新旧知识联系的桥梁,以学习者的原有认知结构或知识原型为基础,帮助学习者学习新知识并且比新学习材料更抽象、更概括和更综合的概念。充分发挥先行组织者的作用,要求教师在熟悉化学教材的基础上,对化学知识进行分析、比较、联系,设置合理的先行组织者,帮助学生在原有化学知识结构的基础上,更好地学习新知识。

(三)人本主义学习理论

人本主义兴起于20世纪五六十年代的美国,其主要代表人物是马斯洛(A. Maslow)和罗杰斯(C. R. Rogers)。马斯洛则强调个人的动机倾向是指向自我实现或自我完成,提出需要层级学说。认为低级需要的满足是发展高级需要的条件。罗杰斯认为,可以把学习分成两类,一类学习类似与心理学上的无意义音节的学习。罗杰斯认为这类学习只涉及心智,是一种“在颈部以上”发生的学习。它不涉及感情或个人意义,与完整的人无关。另一类是意义学习。所谓意义学习,不是指那种仅仅涉及事实累积的学习,而是指一种使个体的行为、态度、个性以及在未来选择行动方针时发生重大变化的学习。这不仅仅是一种增长知识的学习,而且是一种与每个人各部分经验都融合在一起的学习。

罗杰斯批评传统的学校教育把儿童的身心劈开来了:儿童的心到了学校,躯体和四肢也跟着进来了,但他们的感情和情绪只有在校外才能得到自由表达。在他看来,我们不仅完全可以使整个儿童(情感和理智)都进入学校,还可以借此增进学习。罗杰斯认为,意义学习主要包括四个要素:第一,学习具有个人参与(personal involvement)的性质,即整个人(包括情感和认知两方面)都投入学习活动;第二,学习是自我发起的(self-initiated)即便在推动力或刺激来自外界时,但要求发现、获得、掌握和领会的感觉是来自内部的;第三,学习是渗透性的(pervasive),也就是说,它会使学生的行为、态度,乃至个性都会发生变化;第四,学习是由学生自我评价的(evaluated by the learner),因为学生最清楚这种学习是否满足自己的需要、是否有助于导致他想要知道的东西、是否明了自己原来不甚清楚的某些方面。罗杰斯则特别强调人类具有天生的学习愿望;当他们理解到学习与自身需要的关系时,当学习是自我启动时,他们特别愿意学习;在无威胁的环境下能更好地学习,他还指出教师如果真正体恤学生,表现出对学生的信任和信心,在交流中具有同情和理解,那么,教师作为学习促进者的角色就可以大大地提高。

化学学习中,教师宜构建问题的真实情境,激发学生情感,使学生拥有饱满的热情积极投身于化学学习活动中,营造民主和谐的课堂"软"环境,让学生"自主发现",加强对探究学习的指导和训练,培养学生的探究精神和实践能力,促进学生全面而均衡发展,成为适应社会发展的人才。

(四)建构主义学习理论

建构主义认为,知识不是通过教师传授而被动接受的,而是认知主体在一定的情境下,通过与学习过程中其他人(教师和其他学习者)的协作、会话,积极建构的。学习是学习者的主动行为,是以先前建构的知识为基础的,是把学习者已有的知识作为新知识的生长点,是知识的处理和转化;由于每个个体都具有自己的独特性,因而学习者是基于自己与外部世界相互作用的独特经验以及赋予这些经验的意义,来建构自己的知识。建构主义学习理论重视学习者自身的经验和自我发展,强调认识主体的主体性,尊重学生的个性差异,但它也不否定外部的引导和学习时个体之间的互动过程,它反对的是知识的纯粹灌输。建构主义学习理论认为"情境"、"协作"、"会话"和"意义建构"是学习环境中的四大要素或四大属性[1]。

1. 情　境

学习环境中的情境必须有利于学生对所学内容的意义建构。这就对教学设计提出了新的要求,也就是说,在建构主义学习环境下,教学设计不仅要考虑

[1]张大均. 教育心理学[M]. 北京:人民教育出版社,2003:69.

教学目标分析,还要考虑有利于学生建构意义的情境的创设问题,并把情境创设看作是教学设计的最重要内容之一。强调学习环境中的情境必须有利于学习者建构意义的情境创设,使学习者真正进入教学的真实情境。

2. 协　作

协作发生在学习过程的始终。协作对学习资料的搜集与分析、假设的提出与验证、学习成果的评价直至意义的最终建构均有重要作用。通过学习者的协作、对学习资料进行搜索及分析探究,提出问题、提出设想和进行验证,发现规律以及对某些学习成果进行评价。

3. 会　话

会话是协作过程中的不可缺少环节。学习小组成员之间必须通过会话商讨如何完成规定的学习任务的计划;此外,协作学习过程也是会话过程,在此过程中,每个学习者的思维成果(智慧)为整个学习群体所共享,因此会话是达到意义建构的重要手段之一。在这个过程中,同时强调组织学习者运用语言和文字向他人进行表述,让每个学习者的思维智慧为整个学习群体所共享,从而实现意义建构的最终目标,对学习内容深刻而全面地理解和掌握。

4. 意义建构

这是整个学习过程的最终目标。所要建构的意义是指:事物的性质、规律以及事物之间的内在联系。在学习过程中帮助学生建构意义就是要帮助学生对当前学习内容所反映的事物的性质、规律以及该事物与其他事物之间的内在联系达到较深刻的理解。这种理解在大脑中的长期存储形式就是前面提到的"图式",也就是关于当前所学内容的认知结构。

由以上所述的"学习"的含义可知,学习的质量是学习者建构意义能力的函数,而不是学习者重现教师思维过程能力的函数。换句话说,获得知识的多少取决于学习者根据自身经验去建构有关知识的意义的能力,而不取决于学习者记忆和背诵教师讲授内容的能力。

建构主义提倡在教师指导下的、以学习者为中心的学习,也就是说,既强调学习者的认知主体作用,又不忽视教师的指导作用,教师是意义建构的帮助者、促进者,而不是知识的传授者与灌输者。学生是信息加工的主体、是意义的主动建构者,而不是外部刺激的被动接受者和被灌输的对象。

化学新课程倡导的基于建构主义的化学学习观有:变被动学习为主动发展,变抽象为真实具体,变接受学习为探究学习及自主学习,变孤立、静止学习为合作、交流学习,变只注重结果为结果与过程并重。作为化学新课程赖以构建的理论基础,建构主义学习理论为化学新课程学习观的建立提供了方向性指导[1]。

第二节 中学生学习化学的心理特点

一、初中生学习化学的心理特点

初中生的年龄一般为十一二岁到十四五岁,这个年龄阶段的学生在心理和生理上都处于半成熟的过渡状态,是学生成长过程中一个相对不稳定、复杂多变的阶段,具有一些独特的心理特点。

(一)思维特点

初中生的生理和心理都发生了显著的变化,其智力也取得了很大的进步。初中生的言语、感知觉、记忆、想象和思维能力都有了进一步的提高,思维过程和认知结构也产生了具体的变化,能够熟练将假设、抽象概念、逻辑法则以及逻辑推理等手段运用到化学学习中,并且仍在不断的发展之中,提高了问题解决的精确性和成功率。伴随智力的发展,学生的化学学习能力也会有很大的提高,在了解了化学学习方法之后,他们会知道如何将这些方法运用到化学学习之中。

(二)知识背景特点

由于九年级化学课程是学生首次接触化学学习,还缺乏有关学科感性知识背景的丰富积累,很多东西是第一次学习,实现有意义建构或是同化、顺应都存在一定的困难,这就是通常化学初学者入门难的原因。针对这一特点,化学教师应该给予化学初学者足够的鼓励,拥有足够的耐心,教授有效的学习方法,帮助他们尽快地步入化学学习的殿堂。

(三)兴趣特点

初中生精力旺盛,对于未知的世界充满了好奇,兴趣盎然。当学习者刚刚接触到一个新的学科,他们会表现出很强的好奇心和求知欲,因而九年级的学生对化学学习的兴趣浓厚。并且,化学课堂总是会有一些生动的实验,更加激发了化学初学者对化学的兴趣,并且愿意积极主动地去学习。化学教师应该充分利用有趣的化学实验,激发学生的学习兴趣,使学生热爱化学。

---

[1]郑长龙.新课程教学法·初中化学[M].长春:东北师范大学出版社,2004:65-68.

(四)情绪特点

初中生的情绪表现具有矛盾性特点,如:强烈、狂暴性与温和、细腻共存;情绪的可变性和固执性并存;内向性和表现性并存[1]。初中生还未脱单纯稚气的童趣,他们易感情用事,与教师关系融洽的学生,多数偏爱你所教的学科。根据学生这一特点,教师应注意与学生的感情交流,增进与学生的关系,亲近他们,爱护他们,热情地帮助他们解决问题。当学生把你当做朋友时,就能较自然地过渡到喜欢你所教的学科,正所谓"亲其师","信其道",从而提高学习效果。

(五)记忆特点

中学生学习化学的过程中,其记忆特点是由好奇心、求知欲、探索心等心理因素决定的。表现在对于感兴趣的化学概念、规律愿意记忆,积极记忆,而对于那些缺少实验,枯燥的抽象思维形成的化学概念、规律则不愿记忆或机械记忆,此时他们的理解记忆能力有了一定的发展,但是机械记忆方法仍占有重要地位。因此,教师的作用在于引导他们由形象记忆转化为抽象记忆,或由机械记忆转化为理解记忆,这是非常重要的,目的在于培养学生正确的思维、记忆方法[2]。

二、高中学生学习化学的心理特点

高中阶段,又称青年初期,约从十四五岁开始到十七八岁结束。经过初中阶段生理以及心理上的剧变及动荡,高中生的心理趋于成熟与稳定。此时的学生自我意识得到了高度发展,价值观也开始确立,并且有了自治需求[3]。高中学生学习化学所呈现的特点主要有:

(一)智力特点

高中阶段学生的智力达到了很大的发展,表现在高中生的观察能力、记忆能力、思维能力等方面的发展和完善上。对智力发展影响尤其显著的是高中生思维能力的不断发展和完善。在思维发展中,抽象逻辑思维占了主要地位并开始进入成熟期,辩证逻辑思维也迅速发展,但具体形象思维仍然起重要作用。同时,独立性与批判性有所发展,他们越来越不喜欢人云亦云,喜欢自己独立提出问题并寻找解决问题的方法。如有些同学会在进行化学实验时,不按照老师要求,随意混合药品或是对操作装置进行改装等。高中生智力的发展以及概念、判断、推理能力的显著提高,已经具备高中阶段对相对复杂化学学习过程的

[1]林崇德.发展心理学[M].北京:人民教育出版社,1995:372-374.
[2]刘夫超.中学生物理学习心理分析[J].当代教育论坛,2006(5):121-122.
[3]林崇德.发展心理学[M].北京:人民教育出版社,1995:387-393.

分析和综合能力。

(二)个性特点

高中生的个性发展逐渐趋于成熟,开始具有强烈的自我意识,开始主动地认识和评价自我,慢慢形成自己对周围的人和事的态度和看法,他们对认识与评价自我开始有了浓厚兴趣。但是,由于自身经验的限制,难以对自身形成客观全面的认识,往往处于理想自我与现实自我的矛盾冲突,对家长、教师的管束往往会抵触、排斥。化学教师应该尊重学生的态度和看法,并在适当的时候给予积极的肯定和鼓励。

(三)情绪特点

高中学生的学习情绪不如初中生表现得那么强烈,一般不喜欢举手发言等,不像初中生有一种想表现自己、得到教师肯定的欲望,参加化学课外活动的热情也相对低落一些。另一方面,高中生随着自我意识的发展,由于自我概念的形成,爱憎分明。在化学教学中,老师要营造和谐民主的课堂气氛,使学生都能愉快地参与课堂,注重课堂互动,提高教学效果。

【**思考讨论**】初中生和高中生学习化学的心理特点有什么不同?
教师在实际教学中应该如何对二者进行处理和把握?

第三节　化学学习的过程和原则

一、化学学习过程

化学学习过程不仅是学习者获得化学知识的过程,还是学习者的情感、意志和行为过程,是学习者的发展过程。研究化学学习过程,应该着眼于学习者知、情、意、行的和谐、统一发展,不应该仅仅局限于化学知识的获得。化学学习过程具有如下特点:

(一)学习目的和对象的特殊性

化学学习过程以获得从分子、原子层次对物质的认识和认识经验为主要目的,学习关于物质的组成、结构、性质、制法和利用等方面的知识和技能,既有认识的(心智的)、也有操作的内容,既有宏观的、也有微观的内容,既有显性的、又有隐性的内容。

(二)学习顺序的特殊性

化学学习过程在整体上总是由宏观到微观、由定性到定量、由描述到推理、由静态到动态、由简单体系到复杂体系,体现着人类认识由近及远、由简到繁的一般规律。

(三)学习手段的特殊性

化学实验、化学思维和化学语言在化学学习过程中具有十分重要的地位和作用。化学实验是重现和研究各种化学现象的重要手段,能生动地传递人类的化学经验,帮助学习者形成直接的化学经验和接受间接的化学经验。思维是化学的“解剖刀”和“显微镜”,是学生深入地认识化学事物的锐利武器。

在化学学习过程中,既需要用形象思维来形成化学事物的表象、意象和想象,又需要用抽象思维来进行概括、判断、推理,否则就无法认识千差万别的物质及其纷繁复杂的变化,无法弄清它们的本质,也无法深入到微观领域。语言是思维及其交流的工具。化学语言以简洁、规范的形式概括和凝聚着人们的化学经验,是形成和传递化学经验的重要工具。因此,化学语言始终伴随着化学学习过程。离开了化学实验、化学思维和化学语言,化学学习过程就无法进行。

(四)化学学习过程对人类化学认知经验的依赖性

化学学习过程是新一代对人类获得的化学认知的再次认知过程。化学事物的多样性决定着这一过程应该是高效的和快速的,否则人类的化学认知就不可能发展。为了满足对这一过程的高效和快速要求,必须依赖人类的化学认知经验。所谓人类的化学认知经验,不是人类化学认知过程的简单重复,而是经过升华、提炼、整合和加工,是人类化学认知的精华。它包括化学科学方法、化学学习方法、化学学习过程的组织、引导、激发和控制,等等[1]。

二、化学学习原则

化学学习原则是根据学习任务、学习规律和总结化学学习经验,而对化学学习提出的基本法则。就目前化学教学研究情况和学生学习经验来看,以下几条是基本的学习原则:

(一)手脑并用原则

要明确化学学习是认识过程艰苦的脑力劳动,别人是代替不了的。教师要引导学生认识到学习时动手、动眼、动口又动脑的重要性,自觉地将读、做、想、练相结合。并注意指导学生动脑又动手的方法,提高学生观察、思维、想象等

[1]吴俊明,王祖浩.化学学习论[M].南宁:广西教育出版社,1996:81.

能力。

(二)系统化和结构化原则

系统化和结构化原则,就是要求学生将所学的知识在头脑中形成一定的体系,成为他们的知识总体中的有机组成部分,而不是孤立的、不相联系的。因为只有系统化、结构化的知识,才易于转化成为能力,便于应用和学会学习的科学方法。因此,在化学教学中,要把概念的形成与知识系统化有机联系起来,加强各部分化学基础知识内部之间,以及化学与物理、数学、生物之间的逻辑联系。注意从宏观到微观,以物质结构等理论的指导,揭露物质及其变化的内在本质。并在平时就要十分重视和做好从已知到未知,新旧联系的系统化工作。使所学知识成为小系统、小结构,然后逐步成为大系统、大结构,达到系统化、结构化的要求。

(三)学习与发展相统一原则

学习与发展相统一原则要求在化学教学过程中,采取各种途径、方法、引导学生在学习中有意识地从自己实际出发,提高能力,培养观点。学生的发展是不一样的。因此,教师要对学生的能力、观点、个性等方面作深入的调查研究,针对学生情况,发扬长处,克服缺点,因材施教,使学生不断发展,把学习效率与质量提高到一个新的水平。

(四)及时强化原则

及时强化是学习和发展的需要。只有及时强化,才能迁移应用。强化不是消极的重复和记忆,而是积极的为了进一步的学习与应用。强化要及时,以平时为主,方式方法可多种多样。如,阅读教材、口头和书面练习,实验及讨论等。

第四节 化学学习方式

我国学生的学习方式呈现出单一的、他主的与被动的特点。新课程提倡和发展多样化的学生学习方式,特别是提倡探究、合作与自主的学习方式。

一、探究学习

探究式学习(inquiry learning)是一种积极主动的学习过程,主要指的是学生以科学家进行探究的方式自己探索问题的学习方式。

【课程标准卡片】探究学习

探究学习是学生学习化学的一种重要方式，也是培养学生探究意识和提高探究能力的重要途径。教师应充分调动学生主动参与探究学习的积极性，在提出问题、猜想与假设、制订计划、进行实验、收集证据、解释与结论、反思与评价、表达与交流等活动中，增进对科学探究的理解，发展科学探究能力。

探究性学习的有效应用可以帮助学生掌握知识、技能、方法，还可体验探究的过程，在情感态度与价值观方面得到很好的发展。我们倡导探究式学习方式，是希望教师们在教学活动中要从课堂教学实际出发，积极的、适量的选用这种学习模式，以便充分发挥它所固有的优越性，但不能误认为化学课堂教学应以探究学习模式为主。事实上，探究学习模式虽有许多优点，但也存在着某些制约其优点得以充分发挥的条件或不足。例如，这种模式更适合于小班授课和开展小组讨论，目前的班级教学规模难以使每个学生都参与探究学习的全部过程。探究学习也更适合于那些通过概念形成途径获得的知识，尚不能适用于各种类型的学习课题。探究学习更注重知识的形成过程，难以使学生获得比较系统的学科基础知识。此外，学生的探究式学习还要求比较充足的教学设备，探究式学习耗费的时间较多，等等。

【典型案例】"原电池工作原理"探究学习案例

探究实验：(1)将锌片插入稀硫酸中。

(2)将铜片插入稀硫酸中。

(3)将锌片和铜片用导线连接后插入稀硫酸中。

说明实验注意事项，要求同学认真观察现象，并思考原因。

学生活动：实验并观察现象

学生回答：(1)锌片上有气泡，因为锌能和稀硫酸反应放出氢气。

(2)铜片上没有气泡，因为铜不能和稀硫酸反应。

(3)铜片上有气泡。

教师设疑：铜片上的气体是哪里来的？

学生讨论：学生激烈讨论，讨论的焦点问题有：

(1)铜片上的气体是什么？

(学生认为可能是氢气或二氧化硫或是氧气。最后同学认为最有可能的是氢气。本处不展开)

(2)氢离子转变为氢气所需的电子从何而来？(学生提出许多假设)

学生甲：电子应是铜失去的，因为气泡是在铜片上产生的。

学生乙：电子应是锌失去的，因为锌比铜活泼，易失去电子。

学生甲:电子应是铜失去的,若是锌失去电子,气泡应该出现在锌片上,怎么会在铜片上出现气泡呢?

学生乙:锌片失去的电子可以通过导线传递到铜片上,溶液中的氢离子在铜片上得到电子,因此,铜片上有气泡。

学生丙:既然电子是锌片失去的,氢离子为什么不直接在锌片上得电子,而要到铜片上得电子呢?

(对这个问题学生感到难以回答,期待老师的评判和解释。但老师不必急于回答)

教师引导:电子究竟是锌片还是铜片失去的,我们可以用实验来证明。那么,如何通过实验来证明锌片上的电子是否通过导线转移到了铜片上?

学生回答:在铜片和锌片中间连接一个灵敏电流计,检测有无电流。

学生活动:实验并观察现象。

学生回答:现象:电流计指针偏转。

结论:有电流流过,说明导线中有电子流过,说明氢离子得到的电子确实是锌片失去,通过导线传递到铜片上的。

(但是,对于刚才同学提出的问题,即"既然电子是锌片失去的,氢离子为什么不直接在锌片上得电子,而要到铜片上得电子呢?"还是觉得难以解释。)

动画演示:由于锌片失去电子后产生锌离子,锌片的周围有许多来不及扩散到溶液中去的锌离子,对氢离子有排斥作用,使氢离子很难在锌片上直接得到电子。

学生小结:锌片:较活泼,电子流出,发生氧化反应 $Zn - 2e^- = Zn^{2+}$

铜片:较不活泼,电子流入,发生还原反应 $2H^+ + 2e^- = H_2\uparrow$

能量变化:化学能转变为电能

二、合作学习

合作式学习(cooperative learning 或 collaborative learning)是以异质小组活动为主体进行的一种多边互动的教学策略体系。它把一个班级按照学业成绩、思想品德和心理素质等方面平均分为若干个"组间同质、组内异质"的小组,教学过程的所有环节都以小组活动为核心,系统利用教学中动态因素之间的互动,促进学生的学习。它以小组的总体成绩作为评价和奖励的依据,从而使学生形成集体动力,共同发展认知水平、合作技能和社会情感。

"合作学习"强调学生的"学",而不是教师的"教",为学生提供了一个团结、友爱、互助合作的学习环境,其目的在于使学生懂得如何在同伴的帮助和促进下,积极主动地富有创造性的学习,并注重培养学生的合作意识以及与人合作的能力。在课堂教学活动中抓住有利时机坚持使用合作学习法,并有机地与

其他教学方法相结合,有以下重要意义:

(1)有利于在课堂教学中实施素质教育。以群体为单位面向全体学生是合作学习评价的基准。在合作学习情景中,学生思维活跃,互相得到启发和帮助,特别是群体中处于劣势的学生由于有同伴的帮助,将可以得到更好的发展。

(2)有利于充分发挥学生的主观能动性。合作学习活动基本都是以学生为中心的,而且每个学生都有机会处于群体的中心位置,这种发散式的网络结构,既有利于个体主观能动性的发挥,又有利于群体主观能动性的发挥。

(3)有利于学生社会意识内化为心理品质。合作学习活动中最关键的是让学生在完成学习任务的过程中互相帮助、鼓励和协调,努力确保合作学习任务的成功完成。合作学习的主要目的是培养学生完成群体任务所需要的社会意识和社会技能,团队合作精神和领导能力。长期坚持合作学习法可以使学生的合作意识、合作精神内化为一种个体的心理特征——合作品质。

教师在引导学生进行合作学习时要注意:

【典型案例】“水是人类宝贵的自然资源”合作学习案例

[教学准备]合作学习作业单(课前一周布置):

(1)了解家庭、学校一天的用水量,提出1-2个节水措施。

(2)收集家庭、学校及周边地区有关浪费水、污染水的资料。

(3)查阅资料,找出上世纪以来人类历史上的一些重大水污染公害事件,归纳水污染的原因。

(4)以“假如我是××市环保局局长”为题,讨论如何预防和治理××市的水污染?

[展示]地球的航空俯瞰图

[引入]地球是一个美丽的水球,它的表面3/4被水所覆盖,没有水就没有地球上的生命。水是人类宝贵的自然资源。

[提问]每年的世界水日是哪一天?今年世界水日的主题是什么?

[板书]一、水资源概况

[小组讨论]阅读课本后回答问题:

1. 地球上的水是如何分布的?

2. 为什么说地球上的水资源是有限的?

[小组汇报]每组由2号同学回答问题1,由4号同学回答问题2,其他同学适当补充。

[教师评价]对各小组的表现进行评价,包括回答问题的情况,小组中学生讨论问题的情况、学生的参与度等,对讨论结果较好的组给予表扬。

[集体总结]地球上各种形态的水总储量约为$1.37\times10^{18}\,m^3$,但是其中大部分

是海水,有限的淡水资源中又有很大一部分是以地下水或冰川形式存在,真正可利用的淡水只占总水量的0.26%,而且分布极不平均。另一方面,水污染也加剧了可利用淡水资源的减少,所以如何更好地利用有限的水资源,使水为人类的发展服务,是当前人类面临的一个重要问题。

[板书]二、爱护水资源

[讲述]水是人类及一切生物生存所必须,为了人类和社会的可持续发展,为了让水更好地造福人类,我们必须爱护水资源,一方面节约用水,另一方面要防止水污染。

[板书]1. 节约用水

[小组讨论](1)节水标记有什么意义?

(2)根据你所了解的家庭、学校一天的用水量,讨论在我们的日常生活中有哪些环节可以采取有效措施节约用水?

(3)农业生产需要大量用水,你有什么办法可以节约农业用水?

[小组汇报]由各小组推举代表汇报本组讨论结果

[板书]2. 防治水污染

[小组汇报]你们组查阅到哪些人类历史上的重大水污染事件?常见的水污染是如何形成的?(由各小组成员自由发言)

[教师评价]对各小组发言的情况进行总体评价,对发言积极的组以及各组发言积极的同学加以表扬。

[讲述]由于水污染事件造成的严重后果震惊了全世界,世界上掀起了第一次环境保护浪潮,形成了一门新兴学科——环境化学。在座的同学中将来可能就会有人致力于这方面的学习与研究,为解决当今世界的环境问题做出贡献。

[小组汇报]假如你是××市环保局局长,你将采取何种措施预防和治理××市的水污染?(由小组推举代表进行汇报)

[总结]略。

[布置作业]略。

点评:本节课通过学生阅读、收集资料、调查、讨论等活动,使学生广泛参与,培养了学生的合作意识与合作技能,做到"课虽止而思未停",将课内延伸到课外。

三、自主学习

自主学习是一种学习者在总体教学目标的宏观调控下,在教师的指导下,根据自身条件和需要自由主动地选择学习目标、学习内容、学习方法并通过自我调控的学习活动完成具体学习目标的学习方式。自主学习是与传统的接受学习相对应的一种现代化学习方式。西方学者提出,学生在元认知、动机和行为三个方面都是一个积极的参与者时,其学习就是自主的。自主学习的动机应该是内在的或自我激发的,学习的方法应该是有计划的或已经熟练到自动化程度，自主学习者对学习时间的安排是定时而有效的，他们能够意识到学习的结果，并对学习的物质和社会环境保持高度的敏感和随机应变能力。自主学习应该是建立在自我意识发展基础上的"能学"；建立在学生具有内在学习动机基础上的"想学"；建立在学生掌握了一定的学习策略基础上的"会学"；建立在自我意识发展基础上的"坚持学"。需要注意的是，这里的自主学习与常说的"自学"是截然不同的。

【典型案例】"生活中两种常见的有机物——乙酸"自主学习案例

（一）创设情境，激发动机

1. 俗话说："酒是陈的香"，你知道为什么吗？

2. 为何在醋中加少许白酒，醋的味道就会变得芳香且不易变质？厨师烧鱼时常加醋并加少许酒，为何这样鱼的味道就变得无腥、香醇、特别鲜美？

3. 你知道醋酸吗？把你知道的告诉同学。

4. 回忆：初中化学已介绍了一些乙酸的知识，同学们对乙酸的分子式、物理性质、酸性和用途已有了一些认识。

（二）初读教材，确定问题

现在我们就来具体学习关于乙酸的性质，请大家先阅读教材，看看本节内容中主要讲了乙酸的哪些性质以及它的结构。

[问题1]

家庭中经常用食醋浸泡有水垢（主要成分是 $CaCO_3$）的暖瓶或水瓶，以清除水垢。这是利用了醋酸的什么性质？通过这个事实你能比较出醋酸与碳酸的酸性强弱吗？你还能设计哪些实验证明醋酸的这种性质？

[问题2]

1. 在酯化反应中，乙酸最终变成乙酸乙酯。这时乙酸的分子结构发生什么变化？

2. 酯化反应在常温下反应极慢，一般15年才能达到平衡。怎样能使反应加快呢？

3. 酯化反应的实验时加热、加入浓硫酸。浓硫酸在这里起什么作用？

4. 为什么用来吸收反应生成物的试管里要装饱和碳酸钠溶液？不用饱和碳酸钠溶液而改用水来吸收酯化反应的生成物，会有什么不同的结果？

5. 为什么出气导管口不能插入碳酸钠液面下？

[问题3]

从以上实验知道乙酸有两个重要化学性质，就是它有酸的通性和能发生酯化反应。为什么乙酸会有这些性质呢？研究乙酸的分子结构，性质和结构有什么关系？

（三）带着问题，自主学习

1. 请同学们分组讨论后展示本组设计的实验方案。

2. 归纳讨论后评价出最佳实验方案。

（1）投影：选定的实验方案。

①乙酸溶液中加入紫色石蕊试液；②往乙酸溶液中加入镁粉；③向生石灰中加入乙酸溶液；④向加入酚酞的 NaOH 溶液中加入乙酸溶液；⑤向 Na_2CO_3 粉末中加入乙酸溶液。

（2）根据以上实验方案，指导学生根据桌上现有的药品进行实验，强调注意观察分析实验现象，推测出乙酸的酸性。

（3）描述现象并请同学书写化学方程式。

（4）（剪接同学写的化学方程式，然后投影）：有关化学方程式：

a. $2CH_3COOH + Mg \longrightarrow (CH_3COO)_2Mg + H_2\uparrow$ （有气泡）

b. $2CH_3COOH + CaO \longrightarrow (CH_3COO)_2Ca + H_2O$ （生石灰溶解）

c. $CH_3COOH + NaOH \longrightarrow CH_3COONa + H_2O$ （红色褪去）

d. $2CH_3COOH + Na_2CO_3 \longrightarrow 2CH_3COONa + CO_2\uparrow + H_2O$ （有气泡）

（板书：1. 乙酸的酸性。）

说明：乙酸酸性 > 碳酸酸性

教师指导：乙酸的酸性表现在—COOH 中羟基上氢原子的化学活性，在一定条件下羧酸上的羟基也可以表现出一定的化学活性，与乙醇可以发生酯化反应。

3.（点击课件）展示酯化反应的实验装置

请学生仔细阅读教材中酯化反应的实验过程，并仔细观察实验装置图，然后点击课件中的酯化反应模拟实验。

4. 实验探究：请学生根据桌上现有的药品进行实验探究，并仔细观察实验现象。

药品：3mL 无水乙醇、2mL 冰醋酸、2mL 浓硫酸

条件：加热

产物收集：产生的蒸气经导气管通到饱和 Na_2CO_3 溶液的液面上

展示探究结果：

在 Na_2CO_3 液面上有一层油状物质产生。（请同学闻一闻气味）

讨论得出：酯有果香味，比水轻、难溶于水。

饱和 Na_2CO_3 溶液收集乙酸乙酯的原因。

（归纳后电脑显示：a. 乙酸乙酯在无机盐中溶解度减小，易析出。b. Na_2CO_3 吸收挥发出的乙酸，便于闻乙酸乙酯的香味。）

5. 请学生阅读教材模仿书写酯化反应的化学方程式，并分析断键及接键之处，分析酯化反应的反应机理。初步了解同位素示踪法。

课件展示：

$$CH_3\text{-}\overset{\overset{\large O}{\|}}{C}\text{-}OH + H\text{-}O\text{-}CH_2\text{-}CH_3 \xrightleftharpoons[\triangle]{\text{浓}H_2SO_4} CH_3\text{-}\overset{\overset{\large O}{\|}}{C}\text{-}O\text{-}CH_2\text{-}CH_3 + H_2O$$

(课件播放酯化反应的反应机理)播放多次至每个同学都看清、理解为止。学生讨论得出氧原子同位素示踪法应用于酯化反应对于其机理的理解有帮助。

课件播放:

$$CH_3\text{-}\overset{\overset{\large O}{\|}}{C}\text{-}^{18}OH + H\text{-}O\text{-}CH_2\text{-}CH_3 \xrightleftharpoons[\triangle]{H_2SO_4} CH_3\text{-}\overset{\overset{\large O}{\|}}{C}\text{-}O\text{-}CH_2\text{-}CH_3 + H_2{}^{18}O$$

说明:由于是可逆反应:浓 H_2SO_4 作催化剂和吸水剂,有利于乙酸乙酯的生成。

(四)效果评价,拓展知识(略)

点评:本节课鼓励学生自主学习,大胆假设并加以验证,找出解决问题的方法。强调协作学习,注意体现学生是学习的主体、教师是学习的指导者和促进者的设计思想,对学生的学习起到很好的效果。

第五节　影响化学学习质量的因素

影响化学学习质量的因素有很多[1],既有学生自身的因素(内因),如认知结构、智能差异、学习动机、人格特征等;又有情境因素(外因),如教材、教师、班风、社会等。学生的练习则是外因转化为内因的主要途径。

一、影响化学学习质量的内因

(一)学生的化学知识基础

这是影响化学学习质量的一个最重要的内因。美国著名认知心理学家奥苏贝尔(D. P. Ausubel)认为,有意义学习过程的实质是原有知识同化新知识的过程。也就是说,新知识的学习建立在原有知识的基础之上。因此,在学习新的化学知识前,如果学生原来学过的有关化学知识点空缺或模糊不清,就直接影响化学新知识的接受和消化。

(二)学生的智能差异

众所周知,对于一个学生群体来说,其智力水平有高有低,能力结构各有不

---

[1]江家发,闫蒙钢.影响中学生化学学习成绩的因素及启示[J].中学化学,1993(4):1-3.

同。具体地说,智力水平高,能力结构好的学生接受化学知识快,质量好。反之,接受慢,质量差。所以学生的智能差异是影响学生化学学习质量的又一个重要内因。但是,研究也表明,智力与学业质量的相关系数大约为0.50,即只有中等程度的相关。具体地说,同等智力水平的学生,化学学习质量是不完全相同的。这是因为学生的学习活动,除受智力因素的影响外,还有非智力因索的作用。可见,那种认为化学学习质量的好坏主要取决于智力水平高低的观点是不全面的。

(三)学生的化学学习动机

化学学习动机是推动和维持学生学习化学的心理动因。调查表明,学生的化学学习动机主要集中在对化学这门学科的认识和兴趣上,其次是升学的需要。值得注意的是,化学学习动机过低不能激发学生学习化学的积极性,但动机水平过高,因为产生高度焦虑,同样抑制化学学习。

(四)学生的人格特征

主要是指学生的性格特征,气质类型等。良好的性格特征有助于化学学习质量的提高,反过来,优秀的化学学习质量又能增强学生学好化学的信心,进而促进开朗,乐观和积极进取的性格发展。反之,化学学习质量不理想,必然会加强学生悲观,消沉和自卑的性格特征。人的气质类型分为胆汁型、多血质、粘液质和抑郁质四种,气质类型本身没有好坏之分,但不同气质型的学生在化学学习上的表现存在着差异。多血质型学生精力旺盛,反应较快,对学习新的、难度大的化学知识感兴趣,但课后不能积极复习巩固,作业马虎;抑郁质型学生学习容易疲劳,反应较慢,对学习难度大的化学知识感到困难,但课后能积极复习,作业认真。这一点应引起化学教师的重视。

二、影响化学学习质量的外因

影响学生化学学习质量的外因,主要包括教师本身的影响、学生之间的相互影响以及家庭环境的影响等,这些对学生的化学学习存在重要的影响

(一)教师的影响

教师对学生的关注和期望程度对学生学习产生影响。不仅如此,教师的教学方法、个人魅力、专业发展水平、责任心等都对学生的学习质量产生重大的影响。化学教师不仅应该不断改进自己的教学方法,形成自己独特的教学风格,而且应该热爱和关注每一个学生,尽量鼓励他们,看得见他们的闪光点。

【资源链接】罗森·塔尔效应

20世纪60年代美国哈佛大学的心理学家罗森·塔尔在一所小学进行了一项实验。他给各年级的学生做语言能力和推理能力的测验，测完之后，他没有看测验结果，而是交给老师一份名单，指出名单上的学生很有潜力，将来可能比其他学生更有出息。8个月后，罗森·塔尔再次来到这所学校。奇迹出现了，他名单上的那些学生成绩有了显著提高。原因在哪里呢？老师们相信了专家测验结论，相信那些名单上被指定的孩子比其他孩子聪明有前途，于是对他们寄予了更高的期望，投入了更大的热情，更加信任、鼓励他们。名单上的孩子感受到老师寄予的期望，自信心得到了增强，求知欲旺盛，因而比其他孩子进步得更快。这就是被哈佛大学心理学教授罗森·塔尔以实验的形式得以证实皮格马利翁效应，这一现象也被称为"罗森·塔尔效应。"

（二）学生之间的相互作用

学生的学习活动主要是在班级中进行的，这样学习就存在于一个学习集体中，那么同学之间的相互帮助，健康的相互竞争都可以促进学生化学学习质量的提高。同学之间是最容易沟通的，所以一旦有什么学习上的困难，也会比较容易解决。同时这种同学之间的互助表现得更加真诚，有效。教师可以引导学生组成"合作学习"小组，鼓励质量好的学生帮助学习困难的学生，达到共同进步。

（三）社会对化学学科的认识

社会公众对化学学科的认识，也直接影响学生的化学学习动力和质量。如果化学教学时强调化学在人类生产、生活中的重要应用，凸现化学学科对人类文明和社会进步的巨大贡献，就能大大激发学生学习化学的动机，提高学习质量。反之，如果过多强调化学污染物、化学毒物及腐蚀性、易燃易爆性等，则会大大降低化学学科的美誉度，直接挫伤学生学习化学的积极性。因此，化学教学必须十分重视树立学生正确的化学观念，宣扬化学，传播化学，让学生形成良好的化学人文素养，并能利用所学化学知识分清哪些化学知识的应用是有利于社会应该被广泛推广的、哪些是危害社会并需要被禁止的，增强服务社会的使命感和责任感。

此外，学生的练习是外因（如化学教材）转化为内因（如化学知识基础）的途径。因此，经常性的练习是提高学生化学学习质量不可缺少的条件。

三、对化学学法指导的几点建议

(1)化学学习环环相扣，学生要抓住化学学习的每一环节，每一节化学课都

要真正消化，弄懂弄通，避免复习时炒“夹生饭”，力求打下扎实的化学知识基础，为学习新的化学知识提供前提条件。

(2)智力是影响化学学习质量的一个重要因素，但不是唯一因素。如果化学学习质量不理想，并不说明自己就比别人笨，可能是学习方法不当，或者是受其他非智力因素的影响.因此，每个学生都应树立学好化学的信心。

(3)为了获得好的化学学习质量，必须培养学习化学的兴趣，保持中等程度的化学学习动机。

(4)化学练习方法要得当，做到及时练习，复习巩固，不能搞“题海战术”。另外，为学生提供高质量的化学教材也应引起有关部门的高度重视。

(5)作为化学教师，要注意培养学生良好的性格品质，引导不同气质型的学生学好化学。化学教师还要努力提高自身的素质，不仅研究教的方法，还要研究学的规律。不断提高自己的化学教学技能。

(6)化学教师进行学法指导时，应坚持一般指导和个别指导相结合的原则。除了采用介绍及交流好的化学学习方法外，还要针对每个学生的不同情况，通过学生咨询进行诊断，指出他们目前化学学习方法的不足之处和改进的方向，帮助学生切实找到一种最适合自己特点的行之有效的化学学习方法。那种实行“拿来主义”，生搬硬套化学学习质量优秀的学生的学习方法是不可取的。

第六节 化学新课程学业评价

新课程学业评价关注的是学生的全面发展，对学生的评价不仅要看结果，更要注重过程，它要求评价内容、评价主体、评价方式以及评价工具的多元化，从而做到多种评价方式相结合的多元化学业评价。

【课程标准卡片】普通高中化学课程评价

高中化学课程倡导评价方式的多样化，以促进学生在知识与技能、过程与方法、情感态度与价值观等方面都得到发展。应根据学生在相应课程模块学习中的纸笔测验、学习档案记录和活动表现进行综合评定，以此决定学生是否获得相应课程模块的学分。

一、高中化学新课程学业评价的内容

高中化学新课程学业评价的内容应包括认知、动作技能和情感三个领域，结合学科、个性和社会三个方面的发展展开。其中认知领域的评价主要根据化学课程标准规定的教学内容的达标情况。动作技能领域评价主要是指学生在化学实验中实验技能的掌握情况。情感领域的评价则是指学生树立正确的世界观、人生观和价值观,学习化学的兴趣、态度等方面的情况。此外,还应对创新精神、实践能力、科学方法、科学态度和行为做出评价。

【资源链接】高中化学新课程学业评价的内容及指标[1]

表6-1 高中化学新课程学业评价内容及指标

评价项目	一级评价指标	二级评价指标
知识与技能	基本化学概念、基本原理的理解和应用	知道并能说出基本概念、基本原理的内容
		能够描述并举例
		了解并能应用基本概念和基本原理解决相关的问题
	基本实验技能的养成	认识基本的实验仪器,会基本的实验操作
		能够设计简单的实验
		能独立操作并撰写实验报告,分析实验结果
	化学语言	知道相关的化学用语
		会用化学语言进行描述或概括等
	化学、技术与社会	知道化学与技术、社会的关系
		会用化学的相关知识解决简单的实际问题
过程与方法	提出问题	从日常生活、自然现象或实验现象的观察中发现与化学有关的问题
		书面或者口头表述这些问题
		认识发现问题和提出问题的意义
	猜想与假设	尝试根据经验和已有知识对问题的成因提出猜想
		对探究的方向和可能出现的实验结果进行推测和假设
		认识猜想与假设在探究中的重要性
	观察、收集整理信息	能通过观察收集信息
		能通过公共信息资源收集资料
		尝试评价有关信息的科学性

[1]江家发,闫蒙钢.高中化学课程评价[M].长春:东北师范大学出版社,2005:255-256.

续表

评价项目	一级评价指标	二级评价指标
过程与方法	制订计划，实验、制作	明确探究目的和已知条件，经历制订计划与设计实验的过程
		尝试选择科学探究的方法和所需仪器、药品
		尝试考虑影响问题的主要因素，有控制变量的初步意识
		认识制订计划与制作实验在科学探究中的作用
		具有安全操作意识
		认识进行实验与收集数据对探究的重要性
	思考与结论	能认真思考、分析探究过程的问题
		得出结论并能进行描述和解释
	表达与交流	在探究过程中主动参与
		学着与老师或者同伴交流与合作
	反思与评价	有反思探究过程和探究结果的意识
		能注意探究过程中未解决的矛盾，发现新的问题
		有从评价中汲取经验教训的意识
		认识反思与评价对探究的重要意义
情感态度与价值观	对化学的兴趣、态度；对化学学习的情感、态度和行为；对化学、技术与社会的关系的理解	喜欢化学学科
		积极探究化学的奥秘
		喜欢体验化学中的快乐和审美情趣
		形成求实的科学态度
		关心社会、关心化学与社会技术的关系
		热爱大自然，形成乐观的生活态度、宽容的人生态度

二、高中化学新课程学业评价的方法

课程目标的领域不同，所选择的评价方法也应不同。新课程改革倡导“立足过程，促进发展”的课程评价，倡导形成性评价和终结性评价相结合，定性评价和定量评价相结合，自我评价和他人评价相结合，更重视评价的激励功能和改进功能，提倡评价目标的多元化和评价方式的多样化。将不同的学习方式与相应的评价方式有机联系起来，根据学习方式选择正确有效的评价方式，促进评价体系的进一步完善和发展；同时又能促进学习方式的不断改进和教学效果的不断提高[1]。认知领域的考核，主要采用提问、测验、考查、考试等形式；对部分学生的研究性学习，可以结合课题，让学生撰写简单的小论文或调查报告加以考核；实验操作领域的考核，主要采用教师对学生实验的观察、实验操作考试、小制作等形式；情感领域的考核，一般可采取观察、课外面谈、学生自我小结、填写调查表、行为分析等方式。

新课程化学学业评价中颇受关注的是学生学习档案袋评价。一个完整的档案袋通常包括以下几个部分：

(1)封面。档案袋的封面应包括本人的姓名、年级、班级、学科等。

(2)目录。以提纲的形式展示各部分学习材料的联系，并标注页码。

(3)档案袋中材料的内容。档案袋的内容选择应由学生或由学生和教师共同讨论决定，如一个完整化学学习档案袋中的材料可以包括：笔记、单元知识总结、疑难问题及其解答、探究活动的设计方案与过程记录、收集的化学学习信息和资料、学习方法和策略、课后学习感受、自我评价以及他人评价的结果等。凡是能够反映出学生在一定的时期关于化学学习过程中所做出的全部努力、进步、学业成就的材料都可以收录其中。需要说明的是对于每次收集在档案袋中的材料，都应注明日期，以显示随时间的推移所取得的进步情况。

【资源链接】档案袋评价的利和弊[2]

1. 利

· 能够促进教学和评价的有机结合。

· 重视学生发展的全过程，能记录学生的成长历程，提供学生学习和发展的证据。

· 能够提供丰富多样的评价材料，尤其是学生参与表现性活动的信息。

· 能开放地、多层面地、全面地评价学生，反映学生的“完整”面貌。

· 能够个性化地关注学生的成长，促进学生的差异发展。

· 能够使学生体验成功，感受成长与进步，并从中受到激励。

· 能够让学生参与评价，有利于提高学生的自我评价、自我反思、自我负责的能力和态度。

· 能够帮助教师获得关于学生学习模式的信息，以作为教师设计课程与教学计划的基础。

· 能够增强教师与学生的合作和理解，有助于改善师生关系。

· 便于向家长展示孩子的努力与进步，有助于改善家校关系。

---

[1]吴冰，王伟群. 新课程理念下不同化学学习方式的评价初探[J]. 课程改革，2009(5)：31－32.

[2]毕华林. 化学新课程理念与实施[M]. 济南：山东教育出版社，2004：205.

2. 弊

· 工作量太大，教师负担过重。

· 内容太多，标准化程度较低，不好整理、分析，在用于较大范围的评价时难以控制。

· 评价的效度难以保证，很难达到客观、真实。

· 主观性太强，很难保证公平、公正，容易“走后门”。

· 如果各科都建学生成长记录袋，肯定会导致学生的厌烦情绪。

· 容易走形式，走过场。

新课程倡导评价目标多元化和评价方式的多样化，坚持终结性评价和过程性评价相结合、定性评价和定量评价相结合、学生自评互评与他人评价相结合，努力将评价贯穿于化学学习的全过程。实施化学学习档案袋评价必须体现化学新课程倡导的这一理念。

思考与练习

1. 举例说明我国传统的学习理论有哪些?

2. 谈谈行为主义学习理论在化学教学中的应用?

3. 谈谈奥苏贝尔的学习理论在化学教学中的综合运用.

4. 谈谈建构主义学习理论对于学生学习化学的启示。

5. 在引导和组织学生进行合作学习时，教师应该注意些什么?

6. 谈谈智力因素对学生化学学习质量的影响。

7. 谈谈非智力因素对学生化学学习质量的促进性影响。

8. 目前倡导的化学新课程学生学业评价方式有哪些? 请简要分析它们各有哪些优缺点?

第七章　化学学习策略的类型与特点

教育的真正目的,不在于让学生获得现成的知识,而在于培养学生的学习能力,使学生学会学习,其核心就是学习策略的获得与改进。随着高中化学新课程的实施,打破了原有学科的封闭性和课程选择的单一性,将学生置身于一种动态、开放、个性、多元的学习环境中,让学生自主探索、主动求知,学会收集、分析和利用各种信息及信息资源。时空的开放性、知识的多元性、教育目标的全面性等对学习策略也提出了新的要求。因此,化学教学的一个重要目的就是要教给学生学习化学的策略,使学生学会学习,学会管理自己的学习,帮助学生成长为策略性的学习者。

由于化学知识的类型不同,其相应的学习策略也有所差异。在这章我们将根据化学知识的分类,结合相应的学习策略进行介绍。

第一节　化学学习策略概述

一、学习策略的涵义与特征

学习策略(learning strategies)历来就是教育学家、哲学家及心理学家等普遍关注的重要问题。早在2 000多年前,我国著名教育家孔子就提出“学而不思则罔,思而不学则殆”,他通过“学”与“思”的关系,阐述了学习策略的重要性;卢梭在《爱弥尔》中也曾提到“形成一种学习规则要比获得知识更重要”,则从另一个侧面对学习策略做了说明,至今还有重要的意义。

学习策略作为一个完整的概念,是在美国心理学家布鲁纳(J. S. Bruner)1956年提出“认知策略”以后出现的。但时至今日,学习策略还没有一个公认的定义,不同的学者从不同的角度对学习策略提出了各自的观点。

【资源链接】学习策略的几种界定

· 学习策略是选择、整合、应用学习技巧的一套操作过程(Nisbet)。

· 学习策略是内隐的学习规则系统(Duffy)。

· 学习策略是一系列学习活动过程,而不是简单的学习事件(Kail)。

· 学习策略是学习者为了完成学习目标而制订的复杂计划(Derry)。

· 学习策略是学习者为了提高学习的效果和效率,有目的、有意识地制定的有关学习过程的复杂的方案(陈琦,刘儒德)。

· 学习策略是学习者用以提高学习效率的一般性的整体谋划(张大均)。

· 学习策略为达到一定的学习目标而学会学习的规则、方法和技巧,是一种在学习活动中思考问题的操作过程,是认知策略在学生学习中的一种表现形式(林崇德)。

· 学习策略是在学习过程中用以提高学习效率的任何活动(Mayer)。

· 学习策略是学生用于获得、保持与提取知识和作业的各种操作与程序(Rigney)。

· 学习策略是学习者根据学习情境的特点和变化而采用的达到一种或多种学习目标的学习方式(刘知新)。

由此可以看出,人们对学习策略概念的争论关键是集中在:学习策略是一套规则系统还是操作程序?抑或是具体的学习方法或技能呢?

从认知层面来看,学习策略是由适用于一定学习情境的一套规则系统或技能构成,其目的就是为了提高学习者的学习效率和效果;从元认知层面来看,学习策略又是为了达到一定的目标,对学习活动进行调节与控制的一系列执行的过程。至此,学习策略的概念也就逐渐明晰:

所谓化学学习策略就是指适用于特定化学学习情境、促进学生有效学习的程序、规则、方法、技巧及其调控方式的总和。它既是内隐的规则系统,又是外显的程序、步骤、方法等。

学习策略具有以下基本特征:

(1)学习策略是认知和元认知的复合体,具有方法性、程序性和调控性三大特征。

(2)学习策略有其自身的适用条件和范围,不同的学习策略、不同的知识类型需要不同的学习情境。

(3)学习策略的掌握不是以是否掌握某种方法、技巧为标志,而是学习者能够根据学习内容的特点、自身的认知水平和预期的学习目标等因素自觉而灵活地选择、调控和应用特定的学习方法和程序。

(4)学习策略包含了许多具体的微观策略,因此有别于一般的学习技巧。

应当指出的是,学习策略不能凭空产生,也难以单靠直接传授的方法获得。它更多地需要学习者结合具体的学习情境逐步形成对学习策略的感悟和体验,在实践中不断深化对学习策略的认识,并积极应用于学习实践当中。只有这样,才能真正实现向策略学习者转变。

【资源链接】元认知[1]

一般认为学习策略与元认知有着紧密的联系。费拉维尔(Flavell,2002)认为,元认知(metacognition)就是指关于认知的认知。

元认知由元认知知识、元认知体验和元认知监控三部分组成。元认知知识是指主体通过经验积累起来的关于认知活动的一般性知识,即对影响认知活动的因素以及各因素之间的相互作用的认识。元认知体验是指伴随着认知活动产生的情感体验,包括知和不知的体验。情感体验既可能发生在认识活动之前,也可能发生在认知活动之后。例如,预感到失败的焦虑,预感到成功的喜悦;从成功的经验中获得心得,从失败的经验中获得教训。元认知监控是指人们能够积极自觉地对认知活动进行监视、控制和调节,包括选择、评价与修正认知策略。

二、化学学习策略的类型

由于人们的视角不同,对学习策略的分类也因人而异。怀特(White)和维罗克(M. C. Wittrock)从学习策略和认知策略的共性出发,提出了学习策略的四种类型:①寻找深层意义的策略;②承认局部目标的策略;③灵活探索策略;④将部分综合成整体的策略。麦基奇尼(Mckeachie)等人根据策略的成分,将学习策略分为认知策略(包括复述策略、精加工策略、组织策略)、元认知策略(包括计划策略、监视策略、调节策略)和资源管理策略(包括学习环境管理策略、努力管理策略和寻求他人的支持策略);丹塞雷(Dansereau)依据学习策略的作用,则将其分为主策略和辅策略……这些思想对于构建化学学习策略都具有一定的指导作用。

化学学习策略是学习策略学科化的产物,因此除了具有学习策略的一般通性之外,更具有其化学学科特性。化学是一门在原子、分子水平上研究物质的结构、组成、性质及其变化规律的学科,由于不同的学习策略适用于不同的知识类型,所以我们可以根据化学新课程标准中化学知识的分类出发,将化学学习策略分为化学事实性知识的学习策略、化学理论性知识的学习策略、化学技能

[1]沈德立.高效率学习的心理学研究[M].北京:教育科学出版社,2006:142.

性知识的学习策略、化学情意类内容的养成策略和化学问题解决策略五类。

每一类型的化学学习策略都是由具体的化学学习方法和对化学学习方法的调控和运用两大要素构成的，其中，化学学习方法是化学学习策略的基础，体现了学习策略的陈述性知识层面。而对学习方法的调控和运用是化学学习策略的核心，它规定着为何用、如何用、何时用学习方法等内容，体现了学习策略的程序性和策略性知识层面，其具体体现为：学习者根据学习内容的特点，意识到自己拥有哪些可供选择的学习方法，运用有关的学习方法，并根据学习情境的变化，及时评价学习方法的运用情况和效果，做出是继续使用该方法，还是对它做出适当改善或者是选用新的方法的决策，从整体上调节和控制学习方法的使用和学习活动的进程。

总之，有效的化学学习策略是在学生掌握基本的化学学习方法的基础上，通过对学习方法的调节、控制和运用而形成的，缺少任何一个要素的支持，都无法形成一个真正的学习策略。

【**思考讨论**】学习方法、学习方式、学习策略是化学学习中常用三个名词，请比较他们的异同之处。

第二节 事实性知识学习的策略

一、化学事实性知识的特点

化学事实性知识是指反映物质的性质、存在、制法和用途等多方面内容的元化合物知识以及化学与社会、生产和生活实际联系的知识，它是学生学习其他化学知识的基础，也是方法知识和观念知识的载体，因此也被人们称为“真正意义上的化学”。

在中学化学课程中，化学事实性知识主要集中在《必修 1》模块，包括主族元素、副族元素及其化合物和各类有机物及其代表物，涉及人类生存不可缺少的空气、水及相关的溶液、酸碱盐的知识，以及与食品、健康、环境、材料、能源等密切相连的有关化学物质的性质、制备等知识，所以说，化学事实性知识也是与现代人们生活和社会发展联系最紧密的知识。

由于化学事实性知识涉及的元素及其化合物种类繁多，内容相对零散庞杂，如果没有科学的学习策略，学生常常感觉到易学难记，易懂难学，学生的思维潜力得不到充分发挥,甚至会产生厌烦感。因此,帮助学生在理解知识的基础上,形成科学的知识系统,提高运用化学事实性知识分析问题和解决问题的能力,成为化学事实性知识学习的关键。

二、化学事实性知识的学习策略

(一)情境—联想策略

知识的学习和应用之间,即通常所说的"知什么"和"知怎样"之间常常是割裂的。这即是化学事实性知识"易学难记"的根本原因所在。建构主义观点认为,学习者对知识的理解只能由个体基于特定的情境背景而建构起来的,这取决于特定情境的学习过程。

情境—联想策略是指学生在学习化学事实性知识时,有意识地将当前所学知识与特定情境联系起来,把握知识与情境之间的联系和作用,充分认识到所学知识对当前情境的补充和强化作用,通过积极联想,从而赋予知识的情境意义。学生通过利用自己的原有认知结构与情境之间"同化"和"顺应"出当前要学习的新知识,促成对新知识意义的建构,从而帮助学生记忆。

需要指出的是,这里的情境可以是真实的社会情境,也可以是人为创造、假想的问题情境。情境—联想的关键在于通过联想,建立并强化知识与情境之间的紧密联系。例如,当在学习钠的化合物的诸多物质性质时,可以将不同的化合物赋予不同情境中的不同角色,通过蒸馒头——$NaHCO_3$、制碱工业——Na_2CO_3,帮助学生建立回忆检索的线索,提高学习效率。

【典型案例】"铁、铜及其化合物的应用"学习中的联想

砖瓦是用含铁元素等杂质的粘土隔绝空气烧制而成的。当烧窑作业临近完成时,若用淋洒水的办法来降低温度,得到的砖是青色;若用捅开窑顶自然冷却的办法得到的是红砖。你知道这是什么原因吗?

(二)多感官协同策略

心理学实验证明,通过耳、口、眼等多种感官的协调使用,可以提高人们对外界信息的接受程度。因此在化学事实性知识教学中,教师要引导学生充分调动多种感官,全面观察和体验物质的现象及其变化过程,从而加深对知识的理解和掌握程度。

在运用多种感官协同策略进行学习时,不能仅仅停留在简单的听、看等层面上,而应该做到:

（1）善于观察，将所学内容与身边的事物或现象联系起来，以加深记忆；

（2）勤于动手，尽量创造条件自己动手做实验。这里既可以利用实验室进行实验，还可以开展家庭小实验、课外实验等，通过做实验来学习化学。

（3）善于思考。看、做等的最终目的是为了形成对知识的理解和把握，而不是单纯的欣赏的层面，所以，无论是在观察，还是操作的过程中，都要积极动脑思考，将实验、观察与思维三者有机地结合起来，使枯燥的事实性知识的学习变得生动深刻，增进学生的记忆。

【典型案例】过氧化钠与水反应的学习策略

过氧化钠（Na_2O_2）与水能够发生化学反应，生成氢氧化钠（NaOH）和氧气（O_2），化学方程式为：$2Na_2O_2 + 2H_2O = 4NaOH + O_2$，这是过氧化钠的重要化学性质．对于这一事实性知识的学习，可以采取下列不同的学习策略：

策略1：学生阅读教材内容或听教师讲授，记住教材中有关该化学反应的实验描述、实验结论和化学方程式。

策略2：学生观察教师的演示实验，分析过氧化钠与水反应的实验现象，在教师的引导下得出实验结论，写出反应的化学方程式。

策略3：学生亲自完成过氧化钠与水反应的化学实验，通过自己的操作、观察和思考获得有关的实验结论，掌握反应的化学方程式。

策略4：学生首先观察过氧化钠与水反应的实验现象，根据实验现象对反应的可能产物做出猜测，即提出假说；然后学生运用已有的知识设计实验方案，收集证据，验证假说，从而获得正确的实验结论。

（三）联系—预测策略

联系—预测策略是指学生在学习化学事实性知识时，有意识地抓住其与理论性知识、学生已有知识经验的联系以及物质性质之间的内在联系，并以这些联系为依据对要学习的物质的一系列性质先做出自己的预测。

化学事实性知识内容虽然相对庞杂，但它们之间也存在着一定的内在联系。这种联系表现在：事实性知识是理论性质的具体表现、事实性知识与学生已有的知识经验相联系、事实性知识之间的互相制约和联系的关系。所以，在学习事实性知识时，可以根据这些联系作出大胆的预测，从而建立起知识之间的意义建构。

例如，可以利用元素周期律之间位—构—性的关系，大胆预测某种物质可能的物理和化学性质；可运用已学的元素周期律等化学理论进行演绎推理，预测某元素及其化合物可能具有的性质，可根据物质的结构特征预测其性质、存在和用途等。然后将预测结果与教材或教师的讲授进行比较,找出正确和不足之处,并分析原因,在此基础上进行深入学习,就能把握住重点和关键,抓住知识之间的内在联系,减轻记忆负担。

【典型案例】对氨的物理性质和化学性质的预测

氨(NH_3)是氮族元素重要的气态氢化物。在学习氨的性质时,学生就可以运用已有的物质结构、元素周期律等知识,对氨的物理性质和化学性质做出预测,深入理解氨的结构、性质与用途之间的联系。

预测1:已知氨为极性分子,根据相似相溶原理,氨应溶于极性溶剂(如水)中;

预测2:已知氨中氮元素的化合价为-3价,处于最低价态,氨应具有还原性,在一定条件下能被某些氧化剂(如氧气)氧化;

预测3:已知氨分子中含有孤对电子,能够与氢离子形成配位键。因此氨能够与酸发生反应;

预测4:根据同周期原子结构及元素性质的递变规律,氨的还原性比水强,稳定性比水差。

将预测结果与教材内容进行比较,分析存在的问题,并通过实验、观察、思维等活动验证有关结论,从而深刻理解氨的有关性质。

需要注意的是,在应用联想—预测策略时,(1)要做到尽可能多方面、多角度联系,大胆预测;(2)要保证预测有理有据,而不是无根据地胡乱猜测;(3)预测不是目的,只有将预测结果与正确结果进行比较,找出差异,并针对差异做进一步深入学习,才能达到目的。

【思考讨论】联想水(H_2O)和乙醇(C_2H_5OH)的结构差异,大胆预测乙醇可能具有的性质。

(四)知识结构化策略

知识结构化策略是指将事实性知识按照一定的线索进行归类、整理,使零散、孤立的知识变为彼此间相互联系的整体,形成一个系统化、结构化的知识网络结构。

现代认知心理学普遍认为,知识结构的形式是产生广泛迁移的基础。在化学学习中,除了要揭示知识之间的联系外,更重要的是要有意识地将所学知识进行归纳总结,从而形成知识体系。经过结构化组织的材料往往给人一种形象直观、简明扼要的感觉,有利于一目了然地把握知识之间的复杂关系或内在联

系。它储存在头脑中，犹如图书馆经过编码的书，可“信手拿来”，减轻学生的记忆负担，提高解决问题的效率和能力。

运用知识结构化策略的关键是要确定知识间的内在联系，并以此联系为脉络，形成知识框架结构。通常事实性知识之间的联系主要有以下几种：

1. 顺序关系

以同一元素形成的单质和化合物中该元素化合价的高低为线索，将不同类别的物质联系起来形成知识主线。例如，氮及其化合物的知识主线为：

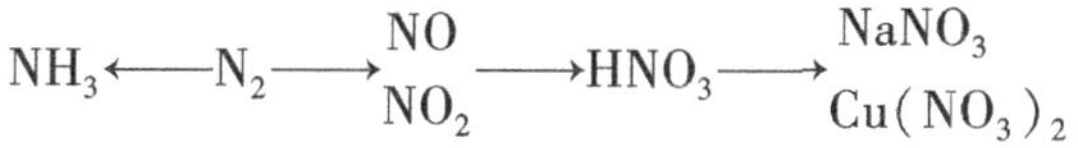

$$NH_3 \longleftarrow N_2 \longrightarrow \begin{matrix} NO \\ NO_2 \end{matrix} \longrightarrow HNO_3 \longrightarrow \begin{matrix} NaNO_3 \\ Cu(NO_3)_2 \end{matrix}$$

图 7－1　氮及其化合物的知识主线

2. 因果关系

按照知识间的因果联系，如物质的结构决定其性质，物质的性质决定其存在、制法、用途等内在逻辑关系，形成相应的知识结构。因果关系的知识结构通常是以某一具体物质的化学性质为核心构建的。

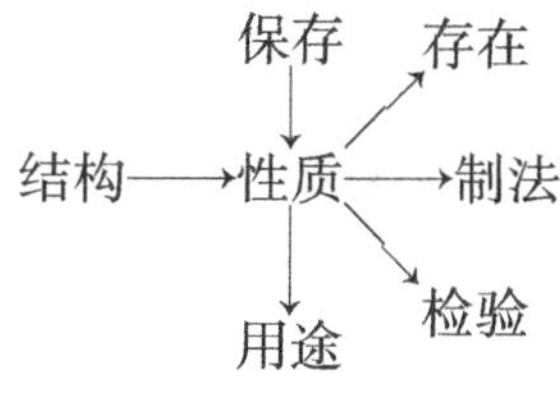

图 7－2　因果联系图

3. 种属关系

就是找出关键的知识点，以此作为知识结构的联结点，然后分析与其他知识间的内在逻辑联系，并利用这种联系，将知识串成“线”，连成“网”，形成知识网络结构。一般多是在单元复习时，按照种属关系组织有关内容。例如，在学完硫及其化合物的性质后，可以按照其内在联系形成如下知识网络。

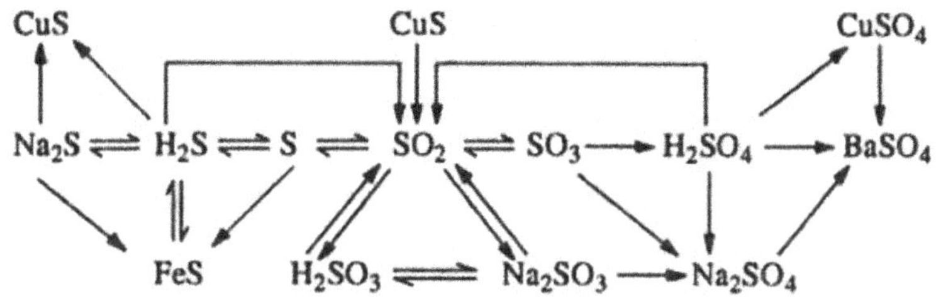

图 7－3　硫及其化合物的网络图

4. 功能关系

即打破教材内容的章节结构，以物质的功能或活动任务为线索重新构造知识，使形成的知识结构与问题解决活动紧密联系，提高知识检索的效率和解决问题的能力。例如，在学习完“碳和碳的化合物”时，为了使零散的知识系统化，可以以“CO_2”为线索和逻辑起点，将相关内容归纳整理，形成新的知识结构。

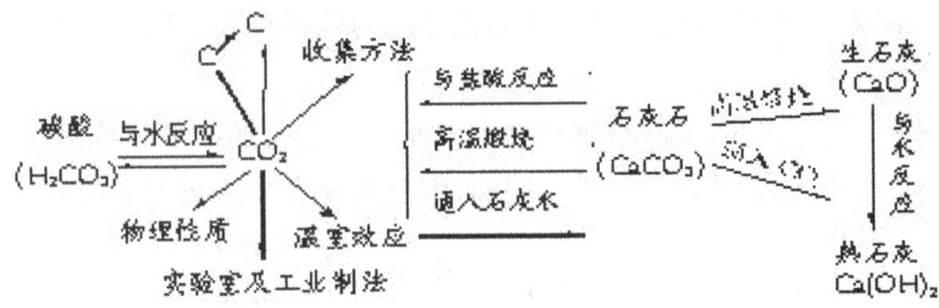

图 7－4　碳和其化合物的知识结构图

需要特别指出的是，由于每个人的知识经验不同，不同学生构建的知识结构图也会不尽相同。因此，教师要引导学生与同伴就各自的结构图展开讨论和相互评价，这样做，一方面可以澄清学生头脑中的某些模糊观念，同时，让他们通过评价自己和他人的网络结构图，可以反省自己构建网络图的过程，发现自己的不足，从而加以补充修正，使之更加完善。

【资源链接】高中化学教材元素化合物知识呈现体系[1]（鲁科版）

老教材中元素化合物知识是按照族顺序进行学习，特点是系统、有条理。新教材（鲁科版）是围绕过程与方法线索组织编写的，元素化合物知识贯穿教材始终，既有相对集中的介绍，也有分散的处理，具体顺序如下：

（1）第 1 章　认识化学科学

第 2 节　研究物质性质的基本方法→钠及其化合物的性质

（2）第 1 章　认识化学科学

第 2 节　研究物质性质的基本方法→氯及其化合物的性质

（3）第 2 章　元素与物质世界

第 1 节　物质的分类→通过分类过程认识化合物的性质；某一元素的各个价态与所对应物质的类别的对应关系；胶体：认识常见胶体 $Fe(OH)_3$、AgI 和胶体的性质

（4）第 2 章　元素与物质世界

第 2 节　通过学习电解质进一步认识酸碱盐等物质；离子方程式的书写→认识一些化合物的性质

（5）第 2 章　元素与物质世界

第 3 节　氧化还原反应→主要认识铁及其化合物的性质

[1] 崔霞. 新课程高中化学中元素化合物知识的教学研究[J]. 化学教育，2014（7）：18－21.

(6)第 3 章 自然界中的元素

第 1 节 碳的多样性→认识碳及其化合物的性质

第 2 节 氮的循环→认识氮及其化合物的性质

第 3 节 硫的转化→认识硫及其化合物的性质

第 4 节 海水中的元素→认识常量、微量元素的性质;氯碱工业、铁的性质、制取和用途;溴的性质、制取和用途

(7)第 4 章 材料家族

第 1 节 硅、五级非金属材料→认识硅及其化合物

第 2 节 铝、金属材料→认识铝及其化合物性质、用途;钢铁、铜、银等金属的性质、用途

第 3 节 复合材料→认识一些特殊物质的性质

第三节 理论性知识学习的策略

化学理论性知识是指反映物质及其变化的本质属性和内在规律的化学基本概念和基本原理。在中学阶段,化学理论知识主要包括有关物质组成、结构、性质、变化和化学量等基本概念,以及化学定律、物质结构理论、元素周期律、电离理论、化学反应速率和化学平衡等基本理论。

一、化学理论性知识的特点

化学理论性知识是中学化学教学内容的精髓,它体现了化学学科的基本观念,在化学教材中起着统领和制约全局的作用。

首先,化学理论性知识是对物质及其变化的本质和规律的反映,它具有高度的概括性,直接影响着学生对化学事实、现象的观察和理解[1]。事实性知识是理论性知识的基础,理论性知识是学习事实性知识的指导。学生掌握了一定的理论知识,就可以使他们对事实性知识的学习不只是停留在描述性水平上,而能比较深入地认识到这些事实现象的本质,从而做到"知其然",而且能"知其所以然"。

其次,化学理论性知识可以帮助学生将学到的知识系统化,使之便于检索、记忆。心理学研究表明,一些杂乱无章、毫无联系的信息是难以记忆的。而经过系统化的信息的记忆效率就高得多。学生在学习了理论性知识之后,就掌握

[1]何少华,毕华林.化学课程论[M].南宁:广西教育出版社,1996:77-78.

了事实性知识之间的内在联系,也能把有关的事实性知识构建成相互联系的网络,从而实现快速记忆和检索。

再次,化学理论性知识可以帮助学生掌握规律,实现知识的迁移,从而培养学生的思维能力。学生掌握了理论性知识,了解了事实性知识之间的内在联系,就能触类旁通,实现知识的迁移。例如,学生可以利用原子结构、元素周期表的知识,根据典型元素的性质,初步推断其他元素的性质。

最后,化学理论性知识的形成过程体现着丰富的科学观念、科学方法和科学态度,是对学生进行科学方法训练和情感教育的良好素材。

心理学研究表明,理论性知识的学习过程是学生通过积极的思维活动,对各种各样的具体事例进行分析、概括,从而把握同类事物的共同关键特征的过程。在这个过程中,对具体事物的选择和分析、对概念特征的突出以及学生已有的知识经验是影响概念学习的重要因素。所以,化学基本概念的形成成了理论性知识学习的基本落脚点。

二、化学理论性知识的学习策略

心理学研究表明,理论性知识的学习过程是学生通过积极的思维活动,对各种各样的具体事例进行分析、概括,从而把握同类事物的共同关键特征的过程。这是一个有意义的学习过程,在这一过程中,对具体事例的选择和分析、对概念关键特征的突出以及学生已有的知识经验是影响概念学习的重要因素。

(一)概念形成策略

概念形成策略是指学习者从大量的具体例证中,以比较、辨别、抽象等形式自己概括得出事物关键特征的一种学习策略。这种学习策略强调学生主动参与知识的获得过程。

运用概念形成策略一般要经历3个阶段:

概念的形成总是经过“感性”向“理性”上升的阶段,所以,首先要充分收集与化学概念形成相关的具体例证,以获得丰富的感性认识。这是概念形成首先需要解决的工作。

第二阶段是自觉地对获得的具体例证进行分析、比较、辨别,提取其共同的特征信息和本质属性,逐步舍弃干扰信息,然后将特征信息进一步抽象和概括,这是一个由感性认识上升到理性认识的过程,需要去伪存真,去粗取精,这是形成化学概念的关键。例如,学生在观察了几组物质的导电性演示实验之后,通过辨别、比较找到电解质的关键属性,能初步形成电解质概念,教师再引导学生将“能导电的单质”及“溶于水会和水发生反应”等干扰因素排除,就能使学生

在理解的基础上形成“凡是在水溶液里或熔化状态下能够导电的化合物就是电解质”的正确认识。

第三阶段将获得的结论与同伴展开交流，在交流中使正确的观点进一步得到明确，并在练习应用中加深对化学概念的理解。

运用概念形成策略时，概念的具体例证越丰富，关键特征越明显，越有利于概念的学习和理解。概念学习不仅要求学生掌握一类事物的共同本质特征，而且要求它能排除非本质特征。因此，在学习中应重视通过变式与比较的方式，使学生对概念的理解更清晰、更准确。

【典型案例】“质量守恒定律”概念形成策略

质量守恒定律作为化学反应必须遵循的基本规律，是书写化学方程式、解释某些化学现象和进行有关化学计算的理论依据。学生能否理解质量守恒定律的实质，掌握质量守恒定律的应用条件，是质量守恒定律学习的关键。在教学中，可以指导学生采取“概念形成”的策略学习质量守恒定律。

引入：在复习已学过的化学反应的基础上，提出问题“物质参加化学反应前后，质量会有什么变化?”，在问题的驱动下，学生积极思考并提出各种假设。

阶段1：为验证假设，教师可提供多个实验方案让学生选择，或者是学生自己设计实验，通过对实验的操作、观察和记录，学生获得有关化学反应前后物质质量变化的例证。不同的合作小组相互交流各自的实验结果，从而使获得的例证更充分。

阶段2：对不同的实验例证进行分析，找出共同的特征——参加反应的各物质的质量总和等于反应后生成物的质量总和，从而概括出质量守恒定律。然后，从化学反应的微观角度分析讨论质量守恒的原因，明确质量守恒定律的实质。

阶段3：运用质量守恒定律解释有关的实验或生活现象，通过师生、生生间相互交流和讨论，学生掌握质量守恒定律的应用条件，进一步加深对质量守恒定律的理解。

在上述学习过程中，学生需要自己动手实验收集具体例证，需要全面记录实验数据，并对数据进行分析，这个过程不仅需要亲自动手实践，而且需要学习者积极动脑思考，亲身参与和体验质量守恒定律的获得过程，这样，对概念的理解会更深入，而且这本身就是一个科学方法和科学态度的养成过程。

（二）概念同化策略

现代认知心理学认为，新知识的获得依赖于认知结构中原有的知识经验，新知识只有通过和旧知识的相互作用，才能实现有意义的学习。这种新旧知识相互作用的结果，就是新旧意义的同化，进而形成更为高度分化的认知结构。

所谓概念同化策略就是指学习者利用原有认知结构中适当的概念来建构新概念的一种方法。在概念同化学习中,学习者认知结构中原有的概念起着决定作用,核心是相互作用观。要使学生有意义地实现概念同化,首先学生必须具备有意义学习的心向,也就是说学生必须处于"学习准备状态",其次新学习的概念必须对学生构成潜在意义。

运用概念同化策略,一般经历三个环节:

首先,寻找并激活认知结构中与新概念学习相关的已有概念,这是概念同化的前提,通过将新概念与已有概念建立联系,初步理解新概念的涵义。

其次,将新概念与原有概念进行精确类比。这个过程包含了对新旧概念的各方面之间的比较,既要找出二者的相同之处,又要认识到其差异,毕竟它们不完全相同。这是在新旧概念之间建立联系的过程,是概念同化策略的关键。

最后,将相关的概念融会贯通,使新概念以适当的方式纳入认知结构之中,形成系统的概念网络体系,便于记忆和运用。

概念同化策略能够较精确地将新旧概念联系起来,使学习者运用已有的概念去掌握新概念。在概念同化过程中,学习者是否具有与新概念学习相关的适当概念,以及这些概念的清晰性和稳定性是影响概念同化的重要因素。

【典型案例】"电离平衡"概念同化策略

按照高中教材内容的编排,学生在学习"电离平衡"概念之前,已经学习了"化学平衡"的有关知识。因此,对"电离平衡"的学习就不必先让学生去观察有关的实验现象或收集有关的事实,而是可以采取"概念同化"的策略进行学习。

首先,回忆以前学习过的"化学平衡"的知识,将电离平衡与化学平衡建立起联系,初步理解电离平衡的涵义。

然后,将电离平衡与化学平衡进行精确类比,找出二者之间的关联点(即异同点)。它们的相同点在于都具有"平衡"的一般特征(动、定、变、等),平衡移动原理对二者都适用等;二者的区别在于建立平衡的本质不同(电离平衡是由弱电解质的部分电离所引起的),影响平衡的外部因素不完全相同等。通过这样一个比较过程,能够促进对新旧概念关键特征的把握,有利于准确应用概念。

最后,在明确了二者的异同点之后,通过对化学平衡和电离平衡的分析,将相关的概念从不同侧面联系起来,形成概念的整体结构,使"平衡"的概念体系进一步扩大。

(三)概念图策略

在教学研究领域,概念并不是传统意义上的简单的文字定义,而是包含了

能够反映物质各方面属性的一个关系总和。因此，概念与概念间的关系成为了概念学习的关键所在，而概念图则是一种通过运用图示的方法来理想地展示概念与概念间关系的可视化工具。

所谓概念图即"用来组织和表征知识的工具，是一种以科学命题的形式显示了概念之间的意义联系，并用具体事例加以说明，从而把所有的基本概念有机地联系起来的空间网络结构图。"概念图策略是指学习者按照自己对知识的理解，用结构网络的形式表示出概念的意义以及与其他概念之间联系的一种策略。

一个完整的概念图要包括命题、层次等级、横向联系和实例四个方面，如图7－5[1]：

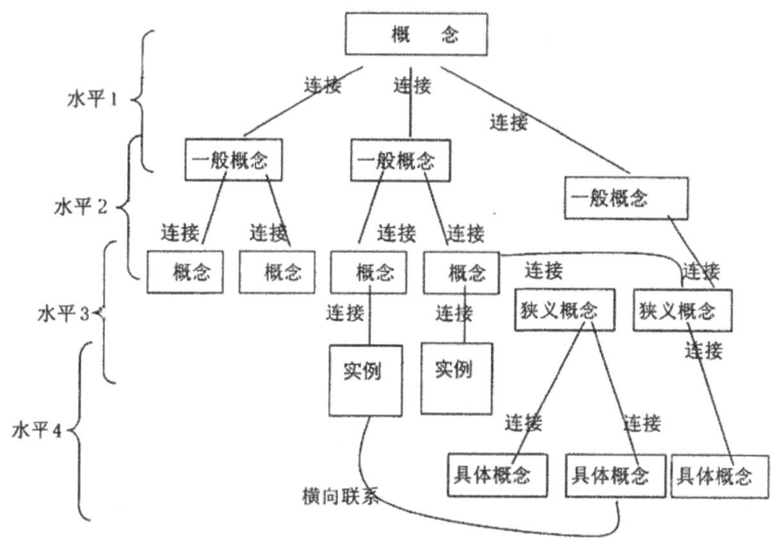

图7－5 概念图模型(1984)

(1)命题：命题是两个概念通过某个连接词而形成的，例如"分子是构成物质的一种微粒"这个命题是通过"是"而形成的。

(2)层次等级：一般说来，最抽象的概念列于图的上方，具体的实例列于图的下方，中间按抽象程度依次排列各个概念。

(3)横向联系：概念图必须反映同一或不同抽象层次概念之间的"横向"联系，这种联系的揭示往往标志着学生的创造能力。

(4)实例：概念图不只是抽象的概念，还需要用具体实例丰富和加深学生对概念的认识。

---

[1]王磊.科学学习与教学心理学基础[M].西安：陕西师范大学出版社，2002：59－65.

概念图的实质就是以科学命题的形式显示概念之间的意义联系。它帮助学生首先弄清楚并理解教学内容中少数关键性的概念,最后用具体的知识或实例来佐证和充实概念。通过概念和连接词构成的命题的形式可生动形象地反映出概念之间的意义联系。在绘制概念图时,首先要抓住核心概念的定义及其直接相关的中心内容,其次抓其他的性质特征,然后再抓它与其他知识的联系。

现以"元素"为例[1]具体说明概念图的制作过程。元素是化学学习中的一个上位、核心概念。种类浩繁的物质世界是由100多种元素组合而成的,物质可以根据元素种类进行分类、物质的元素组成可以用化学式来表示、物质间的转化本质是元素原子间的重新组合、元素是同一类原子的总称、元素化合价与元素原子的最外层电子有关、元素性质呈周期性变化,元素的这些特征构成了化学元素观的基本内容。这样,元素概念就与上述七个概念组成了概念图的中心内容;然后,再分别去完善"纯净物"、"混合物"、"化合价"、"化学式"、"元素性质"等相关概念,找出它们的上位概念和下位概念,此外,也不能忽视概念间的横向联系,如"原子通过化学键构成纯净物"等。这样元素的概念图就可以说初步成形。图7-6中表明了上述概念图的制作思路和概念之间关系。

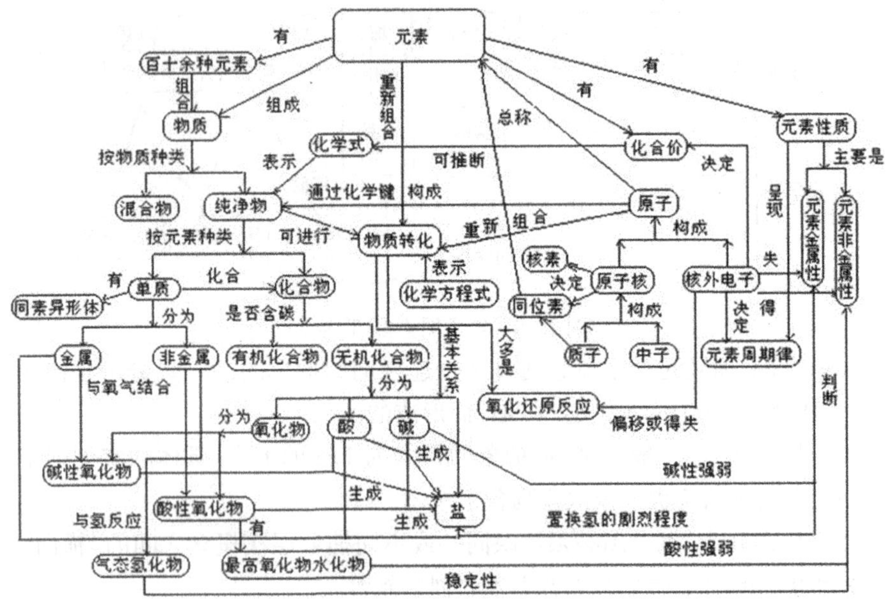

图7-6 元素的概念图

[1]梁永平.论中学生化学元素观的建构[J].化学教育,2008,28(11):10-15.

第四节　技能性知识学习的策略

化学技能性知识是指与化学概念、原理以及元素化合物知识相关的化学用语、化学实验、化学计算等技能形成和发展的知识内容。化学技能性知识是化学学习的基础，为学生知识的迁移和能力的发展做好充分的准备。

一、化学技能性知识的特点

化学用语是用来表示物质的组成、结构和变化规律的化学符号及术语，是进行学习、交流和从事科学研究的基本工具。化学用语反映了化学学科特有的思维方式，是化学学习的重要工具。中学阶段学生需要掌握的化学用语主要包括元素符号、化学式和化学方程式等。化学用语作为一种抽象的符号，具有简明直观、概括力强、使用方便，能确切表达化学知识和科学涵义等优点。因此，化学用语的学习必须要做到记忆和理解相结合、宏观和微观相结合，使学生在理解有关化学知识的基础上学习和运用化学用语。

化学实验技能是指学生完成化学实验的过程中所需要的各种技能技巧。它既包括基本的化学实验操作技能，也包括设计实验方案、收集实验数据、处理实验结果等思维技能。化学实验是进行科学探究的重要方式，学生具备基本的实验技能是学习化学和进行探究活动的基础和保证，因此，化学实验技能的培养必须和具体的探究活动相结合，不宜孤立、机械地训练，更不能把化学实验技能简化为单纯的操作技能训练，否则，难以全面发挥化学实验的教学功能。

化学计算技能是指学生依据化学知识，运用数学方法来解决化学问题的技能技巧。化学计算技能的学习，基础是化学概念和原理，核心是思维能力及运算技巧的培养，其发展的是独立解决化学问题的能力。因此，化学计算技能的学习，要重视在学生理解化学概念的基础上，教给学生解决问题的思路和方法，防止将化学计算技能的教学演变成“缺乏化学意义的数学计算”，陷入题海训练的怪圈，加重学生的学习负担。

总之，化学技能性知识与其他类型的化学知识密切联系，需要在理解有关化学知识的基础上学习和运用，脱离了具体的化学情景，进行单纯的技能训练，化学技能性知识将失去意义，成为学生学习的负担。

二、化学技能性知识的学习策略

一般情况下，技能性知识的形成需要经过以下几个阶段：

(1)获得有关知识和形成定向映象阶段。学习者通过阅读或听课了解到各项技能操作的内容、操作方法和操作原因,激活有关物质和化学反应的知识,形成定向映象。

(2)练习和初步形成阶段。通过模仿练习,初步形成化学计算技能。

(3)联系阶段。明确所学习的化学计算技能跟其他化学计算技能和化学知识的差别和联系,使它在研究、认识物质及其化学变化的方法整体中定位、类化。

(4)应用和熟练阶段。在基本类型的各种变式中,在综合性逐步增强的情境中应用所学习的化学基本技能,实现技能的巩固、熟练和发展,进一步实现化学基本技能的内化和概括化,形成神经中枢内比较稳定的联系,为化学技能的形成创造条件。

练习是形成化学基本技能的必要因素之一。但是,机械重复式的练习不能使学习者已经形成的化学计算技能在新类型的练习中得到发展,对技能的巩固作用也很有限:随着练习次数增加,学习者的兴趣锐减,注意力极易转移和分散,使学习效果显著降低。因此,既要注意练习的"量",更要注意练习的"质"。要注意变式,有计划、有步骤地改变练习的内容和水平,有适宜和足够的练习量,使练习成为有效的练习。此外,还要及时地反馈练习结果,给予练习指导,要选好例题,作好示范和讲解等,这些都有赖于学习者外部做出努力,是影响化学计算学习过程的外部因素。

由于化学基本技能具有多种技能类型,其相应的学习策略也具有以下几种:

(一)多重联系策略

化学用语不是几个简单的符号或者符号的简单组合,在其背后隐含了多种意义,它是在符号水平上反映宏观的化学现象和微观的物质构成。教学实践证明,学生能否理解"可观察现象的宏观世界,分子、原子和离子微粒构成的微观世界,化学式、化学方程式和元素符号构成的符号世界"这三者之间的内在联系,是影响学生化学学习的重要因素[1]。

图7-7　化学学习的三种水平

多重联系策略是指在学习化学用语时,有意识地将化学符号与它所代表的

[1]毕华林.化学新教材开发与使用[M].北京:高等教育出版社,2003:59-60.

宏观事物、所反映的微观结构有机联系起来，深入挖掘符号本身所承载的多种意义，使化学用语的涵义具体化，从而做到在理解化学用语意义的基础上进行技能的学习，而不是将化学用语当作孤立的符号去机械记忆。

【典型案例】“氧化还原反应”多重联系学习活动设计

氧化还原反应是中学化学教学的重点和难度所在。通过 $Cu^{2+} + Zn = Cu + Zn^{2+}$ 反应的活动设计，利用多重联系策略要求学习者将化学方程式的记忆与宏观现象、微观结构紧密地联系起来，学生在头脑中将抽象的符号与具体的表象相结合，实现对化学反应的多重表征和本质理解。活动设计步骤如下[1]：

(1) 宏观层面：给每位学生两粒锌固体和 5mL 1mol/硫酸铜溶液（10mL 玻璃试管中），要求学生将锌粒投入试管中，观察并记录现象；

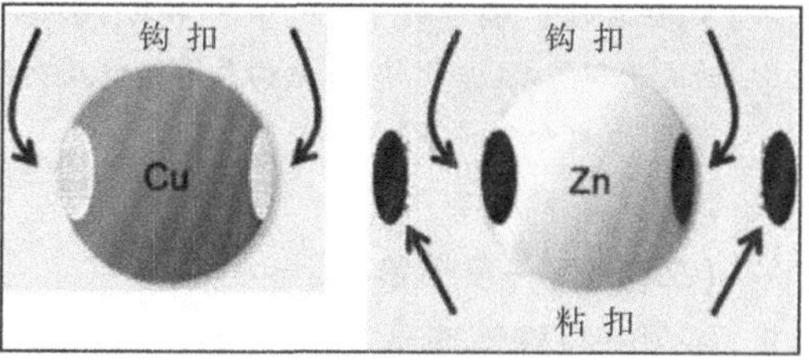

图 7－8　氧化还原反应微观层面图

(2) 微观层面：取 400mL 的烧杯 1 只，将黄色和白色乒乓球上分别用记号笔写上 Cu 和 Zn 字样，并在两边贴上圆形魔力贴（如图所示），每一个粘扣代表一个电子。教师引导学生将标有“Zn”乒乓球上的粘扣转移到“Cu”乒乓球上，思考其中电子的转移方向；

(3) 符号层面：根据现象和活动，写出 Zn 和 Cu^{2+} 电子转移的半反应方程式，及化学总反应方程式。

应用上述学习策略，要求教师在教学中要尽可能通过具体实验或实物引导学生学习有关的化学用语，避免将化学用语的学习变成机械的符号记忆或者是毫无意义的数学练习。学生只有在头脑中对化学用语形成了宏观、微观和符号的三种表征，才能灵活高效地提取和应用有关技能分析和解决实际问题。

---

[1] Ortiz Nieves E L, Barreto R, Medina Z. JCE Classroom Activity# 111: “Redox Reactions in Three Representations” [J]. *Journal of Chemical Education*, 2012, 89(5): 643－645.

【资源链接】化学学习的“三重表征”思维方式[1]

Representation 一词在英语里有代表、表示、象征等意义,即以一物作为另一物的代表,或用一种信号代表一种事物,在心理学中被译为表征。关于表征,1999 年版《辞海》中的解释是“揭示;阐明;……也指事物显露在外的征象。”认知心理学家把“信息在人脑中呈现和记载的方式”统称为知识的表征。

宏观表征(Macro Representation)是指宏观知识或信息在大脑中记载和呈现的方式,它主要是指物质所呈现的外在可观察的现象在学习者头脑中的反映。

微观表征(Micro Representation)是指微观知识或信息在大脑中记载和呈现的方式,它主要是指不能直接观察到的微粒(如原子、分子、离子等)的运动和相互作用、物质的微观组成和结构、反应机理等微观领域的属性在学习者头脑中的反映。

符号表征(Symbolic Representation)是指符号在大脑中记载和呈现的方式,化学中的符号表征主要是指由拉丁文或英文字母组成的符号和图形符号在学习者头脑中的反映。化学符号表征从表达形式上分,有由拉丁文或英文字母组成的符号和图示两大类;从功能上分,有表示元素(原子或离子)的符号或图示(如元素符号、核素符号、离子符号、原子结构和离子结构示意图等),有表示物质组成和结构的式子和图式(如化学式、结构式等),以及表示物质变化的式子和图式(如化学方程式、电离方程式等)。

(二)练习—反馈策略

练习—反馈策略是指在理解化学技能性知识意义的基础上,在反馈作用的参与下反复多次地进行一种动作,使其达到自动化的水平。

技能性知识的掌握有赖于大量的练习,只有通过练习,才能促进技能达到熟练和自动化。技能练习的效果不在于次数的多少,而在于重复练习后要达到一定的正确性、协调性,一定的速度和反应的自动化。为此,必须将练习与反馈有机结合,练习后紧跟着反馈是掌握技能性知识的基本学习方式。练习中的反馈包括两个方面[2]:一是指在练习中注意思路和方法的反思总结,促进方法的迁移,这在化学计算技能的练习中经常运用;二是指在练习中及时订正错误,找出错误的原因、类型,归类记录。

对于比较复杂的实验技能性知识,可以先将其分解为几项相关的基本操作,而任何一项基本操作又可以分解为几个简单的单项操作,然后按照单项操作、基本操作、复杂实验的顺序进行练习,就容易掌握。

---

[1]王后雄. 新理念化学教学论[M]. 北京:北京师范大学,2009:87.
[2]张大均. 教与学的策略[M]. 北京:人民教育出版社,2003:178.

【典型案例】“过滤”操作[1]

“过滤”操作可以分为:(1)过滤器的装配;(2)过滤;(3)沉淀的洗涤3个基本操作。而过滤器的装配又可分为圆柱形滤纸的折剪和附贴在漏斗内壁上两个单项操作;过滤又可分为过滤器的固定、过滤、重过滤3个单项操作。首先进行各个单项操作的练习,待其基本熟练后,再按步骤进行基本操作练习,最终使“溶液过滤”的实验操作达到准确、稳定、灵活。

(三)可视化策略

对于一些较复杂的化学计算题,学生在分析问题时往往想到了这一点而又忘掉了另一点,难以深刻思考问题与已知信息间的内在联系,结果导致许多学生在解决问题时顾此失彼,难以形成正确的解题思路,造成解题的错误。为解决这一问题,一方面要提高学生头脑中知识的结构化、网络化水平,增加知识组块的容量,使学生在短时间内可以提取和思考更多的内容;另一方面,采用图示的方式将解题思路外显,使学生不需要进行记忆,从而降低工作记忆的负担,让学生集中有限的心理能量对问题进行更深入、细致的思考,形成正确的解题策略。

所谓可视化策略就是在解决化学计算题时,在对问题进行整体感知的基础上,运用图示帮助解题者分析题意,明确已知是什么?未知是什么?已知和未知之间有什么联系?从而形成解题思路和方法的一种策略。在化学计算技能的学习中运用可视化策略,有利于教给学生分析问题、解决问题的思路,而不是死记硬背教师教给的方法,能有效地提高学生解决化学问题的能力。

【典型案例】在相同的温度、压强下,干燥空气和潮湿空气,哪一种密度大?

这里既涉及容积与粒子数之间的物理关系,又涉及化学中空气的性质认知和物质的量的认知,学生面临这样的问题时常常无从下手。根据阿伏伽德罗定律我们知道,同温同压下相同体积的容器中含有相同的分子数。根据题意,我们可以画出以下图形:

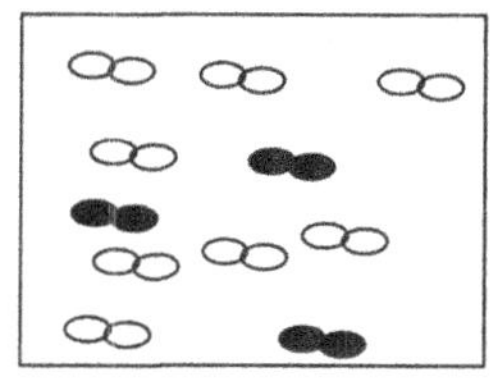

容器1 干燥空气

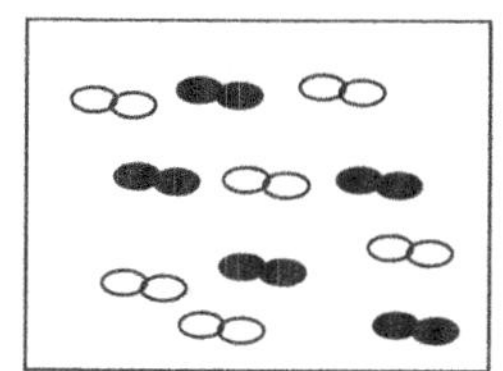

容器2 潮湿空气

图7-9 不同湿度下空气密度比较

[1]李远蓉.学会学习·中学化学学习策略[M].重庆:西南师范大学出版社,2001:107.

由于水分子(图示中黑色备注部分)的相对分子质量小于空气,由图中可以看出,相同容积的容器中,潮湿空气中的总质量小于干燥的空气,因此可以得出结论:潮湿的空气密度较小。

第五节 情意类内容的培养策略

化学情意类内容是指能对学生情感、意志、态度、价值观产生影响的有关内容,它包括科学的好奇心与学习兴趣、科学的物质观、对化学科学的认识、科学态度和科学精神、爱国主义情感等。化学课程中对情意类内容的要求具体体现在“情感态度与价值观”课程目标中。

以培养学生科学素养为主旨的化学新课程改革,就是要引导教师和学生改变传统课程过于注重知识技能传授的倾向,强调科学过程与方法,重视情感态度与价值观的教育,使学生获得化学知识和技能的过程成为理解化学、进行科学探究和形成科学价值观的过程。

一、化学情意类内容的特点

情意类内容在中学化学课程中广泛而深入地渗透在各类化学知识之间,是中学化学知识的“灵魂”,是学生化学知识逐步增值的“促进剂”。教师和学生在学习过程中,要深入分析和挖掘化学知识所蕴含的情意类内容,将情意类内容的学习与具体知识的获得有机结合,使学生通过丰富多彩的学习活动,获得有关的情感体验,形成科学的价值观。

情意类内容的养成应避免孤立、机械地进行。情意类内容的养成是一个潜移默化的、多学科协同运作的过程,我们不能期望它在短时间内形成。而且,对它的测量无法通过传统的纸笔测验来实现。然而,它一旦形成,将会在相当大的程度上促进其他知识的学习。情意类内容的学习应有目的、有计划循序渐进地进行。

二、化学情意类内容的养成策略

(一)挖掘知识的多重价值策略

化学情意类内容蕴含在特定的知识之中,具有隐蔽性。学习这类内容的首要条件是学习者必须意识到知识具有情意价值,而且能够挖掘出这种价值。

挖掘知识的多重价值策略要求学习者从观念上认识到科学知识不仅是事

实、规则和理论的体系，任何知识都是人类探索和研究的结果，其中凝聚着科学家的智慧，体现着科学家的思想、观点和方法。这样的观念表现在行动上就要求在学习每一项具体知识之前，都要有意识地从知识本身、知识的形成过程以及知识背后蕴含的思想观点几个角度进行分析，确定出不同领域的学习目标，挖掘出知识的情意价值，从而保证情意类内容的养成有的放矢。

【资源链接】知识的价值

迁移价值：是指先前获得的知识能够促进后继知识的学习，它有助于更好地解决发展过程中遇到的各种问题和困难。

认知价值：是指获得知识的过程是学生对知识的自主探究过程，这个过程本身能够提高学生学会学习的能力。

情意价值；是指知识的学习过程会对学生的情感、意志、态度和价值观等的发展产生积极的影响。

（二）主动参与策略

主动参与策略是指学习者主动地针对学习内容展开探究活动，积极参与到学习活动中来，通过发现问题、提出假设、设计方案、收集证据、分析处理证据、获得结论等实践过程，获得对问题的理解和价值体验的一种学习策略。

主动参与策略强调学习者的全身心投入，鼓励学习者深入探究的过程。这个过程中，学习者需要动手、动口、动脑，全方位地参与对问题的探究，在获得知识结论的同时，经历类似于科学家探究知识的过程，体验探究过程所蕴含的科学态度和科学精神，感受化学对社会的作用，从而孕育出科学的情感态度与价值观。教材内容的意义正是在学习者不同体验的交锋和碰撞中得以丰富和提升的。这种体验使学习者实实在在地感觉到了自我存在的价值，感觉到了自我理智的力量和情感的满足，它会对学生的后继学习产生巨大的促进作用，使其个性得到不断发展。

下面的案例是在参与了“质量守恒定律”的探究学习活动后，几位学生所写的“学习日记”，从中可以看出活动对学生情感态度与价值观养成的独特价值。

【典型案例】在活动中学生的情感体验

学生1：我认为自己亲手证明出来的理论更有说服力，更容易理解。在动手、动脑的实验中，不仅培养了我们的实践能力，还培养了我们的团队精神。在大家的共同努力中换来了新的知识和快乐。另外我认为我们不能总依靠课本，课本的知识是有限的，如点燃白磷的方法只有加热玻璃棒吗？热水使白磷燃烧不更好吗？老师教我们学，就不可能有这种新颖的方法出现。

学生2：我最大的体会是上好一节课，不仅需要老师与同学之间的配合，也需要同学之间的相互合作。选择了实验，还需要积极思维，敢尝试新的想法，老师给了我们选择的权力，还让我们畅所欲言，我们真正感到，做什么事情都要靠自己。

学生3：这是一节让人难忘的化学课，在这节课上，我们思维的火花在跳跃，我们的大脑在充实，我们的双手也变得能干了。我们通过自己的思考去设计方案，又通过亲自试验得出结论。在这堂课上，我们有失败、也有成功，但我们的思维得到了发展，这是我们最大的收获。

（三）合作交流策略

科学知识的发现不是某一个人的贡献，它是共同合作的结果。合作意识和合作精神是科学价值观的一个重要方面。合作交流策略是指学习者采取分工合作的方式参与探究活动，相互交流自己的进展，并针对各自的观点展开讨论，通过集体的努力，依赖于每个人的努力，彼此之间是一种患难与共的关系。这能够使学生体验到小组成员间合作的重要性，培养学生的参与意识、合作精神和合作能力获得问题解决和情感发展的一种策略。

合作交流策略把对方看作是合作伙伴共同参与学习，这样，每个人都承担一定的责任，最终的成功依赖于每个人的努力，彼此之间是一种患难与共的关系。这能够使学生体验到小组成员间的合作的重要性，培养学生的参与意识、合作精神和合作能力，使学生真正走出单纯追求认知目标的藩篱，获得情感上的发展和人格上的升华。另外，通过交流，能为每个人提供展示自己观点的机会，一方面能够将每个人的观点集中起来，使思维更加活跃，使单个学生无法解决的问题获得解决，达到对知识（包括情意类内容）更深层次的理解，而且彼此观点的交锋能够为反思和相互评价提供机会，使学生知道自己做了些什么，正在做什么，做得怎么样，在反思评价的基础上，学生会在思想和观念上产生新的冲击，情感体验会得到进一步升华。

第六节　化学问题解决的策略

问题解决是人类的一种基本学习活动，也是学生获取知识的主要途径。化学课程除了帮助学生掌握必备的化学知识储备、形成基本能力和态度之外，其中很重要的一个目标就是要培养学生的问题意识，提高学生分析问题和解决问题能力。普通高中化学课程标准中明确提出：（要使学生）“具有较强的问题意

识，能够发现和提出具有探究价值的化学问题，勇于质疑，勤于思索，逐步形成带思考的能力……”、“重视化学与其他学科之间的联系，能综合运用有关的知识、技能与方法分析和解决一些化学问题”[1]。然而，研究表明[2]，部分学生独立解决化学问题的能力并不令人满意，主要表现在以下几个方面：同一类型的问题，即使是接触过多次，稍做变换，却不知如何解决；看到问题，尤其是不熟悉的问题，不知从哪下手；解决问题时多次出现同样的错误；还有部分学生，单独每一部分内容都学得不错，但在综合性的考试中却难以胜任。

这些现象在很大程度上说明，学生所缺少的并不是学生学科知识，而是因为没有真正掌握解决问题的策略。灵活选择和运用化学解决问题的策略是提高问题解决能力的关键，能够起到事半功倍的效果。

一、化学问题解决的机制

（一）问题的概述

现代心理学的研究表明，一个问题（problem）包括3个基本成分：

（1）给定：一组已知的关于问题条件的描述，即问题的起始状态。

（2）目标：关于构成问题结论的描述，即问题要求的答案或目标状态。

（3）障碍：正确的解决方法不是显而易见的，必须间接通过一定的思维活动才能找到答案，达到目标状态。

问题就是给定信息和目标之间有某些障碍需要被克服的刺激情境，问题解决就可以理解为克服问题的起始状态和目标状态之间的障碍，填补其间的空隙，使问题状态转变为目标状态的过程。

与一般意义上的问题相比，化学问题解决学习中的问题则相对比较单纯。化学教育工作者面临的问题状态包括处于最低水平的“化学难题”，即仅从问题陈述中就能获得解决问题的信息，而且答案唯一的问题。一直到最高水平的研究工作，即答案不唯一，所需信息必须经由研究者的观察、实验才能得到的问题。

（二）化学问题解决的心理机制

国内化学问题解决的研究相对起步较晚。其最早可以追溯到北京师范大学陈才锜（1989）[3]先生在《化学教育》上介绍的“问题解决法”。他在文章中提到了化学问题解决的两种主要方式，其中就提到了问题解决的相关方法和模式。

---

[1] 中华人民共和国教育部. 普通高中化学课程标准（实验）[S]. 北京：人民教育出版社，2003：1.

[2] 刘冰. 化学问题解决策略及其培养[J]. 山东教育，2004（Z5）：55－56.

[3] 陈才锜. 谈化学教学中的问题解决法[J]. 化学教育，1989（6）：19－24.

王磊(1996)等则是国内最早对化学问题解决心理机制进行研究的,并建立了计算类化学问题解析过程的心理机制。王磊认为,化学解题能力是主体顺利完成化学解题活动的稳定的心理调节机制,其实质是系统化了的解题活动经验系统。南京师范大学李广洲[1]课题研究小组自1997年开始对化学问题解决进行了较为系统的实证研究。他们围绕学生解决化学问题时微观思维过程这个核心问题,综合运用多种研究方法和分析技术,先后进行了计算类化学问题解决的表征和策略、化学平衡类问题的表征及解决过程、有机化学问题解决的心理机制、化学实验问题解决的心理机制、开放性化学问题解决的心理机制等研究,取得了卓有成效的成果,极大地丰富和深化了学科化学问题解决研究。

王磊[2](2002)等依据现代认知心理学的研究成果,结合化学教学实践经验,提出了化学问题解决的心理机制模型。从模型中可以看出,学生的化学问题解决的过程大致都包含问题表征、原型匹配、反思结果和元认知监控等步骤。当学生面对问题情境时,首先需要进行的就是要形成对问题的合理表征,即识别已有信息和问题的目标状态、明确问题的类型、了解问题的实质,把认务解为比较具体的子任务,逐步缩小起始状态和目标状态之间的距离。问题表征的深度直接影响问题解决的过程。不同的学生,由于知识背景和思维习惯的不同,其表征方式也存在差异。

在对问题进行表征之后,大多数学生会优先将当前问题与头脑中的原型进行匹配,专家之所以能快速解决一些常见问题,只不过是因为其原型比较丰富,匹配迅速,已经达到自动化程度,而新手则相反。所以,在遇到陌生的问题时,问题解决能力差的学生因为“没有见过”而慌乱,盲目地尝试,缺乏思考的策略。而问题解决能力强的学生则会把相近的原型加以改造,创造新的联结,得到新的原型,至少能确定思考的方向。因此,要重视原型的质量和使用原型的变通性,在策略上不应过分依赖原型(尤其是具体化的模板)。要把问题解决的过程也当成一个学习的过程,不断发展和创造“原型”。只有如此,才会有所创新。

在整个问题解决过程中元认知监控无时不在,尤其是对一些关键步骤的监控。如:检验表征是否恰当,解题受阻时的原因分析和变通,形成新原型的创造性,以及解题之后的反思等。只是解题时,元认知监控过程很快,几乎自动化,让人不易觉察它的存在。研究表明,自我监控不仅有利于问题解决的顺利进行,而且对于发展和提高个体的问题解决能力也具有重要意义。问题解决能力

---

[1]李广洲,任红艳.化学问题解决研究[M].济南:山东教育出版社,2004.

[2]王磊.科学学习与教学心理学基础[M].西安:陕西师范大学出版社,2002:116-118.

强的学生往往都具有较强的元认知监控能力和元认知监控习惯。

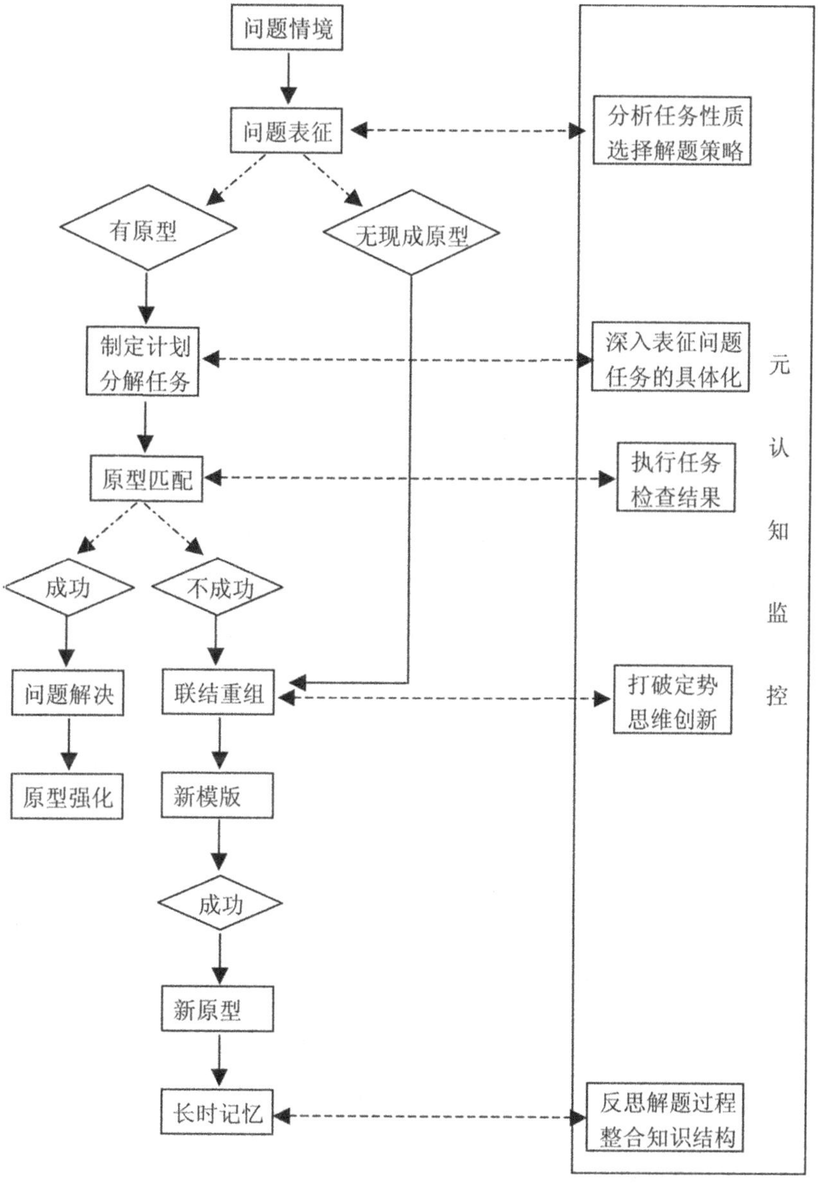

问题情境
问题表征
有原型
无现成原型
制定计划 分解任务
原型匹配
成功
不成功
问题解决
联结重组
原型强化
新模版
成功
新原型
长时记忆
分析任务性质 选择解题策略
深入表征问题 任务的具体化
执行任务 检查结果
打破定势 思维创新
反思解题过程 整合知识结构
元认知监控

图 7－10　化学问题解决的心理机制

所谓自我监控，简而言之，是指个体在学习过程中对各种具体学习策略的策略性使用，它是一种更高层次上的学习认知活动。水平较高的自我监控主要包括审题活动中的自我监控、解题过程中的自我监控和总结、评价过程中的自

我监控,具体模式如图7-11[1]:

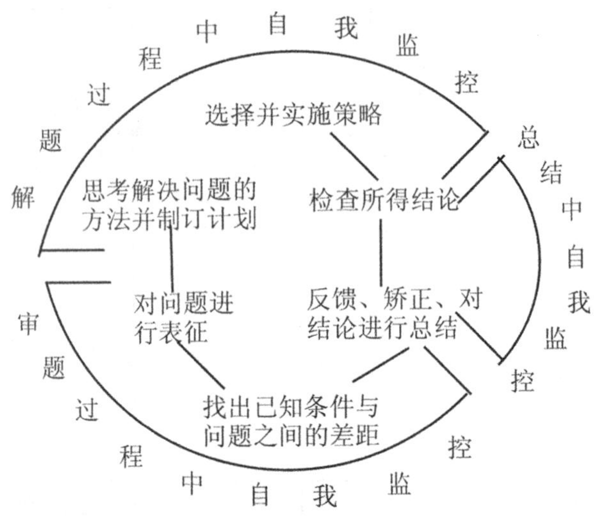

图7-11 化学问题解决中的自我监控

自我监控策略在所有学习策略中具有举足轻重的地位,它可以促使学生激发和保持良好的注意、情绪和动机水平。学生只有在想学、愿学的前提下,才能会学、学好。自我监控策略能知道学生依据不同的学习内容,结合自身的学习特点来分析学习任务,制订切实可行的学习计划,选择恰当的学习方法。它可以指导学生反思或总结评价所达到的效果,以吸取经验与教育,并为下次学习做准备。

【典型案例】自我监控策略在中学化学问题解决过程中的运用

已知在一定条件下a g水中最多可溶解b g硝酸钾,c g水中最多能溶解d g氯化钠,问此条件下100 g水中能溶解的硝酸钾、氯化钠的量相差多大?审题阶段:我对题意了解多少?把题目的关键部分再读一读;我把握了题目的整体结构吗?将题目中的各种数量关系理清楚,用图示法对问题进行表征:

表征 该问题即为已知物质在水中的溶解的量,求其溶解度。

溶质	bg硝酸钾	dg氯化钠	xg硝酸钾	yg氯化钠
溶剂	ag水	cg水	100g水	100g水

解题 我充分理解了已知条件了吗?通过上面的表示找出已知条件与问题之间的差距,制订计划,选择并实施策略,我出现思维定势了吗?换一种方法再

[1]袁莹."自我监控策略运用于化学问题解决"初探[J].化学教学,2005(Z2):22-25.

想想！

因为一种物质在水中溶解达到饱和时，溶液的浓度是相等的，得出下列关系式：

$$\frac{b}{a+b}=\frac{x}{100+x} \qquad \frac{d}{c+d}=\frac{y}{100+y}$$

反思 本题是怎么做的？为什么这样做？有没有其他更好的方法？如果做错了，经纠正后分析：做错的原因是知识欠缺？解题方法错误还是别的原因？做完这道题后获得了哪些知识？许多物质在水中的溶解都是有一定限度的，同时它们在水中的溶解又是有一定规律的。一般来说，在同一温度下，固体物质在水中的溶解的量随着水的量增大而增大。所求得的 x 和 y 即为给定条件下硝酸钾、氯化钠在水中的溶解度。

二、化学问题解决的策略

化学问题解决策略，是对化学问题解决途径和方法的概括性认识，是在化学问题解决全过程中借以明确目标，思考假设，选择、调整和审视解决问题计划的总的方针和原则。化学问题解决中主要有以下几种常见的学习策略。

（一）类比策略

类比策略是化学问题解决中常用的策略之一，它通过使用熟悉问题的解决办法去解决新问题的一种问题解决策略，问题之间的相似性、原有的知识、动机和能力是影响类比策略的三个主要因素。类比的基本模式是：

对象 I 中有：A，B，C，D

如果对象 II 中有：A，B，C，那么，对象 II 中可能有 D。

类比思维的推理方向是从特殊到特殊，它既不同于从特殊到一般的归纳法，也不同于从一般到特殊的演绎法，它把归纳法和演绎法简并为同一个过程，应用类比思维可以在两个不同知识领域之间实现知识过渡。

化学问题解决离不开学生已有的知识经验相关，即使我们通常所说的“新问题”，也不是完全与已有的知识经验无关，只是相关的知识经验存在于不同的图式中，头脑中没有可以直接利用的问题解决原型，所以感到陌生。当学生面对一个陌生的问题时，大脑会首先通过搜索寻找最相近的原型与之匹配，并设法将新问题转化为与已有知识经验中相似的问题（原型），通过比较在二者之间建立联系，进而利用已有问题的解决方法来解决当前新问题。所以，利用类比策略的关键是找到新问题与原型之间的可类比点，也就是说二者要有一定的相似性，类比才可以发生。

新问题与原型之间常常因为某种相似而直接影响问题解决的顺利进行。

新问题与原型之间的相似性有3种情况:问题情景的相似性、表面关系之间的相似性和问题结构的相似性。其中,问题情景之间的相似性和表面关系之间的相似性直接影响着问题解决者能否唤醒与新问题相似的原型,也就是它决定着能否在新旧问题之间产生类比。但是,它们只是进行类比的前提,如果仅以这种相似性为基础来进行类比,往往会得到错误的结果,只有当两个问题在深层关系上具有相似性,才能保证类比的顺利进行。因此,利用类比策略首先需要对问题进行转换,去粗取精,抓住其主要特征,忽略其无关或次要特征,以突破问题间表层关系,找出新旧问题在深层关系上的相似性,进行类比。研究表明,新手常以两个问题的表面特征为基础进行类比,而专家则能从隐含着的深层结构上的相似性出发来考虑问题的解释。找到问题的深层关系的相似性是运用类比策略的关键。

【典型案例】类比策略示例

问题:据报道,某石油化工厂用三乙醇胺 $N(CH_2CH_2OH)_3$ 水溶液代替氢氧化钠水溶液洗涤石油裂解气除去其中 CO_2 和 H_2S,年增产值100万元。为什么三乙醇胺能代替氢氧化钠以及为什么这种改革可以增加年产值?

类比　根据问题提供的信息,学生对三乙醇胺的性质一无所知,需要学生根据信息相似性帮助找到已学知识的原型,剖析新情景问题,进行快速迁移。仔细分析三乙醇胺的分子式,可以联想到它和 NH_3 非常相似,NH_3 能与 CO_2、H_2S 发生反应,具有碱性;同时,三乙醇胺能吸收 CO_2 和 H_2S,更加可以确认二者之间的相似性。

结论:三乙醇胺吸收 CO_2 和 H_2S 的原因为:

$N(CH_2CH_2OH)_3 + H_2S = [NH(CH_2CH_2OH)_3]HS$

$2N(CH_2CH_2OH)_3 + H_2S = [NH(CH_2CH_2OH)_3]_2S$

$N(CH_2CH_2OH)_3 + H_2O + CO_2 = [NH(CH_2CH_2OH)_3]HCO_3$

$2N(CH_2CH_2OH)_3 + H_2O + CO_2 = [NH(CH_2CH_2OH)_3]_2CO_3$

上述盐热分解放出 CO_2 和 H_2S(类比铵盐的不稳定性),三乙醇胺被回收循环使用,所以可增加年产值。

(二)分解策略

对于一些复杂的问题,往往难以直接找到问题解决的思路。分解策略是指按照一定的原则将问题分解为一系列相互联系、具有一定层次结构的具体问题,即将问题的目标状态分解为几个次一级的子目标,尽量不要一次处理太多的信息,通过子目标的实现使问题获得解决的一种策略。利用分解策略要注意

的问题是，在分解之前，需要从问题的整体结构出发对问题进行分析，从全局上把握问题的起始与目标状态及其相互联系，做到对问题的整体理解，然后对其进行分解，避免把问题割裂成没有联系的部分。在各个子目标都完成之后，需要对其进行归纳总结，使之整合为一个整体，使复杂的问题得到最后解决。也就是说，一个完整的分解策略实际上要经历一个综合—分解—综合的过程。

根据问题的复杂程度和问题解决者自身的特点，子目标的实现可以由自己分步逐个完成，也可以与其他同学进行分工，采取合作的方式，由不同的人承担不同的子目标。无论采用哪种方式，都需要在所有子目标完成之后进行总体整合。

【典型案例】分解策略示例

问题 已知在酸性环境中有以下反应关系：(1) $KBrO_3$ 能将 KI 氧化成 I_2 或 KIO_3，其本身被还原成 Br_2；(2) Br_2 能将 I^- 氧化成 I_2；(3) KIO_3 能将 I^- 氧化成 I_2，也能将 Br^- 氧化成 Br_2，其本身被还原成 I_2。

现向含 1mol KI 的硫酸溶液中加入含 $a$mol $KBrO_3$ 的溶液，试讨论：

(1) 有关物质(或离子)氧化性或还原性的相对强弱；

(2) 当 a 的取值不同时反应产物(除水外)的化学式；

(3) 若反应产物中 I_2 与 IO_3^- 的物质的量相等，求起始物质中 a 的值。

分解 依题意发生反应的离子方程式有：

$2BrO_3^- + 10I^- + 12H^+ \xlongequal{} Br_2 + 5I_2 + 6H_2O$ ①

$Br_2 + 2I^- \xrightarrow{=} I_2 + 2Br^-$

故有：$BrO_3^- + 6I^- + 6H^+ \xlongequal{} Br^- + 3I_2 + 3H_2O$ ②

$6BrO_3^- + 5I^- + 6H^+ \xlongequal{} 3Br_2 + 5IO_3^- + 3H_2O$ ③

$IO_3^- + 5I^- + 6H^+ \xlongequal{} 3I_2 + 3H_2O$

$2IO_3^- + 10Br^- + 12H^+ \xlongequal{} 5Br_2 + I_2 + 6H_2O$

(1) 氧化性：$BrO_3^- > IO_3^- > Br_2 > I_2$

还原性：$I^- > Br^- > I_2 > Br_2$

(2) 因为条件中给出的是 KI 和 $KBrO_3$；故依据①、②、③，可得出 a 的 3 个分界点，方程①中 $a = \frac{1}{5}$，②中 $a = \frac{1}{6}$，③中 $a = \frac{6}{5}$ 利用数轴法解题：

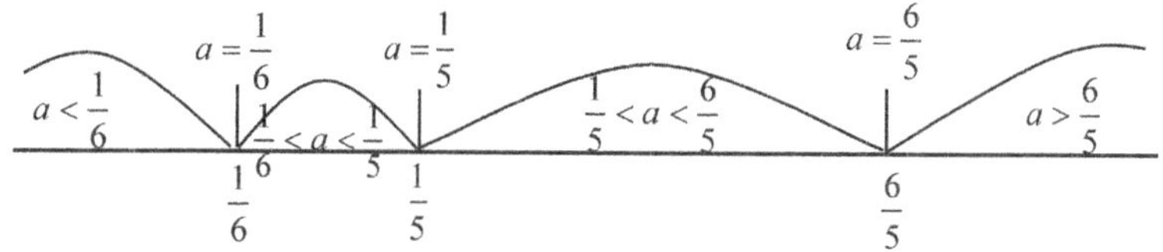

结论 ①$a \leq \frac{1}{6}$,KI过量,只发生反应②,反应产物是I_2、Br^-

②$\frac{1}{6} < a < \frac{1}{5}$,发生反应①、②,反应产物是$I_2$、$Br^-$、$Br_2$

③$a = \frac{1}{5}$,发生反应①,反应产物是Br_2、I_2

④$\frac{1}{5} < a < \frac{6}{5}$发生反应①、③,反应产物是$Br_2$、$I_2$、$IO_3^-$

⑤$a \geq \frac{6}{5}$,$KBrO_3$过量,只发生反应③,反应产物是Br_2、IO_3^-

(3)从以上讨论可以看出,产物中有I_2和IO_3^-的只有④,也就是说,只发生①、③两反应,比较①、③可看出①中的I_2与③中的IO_3^-系数刚好相等。故①+③得:

$8BrO_3^- + 15I^- + 18H^+ = 4Br_2 + 5I_2 + 5IO_3^- + 9H_2O$

从上式可以看出$a = \frac{8}{15}$。

(三)逆推策略

逆推策略,又称逆向推理策略,是化学问题解决中常用的一种策略。有些化学问题,如果从起始状态出发推至目标状态往往很烦琐,甚至难以解决。逆向推理就是逆向思维,反向思考,它是由于对问题不能进行整体表征,而采取的自下而上的推理活动。解题时从目标状态出发,逐步向后逆推,同时激活与问题有关的各种化学知识,逐个"去伪存真",一步步地缩小目标状态与起始状态之间的距离。

问题 甲烷(CH_4)是正四面体结构还是正方形平面结构?

逆推 本题是以空间构型为知识背景的有机推断,旨在考查学生空间分析和想象能力。由于空间构型直接与空间旋转、原子及官能团取代等判断有关,所以题目对学生综合分析能力要求较高,要求学生能从信息中判断出逻辑正误。

本题可以采用逆推策略,解决问题的关键是首先假定甲烷结构是正方形平面结构,其基本思路是:如果甲烷为正方形平面结构,则其存在两种二氯代物同分异构体,构型分别如下,而实际上,甲烷的二氯代物只有一种,不存在同分异构体。由此可以推断,甲烷只能是正四面体结构。

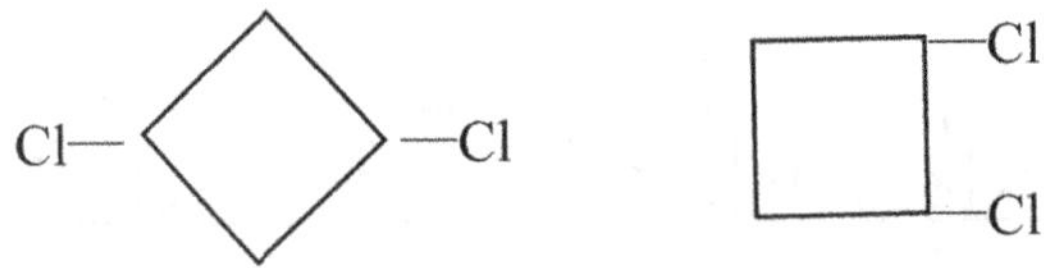

要注意的是，在分析问题的时候利用逆推策略，在解决问题的时候，通常需要将逆推的思路反过来，即从已知条件开始组织解题过程。另外，有些问题单纯的逆向推理也难以解决，这时需将正向推理和逆向推理相结合，使问题解决更加简便快捷。

（四）反思策略

化学问题解决作为化学学习的一种较高水平的认知过程，更需要元认知的统摄、调节和监控。研究表明，在具备一定的知识和策略基础上，学生的自我监控水平是影响其问题解决是否成功的关键因素，而反思是实现自我监控的主要形式。

反思策略是指问题解决者适时地对问题解决过程及其结果进行批判性思考和评价的策略。反思策略一方面表现为在问题解决过程中，问题解决者不时地停下来对自己的问题解决过程做出评价，比如我这一步的目的是什么？求解的目标是什么？离目标还有多远？我采用的策略恰当吗？下一步该做什么？等等。根据评价结果，随时对解决问题的方法和步骤做出调整和完善。这样，可以提高问题解决的意识性和调控性，使学习者明确自己在做什么，做得怎么样，提高问题解决的效率。另一方面，反思策略表现为在获得问题的答案后，问题解决者自觉地从更高的层次上反思评价自己解决问题的过程，比如得到的结果是否与预期目标相一致？问题的解决用到了哪一部分知识？在解决问题时用到了哪些方法和策略？是怎样想到用这种方法的？该方法的适用条件和范围是什么？还有没有其他的方法？等等。

在反思之后，学生可以采用写反思日记的形式使反思结果内化到自己已有的认知结构中，即以日记的形式总结、记录自己在反思过程中的感受、收获和经验教训，使自己的反思过程具体化。经过一段时间以后，对自己的反思日记进行总结整理，概括提炼出解决某一类问题应注意或遵循的规律、方法，使反思结果转化成能够为以后学习所利用的资源。

【典型案例】反思策略示例

问题　有一在空气中暴露过的氢氧化钾，经分析测知内含 H_2O 7.10%、K_2CO_3 2.90%及 KOH 90.0%。若取此样品 10.0g 加入 100 mL 浓度为 1.00 mol/L 的 H_2SO_4 中，过量的酸再用 1.00 mol/L KOH 溶液回滴至溶液显中性。然后将此溶液蒸干，可得固体

A. 8.7g　　B. 2.9g　　C. 17.4g　　D. 19.8g

解题　步骤1：计算 10.0g 样品中 K_2CO_3 和 KOH 的物质的量；

步骤2：计算上述反应中生成的 K_2SO_4 的物质的量，以及反应消耗的 H_2SO_4 的

物质的量；

步骤3：计算剩余的硫酸与KOH反应生成的K_2SO_4的物质的量；

步骤4：将两次得到的K_2SO_4的质量相加，即是最后所得固体的质量。

反思　本题属于计算型化学选择题。若从已知信息出发按部就班，由于涉及反应较多，数据较多，推理和计算过程比较烦琐，不仅容易出错，而且耗时过多。有无其他解决问题的捷径呢？反思后得知，抓住最后的固体产物是硫酸钾，而所有的硫酸钾都来自于硫酸，即可一步到位：硫酸钾的物质的量应等于硫酸的物质的量，迅速得出结论C。

运用问题解决进行学科教学是当今教育改革的核心思路之一。教师在让学生参与问题解决的同时，要重视教给他们解决问题的策略，只有这样，才能真正提高学生解决实际问题的能力。

三、构建发散思维与集中思维相结合的化学问题解决模式

发散思维是从一点出发，向各个不同方向辐射，产生大量不同设想的思维方式，发散思维又称扩散思维、辐射思维、求异思维等。发散思维的作用首先是产生大量设想，提供更多的选择机会，它不求唯一，只求可能，为创造性解决问题提供了广阔的回旋余地。发散思维质量的高低体现在流畅性、变通性和独创性三个方面。集中思维是指在分析、综合、对比等的基础上推理、判断，从并列因素中作了最佳选择的思维方式。集中思维又称收敛思维、辐合思维、求同思维等。集中思维的作用是帮助人们在并列因素中作出选择，克服盲目性，优化选择的结果。但有时易引起思维定势。

面对一个具体的问题，到底采用发散思维，还是采用集中思维呢？这取决于问题的性质和要求。面对有确定唯一答案的重复性问题，一般要选择集中思维；面对答案不确定的开放性问题，则要选择发散思维。发散思维和集中思维是两种不同的思维样式，各有其优、缺点和不同的作用。但在解决实际问题过程中，两种思维往往相互补充、相辅相成，配合使用。

当我们从起点（问题提出）出发，朝着终点（问题解决）前进的时候，往往会遇到许多难以逾越的障碍，感到无路可走，甚至陷入“山重水复”的境地，此时运用发散思维往往能产生尽可能多的路径，然后在这些似乎都可通行的路径中运用集中思维进行比较、判断，选择一条最佳路线。如果又遇到新的障碍，再采用发散和集中思维继续探寻，继续前进，直至豁然开朗，最终到达“柳暗花明”的境界。

【典型案例】请写出往 $FeCl_3$ 溶液中滴加 Na_2S 溶液反应过程中的离子方程式。

发散思维：答案1：复分解反应

$$2Fe^{3+}+3S^{2-}=Fe_2S_3\downarrow$$

答案2：双水解反应

$$2Fe^{3+}+3S^{2-}+6H_2O=2Fe(OH)_3\downarrow+3H_2S\uparrow$$

答案3：氧化还原反应

$$2Fe^{3+}+S^{2-}=2Fe^{2+}+S\downarrow$$

集中思维：实验验证，若只有黑色沉淀，为答案1；若既有红褐色沉淀生成，又有臭鸡蛋气味的气体逸出，为答案2；若只有淡黄色浑浊为答案3。

到此，问题似乎已解决。但实验结果是：随着 Na_2S 溶液的加入，先有淡黄色浑浊，随之沉淀颜色加深，最后转变为褐色。思维受阻！

再次发散：褐色沉淀只能是 S 和 FeS 的混合物。

问题解决：$2Fe^{3+}+S^{2-}=2Fe^{2+}+S\downarrow$（先）

$Fe^{2+}+S^{2-}=FeS\downarrow$（后）

总之，发散思维是集中思维的前提和基础，只有通过发散思维产生大量设想（并列因素），集中思维才能有效地进行对比与选择，所以集中思维又是发散思维的目的和效果。问题解决过程中如果只有发散思维，而无集中思维对其并列因素进行归纳、比较、提炼，容易使思维变得混乱无序，从而找不到最佳答案。反之，如果过分强调集中思维，忽视发散思维，又容易造成思维定势，抑制发散思维的创造性。因此，优化问题解决的方案，就必须将发散思维与集中思维完美地结合起来，通过发散→集中→再发散→再集中……不断交替进行，循环往复，螺旋上升，最终创造性地解决问题。如图 7－12 所示：

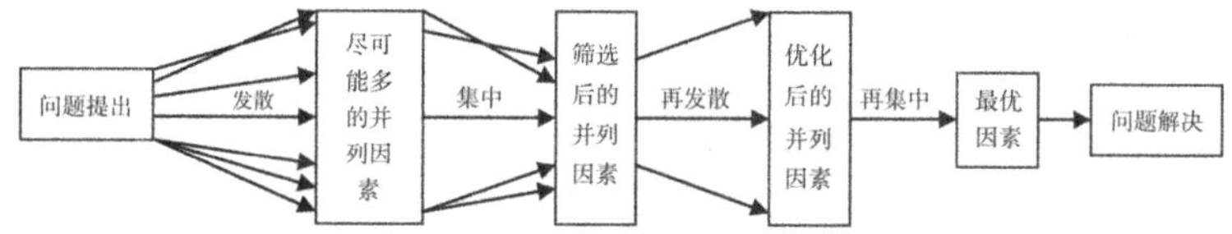

图 7－12 发散思维与集中思维相结合的化学问题解决模式

思考与练习

1. 举例说明化学事实性知识的学习策略有哪些？

2. 举例说明化学问题解决策略的几种主要类型。

3. 举例说明“化学概念图”的实际应用。

4. 谈谈化学情意类内容学习的重要性。

5. 查阅相关文献，就“化学基本概念教学的基本要求”选题，写一篇 2000 字左右的小论文。

第八章 化学教学设计的过程与要素

对于中学化学教师而言,最重要的活动莫过于教学设计,包括学期教学设计、单元教学设计和课时教学设计。这些不同层次的教学设计都必须与课程标准中规定的课程目标相一致。教学设计在经历了直感设计、经验设计和试验设计后,现已发展到系统设计阶段。本章主要讨论化学教学系统设计的概念、模式、过程和要素,并在此基础上,根据中学化学学科的内容和特点,结合具体的案例进行详细介绍和评析。

第一节 化学教学设计概述

化学教学设计是一门连接教育教学理论和化学教学实践的“桥梁”学科,对于提高化学教学的科学化、规范化和可操作化具有十分重要的意义。所谓化学教学设计,就是运用系统方法分析化学教学背景,确定化学教学目标,建立解决化学教学问题的策略,选择教学媒体,设计并实施教学方案,评价反思试行结果和对设计方案进行反馈修正的过程[1]。

一、化学教学设计的意义

教学设计既是教学中的一个重要环节,也是一项复杂的教学技术,因此,学习和掌握教学设计具有十分重要的意义。

(一)有助于增强化学教学工作的科学性

教学设计从教学规律出发,将教学活动建立在系统方法的科学基础之上,应用系统的观点和分析的方法,客观地分析了教学工作的规律和特点,从教学工作的问题和需要入手来确定目标,建立解决问题的步骤,选择相应的策略和方法等。因此,学习和运用教学设计的原理与技术,是促使化学教学工作科学

---

[1]江家发. 化学教学设计论[M]. 济南:山东教育出版社,2004:4.

化的有效途径。

(二)有利于教学理论与化学教学实践相结合

长期以来,教学研究偏重于理论上的描述和完善,语言也似乎越来越晦涩,脱离了学科教学实际,使教学理论成为纸上谈兵,空中楼阁,对改进学科教学工作帮助不大。而广大一线教师,真正的教学实践者,教学经验丰富,但教学理论薄弱,有时只用其"实",而不知其"名"。在这种情况下,被称之为"桥梁科学"的教学设计就能起到沟通教学理论与教学实践的作用。一方面,运用系统教学设计技术,可以指导化学教学工作的开展;另一方面,也可以把一些先进的化学教学设计经验升华为教学设计理论,使之进一步充实和完善。

(三)有利于化学教师的成长

因为教学设计强调从学习者的需要出发确立教学目标,"为学习设计教学",因此学习和掌握教学设计有利于教师更加完整合理地看待学习与教学之间的关系,形成正确的学生观、学习观和评价观,促使教师更新观念,提高教学设计水平,从而促进化学教师的成长,全面提升化学教师的素质。

二、化学教学设计的基本层次

化学教学系统可以分为不同的层次,与此相应,化学教学设计也可以分为不同的层次,中学化学教学设计的基本层次有:

(一)课程教学设计

课程教学设计主要是解决课程教学的总体规划,制订课程教学的蓝图和宏观要求等。这一层次的教学设计主要由学科课程专家设计,与普通学科教师关系不大。它通常包括下列内容:

(1)根据课程标准确定课程教学的任务、目的和要求;

(2)根据课程教学的任务、目的和要求规划、组织和调整教学内容;

(3)构思课程教学的总策略和方法系统;

(4)确定课程教学评价的目的、标准、模式和方法等;

(5)在上述工作基础上,制订课程教学大纲或课程教学计划。

(二)学年(学期)教学设计

学年(学期)教学设计是对一学年(学期)教学工作的阶段性规划。即平常所说的学年(学期)教学工作计划,是对一学年(学期)化学教学的整体设计。它对一学年(学期)教学任务的完成、教学目标的达成起着重要的作用。

化学教师在学期(学年)开始之前,根据学校安排的教学任务,首先要认真学习课程标准,领会其目的和要求;然后要认真阅读和分析教材内容,明确学年

(学期)教学内容的要点、知识体系和内在逻辑结构,了解学年(学期)教学内容在整个中学教材中的地位和作用。在此基础上,结合学生的实际情况制订学年(学期)应完成的教学目标和要求,确定学年(学期)教学的重点、难点和关键,规划学年(学期)教学改革的研究课题和主要措施,从而制定出学年(学期)教学方案。主要内容包括:

(1)学生情况分析;

(2)本学年(学期)的教学目标和要求;

(3)本学年(学期)教学进度安排;

(4)本学年(学期)教学重点和难点;

(5)教学改革的措施和方法,教学评价等。

(三)单元(课题)教学设计

单元(课题)教学设计是对一个内容单元(课题)教学工作进行的局部规划,是以课程教学总体设计和学段(学期、学年)教学工作设计为依据,对一单元(课题)教学活动的系统设计。单元(课题)教学设计的主要内容包括:

(1)本单元(课题)内容和体系分析;

(2)本单元(课题)的地位、作用和前后联系;

(3)学生的学习基础和可能性分析;

(4)本单元(课题)的重点、难点和教学关键点;

(5)本单元(课题)的教学目标、任务和要求;

(6)本单元(课题)的教学策略和主要措施;

(7)本单元(课题)课时分配和教学方法等。

(四)课时教学设计

课时教学设计是在上述三个层次教学设计的基础上,根据具体的教学内容、教学条件,以课时为单位进行的教学设计。在各层次的教学设计中,其内容比较具体和深入,是在深入进行教材分析的基础上的设计。课时教学设计主要包括如下工作:

(1)确定本课时的教学目标;

(2)确定本课时的教学重点和难点;

(3)设计本课时的教学过程、教学策略和方法;

(4)选择和设计教学媒体;

(5)准备课时教学评价和调控方案;

(6)在上述工作的基础上编制出教学方案(简称教案或课时教学计划)。

这四个层次的教学设计,从目标与内容上由宽泛到具体,有逐级制约的关

系。因此,进行课时教学设计必须在了解前 3 种教学设计的基础上进行,这样才能从整体到部分,用整体指导部分的设计。要做到这一点,设计者首先必须熟悉整个中学化学教学内容,领会化学课程标准,这是对化学师范生和新教师的要求与挑战。

三、化学教学设计的一般过程

从操作层面看,化学教学设计的过程主要包括以下几个阶段(见图 8－1)。

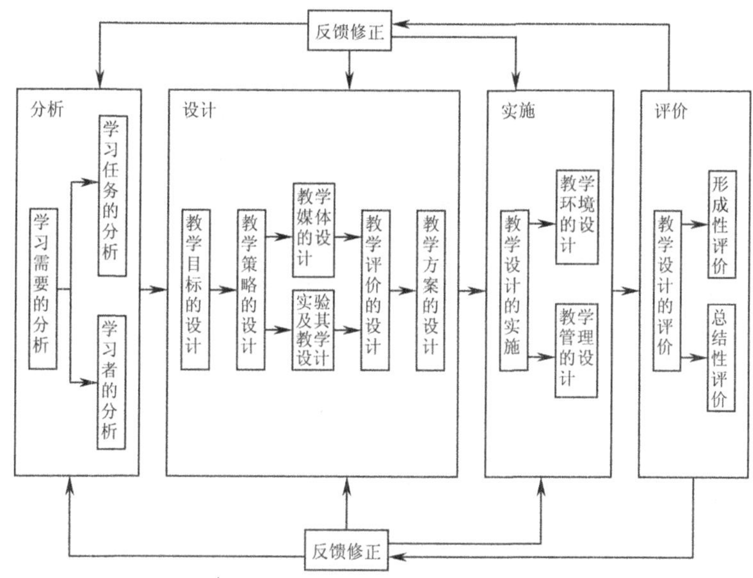

图 8－1　化学教学设计运作流程图

1. 背景分析阶段

在这个阶段中,设计者要对学习需要、学习任务、学习者等进行分析。

2. 构思设计阶段

这一阶段中,设计者对教学目标、教学策略、教学媒体、教学活动安排等做出选择和决定,并且创造性地设计出方案,考察其可行性。

3. 方案实施阶段

优化的教学设计必须通过优化的课堂教学实施策略才能充分发挥其效能。在这一阶段,教师必须树立现代课堂教学理念,发挥教师的主导作用和创造才能,充分适用各种教学技能驾驭课堂,灵活、高效地实施教学设计方案。

4. 方案评价阶段

这一阶段主要是对教学设计方案进行评价、反思和修正。

第二节 化学教学设计的背景分析

在教学设计的前期，对教学过程各要素进行分析，特别是对学习任务、学习者认真细致及全面深透的分析，是搞好教学设计的起点。

一、化学学习任务分析

教材是依据课程标准或教学大纲编写的，是课程标准或教学大纲的具体化产品，也是教师教和学生学的直接依据。在进行教学设计时，教师必须认真分析和研究教材，深刻理解和掌握教材的内容和要求，做到懂、透、化。

（一）懂——分析教材内容的重点难点

作为教师，必须从高屋建瓴的角度把握学生将要学习的教材内容。如：教材内容的脉络，知识框架，编排特点，呈现方式，重点难点，教材内容的深广度，等等。

【典型案例】鲁科版必修1“第二章第一节　元素与物质的分类”教材分析

（一）知识脉络

学生在初中化学中已经认识了几种具体物质的性质和单质、酸、碱、盐、氧化物的一般性质，但他们只是从单个物质的角度认识物质的性质，尚未从一类物质的角度认识物质的性质，更未建立起元素与物质的关系。因此，通过元素与物质的关系的研究，引导学生以元素的观点认识物质；通过研究用不同的标准对物质进行分类，使学生建立分类的观点。在分类的基础上，研究纯净物——单质、氧化物、酸、碱、盐之间的相互关系；在学生原有的认知结构中已存在溶液、浊液等混合物的观点，进而引进一种新的混合物——胶体，建立分散系的概念，丰富学生对混合物的认识，并使学生了解胶体的一般性质，学会从粒度大小的角度对混合物进行分类。

（二）知识框架（见图8－2）

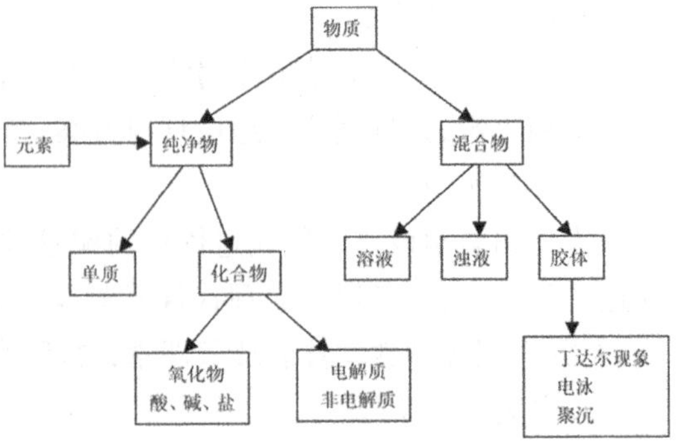

图8－2　鲁科版必修1“第二章第一节　元素与物质的分类”知识框架

（三）编写特点

从单个物质向一类物质过渡，体现分类思想的应用，为形成元素族奠定基础，并以概念同化的方式引入新概念——胶体。

(四)教学目标

1. 知识与技能

(1)学生知道元素以游离态和化合态两种形态在物质中存在,以及每一种物质都有自己的物质家族,建立起元素与物质家族的关系,了解110多种元素为什么能组成上千万种物质。

(2)知道胶体是一种重要的分散系,了解胶体的丁达尔现象、电泳、聚沉等特性,能够列举生活中胶体的实例,了解胶体性质的简单应用。

2. 过程与方法

了解单质、氧化物、酸、碱、盐之间的反应关系,掌握一类物质可能与哪些其他类物质发生化学反应。体验了解研究一类物质与其他类物质之间反应的关系的过程方法。

3. 情感态度与价值观

体会分类的重要意义,依据不同的标准对物质进行分类;让学生学会运用化学知识,使自己生活得更健康。

(五)教学重点

元素与物质的关系;胶体的性质。

(六)教学难点

探讨各类物质的通性及其相互反应关系,学会如何以元素为核心认识物质,从多角度依据不同标准对物质进行分类。

(二)透——分析教材内容的相互联系

首先,要分析和研究所学的教材内容与前后教材内容之间的相互联系。心理学研究表明,影响学生学习的最重要的因素是学生已有的知识基础。在分析教材时,要特别重视分析新学习的内容和学生已学过的内容间有什么联系,在以后的学习中又有哪些运用和发展。这样做,可使新知识的学习建立在学生已有的知识基础之上,并在教学中留有一定的余地,使知识的学习一环扣一环,层次分明,循序渐进,逐步形成完整、系统的知识结构。

其次,要分析和研究所学教材内容与其他学科内容间的联系,加强化学与物理、生物甚至人文社会科学的联系,体现学科间的综合;要重视分析化学知识与社会生活实际以及工农业生产的联系,体现科学、技术与社会的密切联系,引导学生从多个角度分析和解决实际问题,获得尽可能全面的认识。

【典型案例】人教版《物质结构与性质》模块“第二单元　分子结构与性质”教材分析

本章比较系统地介绍了分子的结构和性质，内容比较丰富。首先，在第一章有关电子云和原子轨道的基础上，介绍了共价键的主要类型σ键和π键，以及键参数——键能、键长、键角；接着，在共价键概念的基础上，介绍了分子的立体结构，并根据价层电子对互斥模型和杂化轨道理论，对简单共价分子结构的多样性和复杂性进行了解释。最后介绍了极性分子和非极性分子、分子间作用力、氢键等概念，以及它们对物质性质的影响，并从分子结构的角度说明了“相似相溶”规则、无机含氧酸分子的酸性等。

化学2已介绍了共价键的概念，并用电子式的方式描述了原子间形成共价键的过程。本章第一节“共价键”是在化学2已有知识的基础上，运用的第一章学过的电子云和原子轨道的概念进一步认识和理解共价键，通过电子云图像的方式很形象、生动地引出了共价键的主要类型σ键和π键，以及它们的差别，并用一个“科学探究”让学生自主地进一步认识σ键和π键。

在第二节“分子的立体结构”中，首先按分子中所含的原子数直接给出了三原子、四原子和五原子分子的立体结构，并配有立体结构模型图。为什么这些分子具有如此的立体结构呢？教科书在本节安排了“价层电子对互斥模型”和“杂化轨道理论”来判断简单分子和离子的立体结构。在介绍这两个理论时要求比较低，文字叙述比较简洁并配有图示。还设计了“思考与交流”、“科学探究”等内容让学生自主去理解和运用这两个理论。

在第三节分子的性质中，介绍了六个问题，即分子的极性、分子间作用力及其对物质性质的影响、氢键及其对物质性质的影响、溶解性、手性和无机含氧酸分子的酸性。除分子的手性外，对其他五个问题进行的阐述都运用了前面的已有知识，如根据共价键的概念介绍了键的极性和分子的极性；根据化学键、分子的极性等概念介绍了范德华力的特点及其对物质性质的影响；根据电负性的概念介绍了氢键的特点及其对物质性质的影响；根据极性分子与非极性分子的概念介绍了“相似相溶”规则；根据分子中电子的偏移解释了无机含氧酸分子的酸性强弱等；对于手性教科书通过图示简单介绍了手性分子的概念以及手性分子在生命科学和生产手性药物方面的应用。

（三）化——分析和挖掘教材知识的价值

所谓知识的价值，简单地说就是指知识对个体发展的有用性，任何知识都具有多重价值，因为任何知识的获得都不是一个孤立的过程，它是科学家运用一定的科学研究方法，经历艰难、曲折的探索过程而获得的，这个过程倾注了科学家的智慧，体现了科学家的思想和观点。例如，质量守恒定律就是化学家运用定量的方法对化学变化进行研究而发现的。因此对于具体的化学知识而言，

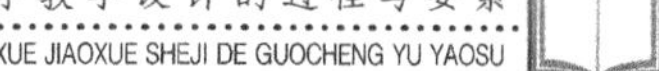

除了其所具有的有助于学习者解决实际问题的应用价值外，它还隐含着有利于学生对科学方法的掌握和科学能力发展的智力价值，以及有利于学生情感态度及价值观念形成的价值。对教材知识价值的分析和挖掘反映了教师把知识作为目的还是手段的价值取向。对教材知识价值分析和挖掘的程度如何，可通过教学目标的设计体现出来。

二、化学学习者分析

学习者分析是教学设计过程中的一个重要步骤，教学设计的一切活动都是为了学习者的学，教学目标是否实现，要在学习者自己的认识和发展的学习活动中体现出来，而作为学习活动主体的学习者在学习过程中又是以自己的特点来进行学习的。因此，要取得教学设计的成功，必须重视对学习者的分析。

（一）学习者的一般特征

学习者的一般特征是指会影响学习者学习的生理、心理与社会特征，具体指学习者的年龄、性别、身体健康状况、气质与性格类型、情感特征、综合知识结构层次、家庭与社区文化背景、智力与能力水平、处事态度、人际关系等。他们与具体学科内容虽无直接关系，但是影响教学方法、教学媒体和教学组织形式的选择和运用。因此需要对学习者的一般特征进行分析。

对于中学阶段的学习者，初中生以经验型抽象逻辑思维为主，高中生则以理论型抽象逻辑思维为主。高中学习者能逐步用理论作指导，对学习材料进行分析、综合来扩大自己的智能。他们的思维能力，尤其是逻辑思维能力和创造性思维迅速得到发展，具有了预设性和自主性的思维，思维活动中的自我调控意识增强。

详见本书第 7 章有关内容。

（二）确定学生的起点能力

教学好比旅行，旅行前必须知道目的地和出发点。因此，教学前必须明确教学目标，了解学习者原来具有的学习准备状态。教学目标是目的地，学习者的起点能力是教学的出发点。学习者起点能力的分析就是要确定教学的出发点。

所谓起点能力，是指学生在学习新内容之前原有的知识、技能和态度的准备水平。学习者起点能力的分析与学习内容的分析密切相关。如果忽视对学习者起点能力的分析，学习内容的确定就会脱离学习者的实际。如将学习者的起点定得过高，脱离学习者的实际水平，那么学习者在高难度的学习内容面前就会望而却步。反之，如果将学习者的起点能力定得太低，也会使学习者在低水平的内容上做无效的劳动,造成时间和精力的浪费。因此,比较准确地确定学习者的起点能力,对高效的教学设计至关重要。

【典型案例】"硝酸"的能力起点

1. 知识准备

初中阶段学生已经初步接触到硝酸(主要是硝酸的酸性);学生在化学1(必修)第二章第三节"氧化还原反应"中对硝酸有一定的认识,这为学生学习硝酸的氧化性奠定了基础。

2. 技能准备

硝酸及其应用这部分内容被安排在化学1(必修)的第四章,在该书前面几章中,学生们已经详细学习了研究物质性质的方法和程序并用该法对金属钠和氯气的性质进行了研究,故学生已具备了一定的实验观察技能和分析实验的能力。

(三)分析使能目标及其关系

在从起点能力到终点能力之间,学生还有许多知识技能尚未掌握,掌握这些知识技能又是达到终点目标的前提条件。从起点能力到终点能力之间的这些知识技能被称为使能目标[1]。从起点到终点之间所需要学习的知识技能越多,则使能目标也越多。

【典型案例】"电离平衡"的使能目标[2]

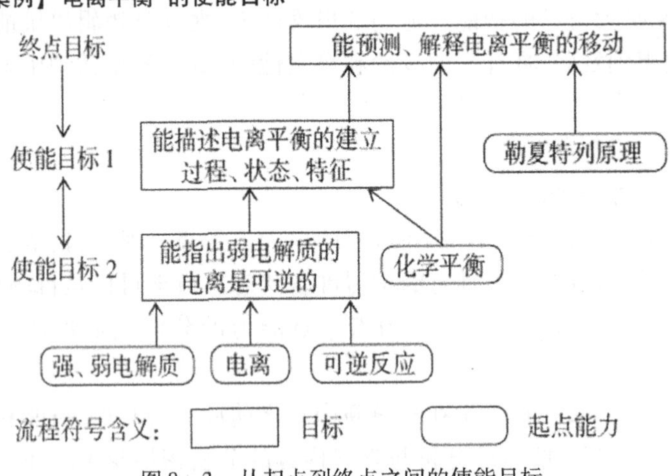

图8-3 从起点到终点之间的使能目标

[1]毕华林,卢巍.任务分析理论与化学教学设计[J].中国教育学刊,2000(2):49-51.

[2]闫蒙钢,崔兴飞.运用任务分析,优化教学设计[J].化学教学,2013(3):8-10.

一旦分析清楚了起点能力、使能目标和终点能力的先后顺序，教学步骤的确定就有了科学的依据。学生的起点能力、使能目标和终点能力之间所存在的关系，也直接影响教学步骤和教学方法的选择。

第三节 化学教学目标的设计

教学目标是指教学活动预期所要达到的最终结果，是人们对教学活动结果的一种主观上的愿望，是对完成教学活动后，学习者应达到的行为状态的详细具体的描述，它表达了学习者通过学习后的一种学习结果。

一、教学目标的功能

教学目标在教学中有三种主要功能：导学、导教、导测量[1]。具体地说，在化学教学中，设计一个科学、合理的教学目标，有如下的功能：

(1)依据教学目标，可以全面落实化学课程标准，对教学过程具有指导、定向的作用；

(2)依据教学目标，有利于激发学生对学习内容的期待和达成学习目标的欲望，从而调动起学生学习的积极性和主动性；

(3)依据教学目标，教师可以有针对性地选择教学的策略、方法和途径，取得最佳的教学效果；

(4)依据教学目标，有助于使教学系统内各组成要素得到协调，并使之发挥出最佳的教学整体效应；

(5)依据教学目标，对学生的学习行为和学习结果有明确的评价标准，及时得到反馈信息，有利于对教学行为进行纠正。

二、我国目前的化学教学目标分类

根据教育部制定的《全日制义务教育化学课程标准(修订稿)》[2]和《普通高中化学课程标准(实验)》[3]，化学教学目标从“知识与技能”、“过程与方法”和“情感态度与价值观”三个维度加以分类。

---

[1]皮连生.学与教的心理学[M].修订版.上海:华东师范大学出版社,1997:227-228.

[2]中华人民共和国教育部.全日制义务教育化学课程标准(实验稿)[S].北京:北京师范大学出版社,2011:3-4.

[3]中华人民共和国教育部.普通高中化学课程标准(实验)[S].北京:人民教育出版社,2003:5-8.

(一)知识与技能

“知识与技能”目标意指人类生存所不可或缺的核心知识和基本技能,强调的是化学学科的基本素养,重视多学科联系,培养学生解决问题的综合能力。这些目标的实现是学生得以继续发展的基础,是每一个学生进一步学习的前提条件。

技能主要属于程序性知识,包括化学实验操作技能、定量的化学计算技能、化学用语的书写技能、获取收集处理运用信息的能力、实践能力、科学探究能力、终身学习的能力等。

(二)过程与方法

“过程与方法”是在教师的指导下,学生所采取的学习过程与方法。过程意指应答性学习环境与交往体验,具体指学生经历知识与技能的形成过程,在体验、活动、探究中进行学习;方法指基本学习方式和生活方式,具体指掌握知识与技能的学习方式与策略,学会学习、学会反思、学会创新,能对自己的学习过程及其结果进行有效管理。过程与方法目标既包括化学学科的认知过程与方法,又涉及人与自然关系的认知活动,并且适当扩展到科学探究的过程与方法,扩展到认知过程中人际交往的过程与方法。这些目标的实现是学生得以继续发展的能力保证,是教师“授之以渔”的具体体现。

(三)情感态度与价值观

“情感态度与价值观”意指学习兴趣、学习态度、人生态度以及个人价值与社会价值的统一,是学生掌握知识和培养能力过程中的一种感受和反映。其中情感主要是指学生的学习热情,同时还包括爱、快乐、审美情趣等丰富的内心体验,态度主要是指学习态度,同时也包括乐观的生活态度,求实的科学态度,豁达的人生态度等;而价值观不仅强调个人的价值,更强调个人价值和社会价值的统一,从而使学生树立人与自然和谐相处、可持续发展的理念。这些目标的实现是学生得以继续发展的动力保证。

“知识与技能”维度的目标立足于让学生学会,“过程与方法”维度的目标立足于让学生会学,“情感、态度与价值观”维度的目标立足于让学生乐学,任何割裂知识和技能,过程和方法,情感、态度和价值观“三维目标”的教学都不能促进学生的全面发展[1]。也就是说,知识与技能目标只有在学习者的积极反思、大胆批判和实践运用的过程中,才能实现经验性的意义建构;情感态度和价值观目标只有伴随着学习者对学科知识技能的反思、批判与运用,才能得到提升;而过程与方法,只有学习者以积极的情感态度为动力,以知识与技能目标为适

---

[1]余文森.“三维目标”就像一个立方体的“长、宽、高”[N].中国教育报,2007-4-20.

用对象,才能体现它本身存在的价值[1]。

三、化学教学目标的表述

教师能否准确用语言表述教学目标,对课堂预设过程乃至整个课堂教学过程起到决定作用。

(一)化学教学目标表述的要素

马杰(R. Mager)于1962年出版了《准备教学目标》一书,他认为行为目标的陈述具有4个基本要素,即行为主体、行为动词、行为条件和行为标准(表现程度)。我国学者在此基础上,发展形成了行为目标的ABCD表述方法[2]。ABCD指的是具体目标中应包含的四个要素的英文单词首字母,他们的含义分别为:

A——audience,意即"学习者"。要有明确的学习者,是目标表述中的主语;

B——behavior,意即"行为"。要说明通过学习后,学习者应能做什么,是目标表述中的谓语和宾语;

C——condition,意即"条件"。要说明上述行为在什么条件下产生,是目标表述中的状语;

D——degree,意即"程度"。即明确上述行为的标准。

规范的化学课时教学目标的表述通常包括这四个方面的要素,可以按照"条件"+"学习者"+"行为"+"程度"的顺序来叙写。

【典型案例】"化学反应与能量"教学目标的表述

通过查阅资料(条件),学生(学习者)能够说明(行为)能量是人类生存和发展的重要基础(程度),并举例(行为)生活中能源使用的现象(程度),提出(行为)至少一条提高能源利用率的合理化建议(程度)

【课程标准卡片】普通高中化学课程标准描述教学目标的行为动词

(1)认知性学习目标的水平

从低到高 ↓

- 知道、说出、识别、描述、举例、列举
- 了解、认识、能表示、辨认、区分、比较
- 理解、解释、说明、判断、预期、分类、归纳、概述
- 应用、设计、评价、优选、使用、解决、检验、证明

[1]王祖浩.化学课堂教学行为研究及案例[M].南昌:江西教育出版社,2009:11-12.

[2]廖哲勋,田慧生.课程新论[M].北京:教育科学出版社,2003:174.

(2)技能性学习目标的水平

从低到高↓
初步学习、模仿
初步学会、独立操作、完成、测量
学会、掌握、迁移、灵活运用

(3)体验性学习目标的水平

从低到高↓
感受、经历、尝试、体验、参与、交流、讨论、合作、参观
认同、体会、认识、关注、遵守、赞赏、重视、珍惜
形成、养成、具有、树立、建立、保持、发展、增强

(二)设计化学教学目标的一般原则

化学教学目标是对化学教学活动预期达到的结果的表述,它制约着化学教学中教与学的活动,设计化学教学目标应遵循以下原则。

1. 一致性原则

化学教学目标是化学课程目标的具体化和行为化。因此,化学教学目标必须与化学课程目标保持完全的一致性,以使得化学教育教学目的在化学教学的全过程中得以贯彻和完成。

化学课程目标,即知识与技能、过程与方法、情感态度与价值观三个领域构成的一个完整的目标体系。因此,在设计教学目标时,要注意目标系统三个层面的完整性和一致性。

2. 层次性原则

由于化学教学目标的学习水平随着学习的深入而逐步提高,因此,纵向上就有了高层次目标中包含低层次目标的关系。例如,实验操作目标:“练习配制某浓度溶液”中就包含着固体、液体药品的取用,托盘天平的使用,搅拌等低层次目标。从横向上看,不同学习者的个体差异也使其在达到的目标上存在着不同。教师在设计教学目标时,也要注意到这种多层次的要求。

3. 操作性原则

在化学教学过程中,教学目标要能直接指导教学,对教与学的活动均有准确的测量标准,尤其对结果性的学习目标应依据具体性原则,设计出明确、可测量、便于操作的行为目标。

4. 难度适中性原则

化学教学目标是化学教学活动的出发点和归宿,必须符合学生的实际水平。化学教学目标的难度应控制在学生的“最近发展区”,应该是学生经过学习

和努力可以达到的目标。低于学生实际水平的教学目标，不利于提高学生的智力和培养学生的能力；超出学生实际水平的教学目标，则无异于拔苗助长，不利于学生身心的均衡发展。因此，设计化学教学目标必须认真分析学生的现有水平，即学生的起点行为，并且要对学生的群体作基本分析，据此确定教学目标的难度。在目标层次的分解上，兼顾全面，为进一步的教学设计奠定基础。

（三）化学教学目标表述中存在的问题[1]

1. 目标主体错位

> 知识与技能：使学生了解元素原子核外电子排布，原子半径，主要化合价与元素金属性、非金属性的周期性变化。
>
> 过程与方法：通过对实验的研究，培养学生的观察能力、实验能力和创造思维能力。

“使学生……”、“培养学生……”是中学化学教师教案中常见的词语，也是目标陈述中常犯的错误。这种表述方式省略的主语是教师，是对教师提出要求，隐含着课堂中关注的是教师活动，而不是学生学习。在这种理念指导下的教学评价，注重的是“教师应该做什么”而不是“学生能够做什么”。教学目标主体表述为教师，从另一侧面也反映在目标实施中，教师是否真正意识到目标对学生学习的引领作用，是否能指导学生利用目标来调整自己的学习、自我评价目标的达成。

2. 目标动词不当

> 知识与技能：了解硝酸的物理性质，掌握硝酸的化学性质。
>
> 过程与方法：能从微粒间相互作用这一微观本质的角度去理解盐溶液呈现酸碱性这一宏观现象。

案例中目标行为动词选择不当，主要存在两个方面：一是目标动词模糊，“掌握”、“理解”等词，缺乏质和量的具体规定性，含义模糊，不同的人有不同的理解，难以评价目标是否达成。因此，在陈述目标时要尽量摒弃原来大纲中“理解”、“掌握”等含意模糊、笼统的词语。二是目标动词水平过高，与课程标准中学习水平要求不符。《普通高中化学课程标准》“常见无机物及其应用”主题中关于这一部分的“内容标准”分别是：“了解氯、氮、硫、硅等非金属及其重要化合

---

[1] 许香玉，江家发. 试析化学教学目标表述中的问题及纠偏策略[J]. 化学教学，2008(11)：27-29.

物的主要性质”和“了解酸碱电离理论”，案例中用词显然对学生的学习要求过高。

3. 目标内容空泛

情感态度与价值观：(1)以过氧化氢知识为载体，培养学生关注社会、热爱生命的情感。(2)通过实验探究、培养学生透过现象看本质的科学探究精神，严谨求实的科学作风，善于合作的团队精神。

案例目标内容泛化，一方面目标陈述内容过“大”，过程与方法、情感态度与价值观等体验性目标的达成，不像知识与技能那样是一种特定的信息或一种非常具体的技能，学生很快就可以习得，而是要经过很长的时间，经历感受、认同、反应等一系列循序渐进的过程，才能逐渐内化。“培养……情感”、“养成……态度”等目标，在短短的一节课中根本无法实现。

另一方面内容过“空”，“……精神”、“……情感”内容不具体，很难通过学生的行为外显出来，更无法测量和评价目标的达成度。目标针对性不强、操作性差，用无法体现内容特色的大而空的语句表述，是教师叙写体验性目标时易犯的通病。

【资料链接】化学基本观念[1]

(一)三层含义

(1)化学基本观念不是具体的化学知识，也不是化学知识的简单积累，它是学习概括提升，具有超越具体知识的持久价值和广泛的迁移者对不同层次化学知识的作用。

(2)化学基本观念是学生基于自己的认知基础，对化学学科特征和学科知识的深刻理解，是学习者深入思考和内心体验的结果，它影响着学生分析和解决实际问题的价值取向和行为方式。

(3)化学基本观念的形成是以对化学知识的深刻理解为前提的，学生所要求学习的具体知识不同，所形成的化学基本观念的内涵丰富程度也就不同，化学基本观念的形成不是一蹴而就的，而是渐进发展的。

(二)三条途径

(1)来自于学生对化学学科知识的反思概括，主要形成化学知识类的基本观念，如元素观、微粒观、变化观。

(2)来自于学生对化学探究过程、学习方法的反思，主要形成化学方法类的基

---

[1]毕华林，卢巍. 化学基本观念的内涵及其教学价值[J]. 中学化学教学参考，2011(6)：4.

本观念，如实验观、分类观。

(3)来自于学生对化学科学在社会生活中价值的认识和反思，主要形成化学情意类的基本观念，如化学价值观。

第四节 化学教学媒体的设计

教学媒体是为实现教育教学目的，在教学过程中介于教师的教和学生的学之间，携带并传递着教学信息，影响师生信息相互交流与传递的工具[1]。没有教学媒体，就没有信息的交流和传递，教学活动就无法进行。

化学教学媒体通常分为传统教学媒体和现代教学媒体两大类，它们各包含多种媒体。传统化学教学媒体是指在现代化学教学媒体出现之前广泛使用的实物、实验器材和装置、模型、图表以及语言、教科书、板书等。现代化学教学媒体是以应用电光、电声、电控等现代技术为特征的教学媒体，所以又叫做技术媒体、电技术媒体或电化教学媒体。由于每种媒体都有其最适宜使用的场合，在每一场合都有最适宜采用的媒体；另一方面，每种媒体也都有其局限性，这种局限性可以被其他媒体弥补。所以，在教学设计时，要对教学媒体进行选择和优化组合。

一、化学教学媒体的选择

(一)制约教学媒体选择的因素

教学媒体的选择一般受到下列因素的制约。

1. 教学目标

选择教学媒体旨在更好地完成教学任务，实现教学目标。当教学任务和教学目标不同时，对教学媒体的选择要求也就不同。对认知类的教学目标可选择印刷材料、图片、动画等教学媒体开展教学，即可收到良好的教学效果；而对于技能训练类的目标，则应该选用实物、仪器设备等教学媒体来让学生进行训练，例如要求学生掌握“分液”操作，那么要选择的媒体就应该是分液漏斗等相应的实验仪器，让学生亲自动手，并在学生的操作过程中加以指导，及时提供关于操作正误的准确反馈，以帮助学生掌握相应的技能；而对于情感态度、价值观类的目标，则可以选用表现手法多样、艺术性和感染力强的媒体，如用电视录像、电

[1]黄甫全，王本陆. 现代教学论学程[M]. 北京：教育科学出版社，1998：204.

影、多媒体课件、影碟等教学媒体来呈现榜样及其行为选择的信息，这样的教学有可能对学生产生强大的吸引力和情感上的震撼力，有利于教学目标的实现。

2. 教师因素

教师是教学媒体的设计者、使用者，教师的专业素养、教学能力、管理能力、对各种教学媒体的特征和使用方法的熟练程度等因素都影响其对媒体的选择和运用。尤其是教师对教学媒体的熟练程度直接影响其对教学媒体的选择，如没有使用过计算机的教师一般不可能运用计算机来辅助教学，而化学实验技能较差的教师也常常以“讲解实验”、“计算机模拟实验”来代替动手操作、演示。国外关于教学媒体的对比研究表明：“如果教师受过运用媒体的专门训练，媒体就可能得到更为有效的运用。”[1]

3. 学习者因素

选择媒体必须考虑学生的特点。学生的年龄特征、知识背景、认知风格、学习态度等因素影响媒体的选用。例如，对于刚刚接触化学的初中学生，应尽量借助直观性较强的媒体如图片、模型、动画、实验，以使学生理解比较抽象的化学概念、符号。随着化学知识储备量的增加，学生对化学书面资料的阅读理解能力不断增强，一些学生能够使用阅读这一有效方法进行学习，那么此时可以适当增加印刷媒体，以满足学生的需要。此外，学生群体的规模也是教师选择媒体时应该考虑的因素。个别辅导、小班教学、大型讲座等不同规模的教学应该选择不同的媒体。

4. 物质因素

物质因素一般是指硬件设施是否完备，用来制作媒体的资源是否丰富。在经济落后的地区，一些学校缺乏最基本的演示实验所用的仪器、药品，更不用说提供实验室、仪器、药品来让学生做实验了。这样的条件无疑严重限制了有关教学媒体的选择。与此相反，一些条件好的学校，它们的硬件设施比较完备，教师选择教学媒体的余地则比较大。

除了上述各因素以外，时间因素、经济因素等也不同程度地影响教学媒体的选择。时间因素主要是指教学所允许的制作和使用媒体的时间。只有在教学所允许的时间内能够制作和使用的媒体才能够选用。经济因素主要包括购置硬件、软件，制作、维修以及人员培训等各方面的费用。

（二）化学教学媒体的选择原则

由制约教学媒体选择的因素，并结合化学学科教学的特征，在选择和应用

---

[1]联合国教科文组织教育丛书. 教育——财富蕴藏其中[M]. 北京：教育科学出版社，1996：172.

各种媒体时应遵循以下原则：

1. 目标性原则

目标性原则要求媒体的使用目标和教学目标一致，教学媒体的使用能够促进教学目标的达成，提高教学效果。“根据教学媒体对促进教学目标或教学目的的完成所具有的潜在能力来进行选择。”[1]

2. 科学性原则

科学性原则要求媒体所表达的内容正确无误，逻辑严谨。进行模拟仿真时，图像、色彩、动画等要反映事物的客观面目，而不能一味追求表现效果，导致学生对教学内容的误解或不准确的理解。

3. 实用性原则

实用性原则要求教学媒体的选择和设计从教师、学生、物质因素等方面的实际情况出发，教师必须熟悉媒体的内容、技术操作和特性，注重媒体的使用效果，忌华而不实。如果课堂内容用传统的教学模式或媒体就能取得良好的效果，那么就可以用传统的模式或媒体。例如，“电子云”这一概念比较抽象，许多同学感到难以理解，那么，可以使用透明胶片，在每张胶片的不同位置点上一个黑点，展示时，把它们一一叠加起来，慢慢的黑点密集区出现了，“电子云”就直观地呈现出来了。显然，这样的媒体使得“电子云”的概念不再抽象难懂。如果传统媒体不能有效地突破教学难点，引不起学生的兴趣，收不到较为理想的教学效果，则可以设计或选用相应的现代教学媒体。

4. 实验优先原则

实验优先原则意指化学实验在媒体的选用中应优先被考虑。凡是能够演示的实验都要演示，能够让学生亲自做的实验都让学生动手，而不以其他的教学媒体模拟或替代。实际上，在实验过程中，教学媒体能够起一定的辅助作用。例如，利用实物投影来放大微型或偏小的实验仪器，特别是对于一些可能引起污染或者使用的药品比较昂贵的实验，需要通过使用微型实验来减少污染物或减少药品的使用量，此种情况下，为了便于多人观察实验现象，可以借助投影仪。

一般来说，具备以下情形之一的实验可以考虑以其他的教学媒体来模拟：(1)比较危险；(2)污染比较严重；(3)缺少仪器或试剂；(4)实际的实验操作中学习者不能清楚地观察到实验现象；(5)用普通方法不易操作和实现的化学实

---

[1] 中华人民共和国国家教育委员会电化教育司. 教学媒体与教学设计[M]. 北京：高等教育出版社，1990：238.

验。除上述情形外，应该尽量安排实际的化学实验。

5. 教学最优化原则

教学最优化原则是指把选用教学媒体的过程放在整体教学设计中，充分考虑教学的各种因素，协调教学媒体与教学的其他方面的关系，使教学媒体的功效服从于整体教学设计，以取得最佳教学效果[1]。没有一项研究证明某一种媒体永远优于其他媒体，也没有哪一种媒体能够解决所有的教学问题。为了达到教学最优化，教师需要综合考虑各种因素，选择合适的媒体，在合适的前提下，使选择的媒体最大程度地发挥其功能。如为了帮助学生更好地理解石油裂化的过程和特点，使学生对该反应的微观化学过程有直观的认识，利用“洪图”多媒体制作软件，将石油裂化的过程用动画形式表示出来，直观明了地向学生展示肉眼看不见的微观变化过程，说明了裂化的原理和产物，自然而然突破教学难点。又如学生在学习石油分馏的工业流程时，教材给出了一副示意图，但缺乏层次性，学生理解比较困难，将该图制作成多媒体软件，随着教师的讲解依次展示工业装置和分馏产品，给学生鲜明的视觉信息，使教学顺利实现教学目标。

总之，选择化学教学媒体要以一定的教学目标为依据，在保证媒体表达的内容具有科学性的前提下，根据实用性原则、实验优先原则来选择、设计、组合媒体，以取得最优化的教学效果。

二、化学教学媒体的运用

选择了合适的媒体并不完全等于媒体的运用有了最佳效果，而仅仅是运用媒体的前提条件。要获得媒体使用的最佳效果，还必须科学地使用。根据使用媒体场景的特点，教学媒体的使用可以分为两类：一类是在学校课堂教学中使用，另一类是远距离的教学，如远距离广播电视教学、远程计算机网络教学等。以下主要讨论教学媒体在化学课堂教学中的运用。

教学媒体在化学课堂教学中的运用一般需要遵循以下程序：准备、预演、课堂呈示、反馈改进。

（一）准　备

准备工作包括环境准备、学习者准备、运用教学媒体的教案准备等几个方面。环境准备指熟悉媒体运用的场所及相关的设备条件，如教室中使用电源是否方便？投影时，遮光是否符合要求等。学习者准备指有关媒体的运用需要学习者进行一定的准备，比如，在进行学生实验之前，让学生预习有关的实验内容、

[1]黄甫全，王本陆. 现代教学论学程[M]. 北京：教育科学出版社，1998：226.

明确实验的注意事项等。运用教学媒体的教案准备是指对运用教学媒体的目标、时间、过程、相关的解说等进行预期。

(二)预　演

在正式上课之前,教师应事先演示一下整个教学过程。通过预演,教师能够进一步熟悉教案、媒体表达的信息及媒体的使用特点,把握演示需要花费的时间,对演示过程中学生可能提出的疑问作出估计等。在预演中还应检查媒体材料的准备情况、教室环境,例如,要进行随堂实验,那么应该对每个学生需要的仪器、药品等作仔细的检查,以确保学生能够顺利完成实验。如果要在计算机多媒体教室中演示一些对多媒体设备可能带来不良影响的实验,如使用腐蚀性药品、反应需要高温条件等,还应该考虑实验过程不能损坏多媒体设备等。

(三)课堂呈示

课堂呈示是具体使用教学媒体的过程。教师在课堂上呈示教学媒体时,应该注意:

(1)控制学生的注意力。教师要针对不同媒体的特性,充分利用自己的语言、表情、动作来辅助教学媒体表达信息,以吸引学生的注意力。

(2)突出媒体的呈示效果。如使用录音、录像、计算机等媒体呈示信息时,教师根据学生的反应,通过重放、慢放、定格等控制手段,来让学生仔细辨别或观察,以突出媒体的呈示效果。

(3)引导学生作出反应。媒体的呈示效果从学生的反应中得以体现,因此,应当引导学生主动地对媒体的信息作出反应。对于交互功能强的媒体,设计、使用时应该充分利用其交互功能。

(四)反馈改进

课堂呈示完毕,教师可以根据各方面的反馈,对教学媒体进一步改进完善。

第五节　课时化学教学设计方案

化学教学设计活动的结果最终体现在教学设计方案中,教学设计方案是对教学设计活动的系统、全面的陈述,是教师创造性劳动的产物。

课时教学设计方案是将教材的每一节划分成一课时或若干课时,按课时设计的教学方案,通常简称为教案。教案不是课本的简单照搬,是教师结合个人的具体情况、学生的实际、学校的条件、课时教学内容特点、教学方法和教学手段等因素进行整体的、综合性的思考,为最好地完成课时教学目标而进行创造性劳动的结晶。因此,它是教师进行课堂教学活动的重要依据,也是教师进行教学研究、总结教学经验的重要资料。

教案没有固定的格式,一般来说,有经验的教师可以写得简略些,新教师写得较为详细些。主要内容一般包括:(1)课题,(2)教学目标,(3)教学重难点,(4)课型,(5)教学方法,(6)教学用品,(7)教学过程设计,(8)板书设计。有的还有教学反思一项,供课后填写。其中"教学过程设计"是教案中最重要的主体部分。

一、教案的类型

从形式上看,化学教案的常见类型有以下几类[1]。

(一)讲稿式

以文字描述教学过程设计,内容详细,能较好地反映教师语言设计等内容,新教师采用较多。但是这种形式不便于表现针对各种可能情况所作的准备,编制时应注意分清段落并冠以适当的标题和序号,使教学步骤和过程结构比较清晰、醒目。

(二)纲要式

以提纲和要点描述教学内容及教学过程设计,便于反映教学内容的内在联系,简明、扼要,便于教师利用教案,通常跟板书设计比较接近。编制时需要教师深思熟虑,认真提炼,老教师采用较多。纲要式不宜过于简单,应能充分反映教学过程特点和重要细节。

(三)表格式

以表格形式分别说明教师活动、学生活动和教学内容等项目来描述教学过程,比讲稿式有所改进。为了使教学过程结构醒目,可以把表格按教学阶段分割,并插入适当的序号标题。

(四)图示式

利用方框图、流程图、程序框等来描述过程的基本结构,比较形象直观,便于考虑和表现针对各种情况进行的设计,但不便于表现细节。编制时应注意配以必要的说明。

(五)综合式

综合上述各种形式之长,灵活地组合应用。例如,可以在讲稿式教案前面附上方框图、流程图或程序图等。为了使教案设计能适应教学实际变动性强这

---

[1]闫立泽,韩庆奎.化学教学论[M].北京:科学出版社,2004:198.

一情况,编制教案时应尽量做好应变的考虑,以便实施时灵活运用。

本教材建议化学师范生和新教师采用综合式的教案编制形式,建议在教案的每一页右侧留下适当宽度的空白,供修改和补充时书写。为了便于总结经验,还可以在教案后面附上"教学反思",供课后填写。

【典型案例】"探究氧化还原反应的本质"教学设计方案

1. 教学目标

[知识与技能]巩固利用化合价的升降来判断氧化还原反应;学会用电子转移的观点来分析氧化还原反应的本质。

[过程与方法]通过思考、实验探究、分析得出结论等一系列活动,提高分析、联想、类比、迁移以及概括能力;学习由表及里以及逻辑推理的抽象思维方法。

[情感态度与价值观]通过交流、讨论、活动、探究,提高合作学习能力,在互相启发中不断进步;在理解电子得失、偏移和化合价升降的基础上,了解事物本质与特征之间的辩证关系。

2. 教学重难点

重点:用电子转移(得失或偏移)的观点来分析氧化还原反应。

难点:氧化还原反应的本质就是发生了电子转移(得失或偏移)。

3. 教学方法:实验探究法

4. 教学准备

仪器与设备:锌片、铜片、稀硫酸、若干导线、烧杯、电流计、若干乒乓球。

5. 教学流程图

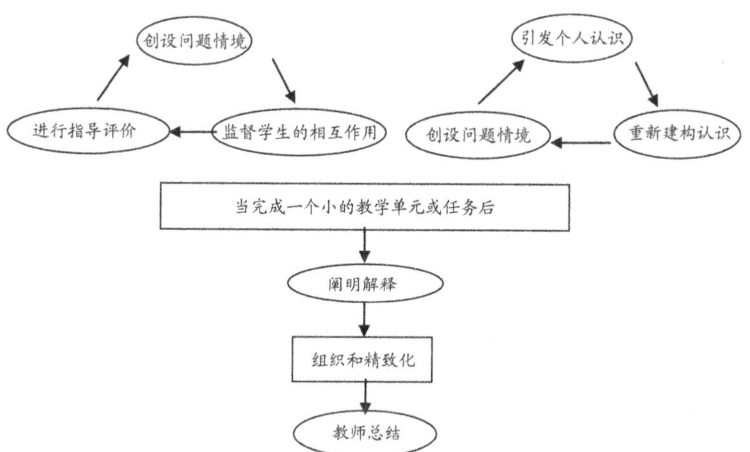

图8-4 "探究氧化还原反应的本质"教学流程图

6. 教学过程

表 8-1 "探究氧化还原反应的本质"教学过程

教学流程		教师活动	学生活动	教学意图
引发个人认识	创设问题情境	在学生初步对氧化还原反应认识的基础上,对运用化合价升降来判断氧化还原反应有了一定的认识。 [提问]在氧化还原反应中为什么会有化合价的升降?氧化还原反应的本质是什么呢?	倾听、思考、联系所学过的内容,学以致用	通过提问引起学生的注意,并且过渡到本节课所学的内容
	实验探究	列出学生实验探究步骤: 1. 将锌片与导线相连并连接在电流计的负极上; 2. 铜片与导线相连并连接在电流计的正极上; 3. 将铜片插入稀硫酸中,观察现象; 4. 将锌片插入稀硫酸中,观察现象; 5. 将锌片、铜片同时插入稀硫酸中,观察现象	学生分组合作完成实验;并记录实验中所观察到的现象	通过三组实验对比铺垫,学生通过简单的实验,从已有的知识再出发,尝试从新的角度看待该反应,学会从本质看问题
重新建构知识	创设问题情境	在学生对电流计偏转现象的观察,启发学生对氧化还原反应微观方面产生联想。 [提问]电流计偏转,该电流中的电子从何而来,又流向何处?	思考、讨论、大胆猜想	引导学生思考该氧化还原反应中会有电子流动,引发学生对其反应本质新一轮的讨论
阐明解释		[教师讲述]在该氧化还原反应中,金属锌失去电子变成 Zn^{2+},而失去的电子无法在溶液中游走,只能经导线,途经电流表,引发电流计偏转,最后到达铜片上,溶液中的 H^+ 在铜片附近得到电子,变成 H_2,得出该氧化还原反应的本质	倾听、思考,联系所学的物理知识,更好地理解电子的转移	学生得出此反应的本质,对于了解氧化还原反应的本质就是电子的转移奠定了基础
组织和精致化		[教师讲述]揭秘 NaCl 的形成过程;用多媒体播放 Na 原子与 Cl 原子微观形成 NaCl 示意图,并运用乒乓球道具来形象地演示电子得失过程。总结出电子的得失导致元素化合价的升降	通过观看多媒体动画和教师手中的道具了解氧化还原反应本质中电子转移的具体情形。将化合价的升降与电子的转移联系起来	运用多媒体动画形象、生动地展示电子的转移过程,并通过道具真实的感受,巩固所得的知识
		[教师讲述]揭秘 HCl 的形成过程;用多媒体播放 H 原子与 Cl 原子微观形成 HCl 示意图。总结出电子的偏移导致元素化合价的升降		
总结		[教师总结]氧化还原反应本质定义:有电子转移(得失或偏移)。本质(电子转移)$\rightleftharpoons$特征(化合价升降)	通过老师的总结更加领会到所学内容的价值	通过对所学知识的组织、整合,使学生获得的科学认识融入他们的认知结构中

7. 板书设计(略)

二、课时化学教学设计案例

(一)建构主义理念下的化学教学设计——支架式教学

支架式教学(Scaffolding Instruction),也称为“脚手架式教学”或“支撑点式教学”,是建构主义教学模式下目前发展得比较成熟的教学方法之一。支架式教学就是为学习者提供一种概念框架(conceptual framework),这种框架中的概念是学习者对问题的进一步理解所需要的,为此,事先要把复杂的学习任务加以分解,以便于把学习者的理解逐步引向深入。这种教学思想源自于苏联著名心理学家维果茨基的社会建构主义理论和他的“最近发展区”理论。最近发展区定义为,学生独立解决问题时的实际发展水平(第一个发展水平)和教师指导下解决问题时的潜在发展水平(第二个发展水平)之间的距离。可见学生的第一个发展水平与第二个发展水平之间的状态是由教学决定的,即教学可以创造最近发展区。

建构主义者正是从维果斯基的思想出发,借用建筑行业中使用的“脚手架”(Scaffolding)作为概念框架的形象化比喻,其实质是利用概念框架作为学习过程中的脚手架。如上所述,这种框架中的概念是为发展学生对问题的进一步理解所要的,也就是说,该框架应按照学生智力的“最邻近发展区”来建立,因而可通过这种脚手架的支撑作用(或曰“支架作用”)不停顿地把学生的智力从一个水平提升到另一个新的更高水平,真正做到使教学走在发展的前面。

支架式教学由以下几个环节组成。

(1)搭脚手架——围绕当前学习主题,按“最近发展区”的要求建立概念框架。

(2)进入情境——将学生引入一定的问题情境(概念框架中的某个节点)。

(3)独立探索——让学生独立探索。

(4)协作学习——进行小组协商、讨论。

(5)效果评价——对学习效果的评价包括学生个人的自我评价和学习小组对个人的学习评价。

【典型案例】“盐类的水解”教学设计[1]

1. 搭建支架

围绕当前学习主题,按最邻近发展区的要求建立概念框架。如图8-5所示。

---

[1]古丽娜·沙比提,王秀红,哈丽旦.“支架式”与“抛锚式”化学教学设计的比较研究[J].化学教育,2008(3):35-37.

学生利用上述概念框架，围绕框架中的思考节点进行独立探索。

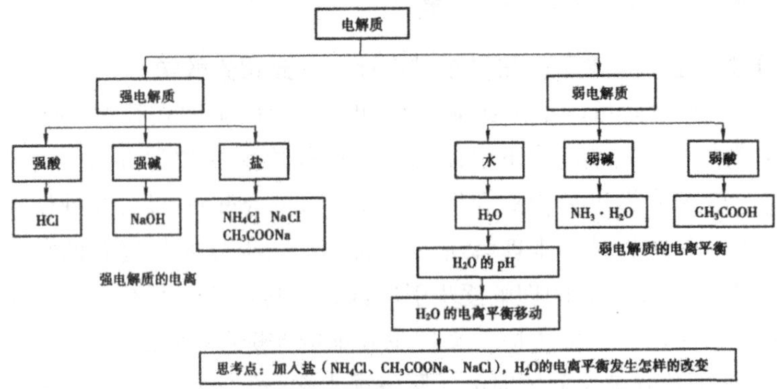

图 8－5　有关盐类水解的概念框架

2. 进入情境

在本节课的导课部分首先给出 3 个问题：(1)侯氏制碱法制得的物质是碱吗？(2)Na_2CO_3 的俗名叫什么？为什么？(3)为什么长期施用铵态氮肥的土壤酸性会增强？学生在思考、回答问题的过程中进入质疑、好奇的心理状态。在本节课导课部分为了验证 3 个问题的结果，教师引导学生设计实验取常温下 0.1 mol/L Na_2CO_3、CH_3COONa、NH_4Cl、NaCl 溶液滴在 pH 试纸上，检验溶液的 pH。验证："碳酸钠溶液会显碱性吗？氯化铵溶液会显酸性吗？"根据实验事实，学生的思维自然地过渡到了下一个问题情境："为什么某些盐的水溶液会显酸性或碱性？"

3. 独立探索

探索内容包括：确定与盐类水解这一概念有关的各种属性，并将各种属性按其重要性大小顺序排列。探索开始时要先由教师启发引导，然后让学生自己去分析。探索过程中教师要适时提示，帮助学生沿概念框架逐步攀升。

4. 协作学习

采用异质分组的方法，把学生分成若干小组，引导学生开展合作学习，学生交流探讨性质验证实验方案，小组成员分工协作，动手实验。从而沿着教师所搭的脚手架方案中的问题框架，实现意义建构。学生思考，以小组为单位讨论，并汇报讨论下面问题的结果来理解盐类的水解的应用。(1)为何配制 $FeCl_3$ 溶液时要加少量盐酸？(2)明矾净水的原理是什么？(3)为何可以用纯碱代替苛性钠去油污？且用热的纯碱比冷的纯碱去油污效果好？(4)泡沫灭火器的工作原理是什么？(5)为何焊接金属前用 NH_4Cl 溶液除锈？(6)为何草木灰不可与铵态氮肥共施？

5. 效果评价

"盐类水解"一节课的教学效果评价以两种方式为主：纸笔测验和活动表现评价。其中纸笔测验着重注意考核学生解决实际问题的能力。活动表现评价即通过观察、记录和分析学生在各项学习活动中的表现，对学生的参与意识、在实践活动过程中的表现、能力、综合素质等进行评价。这些评价方式分别以自评和小组

对个人评价的形式进行。评价内容贯穿整个教学过程，包括知识与技能、过程与方法、情感态度与价值观等。

（二）基于先行组织者策略的化学教学设计

“先行组织者”（advance organizer）最先由美国著名心理学家奥苏贝尔（Ausubel）提出的。“先行组织者”是指在学习新材料之前，给学生一种引导性材料，它要比新的学习材料更加抽象、概括和具有综合性，并且能清晰地反映认知结构中原有的观念和新的学习任务的联系。教师在教授新知识前，要设计恰当的“先行组织者”，能使学生清楚地认识新旧知识间的联系，关注知识的整体性结构性，能促使学习者更关注激活已有的认知结构中的知识，从而进行有意义的学习。

【典型案例】“金属的化学性质”教学设计[1]

1. 教学设计的设计思路

（1）整合教材文本，设计出链接学生的认知结构，使新知识同化到元认知中，这样才能真正产生有意义的学习，分析教学内容的知识结构，确定教学中的知识重点和难点。

（2）分析学生已有的知识，并探究其与所授知识之间联系，促使学生有意义的学习向更深处延伸。通过设计好“先行组织者”，有助于建立有意义学习的心向，来帮助学习者认识当前学习内容与自己头脑中原有认识结构中的那一部分的实质性联系，促进有意义学习的发生及习得意义的保持。

（3）根据知识的逻辑结构与学生的认知顺序，通过设计好“先行组织者”，缩短学习者已知与新知之间的差距，使学生在有意义地学习新内容之前，帮助他们在“已经知道”与“需要知道的”知识之间架设起桥梁。

2. 教学背景分析

本课题是以探究金属活动性顺序为核心，认识金属的化学性质（金属与氧气、酸溶液、盐溶液反应），并且能用金属活动性顺序解释一些与日常生活有关的化学问题。教材编写中基于学生已有的知识基础，采用了对已知的实验事实归纳的方法，陈述了大多数金属都能与氧气反应，但反应的难易和剧烈程度不同；对置换反应的学习，教材采用了实验的讨论和探究的方法，通过对实验事实的分析，层层诱导，归纳得出置换反应的特点，并通过对某些金属的活动性的比较，引出金属的活动性顺序。

在学习本课前，学生已经学习了非金属元素氧气，碳及其化合物的知识，初步

---

[1] 徐顺英，吴兆根.“先行组织者策略”在化学教学设计中的应用例析[J].化学教与学，2011(9):6－7.

了解到认识物质性质的一般步骤和方法。学生虽对金属的性质有了初步的认识，但由于这些知识分散在教材中，且以零散知识点的形式平铺直叙，学生的认知中缺乏方法论上的组织结构。学生重感性的认知轻理性的归纳总结、重现象的感观轻原理的认识，因此，教师应通过联系生活、做实验、观察信息、思考过程让学生真正体验认识到金属的化学性质，并通过设计“先行组织者”来促使学生新知识的顺应和同化到学生的元认知的结构体系中。

3. 教学方法

为了便于学生理解内容，增强教学内容的有序性，突出学生知识的自主构建，在教学策略上，可采用“先行组织者策略”。

4. 教学目标

(1)知识与技能：通过探究金属与氧气，金属与稀盐酸、稀硫酸以及与盐溶液的置换反应，认识金属的化学性质和金属的活动性顺序，并且能用金属活动顺序解释一些与日常生活有关的化学问题。

(2)过程与方法：通过实验探究和讨论交流，认识金属的化学性及其活动性顺序，并初步学会运用观察、实验等方法获取信息，初步学会运用比较、分类、归纳、概括等方法对获取的信息加工使学生逐步形成良好学习习惯和方法。

(3)情感态度与价值观：主动参与知识的获取过程；通过对金属活动性研究的过程，学习科学探究的方法，培养科学探究的能力；通过实验，培养团队合作精神。

5. 教学重点难点

教学重点：金属活动性顺序的初步探究及方法。

教学难点：用金属活动性顺序规律来判断置换反应的发生。

6. 教学过程设计与板书设计

(1)教学流程图：

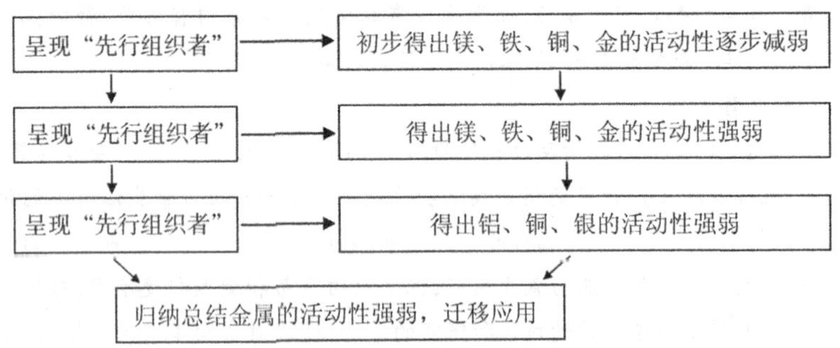

图8-6 根据先行组织者策略进行的教学设计流程图

(2)“先行组织者”的呈现。①以文字资料的形式呈现(探究某些金属与氧气反应)，突出知识的概括性。

给学习者一些信息，要求他们结合原有知识和新材料，来培养学生搜集和处理信息的能力、获取新知识的能力、分析和解决问题的能力。每一门学科都有自

己独特的知识体系和思维方式，化学是一门研究物质的组成、性质的学科，应注重学生科学思维和概括能力的培养。

学生阅读：镁、铁、铜与氧气反应时，三位王子都追求漂亮的公主氧气，镁在公众面前就会大胆跳舞。铁是害羞的王子，不敢在大庭广众邀请公主跳舞，只有独自一人，才敢请氧气跳舞。铜是深沉的王子，从来没有想过与氧气跳舞，他选择慢慢地陪伴在氧气身边变老，一加热红色固体慢慢地变成黑色，金与氧气几乎不反应，总之，性格不同，金属活动性不同。

阅读体会：初步感知到镁、铁、铜、金的化学活动性逐步减弱的事实。

②依据已知并结合实验探究的形式呈现（探究金属与酸反应），突出知识的过程性。

活动与探究：

首先，让学生回忆“酸雨对金属制品的腐蚀”、“实验室制取氢气的原理”。然后，在4个试管里分别放入两小块镁、锌、铁、铜，分别加入5mL稀盐酸，用燃着的小木条放在管口，观察现象，比较反应的剧烈程度。用稀硫酸代替稀盐酸实验。对于能发生的反应，从反应物和生成物的类别如单质、化合物的角度分析，这些反应有什么特点？将这一类反应与化合反应、分解反应进行比较。

活动体悟：金属与稀酸反应的快慢及剧烈程度可判断金属的活动强弱。

③以创设问题情景的形式呈现（探究金属与盐溶液反应），突出知识的探究性。

创设情景：在海南岛适宜种植芒果树，每年芒果树修枝后，都要喷洒浓度为15%的硫酸铜溶液杀虫。去年椰林村的小王用铁桶配好农药后，第二天才喷药，结果发现害虫没杀死，铁桶壁上有红色的东西粘在上面。为什么杀不死害虫？铁桶壁上的红色物质是什么？

学生实验：铁、铝与硫酸铜溶液；铜丝与硝酸银溶液；铝与硫酸镁溶液

引导归纳：金属活动性顺序

（3）板书设计（略）

（三）基于思维导图的化学教学设计

思维导图（Mind Map）是英国人托尼·巴赞（Tony Buzan）于20世纪70年代提出的一种将发散性思考可视化的思维工具，与概念图有相辅相成之处。它让人的左半脑和右半脑在思维过程中同时运作，模拟了人脑的工作方式，以脉络状分支延伸出去，各级主题的关系用相互包含与相互的层级图表现，形成一种树状思维。

在传统的化学教学体系中，教师往往沿着惯性的线性思维方式进行教学设计，限制思维拓展而不适应于现代多元化知识体系思维整合的需求。思维导图

运用放射性思维方式，将知识整合与问题解决的过程转换为以知识为核心概念或是以关键问题为中心，借助联想式思维技巧实现全方位解读知识概念和全面优化解决问题的过程，从而有助于教师拓展教学设计思维的广度和深度，激发灵感。

【典型案例】"离子反应"教学设计[1]

1. 选取一个中心主题或知识领域

首先选择一个主题，它的范围视需要而定，可以是一个课时、一个课题、一个单元、一本教材，甚至是整个学习阶段的知识系统。通常教学设计者可以以某个课题，如"离子反应"、"金属及其化合物"主题。导教图的选题不易过大，在构建过程中需要结合学习者已有的知识储备，因此尽量选取学习者试图掌握的一段课文内容、一个实验活动或一个实际的问题。

2. 以思维导图构建层级结构

系统完整的教学设计包括从前期分析到后期反思，通常需要考虑六个方面，包括"前期分析"、"教学目标"、"教学内容"、"教学策略"、"教学结构"、"教学评价"，形成模型的二级主题。在二级主题的基础上再进一步细化，从而初步拟定纵向分层和横向分支。

3. 在二维导图基础上嵌套次级导图

在已有的表格、图像或图层中再加进去一个或多个表格、图像或图层，这种方法叫做嵌套。在教学设计的各个主题下，"教学内容"和"教学过程"两个内容是难以一言蔽之的，因此，十分有必要再重新绘制概念图或思维导图等导图形式以支撑相关主题。通常来说，"教学内容"注重各种概念以及之间的联系，适合用概念图或思维导图形式绘制。"教学过程"是一种动态程序性的过程，使用教学流程图表示则十分合适。

4. 建立内容之间的连接

在各种导图绘制的过程中，尤其是在其概念图的绘制中，概念之间的联系有时很复杂，一般可以分为同一知识领域的连接和不同知识领域的连接。可以用连线建立不同内容之间的联系，用连接词标明两者的关系。各概念之间都可能形成某种联系，我们应该选择最有意义并适合于当前知识背景的交叉连接。建立联系的过程也是设计者知识体系构建的过程。只有教学设计者首先构建起完整的知识系统，才能在教学时做到游刃有余。

5. 在教学中不断修改和完善

导教图绘制结束并不意味着教学设计工作的完结，更需要在后续的教学实践中不断调整和完善。尤其在"教学评价"方面，更需要教学设计者做到常反思、多

---

[1]周倩. 导教图在中学化学课堂教学设计中的应用研究[D]. 芜湖：安徽师范大学，2013.

调整。修改完善后的导教图才更加具备可读性和参考性,从而成为后续教学工作中有效的资料储备。

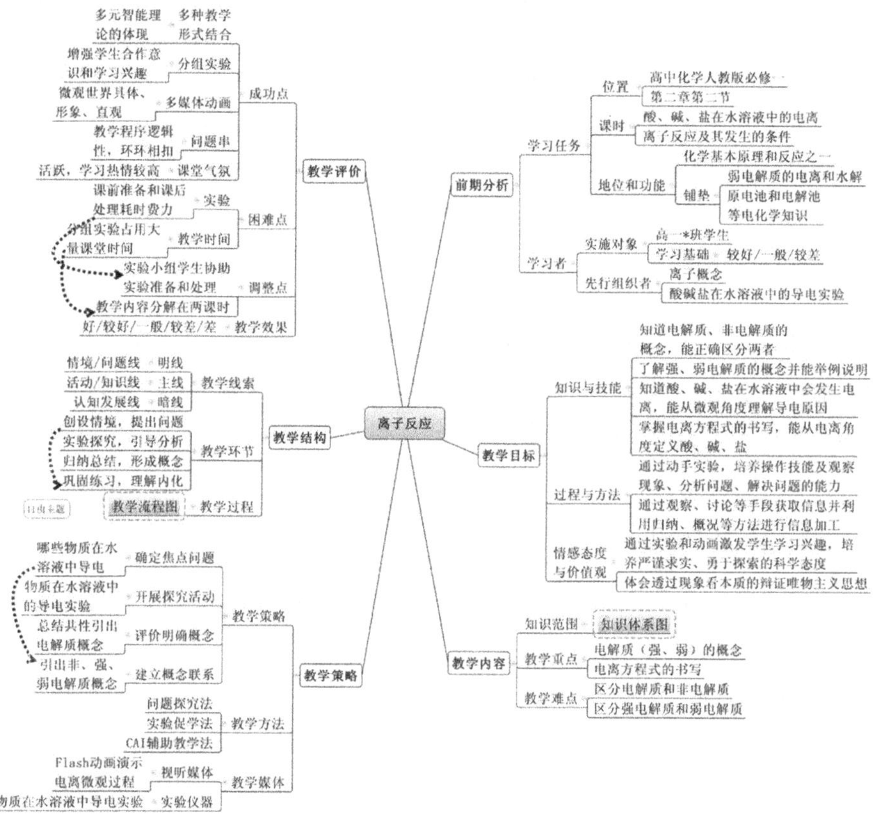

图 8－7“离子反应”教学设计思维导图

第六节　说　课

目前有许多学校为了交流教学经验,考核评价新老教师教学设计的能力,提高教师教学设计的主动性和技术,常常要求教师以语言表达的方式将自己的教学设计或教学思路表达出来,即为说课。“说课”最早由河南省新乡市红旗区教研室于 1987 年推出。它是借鉴戏剧界导演给演员“说戏”一词,将这种教研活动命名为“说课”。

一、说课的含义

关于什么是说课,目前还没有一个大家认可的定义。但从广大教师和教学研究人员对说课从不同角度、不同方面的界定可以看出，要明确“说课”这一概念，必须界定以下几个问题：(1)说课的人员是教师；(2)说课是在认真备课的基础上进行的；(3)听课的人员是教师、教研人员或有关领导等；(4)说课的时间一般在10~15分钟；(5)说课的题材是“课”，即某一节课，而不是泛泛的经验交流或抽象地阐述教育理论；(6)说课的方式是“说”，即口头表述。它不是备课，教师不能照教案说；它不是讲课，教师不能视听课对象为学生；它不是读课，教师不能拿着事先准备好的材料去读；(7)说课的内容包括教材、教法、学情、学法、教学程序、教学设计的理论依据等；(8)说属于教学研究活动，不是课堂教学过程[1]。

说课可以分为几种基本类型：从服务于课堂教学的先后顺序来分，可以分为课前说课和课后说课；从改进和优化课堂教学设计来看，可以分为预测性说课和反思性说课；从性质上划分，可以分为研究型说课、示范型说课、评比型说课等[2]。

二、说课的基本内容

不论是哪种类型的说课，一个完整的说课至少应该包含以下四个方面的内容。

（一）说教材

教材是课程标准的体现，要把握好教材，落实教学的目标，必须联系课程标准，实践课程标准的要求。说教材，就是说课者在认真研读课程标准和教材的基础上，系统阐述自己对教材的理解和感悟。说教材可以细分为如下三点：

1. 教材的地位和作用

通常情况下，先交代清楚本节课选自哪个版本的教材，所在章节，主要包含哪些知识点，哪些属于“双基”内容，哪些可以作为能力培养和思想教育的内容。

接下来说清楚本节课在教学单元乃至整个教材中的地位和作用，与其他课题乃至其他学科的联系，对学生的知识、能力方面有哪些重要作用，对社会的影响等。

【典型案例】离子反应及其发生条件[3]

“离子反应”，是落实《普通高中化学课程标准(实验)》要求——“知道酸、碱、

[1]汪澜.化学教学论案例教程[M].武汉：华中师范大学出版社，2014：133.
[2]沈建明.试论新课程背景下的“说课”[J].天津教育，2005(11)：44-45.
[3]喻建军.“离子反应及其发生条件”说课稿[J].化学教育，2008(12)：20-22.

盐在溶液中能发生电离,通过实验事实认识离子反应及其发生的条件”的重要内容,编排在人民教育出版社出版的普通高中课程实验教科书《化学1(必修)》的第二章第二节。它紧随在“从实验学化学”、“物质的分类”之后,是人们认识物质性质的一个重要途径,也为今后学习电解质溶液知识奠定基础,还能检验学生对“从实验学化学的方法和程序”及分类观的掌握程度。

本届教材包括2部分内容,其一是酸、碱、盐在水溶液中的电离,其二是离子反应及其发生条件。引导学生依据初中的溶液导电性实验、复分解反应及其发生条件等知识基础,通过自主、合作和探究学习,建立从电离角度对酸、碱、盐本质的认识,并以研究物质在水溶液中的行为的方法和程序来探讨离子反应发生的条件,进而领会离子反应的本质。这样的要求,对学生认知发展是非常必要的,相信也是可以达成的。

2. 教学目标

新课程标准理念下的教学目标,是反映学生通过一段时间的学习后产生的行为变化的最低表现水准或学习水平,因此,目标的陈述必须从学生的角度出发,目标应该围绕“学生在学习之后,能干些什么”,或者“学生将是什么样的”来描述,必须描述所期望的教学成果。具体见本章第三节。

3. 教学重点、难点

说出重难点是什么,确定重难点的理由,提出突出重点和突破难点的措施、方法。确定重点的依据要从课程标准、教学内容、教学目标等方面来说明。教学难点确定的依据要从造成学生难懂、难理解、难接受的原因来说明。突出重点、突破难点的具体方法可与说教学程序结合起来说。

【典型案例】化学能与电能

原电池是中学化学重要基础理论之一,是课程标准要求的重要知识点,本节课的重点在于“体验化学能与电能相互转化的探究过程”、“了解原电池的工作原理及构成条件”。

本节内容理论性强且较为抽象,学生很难在头脑中建立电子在原电池正负两极转移的微观模式;学生通过必修1的学习,掌握了氧化还原反应的本质,但长期受还原剂直接把电子转移给氧化剂的思维定势干扰,会造成较难理解“为什么氧化剂会间接地从正极获得电子”,因此本节课的难点在于“从电子转移角度理解化学能转化为电能的本质”。

(二)说教法

就是要说出选择的教学方法、手段及依据,要说出理论依据,阐明为什么这样教的道理。要对根据具体的教学内容、教学对象所选用的教学方法进行分析并予以说明。说教法一般可以采取以下两种方法：(1)在说教材后概括地说教法，然后在说教学程序时插进去具体介绍怎样运用；(2)在说教学程序中详细介绍教法的运用，再在说教学程序后概括，说清运用了哪些教法以及选择、运用这些教法的理论依据[1]。

【典型案例】生活中两种常见的有机物——乙酸

(1)情境激发法。创设一定的情境，激发学习兴趣。从杜康酿酒的故事过渡到黑塔造醋的故事引出课题，再利用食醋可以清除水垢，厨师炒菜、烧鱼时喜欢往里面加点醋并加一些料酒，这样菜、鱼的味道就变得更香等情境的创设，促使学生在情境中主动探究乙酸的相关知识。

(2)实验探究法。通过对乙酸酸性和酯化反应的学习，让学生参与到实验探究中，充分发挥学生的主体作用。在教学过程中多给学生参与、讨论以及提问的机会，调动学生的学习积极性，促使学生主动探索知识。

(3)多媒体辅助教学法。通过展示乙酸的球棍模型和比例模型，使学生对乙酸的分子结构有直观的了解。播放动画展示乙酸与乙醇发生酯化反应时的脱水方式，让学生对化学反应的微观实质有正确的认识。设计意图是通过模型以及动画模拟将微观现象宏观化，帮助学生在头脑中直观地建立物质的分子结构，从宏观上认识化学反应的本质。

(三)说学法

学法是指学生学习知识，掌握知识的方法和途径，在教师指导下，有利于学法的形成和完善，提高学生的自学能力。说学法，要求教师掌握一定的学习理论和方法，要了解学生的知识和心理状况。说学法可以先概括说出该课时教学将重点指导哪种学法，其依据是什么，然后在说教学程序时结合具体教学实践陈述。由于教法和学法联系密切，两者可以联系起来，不宜将两者割裂。

【典型案例】氧化还原反应

1.学情分析

学生在初中阶段从得失氧的角度知道了氧化反应和还原反应，而在这之前学生已经具备了常见元素化合价和原子结构的知识了，基本可以运用原子结构及元素化合价的基本理论分析氧化还原反应过程中电子转移的本质。

---

[1]汪澜.化学教学论案例教程[M].武汉：华中师范大学出版社，2014：141.

2. 学习方法指导

(1)实验揭示本质,化学是一门以实验为基础的学科,利用实验解决问题不仅可以激发学生的学习兴趣,同时能够提高学生的动手动脑能力,使素质教育真正落实到课堂当中来。

(2)教法引导学法:引导学生从感性认识到理性认识、从特征到本质、从未知到已知。让学生懂得举一反三,真正能够做到知识的迁移。

(3)理论结合应用:培养学生从生活中来到生活中去的能力。在建构知识的过程中,适当的分析生活中氧化还原反应的应用,同时提高学生应用学科知识解决生活问题的能力。

(四)说教学程序

说程序也就是说过程,是要说出教者的教学思路、课堂结构和板书设计等,并讲清这样安排的理论依据。说教学程序是说课的重点部分,只有通过这一过程的分析,才能看到说课者独具匠心的教学安排,才能反映教师的教学思想、教学个性与教学风格。

说教学程序要说出教学过程的整体安排。要求说出课题如何导入,新课怎样展开,练习如何设计,如何进行小结,如何分层教学,作业布置以及教学评估、板书设计、时间分配等;要求说出教学过程中教与学的双边活动和必要的调控措施;体现教学方法、手段的运用;学习方法的指导,学生思维活动的落实;重、难点的解决以及各项教学目标的实现等。说教学程序不是宣读教案,更不应为课堂教学的浓缩,应省略具体细节而着重说清教学过程的基本思路以及其理论依据。

【典型案例】原电池[1]

1. 讲述故事,引入课题(什么是原电池?)

介绍伏打电池的发现史,引出教学主题——原电池,并指出生活中形形色色的化学电池就是原电池原理和科学技术综合应用的结果。运用讲故事的方式跟学生一起分享“电池”发明的历史,启发学生对科学发明和本课题的学习兴趣。故事讲述简短,但十分引人入胜,为课堂顺利开展奠定良好基础。

2. 开展系列实验,建构新概念

化学变化伴随着能量的变化,有热能、光能,也能产生电能,把化学能转化成电能的装置就是原电池。通过一系列演示实验,请学生仔细观察实验现象并思考

---

[1]洪燕芬.追溯历史,拓展试验,凸显探究——“原电池”教学设计与反思[J].化学教学,2014(6):41-43.

有什么不同？最后归纳出原电池的构成条件。系列实验设计：将锌片、铜片分别插入稀硫酸，观察实验现象。将锌片和铜片用导线、灵敏电流计（G）连接后插入稀硫酸中。将弯曲的铜片直接放在浸入稀硫酸的锌片上。运用自行设计的创新实验，让学生通过实物投影，清晰观察到实验现象。学生在掌握原电池基本构成条件的同时，也开拓了思路：两种金属直接接触也能构成原电池，同时也自然产生了一个新问题：铜为什么会在稀硫酸中产生气泡？这跟锌与稀硫酸接触反应有什么不同？实验活动过程层层推进，现象逼真，引发学生一阵阵惊喜。

3. 思维引领，揭示科学本质（原电池是如何工作的？）

充分利用上述的系列实验，设计问题链："外电路电子是如何流动的？电解质溶液中阴阳离子的作用是什么？"、"如何从氧化还原反应角度解释其中的原理？"，逐步引导学生透过实验现象，揭示铜锌原电池（$Zn|H_2SO_4|Cu$）的工作原理。（锌片）负极：$Zn-2e\rightarrow Zn^{2+}$（氧化反应）（铜片）正极：$2H^+ +2e\rightarrow H_2\uparrow$（还原反应）电池总反应式：$Zn+2H^+\rightarrow Zn^{2+}+H_2\uparrow$ 基于上述原理分析，进一步追问：溶液中 $SO_4{}^{2-}$ 的总浓度是否有变化？溶液 pH 是否有变化？促使学生运用已学的氧化还原反应原理和简单离子反应，对原电池的实质进行深刻思考，从而理解原电池原理的本质是电子转移，并掌握原电池设计的理论基础。教师紧扣宏观实验现象，不断引导学生透过现象看本质，层层提示微观反应机理。师生互动愉快，教学进程流畅，学生的主动性思维得到了充分的调动。

4. 微型实验，提升智慧

微型实验设计：在装有稀硫酸的水槽中放入两粒相同的锌粒，观察到锌粒表面有气泡产生；然后将一根铜丝直接接触其中一颗锌粒表面，观察到浸入液体的铜丝表面有气泡产生，速率更快；取出铜丝，然后用胶头滴管在锌粒上方垂直滴加硫酸铜溶液，观察到该锌粒表面变暗，产生气泡的速率比另一颗锌粒快。

依据原理设计原电池的实验活动，初步培养了学生的实验设计意识和能力，同时进一步巩固了学生对原电池原理的理解；此外，本环节引入历史上的丹尼尔电池，通过分析该电池的设计思想，实现了原电池原理及应用的深化。

5. 联系生活中的化学电池，把握设计的技术问题（如何使原电池成为具有持续稳定电流的化学电池？）

引导学生思考"自发的氧化还原反应有很多，是否都能设计成实用的化学电池呢？"、"在设计过程中还需要考虑哪些技术问题？"、"还可能延伸出什么学科问题呢？"接着向学生说明：从科学原理到实际应用其实是一个不断创新的系统工程，生活中随处可见的化学电池就是化学学科原理与科学技术完美结合的成功案例。继而选取干电池和燃料电池以及最新"嫦娥奔月"及"玉兔"月球车中携带电池，带领学生通过资料收集和分析，了解上述电池的设计和发展。从生活中熟知的电池入手，通过问题设置，由浅入深，让学生体验学科基础知识的重要性、科学技术的复杂性，侧重培养学生紧密结合学科知识，多角度综合分析和解决问题的

能力。

6. 课堂总结，突出核心理论

原电池的构成最重要的内部条件是自发氧化还原反应。电池供电能力首先取决于组成原电池的反应物的氧化还原能力，同时装置设计的合理性（例如电极表面积）以及影响电极反应条件（如电解质溶液）等有着重要的影响作用。

7. 作业布置，重在探究

设计三个不同要求、不同性质的作业，其来源于教材，高于教材，具体如下：(1)书写完成高一化学教材 P91 上的作业。(2)我国首创以铝、空气、海水电池为能源的新型海水标志灯已经研制成功。运用所学的化学知识，推测并讨论该电池两极上可能发生的电极反应。(3)利用家庭中常用的食品：植物油、咖啡、牛奶、苹果汁、醋、柠檬汁、盐水等，生活中不同的金属材料或其他导电材料，制作各种电极和不同形式的化学电池，通过设计表格，制定个性化的实验报告。作业设计充分挖掘教材资源，既有双基训练，又有铝电池相关知识讨论与拓展。另外，通过课外家庭水果电池实验，进一步加强学生学习化学的兴趣和探究方法的实践应用。

一个完整的说课一般包括上述几项内容，但在具体说课时并不要求面面俱到，可以有所侧重，说出自己的特色。如果说课在上课前，可以在说教材前加上"设计思路"；如果说课在上课后，可以在板书设计后加上"教学反思"。

综上所述，通过教师对教材、教法、学法、程序的全面掌握和深刻理解，力图使教学过程达到最优化。同时能激发教师学习教学理论、研究《课程标准》、挖掘教材的内涵和外延的积极性，提高教师的教育教学能力、加速教师的教学研究与实践活动，由被动传统经验型向主动理论科研型转化。所以，说课作为一种创新的教研形式，必将对化学教学研究起到积极的推动作用。

练习与实践

1. 什么是化学教学设计？化学教学设计的意义有哪些？
2. 化学教学设计的基本要求和原则是什么？
3. 自选中学化学课本中的某一节课，设计一份完整的课时教学方案。
4. 自选内容，写一份说课稿，并在小组中说课，尝试评价。
5. 举例说明，教学目标的设计应注意什么？
6. 自选内容，改传统的验证实验为探究性实验，并用化学软件画出装置图。
7. 自选中学化学课本中的某一节内容，尝试对其进行教材分析。要求不少于 800 字。

第九章　化学教学设计的实施与评价

课堂教学是中学化学教学的基本形式。优化的教学设计必须通过优化的课堂教学实施策略才能充分发挥其效能。而化学教学设计的实施又涉及教师的教学技能和课堂教学管理等方面的问题。在本章,我们将探讨各种化学教学技能、具体的实施策略,以及发展性化学课堂教学评价。

第一节　化学教学技能

化学课堂教学技能是指化学教师在课堂上运用化学专业知识、教育学、心理学等有关知识,为有效地完成教学任务,促进学生全面发展而采取的教学行为方式。主要包括创设教学情境、组织指导学习活动技能、课堂教学信息与交流技能和课堂教学调控与管理技能。教学技能是教师的职业技能,同医生、演员等的技能一样,是一个教师必须掌握的。它不但有教育、教学理论做基础,还有实践的原则和要求,是教师培养中不可缺少的一个重要方面。

一、呈示教学信息与交流的技能

(一)教学语言技能

教学语言是教学信息的载体,是教师完成教学任务的主要工具。苏联教育家苏霍姆林斯基说:“教师的语言修养在极大的程度上决定着学生在课堂上的智力劳动效率。”所以说,教师的教学语言技能是提高教育、教学质量的基本教学技能。化学教学语言是实现化学新课程教学目标的重要工具,它的基本特点和要求是:

1. 符合教学语言要求

讲课语言要求声音清晰、洪亮、流利,要用普通话教学,且发音标准。语调、速度适当,有节奏和变化,抑扬顿挫。语言精练、效率高。如化学平衡的特征可用“逆、等、动、定、变”五字来表述,这种简洁明确的语言使学生易于巩固,易于

记忆。

2. 语言准确规范,通俗易懂

化学教学语言应该准确、鲜明、生动,合乎语法,用词恰当,不枯燥晦涩;口头语言句子简短,不过分修饰,用字用词符合习惯。书面语言规范、严谨、详略得当。不能用生活上的习惯用语代替教学用语。如把"加热"说成"烧一烧",将"水槽"说成"玻璃盆"或"玻璃槽"等。在讲述苯的结构和性质的关系时,可说苯就像"似驴非驴、似马非马的马、驴杂交后代——骡子一样,既有马的高大身材,又有长耳细尾的驴的特征",苯中碳碳键就是单、双键的"杂交"产物,所以苯既有烷烃的某些性质,又有烯烃的某些性质。如此通俗易懂的讲述,学生非常容易接受和理解。

【资源链接】化学教学语言的规范表达[1]

表 9-1 化学教学语言的规范表达

类型	错误或不规范的用语	正确的语言表达	说　明
用不恰当的方言土语或口头语言代替化学术语	1. 尿(sui)素的分子式是 $CO(NH_2)_2$…… 2. 生(song)成气(ci)体	1. 尿(niao)素的化学式是 $CO(NH_2)_2$…… 2. 生(sheng)成气(qi)体	类似的还有:把"肽键"说成"太监",把"镁铝"说成"美女",把"馏分"说成"牛粪",等等
混淆字义、字形相似的用语	红磷和氧气在加热的条件下反应生成五氧化二磷	红磷和氧气在点燃的条件下反应生成五氧化二磷	注意反应条件中"加热"与"点燃"、"高温"的区别。类似的还要注意:加热、微热、强热;难溶、微溶、易溶、极易溶;颜色描述中的:无色、白色,浅黄、黄、棕黄,红、红棕、红褐等的区别
用语搭配不当	为了防止气体溢出,要在集气瓶上方盖一片玻璃片	为了防止气体逸出,要在集气瓶上方盖一片玻璃片	还有,如:对气态、液态、固态物质与液态或固态物质的反应,则分别用"通入、滴入、加入"等词
缺少限定条件	1. 二氧化碳不支持燃烧 2. 惰性气体很难与其他物质发生化学反应	1. 二氧化碳一般不支持燃烧 2. 惰性气体在通常情况下,很难与其他物质发生化学反应	对于所处阶段还无法准确解释或讲解清楚的概念,可以加上"一般"、"在通常情况下"等词语,为今后的进一步讨论留下余地。如例1中,镁等活泼金属能在二氧化碳中燃烧;例2中,惰性气体在特殊条件下可以发生化学反应

[1]郑长龙. 化学课程与教学论[M]. 长春:东北师范大学出版社,2005:252-253.

续表

类型	错误或不规范的用语	正确的语言表达	说　明
描述不够准确	二氧化碳能使紫色石蕊试液变红色	二氧化碳与水反应生成碳酸,碳酸使紫色石蕊试液变红色	在描述物质的性质和实验现象时,教学语言要锤炼,准确清晰地表达
出现知识性错误	1. 酚酞试液使氢氧化钠溶液变红 2. 硫酸不导电 3. 催化剂能加快化学反应速度 4. 在这个有机物分子中羟基与苯环相连,所以它属于酚类	1. 氢氧化钠溶液使酚酞试液变红 2. 无水硫酸不导电 3. 催化剂能改变化学反应速度 4. 在这个有机物分子中羟基与苯环直接相连,所以它属于酚类	注意化学基础知识的准确表述,杜绝出现知识性错误

3. 符合化学学科特点

正确地应用化学术语,确切地表达化学概念、命题,符合化学语言规范;讲清关键的字、词、句,注意区分易于混淆的概念;不用日常概念代替科学概念,不用词语定义代替实质定义;能准确、深刻、形象地表达物质的组成、结构、性质和变化及其规律等。如把化学方程式中的“+”读作“加”,“=”读作“等于”;“PH_3”说成“氢化磷”;把碘与淀粉相互作用结合物而显示特殊的蓝色说成“碘遇淀粉变蓝”等。

【资源链接】容易读错的常见化学用字

表9-2　容易读错的常见化学用字

正确读音	错误读音	正确读音	错误读音	正确读音	错误读音
氦(hai)	氦(he)	酰(xian)	酰(shan)	氟(fu)	氟(fo)
氯(lv)	氯(lu)	钋(po)	钋(bo)	锑(ti)	锑(di)
铋(bi)	铋(mi)	铊(ta)	铊(tuo)	钽(tan)	钽(dan)
铪(ha)	铪(he)	沸(fei)	沸(fo)	盛(cheng)放	盛(sheng)放
药匙(chi)	药匙(shi)	塞(sai)	塞(se)	焙(bei)烧	焙(pei)烧
炽(chi)热	炽(zhi)热	饱和(he)	饱和(huo)	着(zhao)火	着(zhuo)火
发酵(jiao)	发酵(xiao)	地壳(qiao)	地壳(ke)	浸(jin)入	浸(qin)入
钝(dun)化	钝(chun)化	皓(hao)矾	皓(gao)矾	灼(zhuo)烧	灼(shuo)烧
臭(chou)氧	臭(xiu)氧	无色无臭(xiu)	无色无臭(chou)	纤(xian)维	纤(qian)维
缔(di)合	缔(ti)合	粘(nian)液	粘(zhan)液	重(chong)铬酸钾	重(zhong)铬酸钾

(二)板书技能

板书技能是教师以凝练的文字语言和图表等传递教学信息的教学行为方

式。板书既是教师应当具备的教学基本功,又是教师必须掌握的一项基本教学技能。独具匠心的板书和板图,既有利于传授知识,又能发展学生的智力,既能产生美感陶冶情操,又能影响学生形成良好的习惯,既能激发学生的学习兴趣,又能启迪学生的智慧,活跃学生思维。人们把精心设计的板书称为形式优美、重点突出、高度概括的微型教科书。

1. 板书的类型

常用的板书形式主要有以下几种:

(1)提纲式。按教学内容和教师的讲解顺序,提纲挈领地编排书写的形式。这种形式能突出教学的重点,便于抓住要领,掌握学习内容的层次和结构,培养分析和概括的能力。

【典型案例】"接触法制硫酸"的板书

1. 三种原料:硫铁矿或硫、空气、98.3%的浓硫酸

2. 三种净化:除尘、洗涤、干燥

沸腾炉出来的炉气成分:SO_2、O_2、N_2、$H_2O(g)$、矿尘、砷、硒化合物$\xrightarrow{\text{除尘}}$$SO_2$、$O_2$、$N_2$、$H_2O(g)$、砷、硒化合物$\xrightarrow{\text{干燥}}$$SO_2$、$O_2$、$H_2O(g)$$\xrightarrow{\text{洗涤}}$$SO_2$、$O_2$、$N_2$

3. 三个反应——造气、氧化、吸收

4. 三种设备——沸腾炉、接触室、吸收塔

5. 三种原理——
- 逆流原理
- 热交换原理
- 循环原理

(2)表格式。这种形式的板书是根据教学内容可以明显分项的特点设计的。教师根据教学内容设计表格,提出相应的问题,让学生思考后提炼出简要的词语填入表格。也可教师边讲解边把关键词语填入表格。还可先把内容分类,有目的地按一定位置书写,归纳、总结时再形成表格。

【典型案例】表格式板书

表 9-3 表格式板书

内容	名称			
	同位素	同素异形体	同系物	同分异构体
相同点	质子数	元素	结构相似官能团种类和个数	化学式

续表

内容	名称			
	同位素	同素异形体	同系物	同分异构体
不同点	中子数	分子构成或晶体结构	分子组成相差$(CH_2)_n$	分子结构
对象	原子	单质	有机物	有机物
物性	不同	不同	不同	不同
化性	几乎相同	相似	相似	相似或不同
实例	$^{35}_{17}Cl$,$^{37}_{17}Cl$;H,D,T	O_2、O_3;红磷,白磷;金刚石,石墨	乙烯,丙烯;甲苯,乙苯	乙醇,甲醚;甘氨酸,硝基乙烷

(3)图示式。在板书中辅有一定意义的线条、箭头、符号等组成某种文字图形的板书书法。它的特点是形象直观地展示教学内容,许多难以用语言解释清楚的事物往往一经图示,便一目了然了。它能引起学生的注意,激发学习兴趣,学生能长久地欣赏玩味。

【典型案例】常见有机物之间的相互转化

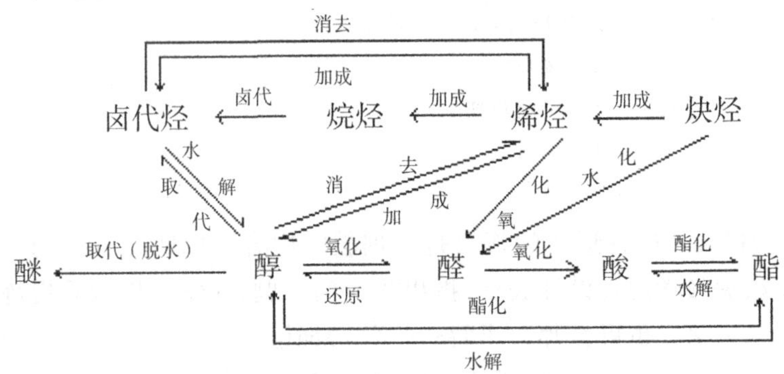

图9-1 常见有机物之间的相互转化图

2. 板书的要求

(1)书写规范、有示范性。板书要工整,必须遵循汉字的书写规律,做到书写规范、准确。要把握汉字的基本笔画和笔画顺序。字的大小以后排学生能看清为宜。教师板书时,一定要一笔一画地写字,一笔一画地画图,让学生看清楚,对一字一句,甚至标点符号都要有所推敲。教师写板书除了传授知识外还有一个引导和训练学生养成良好的书写习惯的重要任务。

【资源链接】化学教师课堂板书常见错误分类[1]

表 9-4 化学教师课堂板书常见错误分类

错误归类	错误或不规范的板书	正确的板书
1. 旧教材习惯性的迁移	惰性气体 氧化——还原反应 pH 值 漂白粉 化学反应速度	稀有气体 氧化还原反应 pH 漂粉精 化学反应速率
2. 使用已废弃的旧名称	重量 比重 比热 原子量 分子量,式量 摩尔数 质量百分比浓度 体积百分含量 摩尔浓度	质量(m) 密度,相对密度 质量热容,比热容(c) 相对原子质量 相对分子质量 物质的量 B 的质量分数 ω(B) B 的体积分数 φ(B) B 物质的量浓度 C(B)
3. 没有使用国际规定的符号	质量 w 阿伏加德罗常数:N_0,N	m N_A
4. 把化学元素符号当作量符号使用	体积比:O_2 : H_2 =1: 2 体积分数:H_2S% =20% 质量分数:MnO_2% =5%	$V(O_2)$: $V(H_2)$ =1: 2 $\varphi(H_2S)$ =20% $\omega(MnO_2)$ =5%
5. 把中文名称当作中文量值使用	1 摩尔	1 摩,1mol
6. 把量符号当作纯数来使用	物质的量为 n mol	物质的量为 n
7. 热化学方程式新、旧教材表示有差异	$2H_2(g) + O_2(g) = 2H_2O(l)$ +484kj	$2H_2(g) + O_2(g) = 2H_2O(l)$; $\triangle H = -484kJ/mol$
8. 忽视了计算中单位的作用(即单位应参与运算)	计算标准状况下 0.2mol NH_3 的体积:$V(NH_3) = 0.2 \times 22.4 = 4.48(L)$	$V(NH_3) = n(NH_3) \cdot Vn = 0.2mol \times 22.4L/mol = 4.48L$
9. 单位重叠、混乱	设 CO 的体积为 VL 解得:V =2L	设 CO 的体积为 V 解得:V =2L

(2)层次分明,有条理性。化学教学内容有较强的层次性和逻辑性,所以板书也要层次分明,有条理。特别是序号的设计,一般按照一、(一)、1、(1)①5 级目录的形式编码,以突出教学内容和板书的层次性。

[1]王后雄. 化学教师课堂板书常见错误分类例释[J]. 化学教育,2003(7-8):46.

(3)合理布局、有计划性。教师课前要根据教学要求,从实际出发,进行周密的计划和精心的设计,确定好板书的内容,规划好板书的格式,预定好板书的位置,以便在教学时能按计划及时、准确地书写板书。此外,板书又分为主板书和副板书。主板书用于书写教学内容的提纲,重点、难点及课堂补充的重要内容,通常使用黑板的左中部分,占黑板面积的二分之一至四分之三。副板书一般在在黑板的右边部分,主要用于解释、旁证、说明等内容的书写。

(4)形式多样、有趣味性。好的板书设计会给学生留下鲜明的印象,形成理解、回忆知识的线索。充满情趣的板书设计,好像一幅美丽的图画,给学生以美的享受,拨动着他们的心弦,引起浓厚的学习兴趣,加深理解和记忆,增强思维的具体内容和学生思维的特点,运用好板书这种书写形式的教学语言。

(三)课堂体态语技能

课堂体态语言主要包括表情、眼神、动作姿态、手势、外表修饰等。著名教育家马卡连柯指出:"教育技巧,也表现在教师运用声调和控制面部表情上"、"我相信在高等师范学校里,将来必然要教授关于声调、姿态、运用器官、运用表情等课程,没有这样的训练,我是想象不出来可能进行教师工作的"。这是马卡连柯基于自己长期积累的教学实践经验,对课堂上教师体态语言重要性的充分肯定。

1. 课堂体态言语的主要特点

(1)直观性。课堂体态语是通过体态动作发出的一种可视的信息,这是课堂体态言语最明显的特点。例如,点头(表示同意)、摇头(表示否定)、皱眉(表示不满)、喷嘴叹息(表示批评)、向下挥手(表示强调)、拍击额头(表示疑惑)、拍拍肩头(表示亲热)、竖起拇指(表示赞赏)等,它们是教师表达态度、情感的重要方式。

(2)模糊性。一般来说,体态言语传达的信息不如口头语那样精确,因此体态言语更易传达情感和暗示某种意图,而较难单独传达概念和进行推理。但是,通过精心设计的体态言语模糊程度相对较低。例如,教师面带微笑地肃立沉默,能使教室秩序安定下来;适当的走动和手势能使学生活跃起来,积极开展思维和其他活动;从容不迫和镇定的举止可以稳定学生情绪,使他们消除对实验的畏惧、增强学习信心。另一方面,教师的不良举止则有负面作用。例如,教师的频繁走动会使学生烦躁;手舞足蹈和反复的无意识动作会使学生分散注意,降低学习效率。

(3)敏感性。一般来说,视觉信息是具象信息,听觉信息是符号信息,因此人们对视觉信息的感知比对听觉信息的感知更敏感一些,留下的印象也可能更持久。

2. 课堂运用体态语言的基本要求

(1)面部表情要自然、专注并随内容的不同而变化;

(2)着装要协调,注意仪表美,要身教言传并重无呆板相;

(3)站姿直而不僵硬,头不偏,略前倾,讲课时挺胸收腹;

(4)走动范围合理,快慢合适,停留得当;

(5)要正面使用目光与学生交流,面向学生;

(6)要适当使用停顿技能,以引起学生的注意;

(7)体态语之间的交换要自如,课堂生动活泼;

(8)体态语要与口语配合得当[1]。

(四)演示技能

化学教师在课堂教学中就相关内容进行实验操作展示实物或运用教具等直观教学手段,为学生提供感性材料、指导学生进行观察、分析和归纳,使他们获得知识和技能,从而培养学生观察能力和思维能力的一类教学行为,统称为演示技能。演示技能的类型包括实验演示、实物演示、图表或模型的演示、多媒体教学演示等。

1. 演示技能的功能

化学演示实验具有特殊的魅力,它能激发学生的兴趣,提高教学效果;演示实验可以为学生提供鲜明、准确、生动的感性材料,帮助学生理解和掌握比较抽象的概念、原理;通过演示实验的教学可以培养学生的观察能力、分析能力、想象能力;同时也是培养学生科学态度、科学方法以及良好实验习惯的有效手段。

2. 运用演示技能的基本要求

(1)为了保证学生能看清演示物,演示物应有足够的尺寸。过小的材料应进行分组演示或用投影器放大;过大不能在课上演示,只能课下组织学生观察。

(2)为了使全班学生坐在原位置就能看清演示材料,演示物应放在一定的高度上。一般以前面的学生不遮挡后面学生的视线为宜。讲台太矮时,应支到一定高度。支垫物要稳固。

(3)演示物要有适宜的亮度。除幻灯、投影外,其他直观材料都应在光线充足的条件下进行演示。如果教室太暗,则应用灯光照明。

(4)实验操作要规范,具有示范性。

(5)复杂的实验要利用图解帮助学生观察。每个实验都是一个系统的过

---

[1]阎立泽. 化学教学论[M]. 北京:科学出版社,2004:227.

程,为了使学生的每一步观察都不脱离整体,教师在演示时应配合一张演示实验程序的图解。这种带有指示性的图解,既能使学生对教师的演示过程看得清楚,概念完整,又能使学生深入理解,加强记忆。

(6)演示要与语言讲解紧密结合。教师在演示的同时进行必要的讲解或配合讲解进行直观教具、实验等的演示,能使学生视听结合地接受知识,对于提高他们的理解力和巩固知识有重要的作用。

二、创设化学教学情境的技能

化学教学情境是指在化学教学的过程中,依据化学新课程标准,从化学教学的需要出发,从学生实际出发,联系学生生活实际,联系科技的发展,采用各种教学手段来创设一个真实的、自然的社会生活背景,在此情境中应用学生已有的知识和经验来学习新的教学内容,使学生了解这些化学新知识产生的背景、化学概念的形成过程,化学规律和法则在人类认识世界中所起的作用和意义,体会化学知识的价值所在。

(一)化学教学情境的功能

教学情境能对教学过程起到引导、定向、调节和控制作用,研究和探索情景教学不仅可以丰富和发展教学理论,而且有益于提高教学质量和效率。从促进学生学习和发展的角度分析,教学情境有以下几方面的教学功能[1]。

1.有利于激发学生的学习兴趣

教学情境是情感环境、认知环境和行为环境等因素的综合体,好的教学环境总是有着丰富和生动的内容。适宜的情境不但可以激发学习的兴趣和愿望,促进学生情感的发展,而且可以激发学生多方面的好奇心和求知欲,调动学生参与教学的积极性和主动性。

2.有利于学生理解与应用知识

教学情境中蕴含着知识存在的背景,有利于增强学生对新知识的迁移、应用,在真实的情境中培养学生解决与化学有关的实际问题的能力。

3.有利于学生探究能力的发展

在许多情况下,情境学习与探究活动是融为一体的,探究活动的开展需要一定的情境为之提供素材和支持。学生借助情境教学中提供的素材发现和提出问题,然后通过探究活动解决问题,获得新知识。

---

[1]占海红.创设化学教学情境优化课堂教学[J].四川教育学院学报,2007(4):79-80.

4. 使学生有足够多的机会学会合作和交流

情境教学的一个重要特点就是需要个体之间的协作，在协作中完成意义的建构，每一个人都能获得自己独特的见解。这就给学生提供了非常多的合作和交流的机会，从而提高教学质量。

（二）化学教学情境的创设

不同的情境会产生不同的效果，这就要求我们注意研究如何创设情境。一般来说，化学教学情境设计的常见途径有：

1. 从化学与生活的结合点入手，创设情境

生活中处处涉及化学，我们就生活在化学的世界里。让学生真切感受到知识的实际意义和价值，体会到化学知识不是书本上死的教条，而是被广泛渗透和应用于现实生活和社会实际之中。通过化学在生活中的应用入手创设情境，一方面有助学生体会到学习化学的重要性；另一方面有助学生学以致用，激发兴趣。

【典型案例】“过氧乙酸的结构和性质探究”教学情境的设计

2003 年 4 月，一场可怕的灾难在中国大地发生，“非典”的传播和流行威胁着人类的生存和生命。在预防“非典”的传播过程中，经常使用一种叫做“过氧乙酸”的消毒剂。“过氧乙酸”是一种有机物，它的结构是怎样的？又有哪些性质？

案例分析：从生活实际出发，极易引发学生的关注和思考，同时还引导学生关注身边的事情，多思考身边常见现象，有助于学生利用所学知识解决实际问题。

2. 从化学与社会的结合点入手，创设情境

从社会发展来看，农业要大幅度地增产，在很大程度上要依赖于化学科学的成就；农副业产品的综合利用和合理贮运，也都需要应用化学知识。在工业现代化和国防现代化方面，也都需用化学方法研制很多特殊性能的化学产品。现代社会离不开化学。以此为切入点创设情境，学生会深刻体会到化学学习的乐趣所在。

【典型案例】“化学与材料”教学情境的设计[1]

运用图片向学生介绍众多的新型金属、非金属材料、合成材料、复合材料，然后结合资料所展示的画面，让学生思考：

---

[1] 吴鸿雁. 例说化学问题情境的创设途径[J]. 吉林教育，2007(11)：61.

(1)哪些事实可以说明人们在对材料的利用时,经历了直接采用天然材料,加工改造天然材料,合成材料的过程?

(2)在日常生活使用的材料中,哪些是天然材料,哪些是合成材料,哪些是复合材料?

(3)有人说,性能优异的复合材料并非现代才有,在古代、近代都有复合材料的发明,许多复合材料现代还在使用,你能举出例子吗?

(4)现代人提出要回归自然,甚至拒绝使用合成材料,你认为从环境保护和健康的角度看,使用天然材料是否比使用合成材料好?

案例分析:根据图片资料和教师提出的问题,使学生真正进入了学习"化学与材料"的情境中,促使学生对问题的思考更深刻,从事物中领悟其中蕴涵的道理,使感性认识上升到理性认识。

3. 通过新闻热点,创设教学情境

在化学教学中,培养学生的实践能力和社会责任感,关注学生的生活世界。选用那些刚刚发生或过去发生过,与学生的学习密切相关的新闻来创设情境,可以使教学内容更具有时效性和创造性。

【典型案例】"金属钠"教学情境的设计[1]

某报报道:在广州市珠江河段曾经出现过惊险神秘的"水雷",6个装满金属钠的铁皮桶浮在水面上,其中3个发生剧烈爆炸,另外3个被成功打捞。据现场的一位目击者称:早上10点多,河面突然冒起一股白烟,水面漂浮的一个铁桶内窜出黄色火苗,紧接着一声巨响,蘑菇状的水柱冲天而起。群众议论说"没想到水里的东西也能着火爆炸"。打捞上来的桶被打开后马上冒出白烟,而且一旦人们接触了桶内的物质,双手感到剧烈的疼痛……消防队员将打捞上来的铁桶用煤油浸泡。

问题1:为什么装满金属钠的铁桶不下沉?为什么"水里的东西也能着火爆炸"?

问题2:为什么消防队员将打捞上来的铁桶用煤油浸泡?

问题3:为什么打捞上来的桶被打开后马上冒出白烟?而且一旦人们接触了桶内的物质,感到剧烈的疼痛?

案例分析:感受此情此景,学生的好奇、议论、猜测油然而生,有迫切的求知欲,探究心理氛围已经形成。此时学生经过实验探究,弄清了神秘"水雷"爆炸、

---

[1]王后雄.高中化学新课程教学中问题情境创设策略研究[J].化学教学,2008(7):27-32.

燃烧的原因,认知的积极性将会得到强化。

4. 利用问题探究,创设教学情境

适宜的情境一般总是跟实际问题的解决联系在一起。利用问题探究来设置教学情境,便于开展探究、讨论、理解以及问题解决等活动,是物理、化学等学科适用的设置情境的有效方法。

【典型案例】"金属的腐蚀和防护"教学情境的设计[1]

从复习铁、石墨与稀硫酸组成的原电池入手,采用问题递进的方式推动学习进程:

(1)将铁丝与石墨同时插在稀硫酸中,且底部互相接触,能否构成原电池?

(2)若将稀盐酸换成碳酸,能否构成原电池?

(3)钢铁设备在潮湿的空气中,表面形成水膜后的酸碱性怎样?能否构成原电池?

(4)随着水膜酸性的降低,钢铁设备中是否还存在着原电池的反应?

(5)水膜中的亚铁离子是怎样转化为铁锈的?

(6)是否钢铁表面只要保持干燥就不会被腐蚀了?

(7)金属腐蚀的原理是什么?

(8)在生产和日常生活中,怎样防止金属的腐蚀?

案例分析:整个过程使学生的认知沿着教师设计好的台阶拾级而上,顺利实现了"低起点、高落点"的教学意图。通过设置的这一组问题,引发了学生的积极思考,从而达到教学目标。

5. 从化学史、化学小故事为切入点,创设教学情境

从化学史入手,一方面让学生了解到科学研究的成果来之不易,科学家们顽强的精神和为科学献身的毅力和决心。使学生意识到任何一个重大的发现都浸透了科学家的血汗,甚至生命,我们要严肃对待科学。另一方面可以模拟科学家科学发现的探索过程,找到生动的问题素材,以此为切入点,利用问题探究来创设情境,激发起学生的好奇心和主动探究的欲望,在此情境中去回顾科学家所走过的艰难曲折的探索历程,以此培养学生良好的科学素养。

【典型案例】"原电池"教学情境设计

1792—1796 年间,意大利科学家伏特通过实验发现,只要两种金属片中间隔有用盐水浸过的多孔材料,并用金属线把它们连接起来,就会产生电流。后来,他

[1] 夏向东. 化学教学中问题情境的创设策略[J]. 化学教学,2009(2):35 – 37.

把铜片和锌片放入盐水中，制成了能提供恒稳电流的“伏特电池”，为电学的进一步发展和电化学的创建开辟了道路。

案例分析：为了弄清楚原电池的原理，学生必须进行实验探究，分别对铜丝和锌片同时放入稀硫酸，将铜丝和锌片连接起来放入稀硫酸进行实验，引起认知的兴趣。通过一系列实验一步步思考，在经历跟科学家类似的科学研究过程之后，最终认识、理解原电池的原理。

6. 利用学生的认知矛盾，创设情境

在此情境中引进学生的认知失调，以此为切入点创设情境，但要注意所创设的情境要符合学生的认知结构水平，创设出“最近发展区”，让学生的思维更加活跃，激发其学习的动机，促进学生认知能力的发展，为下一步学习作好铺垫。

【典型案例】“钠与水的反应”教学情境设计

实验准备：酒精灯（灯焰中事先藏入一小块金属钠），胶头滴管；

实验过程：用胶头滴管滴一滴水于酒精灯灯焰上；

实验结果：酒精灯被点燃。

案例分析：水点灯首先吸引学生的注意，实验结束后引发学生思考，和已有的认知发生矛盾，继而思考可能是由于灯焰中有特殊物质存在，若教师告知为金属钠时，学生会思考应该是钠遇水放出的热量使得酒精灯燃烧，那么，反应之后的产物是什么？紧接着设计产物的检验试验，这样实验情境就贯穿于整节课中。

三、组织课堂教学活动技能

（一）导入技能

导入技能是教师在进入新课题时运用建立问题情境的教学方式，引起学生注意，激发学习兴趣，明确学习目标，形成学习动机和建立知识间联系的一类教学行为。化学新课的导入技能可分为两大类，见图 9－2[1]：

---

[1]王彩芳. 化学新课导入方法研究[J]. 化学教育，2001(1)：16－18.

- 化学新课导入法
  - 纯教师语言导入法（不凭借教学媒体）
    - 故事法、谜语法、激励法
    - 提问法、释题法、开门见山法、
    - 提前交代目的法、练习矫正法
  - 凭借教学媒体导入法
    - 凭借文字教材法
      - 自学导入法
      - 问题法
    - 凭借模型、标本、图表、卡片等法
      - 实物法、模型法、
      - 图表法、卡片法、
      - 游戏法
    - 凭借实验设施法
      - 演示直观法
      - 学生实验法
      - 魔术法
    - 凭借电教设施法
      - 录音导入法、录像导入法
      - 多媒体导入法、投影导入法

图 9－2 化学新课导入法

【典型案例】“钠的化合物”导入

师：上课前，我先给大家表演一个小魔术。这是一块石棉网（举起石棉网展示）、一小团棉花（举起棉花展示，棉花中事先包有少许过氧化钠粉末）。现在请×××同学去用空滴瓶装大半瓶自来水。

生：取自来水。

师：用取来的自来水，向棉花团上小心地滴水。棉花团燃烧起来，并发出黄色的光。

生：非常兴奋，议论纷纷。

师：大家都知道，水能灭火。但今天我们用水点燃了棉花，什么原因呢？这就是我们今天要学习的内容。（板书）钠的化合物……

点评：此例属于魔术法导入。

（二）讲解技能

讲解技能是教师利用语言或辅以其他教学媒体向学生说明，解释事实或论证原理、概念、公式、法则等的行为方式。在课堂教学中，教师用语言讲解是传授文化知识的主要手段。

1. 讲解技能的类型

（1）解说式。运用学生耳闻目睹的丰富事例（包括实验过程和实验结果），引导学生从情境中接触概念，从感知中理解概念。或者把未知与已知联系起来，说明事物的本质属性和基本特征。

（2）解析式。解释和分析（定性分析和定量分析结合）规律（包括定理）和法则(包括公式),是化学基础知识教学和基本技能训练的重要部分。按讲解的逻辑方法,有两条途径。一条是归纳。先分析事实、经验或实验,抓住共同因素,概括本质属性,综合基本特征,用简练而又准确的词语作出结论。再把结论用于实践,解决典型问题。最后对相似的易混淆的内容进行比较,指明分界点和联系点。另一条途径是演绎。首先讲解规律、原理和法则,再举出正反实例进行验证,分析它的内涵和应用范围,最后要求学生举例应用。

【典型案例】$Al(OH)_3$ 两性的讲解[1]

$Al(OH)_3$ 是两性氢氧化物,根据实验,$Al(OH)_3$ 跟酸、强碱反应都生成盐和水。像 $Al(OH)_3$ 这样跟酸反应生成盐和水,跟强碱反应也生成盐和水的氢氧化物叫两性氢氧化物。$Al(OH)_3$ 是难溶物质,但溶于水的极少量 $Al(OH)_3$ 进行电离。

(板书) $H_2O + AlO_2^- + H^+ \rightleftharpoons Al(OH)_3 \rightleftharpoons Al^{3+} + 3OH^-$

它的两性是由于电离时,同时离解出 H^+ 和 OH^-,但何时向碱式电离方向移动?何时向酸式电离方向移动?还要看外因条件。当往 $Al(OH)_3$ 里加酸时,H^+ 跟 $Al(OH)_3$ 电离出的少量 OH^- 起反应生成水,使 $Al(OH)_3$ 按碱式电离,平衡向右移动,$Al(OH)_3$ 表现为碱,$Al(OH)_3$ 不断溶解。当往 $Al(OH)_3$ 里加强碱时,使 $Al(OH)_3$ 按酸式电离,平衡向左移动,$Al(OH)_3$ 表现为酸,$Al(OH)_3$ 也不断溶解。

点评:此例属于解析式讲解。

(3)解答式。以解答问题(包括思考题、练习题、智力测验题、自然现象或社会生活中的实际问题)为中心,有一定的探索性。先从事实材料中引出问题(也可以直接提出问题),接着明确解决问题的标准,再提出多种解决问题的方法,进行比较、择优,进而提出论据,开展论证,通过逻辑推理得出结果。然后作出总结。

2. 讲解技能的基本要求

(1)逻辑性。主要指准确地使用概念,恰当地进行判断,严密地进行推理的特点。但作为口头语言必须简短明快,语气的舒缓或急促,语调的轻重缓急,都应受制于教材本身的逻辑性,依靠语言的逻辑力量。

教师在讲授时一定要按照学生的理解水平进行逻辑推理。有些教师的讲授使学生感到高深莫测;而另一些教师的讲授又失之肤浅,叫人难以忍受。要做到讲授深浅适度,教师必须使自己的语言、思想和思维的顺序都与学生的水平相适应。讲授的内容要从具体到抽象,再回到具体,这样可以使一些问题不致悬在空中。教师还要注意教材前后内容的逻辑性,给学生提供必要的背景知

[1]贺湘善,吴俊明. 化学学科教育学[M]. 北京:首都师范大学出版社,2001:276.

识,以便于理解新教材。

(2)透辟性。主要指阐发的透彻精辟、尖锐,引导得玲珑剔透、清澈见底。要做到这一点,教师必须提高自己驾驭教材的能力,能够居高临下,对全课以至整个章节的教材都要有准确的分析,分清教材的主次,把握住重点和难点,把时间用在解决关键问题上,能够做到一通百通。所以好的教师在讲授中只突出中心论点,并围绕这些论点把它说清楚。为了保证教学目标的实现,教师除了必须清晰地阐明每个论点外,还能利用图解、事例及其他教学媒体来帮助说明。最后教师还要再回到他的论点上来,清楚地重申论点,使学生通过最后总结能加深理解并尽可能牢固地掌握教学内容。

(3)启发性。讲解的启发性体现在教师的讲解能够使学生用已有的知识经验去理解新知识,因为它通过学生的内因起作用,引起了学生的积极思维。而把迁移规律应用到讲解技能中帮助学生用原有的知识去理解新知识是讲解成为启发式的基本途径。在讲解时,尤其应当重视"普遍迁移"的作用。"普遍迁移"又称"一般迁移",即原理和态度的迁移,布鲁纳(J. S. Bruner)认为它是教育过程的核心。在中学化学课里,普遍迁移主要是基本概念和原理的迁移。比如,在讲"电离平衡的移动"时,引导学生用勒沙特列(LeShatelier)原理以醋酸为例分析:"在醋酸溶液中存在着电离平衡:$CH_3COOH \rightleftharpoons CH_3COO^- + H^+$。当加入少量强酸时,增大了 H^+ 的浓度,平衡向左移动,CH_3COO^- 浓度减少、CH_3COOH 浓度增大;但向溶液中加入少量强碱时,OH^- 中和溶液中的 H^+ 使 H^+ 浓度减少,平衡向右移动,CH_3COO^- 浓度增大,而 CH_3COOH 浓度减少。"这种迁移使新旧知识之间建立起实质性的联系,学生就容易理解新知识,并且对化学的动态平衡的认识有所扩大,又为以后学习盐类水解打下了基础。又如,对"化学平衡是动态平衡"的说明,可用"当洗衣机里进水速度和出水速度相等时,水位保持不变,但水是在流动的。"这一实例,帮助学生理解什么是"动态平衡"。

(三)提问技能

1. 提问技能的类型

提问技能是指在教学过程中教师提出问题及对学生的回答作出反应的方式,通过师生的相互作用,检查学习、启发思维、巩固知识、运用知识、发展能力,促进学生学习的行为方式。提问技能是化学教学中普遍运用的基本技能,它广泛应用于教学的各个环节。提问技能主要包括四种类型:

(1)回忆提问。回忆提问指学生凭记忆就可以回答的提问。

(2)理解提问。理解提问指学生依据已有知识涵义的正确领会来解释某些事实或引申出结论来回答的提问。

(3)应用提问。应用提问是指建立一个简单的问题情境，让学生运用获得的知识和回忆过去所学过的知识来解释新问题的提问。

(4)分析提问。分析提问指对多因素构成的复杂事物或问题的提问。

2. 提问技能的基本程序

(1)引入阶段。教师用不同的语言或方式表示即将提问，使学生对提问做好心理上的准备。常用的引导语言有："同学们，下面让我们共同考虑这样一个问题……"、"好，通过上面的分析，请大家考虑……"等。

(2)陈述阶段。教师用简明的语言陈述问题，并使全体学生都能注意和思考所提出的问题，不先指定回答者，以免其他学生不参与。问题提出之后，要停一会儿，让学生有时间思考和组织语言，教师可根据学生的体态语言、情绪反应及问题的难易和复杂程度来掌握停顿的时间。

(3)提名阶段。教师用和蔼的表情和期待的目光环视每个学生，让他们都感到自己被老师注意了，然后用正视的目光落在某个学生身上，让他知道老师要叫他。提名作答时，不能只叫学习好的或者某个特定的学生，提问时要尽量做到机会均等。

(4)介入阶段。当学生不能顺利回答时，教师予以鼓励并给予学生适当的提示。

(5)评价阶段。教师对学生的作答进行处理。方式主要有：重述、追述、补充、更正、延伸，等等。

3. 提问技能的要求

①内容要明确，重点要突出；②提问不仅要联系旧知识而且还要解决新问题；③问题设计应包括多种水平；④要把握提问时机；⑤提问后要适当停顿，给学生思维时间；⑥要有适当提示，帮助学生思考；⑦提问面要广，照顾到各类学生；⑧对答案能确认、分析、评价，使多人明白。

【典型案例】怎样检验纯碱样品中含有食盐？

[学生A]向样品溶液中加入硝酸银，产生白色沉淀，说明样品中含有食盐。

[教师]这能说明样品中含有食盐吗？为什么？

[学生B]这种方案不行，因为不仅氯化银难溶于水，碳酸银也难溶于水，无法知道样品中是否含有食盐。

[教师]有没有补救的方法？

[学生C]可以再加入稀硝酸，将碳酸银溶解，如果还有沉淀则说明样品中含有食盐。

[教师]加入硝酸有没有量的要求？

［学生C］必须加入足量的硝酸，使碳酸银充分溶解。

［教师］怎样判断硝酸是否足量？（等待片刻）如果有碳酸银存在，会有什么现象？

［学生C］加入硝酸后不再有气泡产生，就是足量了。

［教师］对，大家想想，还有其他方案吗？

［学生D］还可以先向样品中加入足量的稀硝酸，使碳酸根充分反应后加入，若有白色沉淀产生，则说明样品中含有食盐。

［教师］很好，比较一下，这两个检验方案有什么不同？

［学生E］（思考片刻后）第一种方案是根据碳酸银和氯化银在硝酸中的溶解性不同来检验样品中含有食盐：碳酸银能溶于稀硝酸而氯化银不能，第二种方案则是先用稀硝酸除去纯碱（除碳酸根），然后再加入硝酸银，检验其中是否含有食盐。

［教师］除了上述两种方法外，还有其他检验方法吗？请大家讨论。

［学生F］（讨论后）可以先向样品溶液中加入氢氧化钙除去碳酸根，再加入硝酸银，如果产生白色沉淀，就说明其中含有食盐。

［教师］很好，现在共有三种方法了，写出相应的化学方程式和离子方程式。比较一下，哪种方法最好。

（四）结课技能

结课技能是教师完成一项教学任务时，通过重复强调、概括总结、实践活动等，对所教的知识或技能进行及时的系统化、巩固和应用，使新知识稳固地纳入学生的认知结构中去的一类教学行为。根据教学内容和课时目标，结课技能可分为3个基本类型、9种表达形式，如图9-3[1]：

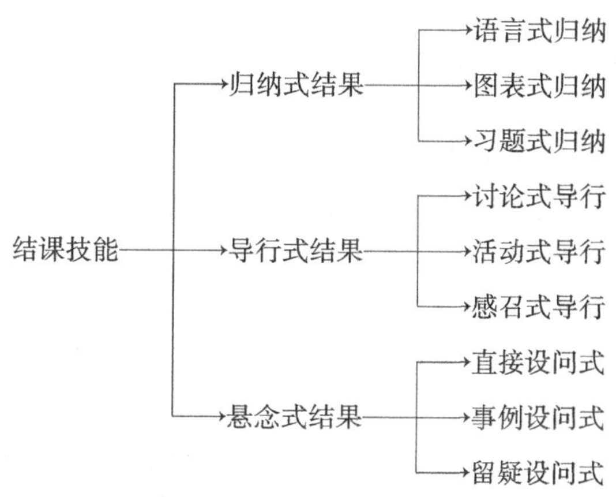

图9-3　化学课结课技能

［1］陈东林. 结课技能微探［J］. 化学教育，2001（5）：11-12.

【典型案例】盐类水解规律的结课设计

(1)语言归纳式:①强碱弱酸盐水解,溶液呈碱性,pH > 7。②强酸弱碱盐水解,溶液呈酸性,pH < 7。③强酸强碱盐不水解,溶液呈中性,pH = 7。④弱酸弱碱盐双水解,溶液的酸碱性,由对应酸、碱的相对强弱来定。

为便于记忆可概括为六句话:有弱才水解,越弱越水解,都弱双水解,无弱不水解,谁强显谁性,同强显中性。

(2)图表归纳式:

表 9-5 盐类水解规律

名称	能否水解	溶液酸碱性
强碱弱酸盐	能	碱性,pH > 7
强酸弱碱盐	能	酸性,pH < 7
强酸强碱盐	不能	中性,pH = 7
弱酸弱碱盐	双水解	相应酸、碱的强弱而定

(3)习题归纳式:今有食盐($NaCl$)、草木灰肥(K_2CO_3)及硫酸铵化肥[$(NH_4)_2SO_4$]分别溶于水中,其溶液的酸碱性如何?为什么?这样既使学生思维活跃,加深记忆,又培养了综合概括能力。

(4)讨论导行式:可激发学生思维,活跃课堂教学。如临床上有酸中毒和碱中毒的患者,能否用 NH_4Cl 或 $NaHCO_3$ 治疗以解除中毒情况?(3 分钟),学生通过热烈讨论得出:NH_4Cl 水解后显酸性,可中和患者体内的碱,故用 NH_4Cl 治疗碱中毒。而 $NaHCO_3$ 水解后显碱性,可中和体内的酸,故用 $NaHCO_3$ 治疗酸中毒。教师:有的同学用错了药,病人会怎样呢?(讨论 2 分钟)。点拨指出:轻则加重患者中毒病情,重则危及患者生命。教育学生树立为群众身体健康服务的高度责任感,激发学生认真学好化学科学知识。

四、课堂教学管理技能

课堂教学管理是上课能否顺利进行的基本保证,没有有效的课堂教学管理,就不会有有效的课堂教学。课堂教学管理设计是教师通过协调课堂内的各种教学因素而有效地实现预定的教学目标的过程。课堂教学管理主要包括以下两个方面:

(一)教学时间的控制

争取更多的时间用于学习,提高课堂时间利用的效率。研究表明,学生在课堂上真正投入学习的时间与学生成绩之间呈明显的正相关。为此,可采取增加教学活动中学生的参与度,激发和维持学生的学习动机和兴趣,保持教学的流畅性等策略。

注意学生的专注学习时间。研究表明，每天学生的学习能力有高低变化，每天学习能力最强的时间是上午二、三节课期间，较差的时间是下午第一节课。即便在同一节课，学生学习能力也有差异，如每节课学生要出现两次疲劳，一次是15分钟至25分钟之间，一次是40分钟以后。为避免教学时间的遗失，教师在教学设计过程中一定要把握好每个环节，精心设计好每项内容，同时又要对课堂上可能出现的问题及处理办法有一定预测和心理准备，学会处理课堂上的突发事件，形成教育机智，只有这样，在课堂上才有可能避免教学时间的遗失。

（二）课堂问题行为的调控

课堂问题行为是指不能遵守公认的正常学生行为规范和道德标准，不能正常与人交往和参与学习的行为。课堂问题行为不仅干扰正常的教学活动，引起课堂纪律问题，而且还会影响师生关系和学生的身心健康。斯威夫特（M. Swift）等人通过系统的课堂观察发现，在典型课堂里，有25%至30%的学生存在问题行为，主要表现为漫不经心、感情淡漠，逃避班级活动，与教师或同学关系紧张，容易冲动，上课插嘴、坐立不安或活动过度、紧张烦躁，等等。问题行为不是差生、后进生的“专利品”，优秀学生有时也有可能发生问题行为。问题行为产生的原因既有学生的问题，也有教师的问题，还有家庭和社会的问题。调控课堂问题行为的有效策略有：

1. 正确对待

一般说来，课堂里往往存在积极的、中性的和消极的三种行为。积极的课堂行为指与促进课堂教学目标实现相联系的行为。中性的课堂行为是既不促进又不干扰课堂教学的行为，例如，静坐在座位上但不听课，出神地望着窗外，在纸上乱写乱画，看连环画或伏在桌子上睡觉但无鼾声，等等。消极的课堂行为则是那些明显干扰课堂教学的行为，包括喧闹、戏弄同学、扮小丑和顶撞教师等。

对中性行为教师可以采用给予信号、邻近控制、向其发问、排除诱因、暗示制止、合理安排和课后谈话等措施，以利于把中性行为转变为积极行为；对于消极的课堂行为，有时适当惩罚是必要的，但不可采用讽刺挖苦、威胁、隔离、剥夺、奚落或体罚等惩罚手段。

2. 行为矫正

行为矫正是用条件反射的原理来强化学生良好的行为以取代或消除其不良行为的一种方法。具体步骤为：确定需要矫正的问题行为→制定矫正问题行为的具体目标→选择适当的强化物与强化时间的安排→排除维持或强化问题行为的刺激→以良好行为逐渐取代或消除问题行为。

3. 心理辅导

心理辅导不像行为矫正那样完全以改变外部行为表现为目标，而是通过改变学生的认知、信念、价值观念和道德观念来改变学生的外部行为的一种方法。

马斯洛等人本主义心理学家认为，个人问题行为往往起因于外界因素对自我实现的阻挠以及个人缺乏正确的自我评价。因此，心理辅导的主要任务是：

第一，帮助学生正确认识和评价自我，确立良好的自我意识。

第二，帮助学生正确抉择行为方向，确立合适的目标。

第三，帮助学生正确认识环境，善于改变环境或自己的不适应行为，增强社会适应能力和提高社会技能。

第四，帮助学生发挥个人能力，排除实现理想抱负的障碍，过有意义的健康愉快的生活。

心理辅导的成败取决于师生间认知距离的缩短和情感隔阂的消除。教师应对学生充满期待和信心，尊重学生的感受和体验，从学生的立场出发去处理问题行为，从而调动学生学习的积极性，达到调控教学秩序的目的。

第二节　化学教学设计的实施和反思

一、化学教学设计的实施

（一）课前的准备

1. 准备实验和其他教学媒体

上课前，教师对演示实验和学生实验都必须亲自试做，通过预试实验检验所用试剂、仪器和设备是否符合要求，探索和掌握最佳的实验条件控制，以确保实验成功。此外，对学生可能产生的困难，通过实验对学生进行哪些科学方法的训练以及怎样去训练等都要做到心中有数。在上课之前还要对所准备的实验用品进行一次清点，即便是小小的“火柴”也不可疏漏。

图表、模型和标本是化学教学中常见的教学媒体（直观教具）。在准备妥当之后，课前也要进行认真检查，看是否有遗漏。如果用到多媒体，还要检查是否携带 U 盘，课件或文件是否能在多媒体教室计算机上打开等。总之，课前的准备是一项复杂、细致的工作，教师要认真负责，切不可粗心大意。

2. 修正并熟悉教案

上课前,教师还需要进一步熟悉自己设计的教案,以达到在课堂上能灵活、熟练地运用和执行教案设计的内容。对一节课的教学内容、教学的全过程、教学的程序和步骤、各种教学方法和科学方法的配合、教学媒体的使用以及教学语言等都应非常熟悉。对如何启发和引导学生、教师的活动,如何与学生的活动协调起来,如何控制教学和取得反馈信息等都应结合教案进行考虑。此外,做好默讲有利于教师把握教案,对于新教师来说,进行试讲不仅有效,而且很有必要。在熟悉教案和默讲(或试讲)的基础上,对原设计的课时教学方案中的一些考虑不周之处,还需要进行修改,使之更趋完善。

(二)化学课堂教学(上课)

1. 化学课的结构

关于课的结构,一般可按时间顺序把化学课堂教学划分为:课的开始、课的中心和课的结尾三个阶段。它适合于任何一种教学模式。

课的开始,重要的是应该使学生明确一节课的学习目标和学习要求,使他们为学好一节课做好知识、认知和心理上的准备。因此在课的开始阶段,可采用适当的方式把教学目标和学习要求直接交代给学生。

由课的开始向课的中心过渡有多种方法:教师可以诱导学生回忆旧知识,逐步深入课的中心;教师可以采用实例或通过实例的求解引入课的中心;还可以结合本节课的教学内容提出若干个问题,通过设疑引入课的中心;也可以通过演示实验、课件放映、图表展示等方式引入课的中心,等等。总之,应该对学生起到明确学习目的、调动学习积极性、激发学习兴趣和求知欲的作用。课的中心部分是一节课的核心,课的教学目标的完成、教学质量的高低关键在这部分。不妨说,不同教学模式的区别主要表现在中心部分的教学结构和教学程序的不同上。这是由于教师和施教对象的不同,由于教学内容和师生活动方式方法的多样化,以及师生活动时空序列的变化,课的中心部分的具体情况也是千差万别的。由于课的中心部分在一节课中占有主要地位,所以课的开始和课的结尾两部分都要紧密围绕课的中心来进行。

课的结尾部分,要使学生对本节课学的内容进行归纳整理、重点强化、增强理解和记忆,便于使本节课与下节课更好地衔接起来。较好的做法有:概括性小结(可由教师、学生或师生共同完成);提出下节课将要解决的问题;建立新旧知识的联系;进行新旧知识的对比;提出课外思考题;通过结尾练习获得反馈信息。

2. 化学课堂教学的优化

化学教学设计为化学课堂教学提出了理想化的教学模型和优化的教学“蓝图”。为了保证课堂教学的高质量，教师在化学课堂教学中还要注意以下几点。

(1)注意反馈原理的应用。化学教学系统与任何系统一样，只有通过反馈信息才能实现控制。化学课堂教学是要在规定的时间内达到一定的教学目标，是否能达到这个目标，需要课堂上随时了解教学现状，找出现状与达到目标之间的差距，为改进教学提供依据。这就必须应用反馈原理作为主要手段，以便经常取得反馈信息，对课堂教学系统做到有效控制，保证教学过程处于最佳状态。教师和学生都需要在课堂上及时得到对方的反馈信息，用来改进自己的教和学。对教师来说，学生对教师输出的信息会给出反映，给予应答信号，这是学生给出的反馈信息，对教师来说又是输入信息，它可以使教师及时掌握情况，改变和调节教学(包括传授的知识内容、教学方法、教学程序和速率等)，对教学进行有效控制。对学生来说，他们的学习行为，教师应及时给予评价，这是教师给出的反馈信息，它可导致学生的自我评价，强化正确、改正错误，调整自己的学习行为，对学习实行有效的自我控制。为了尽快调控课堂现状，教师要尽可能使延时反馈转化为即时反馈或使延时反馈提前进行。

(2)注意维持教学动态平衡。系统论认为，系统的功能不仅决定于系统的各要素的功能，而且决定于要素间的关系和结构，即教学系统的功能是由其要素和结构共同决定的。要素在系统中所处的地位不同，各要素的关系不同，它们在系统中所起的作用也不同。因此，要提高化学教学系统的功能和达到教学的高质量，就应该摆好化学教学系统中各要素的位置，处理好各要素在化学教学系统运行过程中的相互关系。

教师和学生是化学教学系统中最重要的要素，他们都是实现化学教学功能的主体，但是他们所处的地位和各自的功能又不完全相同，教师是教育者和教学控制者，他要对学生和教学内容施加控制；学生是受教育者、是学习主体和学习控制者，决定着教学节奏的快慢，并对控制者(教师)给以反作用。教师和学生在化学教学系统中是相互依存、缺 不可的。化学课堂教学系统的功能是以它能否达到课时教学目的和教学目标为标准，并表现在化学教学系统的调节与控制的整体功能上。教学系统的动态平衡是经过调节和控制而使教学系统所呈现的一种稳定状态，这一稳定状态可以维持教学系统内的平衡，能保证教学系统的正常运动，使教学系统的功能得以实现。在整个化学课堂教学中，要实现最佳的调控，必须使师生双方的信息的传输处于动态平衡，达到师生“共振”的最佳状态。

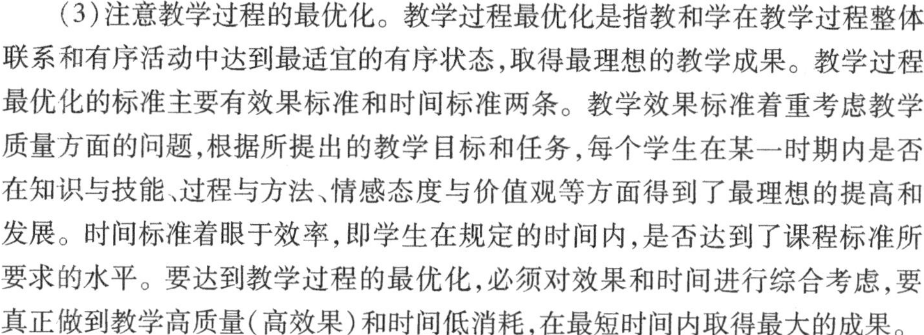

(3)注意教学过程的最优化。教学过程最优化是指教和学在教学过程整体联系和有序活动中达到最适宜的有序状态,取得最理想的教学成果。教学过程最优化的标准主要有效果标准和时间标准两条。教学效果标准着重考虑教学质量方面的问题,根据所提出的教学目标和任务,每个学生在某一时期内是否在知识与技能、过程与方法、情感态度与价值观等方面得到了最理想的提高和发展。时间标准着眼于效率,即学生在规定的时间内,是否达到了课程标准所要求的水平。要达到教学过程的最优化,必须对效果和时间进行综合考虑,要真正做到教学高质量(高效果)和时间低消耗,在最短时间内取得最大的成果。

二、化学教学设计的反思

教学设计的各个环节都是为教学目标的达成服务的,若要保证各个环节更好地发挥其功能,还需要对教学设计的各个环节及各环节之间的关系进行评价和反思。

(一)化学教学设计反思的内容和方法

1. 对化学教学设计方案本身的反思

在学校中,教师是课堂教学的主体,课堂教学设计的成果多以教案的形式呈现出来。在现代教育中,教师的教案不仅供教育主管部门审查,而且也是供自我反思的材料,通过自我反思,发现不足,加以调整,弥补不足。经过自我审查的教案才能更正确、更有效地指导实际教学。

教师对教案的反思可以分以下几个步骤进行。

(1)收集资料阶段。在一般情况下,教师依据课程标准,经过逻辑推理设计出的教案,其合理性有多大呢? 验证教案设计合理性的方式很多,实际教学是最简单的方法。但是,如果设计本身不合理,会给实际教学带来很恶劣的后果。例如,由于设计不合理,会使很多学生对原本感兴趣的学科变得厌烦。收集资料的方法通常有:

①参阅文献法。在课堂教学设计方面,很多教师曾做过努力,也取得了可喜的成果。很多学术刊物上也经常刊登教师设计的优秀教案。教师可以把自己设计的教案和公开发表的教案进行比较,找出不足,加以调整。

②集体讨论法。通过集体讨论,更易于发现设计的不足之处,而且大家还可以互相借鉴。现在学校中的集体备课、说课等就是集体讨论的一种形式。

③专家评价法。与一般教师相比较,教育专家所掌握的教育理论更全面,所接触的教学案例更广泛,所以也更容易发现教学设计的不足。通过专家的点拨,教师就能够举一反三,触类旁通,进而提高自己的教学设计水平。

④试讲法。与实际教学相比,试讲法所涉及的学生数量少。如果设计不合理,影响面也不大。因此,试讲是收集资料的一种有效方式。

(2)反思阶段。反思是常常伴随着资料的收集,随着资料的逐步完善,反思的程度也在不断加深,进而更准确地发现教学设计的不足。

在收集资料的基础上,反思的内容大致有以下几个方面。

①教学目标的制定符合课程标准要求吗?

②所教的内容是否满足学生的需求,是否有利于激发学生的学习动机?

③学生起点水平与教学起点是否匹配?

④教学媒体选择是否恰当,教学方法是否优化?

⑤教学策略是否有助于教学目标的达成?是否与学生个性特点相匹配?

(3)决策阶段。收集资料和反思过程中发现的不足,是否需要加以调整呢?调整的幅度有多大?这就需要教师在全面考虑的基础上进行决策。

教师进行决策时大致要考虑以下几个方面:

①教学设计的不足可否经过教师自己的努力加以弥补。例如,教学策略存在不足,教师通过自己的努力可以弥补。但媒体方面的不足则不是教师本人可以解决的。

②各问题的重要程度。当教学设计中的不足难以一下子解决的时候,就存在一个先后顺序的问题。顺序的确定又要依据问题的重要程度。

以上两点告诫教师,解决教学设计中的不足也要量力而行,分清轻重缓急。

总之,教学设计的不合理常常导致行动的偏差,正所谓"失之毫厘,谬以千里"。所以教师应时时刻刻以批判的态度,审视的眼光看待自己的教学设计,避免实际教学中的失误。

2. 对化学教学设计方案实施效果的反思

对化学教学设计方案实施效果的反思与教学设计本身的反思大体一致,只是侧重不同。

(1)收集资料阶段。常采用的方法有:

①形成性评价法。形成性评价是在教学进行过程中了解学生学习状况、教师教学效果的重要手段。通过形成性评价,教师可以了解到以下几个信息:

- 学生对教学内容掌握的总体情况;
- 学生对教学内容各个部分掌握的情况;
- 学生掌握不好的原因是什么?
- 哪些错误是典型的,哪些错误不具有普遍性;
- 学生对教学内容掌握程度与课程标准要求是否一致,等等。

【典型案例】“物质的分类”教学反思[1]

这节课中，我花了大量的时间与精力在胶体的教学上，关于物质的分类并没有花上足够的时间，也没有给予应有的强调。通过学生课堂表现和课后的作业完成情况，我发现他们在课堂上的积极性并不是很高，特别是当我讲到胶体的丁达尔现象、电泳现象，分析这些现象的原理时，课堂及其沉闷；而在课后作业的过程中，对于分类标准的相关练习，有大部分学生不能完成得很好。

我对此进行了认真思考、分析。一个主要原因是我没有把本节课的重难点把握好。该节课的重点应该是物质的分类，难点是胶体。在教学中，应该让学生充分感受到分类的好处，认识分类的标准，引导学生尝试用不同的方法对化学物质及其变化进行分类，使学生感悟到分类法是一种行之有效、简单易行的科学方法，体验到“掌握方法比死记硬背更有效”，这是我们这一节课教学重点或焦点。而胶体对于学生来说是一个较为陌生的领域，使学生通过分类思想来研究物质、观察物质新的切入点，也是该节教学的难点，对这部分的内容应有个循序渐进的过程，不能要求学生一下子理解渗析、布朗运动和电泳现象。

也许是本人教学经验不足，求之过切，想让学生一下子就把什么都搞懂。在教学中弱化了分类方法的教学，而强化胶体内容的学习，这样就本末倒置，最后造成学生学习兴趣不好，重点没掌握。

②调查法。如果说形成性评价可以更好地了解学生在教学内容掌握方面的一般信息，那么调查法可以更深入地了解学生对教学内容掌握不好的原因以及学生态度方面存在的问题。调查法又可分为个案调查和群体调查。在个案调查中，可以选择有代表性的学生，了解他们的问题所在，是由于基础差，还是态度不端正或其他原因造成成绩不佳。同时还要求他们给老师提出改进教学的建议。

③教学札记。一周教学结束后，写下自己教学中发生的重要事件，记录这些事件的细节，尤其是那些记忆中特别生动的细节。

【典型案例】“物质的分类”教学反思[2]

一位研究者在长沙市某中学一节高中化学课上做的观课笔记就颇值得借鉴。观课者对课堂中的教师和学生进行了细致的观察，留下了非常详细、具体的“现场记录”，并作了“评注”。比如，“现场记录”描述道：“在讲到在一杯饱和的硫酸铜溶液中，投入一块硫酸铜晶体，问硫酸铜晶体的质量和形状是怎样变化的？李老

---

[1]王祖浩. 化学课堂教学行为研究及案例[M]. 南昌：江西教育出版社，2009：331－332.

[2]熊士荣，徐远征，罗艳，等. 化学教学反思能力及其培养策略[J]. 课程 · 教材 · 教法，2007(6)：59－63.

师通过循循善诱，将学生带入到一种十分奇妙的情境中，从而很自然地引入了这节课要讲的主题是化学平衡……学生明显被他所设置的情境和优雅的讲述深深吸引。但在讲到反应 $2SO_2 + O_2 = 2SO_3$ 在一定条件下达到平衡后，往容器中充入含有 ^{18}O 的氧气，经过一段时间后，问 ^{18}O 原子会存在于哪些物质中，并要求大家讨论，这时学生的反映不很积极，基本上没有形成相互讨论的气氛。”接着，观课者在旁边评道：“在常规教学中，我们应该渗透自主、合作和探究的学习理念，要鼓励学生在课堂上进行积极的讨论，大胆地发表自己的看法并提出不同的观点。这节课学生讨论的气氛之所以不能调动起来，说明李老师平时上课忽略了对学生的这种训练，学生的主体性在课堂上没有得到充分的体现。”

(2)反思阶段。在教学过程中和教学结束后进行的反思，一方面可以帮助教师及时调整教学过程，另一方面可以使教师在今后的教学设计和实施中避免以前犯过的错误。具体而言，对化学教学设计方案实施的反思内容大致有以下几个方面。

①化学教学环境是否有利于化学教学；

②化学教学组织形式的设计是否合理；

③化学教学技能的使用是否熟练；

④化学课堂教学管理是否驾轻就熟。

(3)决策阶段。通过反思，教学设计实施中需要调整的部分已经明确，那么需要调整的部分是不是必须调整、怎样调整，教师还要考虑以下几个方面的问题：

①教学过程中凸现的问题是不是由于教学设计的不足所引起的？例如，由于对学生起点行为测量不准确所造成的教学效果不良完全是由于教学设计不合理所引起的。这样的问题必须通过调整教学设计来解决。但由于噪音干扰所造成的教学效果不良则难以通过教学设计来解决。

②教学设计实施过程中引发的问题有没有解决的可能性，最佳的解决方式是什么？例如，由于起点行为水平的确定是以平均水平为标准的，在教学过程中，会出现高水平的学生“吃不饱”，低水平的学生“吃不了”，这样的问题完全可以通过改变教学组织形式来解决。而因化学教学技能水平不高导致的教学质量低劣，其最佳的解决方式是强化教师教学技能的训练，提高教师的教育教学水平。

③教学设计实施中的哪些问题需要优先解决？因为这些问题也有重要性方面的差别，有些问题必须优先解决，而有的问题则依赖于其他问题的解决程度。例如，学生对所学内容不感兴趣致使教学效率下降，这个问题就是需要优

先解决的问题,而课堂纪律问题则依赖于这个问题的解决程度。

综上所述,对化学教学设计的反思有利于广大化学教师及时发现和调整教学设计及其实施过程中的不足,使化学教学以一种最优化的形式达成教学目标,最终全面提高化学教学质量。

第三节 发展性化学教学评价

发展性教学评价是一种形成性教学评价,它针对以分等和奖惩为目的的终结性评价的弊端而提出来,主张面向未来,面向评价对象的发展。它由形成性教学评价发展而来,但比原始意义上的形成性评价更加强调以人的发展为本的思想。发展性化学教学评价是指在化学教学评价中更多关注教师和学生的个性、人格等体现人本主义思想的因素,关注教师和学生的现实和未来发展。

一、发展性化学教学评价的特征

发展性化学教学评价主要有以下特征:

(1)发展性化学教学评价着力于人的内在情感、意志、态度的激发,着力于促进人的完美和发展,是以人为本的思想指导下的教学评价。

(2)发展性化学教学评价强调评价主体多元化,主张使更多的人成为评价主体,特别是使评价对象成为评价主体,重视评价对象自我反馈、自我调控、自我完善、自我认识的作用。

比如对教师的评价,不仅学校管理人员、其他教师参与评价,还要吸收学生、家长、社会和教师本人参与评价,而且更加重视教师本人自我评价的作用。

(3)发展性化学教学评价在重视施教过程中静态常态因素的同时,更加关注施教过程中的动态变化因素。

比如,对课程教学的评价,教学目标、课本和教案中规定的教学内容、按教案设计预先确定的教学程序、结构、教学方式方法等,这些都是按计划进行的教学行为,属于常态的静态的因素。而课堂教学面对的是有丰富情感和个性的人,是情感、经验的交流、合作和碰撞的过程,在这一过程中,不仅学生的认知、能力在动态变化和发展,而情感的交互作用更具有偶发性和动态性,恰恰这些动态生成因素对课堂效果的影响更大。比如对于教师提出的问题,学生的回答可能大大超出教师的预想,甚至比教师预想的更多更深刻更丰富,这就要求教师及时把握和利用这些动态生成因素,给予恰如其分的引导和评价。

(4)发展性化学教学评价更加强调个性化和差异性评价。要求评价指标和标准是多元的、开放的和具有差异性的，对信息的收集应当是多样、全面和丰富的，对评价对象的价值判断应关注评价对象的差异性，有利于评价对象个性的发展。

(5)发展性化学教学评价在重视指标量化的同时更加关注不能直接量化的指标在评价中的作用，强调定性评价和定量评价的结合运用。认为过于强调细化和量化的指标，往往忽视了情感、态度和其他一些无法量化而对评价对象的发展影响较大的因素的作用。目前所推行的等级加鼓励性评语的评价方法是定性与定量结合的范例。

(6)发展性化学教学评价是互动的而非单向的。在传统的课堂教学评价中，教师以自我为中心，以绝对裁判者的身份来评判学生，主观色彩过浓，使学生很难以获得客观的评价，也很容易造成师生之间的严重对立。而发展性课堂教学评价注重评价中的互动，以使学生的心灵世界产生强烈的共鸣。当然，课堂教学评价中的互动并不是简单的教师评学生和学生评教师。这里主要是指教师放弃课堂独裁者、控制者的身份，把评价的主动权交给学生，充分调动学生参与评价的积极性，由学生自己评自己。因为学生间的评价不仅仅是能力培养的问题，而在于激发他们竞争与合作的意识，培养他们争辩的勇气。另一层意思就是指教师在评价中，要进行角色转换，自己要站在学生的角度来考虑问题：我的这个评价对学生有效吗？学生能接受我的这个评价吗？我的评价会不会产生消极作用？等等。最后，评价互动还要求教师时刻观察评价后学生的反映：学生是心悦诚服，还是心有不甘；是豁然开朗，还是莫名其妙；是感激涕零，还是咬牙切齿。教师以此作为调整课堂教学评价的重要依据。总之，教师应当在课堂评价中扮演促进者、指导者和合作者的角色。

二、化学新课程的课堂教学评价

化学课堂教学评价，是指评价主体按照一定的价值标准，对化学课堂教学诸因素及发展变化进行的一种价值判断活动。传统的化学课堂教学评价存在着一些弊端和不足，高中化学新课程旨在促进学生的发展，需要新的课堂教学评价。

(一)化学课堂教学评价的作用

化学课堂教学评价对于学校的教学管理和教师，以及对教学改革都具有不同的作用。

1. 对教学管理和化学教师的工作起激励作用

化学课堂教学评价的进行，能够促使教育行政部门和学校领导及化学教师学习教育理论，研究评价标准，深入课堂听课，参加化学课堂教学评议研讨活动。通过这一系列的教学活动和教学实践，有利于行政部门和学校的有关领导、化学教师掌握现代教育规律，学会科学的教学管理。同时，通过课堂教学评价，有比较、有指导的教学实践，会促进广大化学教师努力钻研教材，积极探讨教学规律和学生的学习规律，相互之间交流经验，从而有利于大面积提高教师的教学水平。

2. 对化学教学改革具有导向作用

化学教学改革在整个基础教育改革中占有重要地位。进行化学课堂教学评价，制定体现改革方向的评价标准，并使之成为广大教师课堂教学的准则，能把化学教学改革引导上正确的轨道：既能促进教师的专业化，也能更好地发挥学生的主体作用，有利于学生全面发展和潜能的挖掘，有利于培养出更多的适应社会主义现代化建设的新型人才。

3. 对教学方法、教学改革具有鉴定作用

通过对学生学习行为的结果、情感、技能等方面进行科学的评价，能客观有效地检验新的教学方法是否适宜，是否达到了预期的目的。科学的课堂教学评价方法，能对教学过程中教师的“教”和学生的“学”做出客观、定性和定量的评判，从而为教学改革的鉴定提供科学的依据。

（二）化学课堂教学评价的标准

新课程化学教学评价标准主要包括以下几个方面：

1. 教师的教育教学观念

教师拥有怎样的课程观、教学观、学生观、评价观？最重要的是教师是否愿意接受新鲜事物？是否愿意并善于进行自我反思、不断地调整和发展自我？

2. 教师的教学基本功

尽管是新课程，对教师的教学基本功的要求不是降低了，反而是更高了。例如，教师的语言、讲解功底如何？教学的板书、书写技能高低？教师能否清楚流畅和重点突出地表达自己的观点？教师是否善于发现、概括别人的观点？教师的演示和实验技能如何？

3. 教师课堂教学的高级教学策略水平

教学目标设计是否合理？是否善于提出驱动性问题，引发和组织讨论？是否善于处理课堂中出现的突发事件？是否善于调动全体学生的积极参与、控制和减少课堂中的无关行为？是否善于引导学生或驱动学生自己提出问题、形成假设、制订计划、实施实验、收集处理有关数据资料、概括得出结论、进行合理的解释推论？是否善于在学生进行学习活动的过程中及时、适时地对学生的学习行为进行恰当、有效的评价和指导？是否能够运用合理有效的手段和策略揭示和了解学生的现有认识和观点？是否能够运用有力的事件事实、问题情景、实验证据、模型推理等方法策略使学生的现有认识和观点发生积极的转变和发展？

4. 教学效果

①全体同学基本能正确回答问题，完成作业；②目标达到，测试结果符合要求；③预定教学时间内完成教学任务；④学生保持或提高学习兴趣，有进一步学习的积极性。

【资源链接】化学课堂教学评价标准[1]

表 9－6　化学课堂教学评价标准

评价项目	评价指标		得分
	一级指标	二级指标	
教学目标（12 分）	1. 全面性（4 分）	目标包含知识与技能，过程与方法，情感、态度与价值观三个维度	
	2. 可行性（4 分）	目标准确，具体，适合学生的发展水平	
	3. 导引性（4 分）	教师适时、适当地展示目标，学生学习过程受目标导引	
教学内容（24 分）	4. 课程资源开发充分（6 分）	教师利用了教科书、社会、生活、师生经验等素材	
	5. 内容选择恰当（6 分）	教学内容都为目标落实服务，并且容量合理	
	6. 内容组织有序（6 分）	教师按一定主线组织所选素材，层次和逻辑关系清楚	
	7. 内容呈现形式多样（6 分）	采用文本、实物、实验、讨论、信息技术等多种形式呈现教学内容	
教学方式（26 分）	8. 创设学习情景（6 分）	师生共同创设真实、生动的学习情景，激活已有的经验和情感	
	9. 组织学生全方位参与（5 分）	学生在实验、合作中进行自主探究	
	10. 教师问题意识强烈（5 分）	学生学习受高质量问题的驱动，并能提出有价值的新问题或解决问题的方案	

[1]娄延果，郑长龙. 新课程理念下教师化学课堂教学效果评价方案的构建[J]. 化学教育，2004(6)：30.

续表

评价项目	评价指标		得分
	一级指标	二级指标	
教学方式（26分）	11. 培养学生科学学习的方法（5分）	学生运用比较、分类、归纳、概括等方法得出结论，并能得到教师的恰当指导	
	12. 激发学生情感参与（5分）	学生对自然现象、化学实验、科学知识有强烈的兴趣和探究愿望，并能体验到学习过程的快乐和成功的喜悦	
教师行为（15分）	13. 教师教学基本素质（5分）	教师有较好的语言表达、板书、演示、实验技能、体态语等素质	
	14. 积极的激励与期待（5分）	学生表现能及时得到强化，意见被尊重，并能得到教师的积极期待	
	15. 恰当的课堂管理（5分）	课堂时间利用率高，学生问题行为得到了恰当的处理	
学习评价（10分）	16. 评价形式多样（5分）	学生学习活动评价采用自我评价、活动表现评价、命题评价等多种形式	
	17. 评价内容全面（5分）	既评价知识的获得，又评价参与状态	
教学效果（13分）	18. 目标达成良好（4分）	教学设计中的学习目标都能完成和实现	
	19. 目标调整价值高（4分）	目标调整的时机恰当，对课程总目标的落实价值高	
	20. 促进学生全面发展（5分）	与前、后课配合，使全体学生的科学素养在原有基础上有所发展	
突显特点	21. 新课程理念突显		

练习与实践

1. 举例说明化学教学中的“导入技能”、“结课技能”。

2. 从高中课程标准教材中任选一节课，设计一份多媒体教学课件。

3. 谈谈自己对“提高化学课堂教学质量”的认识和思考。

4. 就同学的“试教”情况，尝试进行化学课堂教学评价。

5. 利用课余时间，经常到微格教室训练和提高自己的化学教学技能。

6. 在寝室的小黑板或教室的黑板上经常练写粉笔字，提高自己的板书技能。

第十章　化学教育研究的过程与方法

教育研究是教育变革自身的要求，也是21世纪教育工作者的必备素质[1]。对于化学学科来说，化学教育研究更是化学教师由经验型教师向专家型教师成长的必由之路，了解其过程与方法对于化学教育工作者有着极其深远的意义。就初入教坛的教师来说，通过对别人研究成果的学习，可以使自己尽快进入教师角色，少走弯路；通过对化学教育问题的研究和探索，可以了解化学教育过程中存在的问题，从而及时调整自己的教学策略。而对于经验丰富的教师来说，开展化学教育研究不仅可以为后继者提供经验的帮助，也能使自身不断进行教育理论的再充电，有利于克服教学生涯的“高原现象”，更好地适应和服务化学教育。如何成为一名具备科学化教育研究能力的专家型教师？本章从化学教育研究的基本方法、研究过程和化学教育研究论文撰写入手，多角度向读者呈现化学教育工作者开展教育科研的基本过程和一般方法。

第一节　化学教育研究概述

教育研究通常由三个基本要素所组成，即：客观事实、科学理论和方法技术，它们发挥着解释、预测和控制的功能。根据北师大裴娣娜教授的定义，教育研究是以发现或发展科学知识体系为导向，通过对教育现象的解释、预测和控制，以促进一般化原理、原则的发展，其突出特点是富有创造性[2]。化学属于自然科学的一部分，化学教育研究的构建，势必应该立足于化学学科立场而又创造性地引鉴教育研究的相关理论。教育改革，科研先导。在当前新课程背景下的化学教育研究，更是应该从教育研究的一般原理出发，针对基础教育中化学教育的有关现象和问题，运用化学和教育学知识与方法加以分析、解决，从而发

[1]袁振国. 教育研究方法[M]. 北京：高等教育出版社，2000：1－3.

[2]裴娣娜. 教育研究方法导论[M]. 合肥：安徽教育出版社，1995：4.

现和发展化学教育规律,以此促进学生和教师在本领域的发展。化学教育研究的内容主要包括:化学教育思想、化学教育目标、化学教育内容、化学教学方法、化学教育评价等化学教育系统的方方面面的问题,以及开展化学教育研究的基本过程与方法[1]。

一、化学教育研究的意义

(一)化学教育研究是新课程改革的呼唤

新课程伊始,处于改革关键环节的一线化学教师开始逐渐步入以前很少涉足的领域——化学教育研究。教育科研,成为时代、国家和新课程改革共同赋予广大化学教师的使命。《普通高中化学课程标准》的基本理念有这样的阐述:为化学教师创造性地进行教学和研究提供更多的机会,在课程改革的实践中引导教师不断反思,促进教师的专业发展。新课程改革的成功与否,很大程度上取决于广大教师对新课程的态度和理解。这是因为:从课程目标的确定、课程内容的选取与组织、课程实施、课程评价等四个环节共同构成了课程开发的整个过程。其中,课程实施才是与课程的根本任务——学生的发展直接相联系的。作为与学生直接接触的教师,才是课程实施中主要的承担者。课程设计的任何良好初衷,只有通过有效的课程实施,即教师对课程设计的意图的充分领悟以及在教学实践中的创造性地有效贯彻,才能真正得以实现。尤其是当前三级课程管理的体制下,学校被赋予了更多的课程自主权,教师相应也有了更多的创新教学主动权。"精于教学、勤于研究"是当前新课程对教师的要求,主动地进行化学教育研究成为新课程视野下教师的必然选择。

(二)化学教育研究是教师专业发展的需要

长期以来,一线教师被认为是"传道、授业、解惑"的教书匠式的职业。化学教师,只要具备了相当的化学学科知识就可以胜任,可谓"学高为师"。化学教育研究,只是学科和教育学者、教育管理人员和教研人员的事务。随着社会发展对高素质人才的需求,学校教育培养目标大大提高,教师的使命也被赋予了更多的内涵。如何有效地加强学生的素质,发展学生的个性,培养学生的创新与实践能力成为教师面临的新挑战。教师由知识的传授者转变为教育实践的研究者,由"教书匠"向"研究型"、"专家型"与"学者型"的教师转变,这是社会发展和教育改革的必然要求,也是教师职业专业化发展的重要趋势[2]。新课程

[1]毕华林.化学教育科研方法[M].济南:山东教育出版社,2001:1.

[2]宁虹,刘秀红.教师成为研究者——教师专业化发展的一个重要趋势[J].教育研究,2000(7):39-41.

背景下的化学教师,不仅需要具备扎实的学科知识,更应该掌握教育学和心理学的相关理论,通过融会贯通的化学教育研究实现自身的专业化发展。

(三)化学教育研究是学生发展的助推力

化学教育研究对于一线教师来说不是可有可无的事,也不是为研究而研究,更不是出于功利性的目的,而是为了服务于化学教育实践。这也就是通常所说的"以教育研究为先导,向教育研究要质量"。而教育的质量,无疑最终归结为学生全面自由的发展。学生要发展,要在化学学科背景中获得发展,这必然是一个渐进互动的过程。这种互动不但是发生在学生与化学课程间的,也同样存在与学生与教师之间。怎样引导学生在化学领域的知情发展,是需要具备科学的教育研究能力的教师承担而非传统单一经验型的教师。因此,从根本目的上说,发展和提升化学教育研究的能力是为了更好地指导培养学生,使其在化学领域中的更好发展。

二、化学教育研究的类型

化学教育体系复杂,内容丰富,因而其中需要加以解决的问题也不胜繁多。这给化学教育研究提供了广阔的研究空间。教育研究,无论是理论上的还是实践层面,都源自于教学实践。在新课程方兴未艾的当今中国基础教育一线,广大教师在化学教育教学实践中遇到的问题千变万化,根据其所涉及的内容初步进行划分,大致有以下 12 个方面,详见表 10-1[1]。

表 10-1 化学教育研究的类型及其涉及内容

研究类型	涉及研究内容
1. 化学课堂教学设计的研究	建立多样化的新型课堂教学结构,如教学目标与教学重点的确定原则与体现途径;教学环节与课型;课堂练习的设置与组织形式等
2. 化学教学方法的研究	结合化学学科实际,研究改革和创新教学方法。如建构主义教学方法、探究教学方式、以问题为核心的教学方法等
3. 化学学习方法的研究	根据影响化学学习的内在因素和外在因素以及学习内容的特点,有的放矢地研究如何培养学生的学习兴趣,如结合各类知识采取不同的学习方法;如何抓住各种教材的特点,学好各种类型的知识,如何克服学习过程中遇到的各种困难等方面的规律和方法等
4. 增进知识与培养能力的研究	中学化学教学如何培养学生的观察能力、思维能力、实验能力、自学能力和创新能力,各种能力之间的关系如何,化学知识学习与能力培养的关系等
5. 情感、态度与价值观的研究	如何进行三维目标中情感态度与价值观教育是化学课程标准的要求。如化学教学中思想品德教育的研究;学生的科学精神和科学态度的培养;学生学习动机的研究;化学教学中美育的研究等

[1]毕华林.化学教学原理与方法[M].青岛:青岛海洋大学出版社,1998:429.

续表

研究类型	涉及研究内容
6. 课程标准和教材的研究	怎样在化学教学过程中完整地体现课程标准对知识和能力的规定；怎样在教学过程中形成课程标准规定的知识结构网络；国内外化学教材的比较研究；综合理科教材教法的研究；化学与其他学科的相互渗透解决问题的研究等
7. 化学实验的研究实验教学	实验教学如何促进学生形成化学概念；实验教学中学生观察能力的培养；实验教学中学生思维能力的培养；实验教学中学生实验兴趣的培养和发展；实验教学中学生心理活动的研究；学生实验组织形式的研究；演示实验的关键和效果的研究；化学实验在探究学习中的应用；实验考核的研究等
8. 化学校本课程的研究	自主开发具有地方特色与学校特色、又适合学生实际的校本课程研究，如进行课程开发的理论研究、规划设计、组织实施、总结评价及推广等
9. 化学实验在综合活动实践和研究性学习中研究的作用	化学在综合实践活动领域中有何作用、如何发挥其作用都应成为研究课题，可以在新课程改革的实践中进行"行动研究"
10. 现代化教学技术手段的研究	投影片、幻灯片及CAI软件制作的研究；幻灯、投影仪、电影、录像在化学教学中的应用研究；计算机辅助教学在化学教学中的应用研究；现代认知教学理论、建构主义教学理论指导下的现代教学手段的运用研究等
11. 化学学科与其他学科的关系研究	化学与物理、生物、地理等学科，以及其他人文学科之间的协同与综合，与其他理科课程的交叉及综合运用技能解决现实问题
12. 化学教学中其他内容的研究	如化学教育与教学基础理论的研究；学生的素质结构及其培养的研究；学生环保意识的教学研究等

三、国外化学教育研究的趋势

（一）化学教育观的大众化

化学教育（包含中等和高等化学教育）的发展和变革始终是受社会（政治、经济、文化）、化学科学（学科、化学研究方法论）及教育主体（化学教师、受教育的学生）等要素制约的。进入20世纪80年代以后，社会的发展尤其是科学技术突飞猛进的发展，促使人们更自觉地迎接社会、科技对教育（含化学教育）的挑战。从第六届国际化学教育会议（6^{th}ICCE）到1992年曼谷的第十二届国际化学教育会议（12^{th}ICCE）的主题，可以看出全世界化学教育界普遍关注的热点：化学，传达与课程；化学，教育与社会；把化学带到生活中去；变迁中的化学，以及化学和环境管理；变革的世界中的化学教学等一系列新的化学教育观。化学教育已从"化学中的教育（Education in Chemistry）"和"通过化学进行教育（Education through Chemistry）"的观念与教育模式，演进到"有关化学的教育（Education about Chemistry）"。在化学教育界谈论最多和最引人注目的恐怕是"化学为大众（Chemistry for All）"这一命题，即提高公民的"化学素质（chemistry literacy）"[1]。

---

[1]刘知新. 略论中等化学教育研究的现状和趋向[J]. 化学教育，1994(1)：8－13.

(二)课程教材的生活化

"教什么?怎样教?学什么?怎样学?"这是任何时代的教育工作者都必须回答的问题。在科技飞速发展的近几十年,这一问题尤为突出和尖锐。继60年代的化学课程教材改革和70年代的实践反省之后,80年代国外化学课程改革进入了一个新阶段,从强调学科中心转向关心人的充分发展,从提高理论水平转向加强化学与社会、生活的联系,强调化学与社会、化学与生活相结合。例如美国化学会主编的《社会中的化学》(CHEMCOM)和英国的索尔特课程(Salters Project)。澳大利亚科学院主持编写的《化学的元素——土壤、空气、火和水》(Elements of Chemistry——Earth、Air、Fire and Water)。

(三)研究方法的多样化

60年代,人们大多只是用教育学、心理学的普遍原理来处理和看待化学教育中的现象及问题,或是用化学家的观点和思路,探讨化学教学中的化学问题。而对化学教育中特有的问题,如:"学生是怎样认识原子的?"、"为什么学生在学习化学计算时感到困难?"、"学生对化学平衡有哪些误解?这些误解是怎样产生的?"等,往往不能找到满意的答案。随着时代的发展,越来越多的化学教育工作者意识到:皮亚杰等心理学家只是给出了人们认识发展的一般规律,人们学习化学知识和掌握化学原理的过程,既具有与其他认知过程一致的共性,也有其本身特有的个性,是个非常值得认真研究的领域。其中较为突出的方法有:关于事件的访谈法(Interview-about-Events):此法是将学生请来,做一个实验给他看,然后围绕该实验问一系列的问题。由于有一个具体反应,又是一对一的对话,故研究者可以较为深入地了解学生的想法、思路、并能逐步深入。图示法:这种新的化学教育研究方法要求学生将头脑中的图像画出来,或对以图的形式给出的问题作出反应,以此了解学生对化学概念理解的程度。另外还有放声思维法:即要求学生将解题的过程或做实验时的思考过程完全说出来,让思维过程声音化,用录音机记录下来后,加以仔细的分析与整理,从而发现某些事实、规律、个性、共性。总之,化学教育的研究正向着实验型、数据化、理性化的方向发展,正逐步摆脱单纯经验型、思辨型的模式[1]。

[1]马宏佳.近20年来国际化学教育研究的趋势和走向[J].南京师大学报:自然科学版,1998(4):49-52.

【资源链接】历次国际化学教育会议(International Conference on Chemistry Education)的主题

表 10-2 历次国际化学教育会议的主题一览表

届次	举办时间	举办地点	会议主题
1	1969 年 10.16—10.19	意大利(Frascati)	大学化学教育
2	1973 年 9.17—9.23	波兰(Wroclaw)	化学教育的进步
3	1975 年 9.6—9.7	西班牙(Madrid)	化学教学中的教育技术
4	1977 年 8.25—8.30	斯洛文尼亚(Ljubljana)	未来数十年的国际化学教育:疑问与挑战
5	1979 年 8.27—8.31	爱尔兰(Dublin)	化学教学:在中等和高等教育间交互作用
6	1981 年 8.9—8.14	美国(Maryland)	一个多样化世界中的化学教学
7	1983 年 8.21—8.26	法国(Montpellier)	化学教育与社会
8	1985 年 8.23—8.28	日本(Tokyo)	拓展化学的视野
9	1987 年 7.26—7.31	巴西(São Paulo)	面向新世界的化学
10	1989 年 8.20—8.25	加拿大(Waterloo)	化学之优
11	1991 年 8.25—8.30	英格兰(York)	把化学带到生活中去
12	1992 年 12.17—12.21	泰国(Bangkok)	化学在演变中
13	1994 年 8.8—8.12	波多黎各(San Juan)	化学——通向未来的钥匙
14	1996 年 7.14—7.19	澳大利亚(Brisbane)	化学——扩充边缘
15	1998 年 8.9—8.14	埃及(Cairo)	化学与全球环境变化
16	2000 年 8.5—8.10	匈牙利(Budapest)	为了一个更健康的地球的化学
17	2002 年 8.6—8.10	中国(Beijing)	新世纪化学教育的新战略
18	2004 年 8.3—8.8	土耳其(Istanbul)	面向现代社会的化学教育
19	2006 年 8.12—8.17	韩国(Seoul)	面向全人类的化学和化学教育
20	2008 年 8.3—8.8	毛里求斯(Mauritius)	信息和通信技术(ICT)时代中的化学
21	2010 年 8.8—8.14	台湾(Taipei)	全球化时代下的化学教育与可持续发展
22	2012 年 7.15—7.20	意大利(Rome)	化学教育中的刺激反应与催化变化
23	2014 年 7.13—7.18	加拿大(Toronto)	发展化学教育学习共同体

第二节 化学教育研究的基本方法

化学教育研究作为一项科学研究,必须具有科学的方法论的指导。事半功倍与事倍功半,全在于是否掌握了一定的科学研究方法。而对于一项教育研究来说,其信度和效度很大程度上取决于研究所遵循和采用的方法。化学教育研究同样如此。当然,作为一项带有学科特色的教育研究,其方法主要是在一般教育研究的基础上进行构建的。现今教育研究领域存在着诸多方法,对应于化学教育研究,同样存在着调查法、文献法、实验法、比较法等多种方法。考虑到教育研究中较为常见及实用的特点,选取调查法、文献法和实验法三种进行初步探讨。

一、调查法

调查法是研究者为了深入了解教育实际情况,弄清事实,借以发现存在的问题,探索教育规律而采取的步骤和方法[1]。化学教育研究中的调查法是指通过运用问卷、访谈、观察、个案研究及测验等方式对研究对象进行调查,借以收集化学教育的各种资料,从中分析揭示出化学教育现象的本质和规律。

(一)调查法的特点

调查法的特点是研究范围广泛,不仅可以对化学教育现状进行研究,也可以对化学科学与教育史进行研究;同时,使用调查法可以在自然情境下开展研究,基于自然的过程中搜集材料,而不必像实验法那样控制实验对象。因此,操作起来简便易行且更具普遍适用性。其主要适用范围是那些范围较大,涉及面较广,耗费时间较长的化学教育现象。例如,采用调查法研究学生学习化学的态度、兴趣和效果,研究学生的学习方式和心理特点,研究优秀化学教师的个性特点、教学风格和教学经验等问题就显得较为适宜。

(二)调查的步骤

调查法一般包括以下四个步骤:

1. 确定调查课题,选取调查对象,拟订调查提纲,制订调查计划

首先要弄清调查的目的,然后再确定调查的对象和范围。经过初步研究以后可以对调查活动拟订一个提纲,根据提纲制订调查计划。计划一般包括调查的组织和人员分工,完成日期等,以确保调查计划切实可行。

2. 实施调查计划,搜集调查资料

根据调查计划实施调查。调查设计可以对单一对象以时间发展为序进行调查(纵向调查),也可以在同一时间对一个样本或更多总体样本进行调查(横向调查)。再根据研究的问题选择合适的调查方法。调查方法有实地考察、开调查会、访问、发问卷等,也可以根据实际需要综合运用。调查完毕后再将通过调查得到的数据材料进行汇总,这是教育调查过程中最重要的一个环节。需要注意的是,在搜集资料时,我们要力求全面、系统、典型、客观、真实。

---

[1]李秉德.教育科学研究方法[M].北京:人民教育出版社,2001:44.

3. 整理调查材料

用各种方法搜集得来的资料必须加以整理分析使之系统化，使其有助于调查研究的目的。整理材料通常按材料的性质分为两大类：一为叙述性材料，如化学新课程标准实施以来，中学化学教师对化学教学中存在的问题的反馈等，要用简明流畅的文字加以整理；二是数量化的材料，如某地区中学学生化学实验每周开设的次数，化学课程每周开设的次数等，要用统计法、列表法、图示法加以整理，便于我们得出调查结论。

4. 撰写调查报告

整理完调查材料以后，我们要在其基础上，探索其优缺点，认真分析原因，并加以解释，得出结论，并且提出改进的意见或措施。最后写出文字的调查报告。

（三）调查法的注意事项

（1）调查要虚心诚恳地向调查对象解释说明调查意图和方法，以解除被调查者的思想顾虑，使他们敢于说真话，以求了解到真实情况；

（2）调查要实事求是，避免带有严重的主观性，不能仅仅围绕自己的观点或结论去找相关证明材料；

（3）调查要深入，不能浮在表面上。调查只有深入进行，才能认识事物之间的联系，揭露事物的本质和规律；

（4）要明确质变量变规律，注意事物的数量界限，要有数量适宜的调查对象。对调查结果进行数理分析时，对象的数目必须要达到一定的数目，得出的结论有可能是科学的和具有说服力的。

【典型案例】影响高中生选择化学课程模块的因素研究[1]

（一）问题的提出

目前，普通高中课程改革已在全国部分省市进入实施阶段。学生可自主选择不同课程模块进行学习，是新课程改革革命性的变化。然而，面对这种课程结构的改革，一系列问题迎面而来：学生会选择哪些课程模块学习？学生选择模块的依据是什么？学生在选择模块时会受哪些因素的影响？到底如何使学生能根据自己的发展潜能和兴趣志向，选择自己感兴趣的课程模块进行学习，等等。本文以学生对化学课程中的6个选修模块的选择为研究内容，探讨学生选择化学课程模块的影响因素，以期对学生选课有所帮助，并对课改工作有所促进。

---

[1]宋静，吴星. 影响高中生选择化学课程模块的因素研究[J]. 化学教育，2007(4)：36－37.

(二)课题研究方法

1. 被试对象

本调查的被试对象是扬州市高一的部分学生,共456人,男生占57%,女生占43%。共发放调查问卷456份,回收有效问卷442份,有效回收率为96.9%。

2. 研究工具

以自行编制的"化学新课程学生选课的调查问卷"为研究材料,该问卷初稿是在分析了学生选择化学课程模块时各种影响因素的基础上编制而成的。在征求化学课程改革的专家、化学教育研究专家和中学化学老师的意见的基础上,经过小范围预测后,对问卷初稿又做了进一步的修改,最终形成了化学新课程学生选课的调查问卷。问卷中还附有高中化学必修课程模块和高中化学选修课程模块的简介,以提高调查的有效性。

3. 统计处理

本研究数据分析采用SPSS12.0软件。

(三)结果与分析(从略)

二、文献法

文献是指把人类知识用文字、图形、符号、声频视频等手段记录下来的一切资料。文献法指的是对文献进行查阅、分析、整理,并力图找寻事物本质属性的一种研究方法[1]。对于化学学科来说,它适用于研究化学教育理论、化学与化学教育史等课题的研究。其意义在于我们可以通过对一系列化学教育发展史中文献的查证、考据、整理、归纳、概括,总结化学教育发展的经验和规律,指导今天的化学教育教学实践。

(一)文献法的特点

文献法最大的特点是研究时不受时空的限制。用文献法可以研究受地域或时间限制而无法接近的对象,如研究国外化学教育发展现象,我们就可以通过文献法展开。文献法还具有客观性、历史性,研究结果受我们主观因素影响较小。此外,文献法的容量大,也节省费用,是化学教育研究最常用、最基本的方法。

(二)文献法的步骤

运用文献法进行教学研究,通常要经过两个阶段:

1. 搜集文献

这一阶段又包括寻找文献和积累文献两个过程。寻找文献即是通过了解

---

[1]袁振国. 教育研究方法[M]. 北京:高等教育出版社,2000:149.

文献的类型，查找各类文献。文献类型按照不同划分方法分为不同类别：按照记载文献的形式可分为文字型、图像型和音像型三种基本类型；按照文献的内容性质可分为一级文献、二级文献和三级文献。一级文献指原始文献，如各时期的教育期刊论文，会议文献、档案文献等；二级文献是把分散的一级原始文献加以整理组织，使之成为系统的文献，便于查找利用，如书目、索引、文摘都属于此类；三级文献是在二级文献基础上又将一级文献内容分类整理的成果，如专题综述、评述、数据手册等。值得说明的是，文献的分级并不说明文献的价值，它只是说明文献来源的不同层次。查找文献即指在确定研究课题所涉及范围的基础上，明确搜集文献资料的方向和路线。一般应遵循：由宽到窄，由近及远，由易到难的路线。即先把文献的范围划得比研究课题的范围略大一些，然后逐渐缩小范围，把精力集中到重要文献上。研究者应该熟悉索引目录的分类，以便迅速地找到自己需要的文献。在信息时代，使用网络数据库搜索引擎极大提高了文献检索的效率。当然，作为一名合格的化学教育研究工作者，即使具备了各种文献检索的优势条件，也应该熟悉国内外主要的化学教育的期刊名称以及各种期刊的特色。这样，才能更快更好地利用这些文献。

应该善于在搜集文献的基础上积累文献。每个研究课题都要汇集、积累一定的文献资料，而且每一个课题的研究过程都是一个新的文献资料的积累过程。积累文献的方法有：(1)制作资料卡片，如记录文献名称、作者、出处等资料的目录卡；记录主要内容的内容提要卡；记录摘要的摘要卡等。(2)记读书摘记，即记录文献资料的主要观点。(3)记读书笔记，即对文献内容进行评价。

2. 鉴别文献

朱熹对文献的注释是："文，典籍也；献，贤也。"即文献即是对贤者及思想学说的典籍记录。当今社会，随着文献数量的急剧增长，获得文献的质量良莠不齐则不可避免。因此，我们要学会对文献进行鉴别，避免以讹传讹。鉴别文献是指辨别文献的真伪及其质量的高低的过程。对于著作类文献，鉴别文献不仅要鉴别文献的书名、作者、版本，还要鉴别文献中所记载的内容。其鉴别方法是通过对同一事实在不同文献中的记载情况是否矛盾，记载内容与产生的历史背景是否吻合，作者的基本观点是否与客观事实相符合等方法，对文献内容的真伪和质量做出公正的评价；对于论文类文献则可通过论文作者所采用的研究方法、得到的研究结果和结论是否与基本规律和客观事实相符合等来判断。

3. 文献的分析与综合

搜集和积累了大量的文献材料后，需要对文献进行分析与综合。这主要是指研究者对自己掌握的文献资料进行创造性思维加工的过程。通过运用逻辑思维和辩证思维的方法对积累的文献进行加工改造,形成自己的观点和思想体系。关于文献法的步骤(顺序)很多,但是基本都是以威廉·维尔斯曼为模板,他对文献法过程的描述比较全面、系统。其活动流程如图10-1所示[1]。

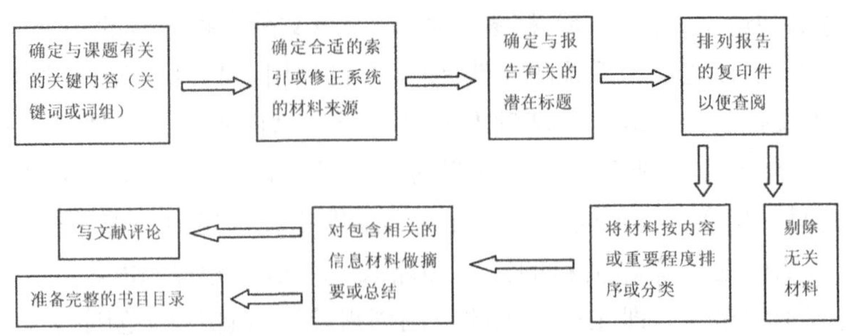

图10-1 查阅文献活动流程图

(三)文献法的注意事项[2]

应用文献法进行教学研究应该注意以下问题:首先,尽可能地搜集第一手材料。例如,要研究我国化学教育的发展,一定要搜集各个历史时期当时政府发表的教育政策法令、教育档案中有关化学课程设置的内容,化学教学纲要、化学教材、报纸杂志等,若由于时间太长又有些历史资料不齐全时,需要搜集一些化学教育界的前辈对过去化学教育的论述和回忆材料、摘录和论文等。

其次,收集资料要全面,避免"以偏概全"。要注意全面地搜集来自各个方面、代表各种意见和观点的材料。例如,要研究某一专家的教育理论和方法,既要搜集这位专家的教育论文和对他赞扬的评论,也要搜集批评他的某些观点的评论,把握全貌和本质。才有可能深入研究其本质和规律,并吸取教训。

再次,要善于分析史料的价值。当参考第二手文献时,一般要配合调查方法,或仔细地对照各种材料分析其是否存在矛盾,以确定其可靠程度;另外,查阅的资料往往是冗长杂乱的。要注意根据主题,筛选出能够反映本质规律的材料。

最后,对文献材料要还用辩证唯物主义和历史唯物主义的原理去分析和选择且不能生搬硬套,要从以往的教育实践中汲取经验和教训,以指导当前的化学教学研究和实践。

【资源链接】化学教育类文献信息来源

1.有关化学教育类期刊信息

目前世界上涉及化学教育教学研究影响相对较大的期刊主要有:Journal of

---

[1][美]威廉·维尔斯曼.教育研究方法导论[M].袁振国,译.北京:教育科学出版社,1997:67.
[2]刘知新.化学教学论[M].2版.北京:高等教育出版社,1994:332.

Chemical Education(J. Chem. Educ. 或 JCE,2014 IF = 1.001)化学教育,由美国化学会主办;Chemistry Education Research and Practice(Chem. Educ. Res. Pract. 或 CERP,2014 IF = 1.075)化学教育研究与实践,由英国皇家化学会主办。国内化学教育类的期刊比较有影响的是《化学教育》,中国化学会主办;《化学教学》,华东师范大学主办;《中学化学教学参考》,陕西师范大学主办;《中学化学》,哈尔滨师范大学主办。这些期刊为广大化学教育研究者提供了新鲜的知识、观点、方法,同时还提供了发表和交流研究成果的园地。

此外,*Journal of Research in Science Teaching*(JRST,2014 IF = 3.02)《科学教育研究》,由美国科学教学研究协会主办,wiley 公司出版;*International Journal of Science Education*(IJSE,from 1987)《国际科学教育杂志》,其前身是 *European Journal of Science Education*(EJSE,1979—1986)《欧洲科学教育》杂志,均由英国泰勒和弗兰西斯科有限公司主办;*Science Education*(SE,2014 IF = 2.921)《科学教育》,由美国约翰·威利公司主办;*Teaching Science*:*Journal of Australian Science Teaching*(JAST)《澳大利亚科学教学》杂志,由澳大利亚科学教师学会主办。以上五种期刊发表的文章虽均是围绕中学教育的,但科目涉及物理、化学、生物、地理等,化学仅是其中之一。

表 10-3 化学教育类相关期刊信息

期刊名	主办单位	网址或相关链接
化学教育	中国化学会	http://www.hxjy.org/
化学教学	华东师范大学	http://www.chemedu.cn/
中学化学教学参考	陕西师范大学	http://www.jpsnu.com/jhome/index.asp?journal_id=5
中学化学	哈尔滨师范大学	http://www.hrbnu.edu.cn/xskw/zxhx.htm
人大复印资料(中学化学)	中国人民大学	http://www.ruc.edu.cn/030929/column/166.htm
大学化学	中国化学会	http://www.chem.pku.edu.cn/dxhx/dxhx0001.htm
Journal of Chemical Education	美国化学会	http://pubs.acs.org/journal/jceda8
中国教育学刊	中国教育学会	http://www.edujournal.net/
课程·教材·教法	人教社课程教材研究所	http://www.pep.com.cn/kcjcjf/
教育研究	中央教育科学研究所	http://www.cnier.ac.cn/jyyj/
比较教育研究	北京师范大学	http://bjjyyj.periodicals.net.cn/default.html

2. 有关数据库及教育网址摘选

中国学术期刊网:http://c79.cnki.net/oldcnki/index4.htm

万方数据:http://www.wanfangdata.com.cn/

中国化学课程网:http://chem.cersp.com/index.html

中国中小学教育教学网:http://www.k12.com.cn/

国家教师教育课程资源网:http://www.qgjszy.org.cn

三、实验法

教育实验法就是为了解决某一教育问题,根据一定的教育理论或设想,组织有计划的教育实践,到一定时间后,就实践效果进行比较分析,从而得出有关实验因子与实验结果之间因果关系的科学结论来[1]。其主要特点是能对事物的情况加以适当控制,排除一些无关因素的干扰,突出所要研究的实验因子,从而比较准确地探索出事物间的因果关系。化学教育研究即以教育实验法为理论与方法的基础,以化学教育的相关领域为研究内容的一种学科教育研究方法。

(一)化学教育实验的类型

按不同的标准,化学教育实验可分为不同的类型。例如:从实验进行场所划分,有实验室实验和自然实验;从研究实验对象的性质维度,可划分为定性实验和定量实验;按自变量因素分,有单因素实验、双因素实验和多因素实验;按实验组织形式分,包括了单组实验、等组实验和轮组实验;从实验控制程度来说,又有真实验和准实验之分。化学教育实验一般多为自然实验法(即现场实验法),也存在实验室实验法,前者主要是指在自然教育状态下施加一定的教育因子,用于探索和检验不同化学课程、教材的教学方法、教法手段的结果的教育或教学实验。如对自学辅导法、程序启发教学、单元结构教学法以及探究学习模式、合作学习模式的研究,还包括对能力和情感的培养等进行研究。

(二)化学教育实验的步骤

对于化学教育实验步骤的划分,不同的学者存在着各异的观点,但总体上相差不大,均主要包括以下步骤。

(1)提出一个因果关系的假设。

(2)从这一假设出发设计一种教学实验方案,选择研究对象,并通过前期测试将他们分成若干个相等的实验组与对照组(控制组)。

(3)对实验组施加实验因子(自变量)的影响。

(4)实验告一段落之后,对因变量进行测试,并对结果进行比较和推断。

(5)根据比较和推断的结果,对实验假设进行评价。

另据研究,化学教育实验也可细分为“三阶段十五步骤”,如图 10-2[2]所示。

---

[1]李秉德.教育科学研究方法[M].北京:人民教育出版社,2001:59.

[2]毕华林.化学教育科研方法[M].济南:山东教育出版社,2001:108.

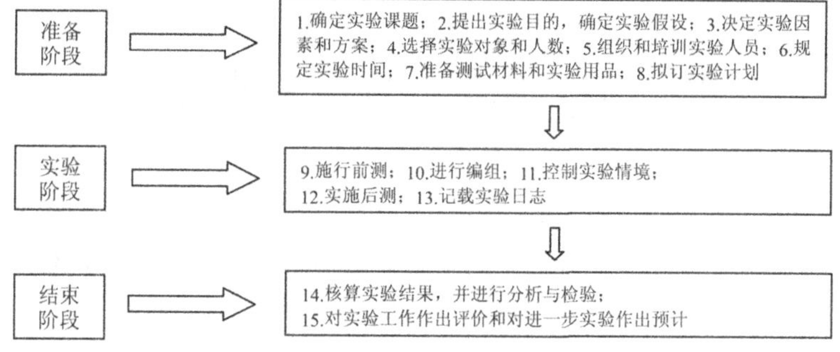

图 10－2 化学教育实验的步骤

(三)化学教育实验的注意事项[1]

(1)注意对实验过程中的诸多因素进行变量分析。在开展教育实验前，先要对自变量和因变量下操作定义，即把对自变量、因变量的抽象化、概念化的表述转变为可操作性的表述，以便能被观察和测量。例如某个实验研究中的自变量是“加强实验教学”，这是抽象的概念化的表述，如把它转化成“把教材中的演示实验改为边学边实验”和“把学生实验习题的量增加一倍”等表述，就是对自变量下了操作性定义，这样自变量就清晰明确了。

(2)注意实验前保持实验组和对照组的状态尽可能相同。一线中学化学教师常用的教育实验方法主要是某组对照法，即设置“实验组”和“对照组”，在两个组中实施不同的实验变量，一个阶段后观察和测量两个组的变化(用前测和后测的差值来表示)。使用这一方法的重要前提是实验之前两个组必须确保相同的状态，即实验组和对照组在实验前具有相同的起始状态，如人数、性别差异、学习能力和基础、家庭状况，等等。

(3)教育是一个复杂的系统，能影响实验结果的因素很多，要暴露自变量与因变量之间的因果关系，就必须对能影响实验结果的“无关变量”进行控制。中学化学教师进行教育实验还只是一种不十分严格的“准实验”，但也需注意对实验中的无关变量进行必要的控制。

(4)教育实验中通常有不少测量环节，如事前测验、事后测验等，要使测验结果科学有效，就要注意编制好测验试卷。要求测验能保证一定的信度和效度，试题的难度和区分度合理等。

(5)对教育实验的结果，即所取得的一些数据，要根据教育统计学的原理进行必要的统计分析，才能得出结论。

---

[1]解守宗.中学化学教师开展教育实验应注意的几个问题[J].化学教学，2004(6):17－18.

第三节　化学教育研究的过程

教育研究的一个具体研究课题的完成，是一个包含一系列步骤的有序过程。该过程包括研究课题的选定，研究方案的制定和实施，研究材料的分析整理与数据的获得，最后对研究成果进行表述，撰写研究报告或论文。在这里，我们从方法论的角度将化学教育的研究过程分为三个阶段，即准备阶段、实施阶段和总结阶段，如图 10－3 所示。

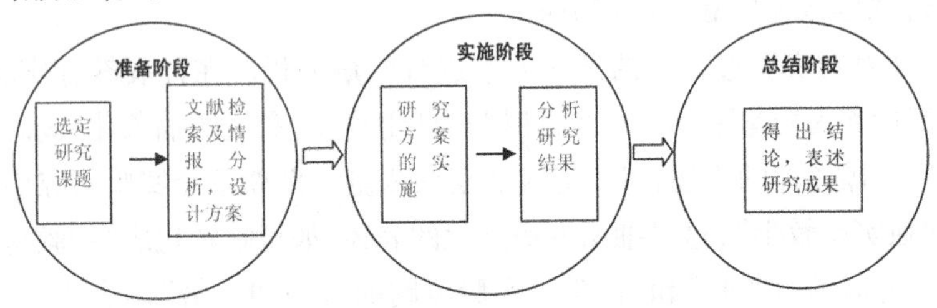

图 10－3　化学教育研究三阶段示意图

一、课题的选择与确定

化学教育研究课题的选择决定着化学教育研究发展的方向，也是衡量一个化学教育工作者研究水平高低的一个重要标志。所谓正确的选题，是指应当选择有意义的、并且问题提法原则上是正确的，因而有可能实现的科学问题来进行研究。正确的选题过程有助于提高研究者科研识别力和判断力。一个好的研究课题，应该具备以下特点，即：问题必须有价值；问题必须有科学的现实性；问题必须具体明确；问题要新颖，有独创性；以及问题要有可行性[1]。怎样使选题具备以上特点，既有理论价值，又有实践意义？遵循一定的选题原则无疑是做到这点的前提条件。

（一）课题选定的原则

1. 科学性原则

科学性原则是任何研究开展必须遵循的基本原则。化学教育肩负着祖国未来的“百年大计”，关系到国家将来的科技发展，更应该以科学性为基本原则。只有以科学性为基本原则，研究过程和研究成果才是有价值的，才能对教育实践有所帮助。选题的科学性原则指的是选题要以唯物主义基本原理为指南，以

[1]裴娣娜. 教育研究方法导论[M]. 合肥：安徽教育出版社，1995：74－77.

科学实践反复证实的客观规律为基础。选题不能违背科学性原则,否则问题就会陷入非科学或伪科学的歧途,使研究一无所获。

2. 创造性原则

创造性原则是指所选课题要有一定的独创性和新颖性。创造性是科学研究的灵魂,体现了科学研究的价值意义。创造性原则要求选择的课题研究对原有理论框架、思维模式或实践方式要有所突破、更新和再创造。通过研究,可能有理论突破、方法创新、应用更广等效果或价值。另外,值得一提的是,我们不能为了创新而去曲解教育事实,违背科学性原则。

3. 需要性原则

我们之所以对化学教育现象、理论进行研究,其最终目的都是为了服务教育实践。因此,化学教育研究必须以需要性原则为出发点,有的放矢。选题的需要性原则指的是选择的研究问题要面向教育实践的需要,面向教育科学自身发展的需要。它要求教师的科研课题要从化学教学的实践中去寻找,并结合自己的工作进行研究。化学教育选题的需要性就是要鼓励理论联系实际,解决化学教育以及社会生活与学校教学中的实际问题,选题必须考虑其研究价值,面向实际,按需要选择。例如化学新课程背景下探究性教学模式的研究是针对转变我国传统单一的教学模式的需要提出的,具备了需要性原则,因而成为当前新课程研究的一大热点。

4. 可行性原则

可行性原则即指选题时要考虑各种主客观条件,通过努力可以达到,使自己的课题有开展的可能性。为了保证化学教育研究的顺利实施,并且能够得到有一定价值的结果,我们的选题必须具有一定可行性。选题的可行性指的是要根据自己实际具备的和经过努力可以具备的条件来选择研究问题,对预期完成问题的主观、客观条件尽可能加以周密的准确估计[1]。可能性原则要求选题时要对主客观条件有充分的估计。如进行化学教育研究所需的材料、试验仪器药品是否能获得?是否充足?经费是否足够?自己的能力和兴趣又怎样?如此诸多因素如果都能考虑到,扬长避短,才能保证我们进行教育研究的方案是切实可行的。

5. 发展性原则

发展性原则是指要注重选择有发展前途的课题,即那些伴随教育改革的深化而不断发展,不断充实的课题。例如对于新课程标准中的教学内容、学习方

---

[1]王良成,蔡学美. 科研选题的基本原则和方法[J]. 中国档案,1996(1):35 – 36.

式、教学评价等问题这样的题目在研究过程中会引出一连串的新课题。积累了一定的成果后，可以逐步将所得成果网络化而形成一定的理论体系结构，从而对化学教学改革和教学理论的发展做出更大的贡献。

（二）课题选定的类型和范畴

教育研究课题，一般可分为两种基本类型：一是基础性研究课题。主要包括那些以研究教育现象及过程的基本规律，揭示青少年身心发展以及影响因素间的本质联系，探索新的领域等为基本任务的课题。二是应用性研究课题。主要包括那些为基础理论寻找各种实际应用可能性途径的课题，是以改造或直接改变教育现象和过程为主要目的[1]。一个课题研究领域，往往既有基础的理论研究课题，同时又有应用性研究课题。

化学教育研究选题既有着与其他学科教育研究共同的方向，同时又具有自己独特的选题范畴，一般主要包括以下方面：化学教育思想研究，化学史与化学史教育研究，化学课程与教材的研究，化学学习活动的研究，化学教学方法与策略的研究，化学教育测量和评价的研究，化学实验教学的研究，信息技术与化学研究，化学与社会，生活联系研究，教师教育研究，化学奥林匹克研究。除以上几个选题范畴，我们在很多方面还可以选题，如学科交叉研究等，关键在于自己的发现和创新。

（三）课题选定的策略

1. 题目宜小不宜大

一般说来，研究问题的范围要清楚明确，宜小而不宜大。如果题目过大，则会造成对问题研究的层面只是浮光掠影，空洞无物。一些题目过大的文章，常被杂志社退稿，如《理念与化学教学》、《搞好化学实验　培养学生能力》、《非智力因素在化学教学中的作用》等文章，它们共同的特点都是选题非常大，而这样大的一个题目，并非3000字左右就能说清楚的，而且，对于这样的题目，即便没有篇幅限制，我们也很难分析得透彻，除了在某些方面确实有专长以外，建议大家不要选这类大而空的题目。如果我们能将上述选题范围缩小，譬如第一篇，我们将选题改为某某理念在某节化学课上的应用，则效果会好很多，便于着手。

相反，《一堂化学优质课的教学设计意图》、《新世纪版高中化学教材设计的一节课有感》等文章，则将问题具体化了，选题范围较小，作者则可以很容易将自己要表达的思想表达出来，对问题提出自己的见解。

---

[1]裴娣娜. 教育研究方法导论[M]. 合肥：安徽教育出版社，1995：78－79.

2. 观点宜高不宜低

在化学教育研究过程中，我们常常遇到一些无法避免但是以我们的能力又暂时无法解决的问题，对于这些问题，我们很难提出具体的解决方案；另外，对于一些教学问题的研究，我们可以提出自己的观点，提出自己解决问题的方案，但是具体实施起来，我们还需要基层的教育工作者联系当时当地具体情况。所以，在这个时候我们的观点宜高而不宜低，这样的观点不仅可以使我们的化学教育研究工作的科学性更强，也提高了其可操作性，使我们的研究成果在各种情况下都具有一定的价值。

3. 内容宜熟不宜生

选题的难度不应该超过自己的能力范围，应该尽量选择自己比较熟悉的问题而避免自己生疏的内容。选题应该知难而进，同时又要量力而行[1]。研究取得成果，论文获得成功，主要不在于知识的广度，而在于认识的深度。如何才能使自己的观点有一定的深度？这就要求我们要在自己熟悉的内容里选题，才会有较深刻的思考，才能有新颖独特而有价值的见地。

例如，作为一名没有过教师经历的化学教育专业在校大学生，我们就不应该将选题范围定在中学化学的某节课的教学设计上，因为我们没有这方面的经验，但是我们学习过化学教育方面的很多理论，所以我们对教育理论比较熟悉，因此在这方面选题则比较好；相反，对于中学化学教师来说，有着丰富的教学经验但是在理论方面却较匮乏，因此，中学教师应该将眼光定在化学课堂教学方面而尽量避免纯理论研究的选题。

4. 见地宜新不宜旧

选题最重要的原则之一是选题要有创造性，所以我们在选题的同时要提出自己和别人不一样的见地。对于某个问题，如果我们不善于思考，提不出自己的新的观点，那么我们做这样的重复不仅是浪费时间，也是浪费资源，价值性也不会很高。如关于金属钠的性质的课题。据不完全统计，自 2000 年以来在各类教育类期刊杂志上关于金属钠的性质课题的研究文章不下 50 篇，而其中钠与水反应，钠与氯气反应均有 10 篇左右。可见对于这个问题，别人已经研究很多，如果我们要再继续研究这个课题的话，想在别人的基础上有所超越，使自己的研究成果能有更大的意义和价值，我们必须要有独特的见地。

---

[1]陈桂良. 毕业论文写作 100 题[M]. 杭州：浙江大学出版社，2006：27.

【典型案例】2014年第15期《化学教育》杂志刊登文章选题节选

- 化学陈述性知识的认知方式与表征(化学学习研究)
- 高中化学增设化学信息学教学内容的必要性和可行性(化学与信息技术研究)
- 德国初中化学教材单元习题设计特点分析(化学课程与教材研究)
- 化学实验装置设计的课题呈现方式研究(化学实验教学研究)
- 化学实验对中学化学教师专业化发展的影响与思考(化学教师教育研究)

二、文献检索及情报分析

在准备阶段,一旦选定了研究的课题方向,就应该展开各项研究工作。而作为教育科学研究的重要前提,是应该了解当前所选课题方向的研究状况和前人的研究成果,以及还存在哪些不足有待进一步深入研究。这样,进行文献检索和情报分析就成为重要的步骤。

(一)文献检索

当今社会处于信息高度发达的时代,从海量信息中准确迅速查找出符合特定需要的文献是关系着课题研究后续步骤的关键环节。检索文献一般包含两个阶段。

第一,分析和准备阶段。在选定研究课题后,需要对研究课题进行初步的分析,列出已掌握和还未掌握的相关课题的研究内容,进而和自己的研究目的比较,明确需要检索的对象和范围,这样才能科学地选择正确的检索方式和途径。检索的对象主要有书籍、期刊、报纸、报告、标准以及论文集等各种纸质和电子文献。在信息技术十分发达的今天,教育研究工作者一般使用连接到各种数据库的计算机即可检索到大量的书籍和期刊等电子文献。

第二,搜索查找阶段。检索时根据事先拟定的需要设置检索途径和条件。检索途径一般大致分为因特网上的公共资源和各种研究机构数据库的付费资源。例如使用百度或google等门户网站的搜索引擎可以检索到大量公共免费资源,其特点是信息量大、检索方便,但科学性和参考价值较低,须审慎引用。各种数据库资源丰富,科学性和参考价值较高,但一般属于付费服务。在数据库检索时,可设定各种检索条件以满足自己的检索需要。例如:设定文献作者名称、文献篇名、摘要中所包含文字、文献年代等。这些条件可以单一设置,也可复合设置进行高级检索。总之明确了检索需要后选择了正确的检索途径和条件可以较大地提高研究工作的效率。例如,在选定"新课程背景下先行组织者策略在新课程化学教学中的运用研究"课题时,可以通过中国期刊网或维普网进行相关期刊文献的检索。可以将检索条件设定为"先行组织者",查阅有关

“先行组织者”的教育与心理学理论文献，进一步缩小检索范围可在已搜索文献中输入“化学教学”聚焦于化学学科教育。如果需要了解和查阅新课程改革以来有关的文献，则可进一步把文献检索条件限定在新课程起步的1999年以后。必要时还可变换有关检索词进行进一步多轮检索。这样，通过多次多轮的检索，基本可以掌握有关“新课程背景下先行组织者策略在新课程化学教学中的运用研究”课题的期刊类文献资料。

需要注意的是，一般进行检索时范围应由大到小，一步步缩小检索范围，检索范围可适当大于所需查阅内容的范围，保证所需文献不被过早地筛选和遗漏。检索到的大量文献应以自己熟悉或事先计划的方式进行保存，以便分析时有章可循，使用时能够迅速找到。

（二）情报分析

情报分析即是指对已检索和收集到的文献资料进行分析加工的阶段。要了解和掌握大量文献中的有价值的信息，就必须通过情报分析对这些文献进行一番去粗取精、去伪存真、由表及里的加工工作。这个过程主要包括：剔除假材料，去掉相互重复、较陈旧的资料；从研究任务的观点评价资料的适用性，保留那些全面、完整、深刻和正确地阐明所要研究问题的一切有关资料，以及含有新观点、新材料的资料，对孤证材料要特别慎重。对准备利用的文献，必须对其可靠性进行鉴别和评价，对那些不完全可靠或有待进一步明确的材料应该不予采用[1]。例如：对“化学探究性实验教学模式的开发和应用”的课题进行研究的时候，由于当前相关探究性实验的文献十分繁多，需要在掌握的文献中进行深入的情报分析工作，把探究性实验教学和普通的化学实验教学区分开来，将文献中冠以“探究性实验教学”之名实则内容上既无“探究性实验假设”又无学生能动地“计划探究实验的方案”的文献进行筛选，并对同一教学内容的探究性实验进行归类，挑选其中“假设合理、计划方案详尽、过程科学正确、具备实验后反思与总结”的那些优质文献，这样才有利于自己开展“化学探究性实验教学模式”课题的研究。

三、课题的设计与实施

在完成准备阶段后，研究过程即应该进入实施阶段。从整个研究过程考察，实施阶段属于“行”的阶段，是教育研究的实践过程。这一过程建立在前一阶段明确了课题研究目的和内容以及掌握了大量翔实资料的基础上。可以这

---

[1]裴娣娜.教育研究方法导论[M].合肥：安徽教育出版社，1995：98.

样说,课题的设计和实施过程直接关乎着课题研究的质量高低和成功与否。

(一)形成研究假设

在选定研究课题和进行了相关文献的检索之后,应该对研究课题有了清晰的研究构想。这时,应根据事实和已有资料对课题设想出一种或几种可能的答案或结论,这就是假设。假设(hypothesis)是根据一定的科学知识和新的科学事实对所研究的问题的规律或原因作出的一种推测性论断和假定性解释,是在进行研究之前预先设想的、暂定的理论。对各教育问题和现象所作的且尚待证明的初步解释都属于假设性质[1]。同其他任何科学研究一样,我们在进行化学教育研究时必须有事先关于研究课题的假设,这样才能避免研究的盲目性,明确研究的目标和方向。例如在对“化学学习中性别差异对学生学习成绩的影响”课题进行研究的时候,我们可以预定假设为男女性别差异对学生化学学习显著影响,通过研究过程证明或证伪此假设,从而丰富和充实关于化学学习活动理论的研究。

(二)设计研究方案

教育研究和其他任何研究工作一样,必须有或详或简的研究计划,这样才能保证研究中步骤明朗,过程顺畅,逻辑合理,设计拟订合理的研究方案对研究的下一步开展至关重要。对于化学教育研究而言,无非是为了解决在化学教育领域出现的某些问题,主要是为了澄清和发展某些概念和理论,扩展化学教育实践的经验。基于上述认识,设计化学教育研究方案一般包括以下几个步骤。

(1)阐述研究问题的目的和意义。

(2)介绍本研究的内容和涉及的学科领域,预计取得的成果,陈述已有研究现状和有关文献检索的情况。

(3)说明拟采取的研究方法。

(4)课题研究的时间安排,如研究者在两人或两人以上,介绍课题组的人员分工。

(5)主要研究阶段和研究成果形式。

(三)实施研究方案

对于一般化学教育研究来说,实施研究方案主要是包括两个阶段。

1. 搜集、获取资料,掌握科学事实

通过我们查阅的文献将研究付诸实施。这主要指对课题有用的资料进行搜集整理。具体地说,首先,要对所选题目中得出的结论和资料进行分类排队,

[1]裴娣娜. 教育研究方法导论[M]. 合肥:安徽教育出版社,1995:104.

弄清主次真伪，以便有重点、有计划、有目的地加以运用。经过筛选，有的用于总论点，有的用于分论点；有的用于叙述，有的用作论证；有的用以详细阐述，有的用于以旁证补充，以使有用者适得其所，无用者加以抛弃。其次，要以自己的选题为中心，到各种化学教育期刊、教育期刊、教育论文以及教育著作等和化学教育有关的材料中搜集信息，并可结合自己的论文进行必要的调查研究。动手写作之前，应尽可能地收集、了解他人对这一课题已经发表的意见，并用它同自己所得相比较，从中得到启发和借鉴。

2. 处理有关数据，分析获取的资料

(1)做好数据处理。化学教育中涉及较多教学实证部分，通常会有很多重要的数据需要处理，主要包括：详细列出有关数据；根据需要对某些数据进行统计和分析；解释相关数据的含义，保留科学的有代表性的数据；运用图表显示变化的规律和在不同变化条件下的数据状态，最后得出正确的结论。

(2)加工提炼观点。观点的形成与提炼一般要么在教育实践中产生形成，要么随着搜集材料的增多形成，在占有大量材料的基础上产生、形成。这是一个或长或短的过程，也是一个对材料进行深入理性的分析、科学综合、反复思考提炼的过程。

四、研究结果的分析与结论

作为教育研究的最后一个阶段，对研究的结果进行分析和总结是为了将研究成果以一定的形式表达出来，供大家研究讨论与借鉴。因而，研究成果是否能为大家接受和认同很大程度上取决于本阶段工作的质量。本阶段主要包含两个步骤，即分析研究的结果和进行总结。

（一）分析阶段

实施研究计划后，可以获得大量的原始的数据和资料。这些都是最初的研究结果，需要加以整理分析，按研究目的进行汇总、分类、补充和评价，从而使资料能系统地、完整地反映教育研究问题的发展过程。对于教育研究结果的分析，一般从定性和定量两个方面去考察。值得指出的是，对化学教育研究结果的分析，不是化学教育研究过程的一个孤立环节。研究实践表明，一旦开始了资料或数据的收集、整理，分析也就开始了[1]。

定性研究一般指对研究结果的数据、资料的整理和质性分析，主要包括整理、归类、报道事实和评价可靠性四个步骤。一般的定性分析有因果分析、逻辑

[1]毕华林. 化学教育科研方法[M]. 济南：山东教育出版社，2001：139.

分析、矛盾分析等,其中应用的分析方法主要是归纳与演绎、分析与综合、抽象和具体、比较与分类等。定性研究的主要特点是:以描述性资料作为分析的基础;以逻辑归纳作为分析方法;关注研究背景与影响因素的影响;适用于过程与发展研究。将现代认知心理学以信息加工观点与化学教育研究相结合,考查学生化学学习的感知觉、注意、记忆、思维和言语。南京师大李广洲教授及其研究小组把国外有关问题行为图技术和概念图技术应用于化学教育研究,取得了一定的研究成果。定量教育研究包括对特征数值的计算和分析和根据研究数据进行推断、检验和预测,后者在化学教育研究中应用较为广泛,在实际的化学教学改革实验中,多用研究样本均数差异的显著性来评价“对照实验”的结果,样本情况不同时,具体检验计算的方法各异。一般情况下样本容量足够大时使用Z检验。检验多个样本的均数差异,可以使用方差分析基础上的F检验。定量研究主要以数学和教育统计学知识为基础,涉及的研究的变量和参数较多,使用的方法繁杂,人工计算费时费力,且易出错。信息技术的开发和应用大大提高了工作效率,现今广泛使用的统计分析软件有SAS(Statistical Analysis System)和SPSS(Statistical Package of Social Science),详细使用可参考相关教育统计类著作。

(二)总结阶段

1.撰写论文或研究报告

有了新颖的观点与丰富的材料,并不意味着就有了好文章。观点加材料算不上理论文章。我们还必须形成自己的理论系统,使观点与材料高度统一,形成一个有机的整体:明确地提出问题,根据材料,严密地分析论证问题,得出准确的结果和科学的结论。

(1)撰写提纲。提纲,即文章的纲要。撰写化学教育论文,尤其是理论文章,应该首先编写好提纲,搭好文章框架。这是撰写化学教育论文的重要步骤,也是保证文章结构完整和合理的重要手段,避免成文过程中的逻辑混乱,确保文章的高质量。提纲应该包括标题、基本观点、各级大小标题等。

(2)起草论文。在提纲的基础上,开始文章内容的充实。详细陈述文章中心,并对其进行合理缜密的论证,最后提出自己的观点,形成初稿。对初稿要精雕细刻,反复修改。修改内容不仅局限文章的内容,还包括文章的形式。对于文章内容,我们要检查中心观点是否得到充分论证,文字表述是否准确等问题;而对于文章的结构我们则要看怎样编排才更合理,更有逻辑性。

从修改的时间来划分,修改文章的方法一般来说有这两种方法:一是热处理,即初稿完成之后就进行修改,便于文章一气呵成。二是冷处理,就是初稿完

成后放几天,然后再拿出修改。一般说来冷处理较容易找出文章中的问题。

2. 对研究成果的评定

论文或研究报告撰写完毕以后,需要对研究成果进行评价,考察它的学术价值。在确保研究成果具备一定意义时,应该及时发表,期望与大家交流讨论;反之则应毫不吝惜地将研究成果再进行深入研究、转换角度,甚至抛弃原课题。同时,还应该对研究过程进行反思和总结,以便将来能把化学教育科研工作做得更好。

第四节 化学教育研究论文的撰写

化学教育研究论文是一个教育工作者成果的呈现,一篇教研论文质量的高低是一个教育工作者研究能力的最直接的反映。作为学术论文,必然具备其一定的要求和形式,便于学术界的交流和讨论。因此,遵循一定的格式和规范是撰写化学教育研究论文的最基本要求。

一、论文的基本组成形式

根据教育研究逻辑开展的顺序,一般学术论文也遵循从"提出问题、分析问题和解决问题"的基本形式。较为规范的论文形式的框架结构应具备以下几个部分。

(一)标　题

论文的标题是文章的中心思想的集约反映,是文章灵魂的展示台。作为学术论文的标题,既要具有新意吸引读者,也要注重学术性和规范性,力图突出文章的立意。常见的标题类型包括问题式标题,如"溴乙烷和氢氧化钠水溶液的反应是水解还是碱解?";结论式标题,如"彩色照片——普通高中化学新课程标准教材的一个亮点"和范围式标题,例如"日本高中化学学习指导要领述评"。此外,根据需要还可以设置副标题,以进一步说明研究对象和范围,准确反映论文内容。但是无论采用哪种类型的标题,都要努力做到准确妥帖、新颖多样和简洁明了。

(二)署　名

论文署名一般包括作者姓名及工作单位等,同时标明著作权人,便于明确文责。有些杂志报纸要求附上作者简介,包括职务、学历、年龄、单位和主要研究领域等。需要引起注意的是,署名必须要遵循一定的科学道德规范,要根据对论文贡献的大小来决定作者次序排定。

(三)摘　要

根据国际标准化组织(ISO)对"摘要"的定义:对文献内容的准确扼要而不加注释或评论的简单陈述。通俗地讲,摘要就是含有科研论文主要内容的信息浓缩块。摘要需要做到以能概括论文内容为目的,简明扼要、恰当适切地记述论文的主要内容及观点,不对论文本身做评价,应具有独立性和自含性,应是一篇完整的短文。其基本要素包括研究目的、方法、结果和结论。具体说来,就是研究工作的主要对象和范围,采用的手段和方法,得出的结果和重要的结论。摘要写作时须注意:(1)短小精悍,不重复标题中的已有信息;(2)结构严谨,语义确切;(3)使用规范化的术语和第三人称陈述;(4)一般不分段,不用图表、化学结构式和非公知公用的符号或术语,也不宜引用图、表、公式和参考文献的序号[1]。一般在300字以内。

示例[2]:

以重点中学高一新生为调查对象,通过对学生化学考试失误诊断进行编码(**研究方法**),分析研究其化学学习自我诊断能力的现状(**研究目的**)。研究发现,即使在重点中学,高一新生的化学学习自我诊断能力也普遍不高,大部分学生只能进行较为片面、浅层的诊断,同时也存在易忽视知识性和思维性失误、提出改进方案不够具体等问题。(**研究结果**)高中生化学学习自我诊断能力受其主观意识与态度、学习环境、教师引导等因素影响。建议教师留给学生必要自我学习空间,并引导学生提高自我诊断意识等。(**结论与建议**)

(四)关键词

关键词是指那些出现在论文的题目、摘要或正文中,反映论文主要概念的词或词组。关键词应当是名词或名词性的词组,国家标准GB7713—87《科学技术报告、学位论文和学术论文的编写格式》中规定:"每篇报告、论文选取3-8个词作为关键词"。

(五)引　言

引言是整篇论文的引论部分,是开篇之作。简练而精彩的引言对一篇文章而言可谓是事半功倍。一般引言包括五个部分:概述某一领域研究背景;说明本研究的起因;简述研究方法;详细叙述研究目的;列举主要发现并总结重要结论。

---

[1]赵坤,姚刚.科技论文的标题和摘要[J].河南职技师院学报,1994(3):67.

[2]丁弘正,李佳,王后雄.高中生化学学习自我诊断能力的调查研究[J].化学教育,2014(15):49.

(六)正　文

正文是研究论文的主体和关键部分。正文的主要内容包括:课题的理论依据、研究方法,研究对象的选择,观察到的事实,收集到材料数据,对材料数据的分析处理结果等。正文写作须做到:结果可信,演绎严谨;结构合理,层次清晰;剪裁得体,详略有致;表达简练,行文流畅。

(七)结　论

结论是对研究中所观察到的事实、搜集到的材料、数据进行处理,并在此基础上分析、判断、推理得出的对事物本质的规律性的认识。经过正文的论证之后,我们要基于自己正文中的论据,提出自己的观点,形成结论,一般包括所发现的规律、得出的结论、解决的问题等。篇幅不宜过长,应该尽量简洁、明了。

(八)致　谢

如有必要,应在文末向学术论文完成过程中的指导者、帮助者表示谢意。

(九)参考文献

参考文献指的是作者为撰写论文而引用已有的相关文献信息资源。注明参考文献的目的在于表明作者科学严谨的研究态度和对前人研究成果的尊重,也是对知识产权的尊重。参考文献一般集中列于文后。文献序号用阿拉伯数字加方括号表示(如[1]、[2]、[3]……),要在文中标出序号的位置(右上角标)。参考文献著录项目包括:主要责任者(专著作者、论文集主编、学位申报人、专利申请人、报告撰写人、期刊文章作者、析出文献作者);文献题名及版本;文献类型及载体类型标识(专著——M;期刊——J;论文集——C;报纸文章——N;学位论文——D;报告——R;标准——S;专利——P;其他未说明的——Z);出版项(出版地、出版者、出版年);文献出处或电子文献的可获得地址;文献起止页码。例如普通图书应标为:

[序号]主要责任者.书名[文献标志代码].出版地:出版社,出版时间:起止页码

期刊应为:

[序号]主要责任者.题名[文献标志代码].刊名,年,卷(期):起止页码

(十)英文标题和摘要

最后还要将标题和摘要翻译成英文,以促进国内外学者共同交流,原则上要求英文标题、摘要与中文标题、摘要一致。

【典型案例】《关于科学探究教学若干问题的思考》(《化学教育》杂志 2006 年第 8 期)论文样例[1]

关于科学探究教学若干问题的思考 …………………………………… 标题

郑长龙 …………………………………………………………………… 署名

(东北师范大学化学教育研究所　吉林长春 130024)…………………… 署名

摘要(略)………………………………………………………………… 摘要

关键词:科学探究、探究教学 …………………………………………… 关键词

开篇前言…………………………………………………………………

1 科学探究的本质…………………………………………………………

2 什么样的知识需要探究……………………………………………… 正文

3 探究就比讲授好吗……………………………………………………

4 探究需要什么样的引导………………………………………………

[7]陈耀亭. 陈耀亭教育文集. 北京:中国劳动出版社,1992 ……… 参考文献

Thinking on Some Problems in Scientific Inquiry Teaching ……………

Zheng Changlong…………………………………………………………

(Institute of Chemical Education of Northeast Normal University,

Changchun130024) ……………………………………………………… 英文标题和摘要

Abstract(略)……………………………………………………………

Key words(略)…………………………………………………………

二、化学教研论文写作要求

作为一种科学研究活动,化学教育研究具有学术性、创造性和应用性等特征。在进行化学教研论文的写作时,应注意满足一定的写作要求。

(一)坚持科学性、通俗性、实用性

一篇质量高的教研论文,是先进的教育教学思想和先进经验的载体,必须要被读者所接受,才能产生教育效益,体现论文的价值。当然,科学性是论文的灵魂,是论文成败的起码标准,教研论文要有一定的理论性,科学性,然而我们不能把理论性,科学性和可读性对立起来,相反,化学教研论文应该具有通俗性,实用性,这样的研究成果才能被更多的人接受。

(二)语言应朴实无华

化学教研论文不同于文学创作,语言应该朴实无华。深奥难懂,故作高深,搬用生僻的术语,就会使论文不知所云,则论文同样会失去可读性,不管是多华丽的辞藻,也不能带来任何实际意义。

[1]郑长龙. 关于科学探究教学若干问题的思考[J]. 化学教育,2006(8):6-12.

(三)正确使用语言、数字和法定数量单位

化学教研论文使用语言、数字、符号时必须规范。语言准确、简明而规范,表达不含糊其辞,术语、符号和计量单位等符合国际标准、国家规范,以便更好地进行学术交流。

(四)合理设计插图和表格

在化学教研论文中,表格和插图是文字的必要的有时甚至是不可缺少的补充。巧妙地使用表格和插图,既可精简文字,又可更直观地说明问题,使读者一目了然。然而,表格的制法及插图的绘制都有一定的格式和要求,撰写论文的作者必须严格按要求制表和绘图,使表格和插图规范化、标准化。

除了以上几点,我们在撰写化学教研论文时还应注意力求创新、强化理论、注重实证以及格式规范。

三、化学教研论文写作步骤

化学教育研究论文的写作遵循一般教育科研论文的步骤,按以下几个步骤依次进行。需要指出的是,学术论文的写作过程本身就是一项创造性活动,不必过分拘泥于固定顺序。一般情况下,随着写作思维的间歇和跳跃,各步骤间均有相互交替重复的过程,以充分打磨各部分内容,完成高质量的论文。

(一)构 思

在掌握和查阅了大量文献资料,进行了相关教育实验研究后,即对课题进行立意上的思考,争取积累沉淀出优质立意,构思合理的文章论点。

(二)拟定提纲

构思完毕,我们就要对自己想要研究的问题拟订提纲,提纲是全文的框架,其基本上决定了文章的内容和结构。

(三)写作草稿

在提纲的基础上,我们要认真收集文献材料,去伪存真,去粗取精,合理地利用这些材料为我们的论文服务,充实提纲的各个部分,做到论据丰富,论证有力,立论结合,形成初步的文章草稿。

(四)修改稿

草稿完成以后,我们还要对其进行修改。修改的途径可请教相关人士,虚心征求别人的意见,这样有助于我们发现可能被我们忽略的问题;也可热改法与冷改法交替使用做到文章连贯性和逻辑性的高度统一。最后,还要对论文形式进行检查修改,杜绝语句不顺和标点错误。

(五)定　稿

在完成以上各步后,论文应该具备了相当的成熟水平,在确保无已知错误和遗漏的情况下,可以把论文定稿。

(六)投　稿

为了进一步扩大交流,提高自我的教育研究水平,增进学术繁荣,对于成熟的化学教研论文,一般可针对有关期刊进行投稿。投稿的录用与否,不仅代表着学术界对研究者研究成果的肯定程度,也是研究者自身科研水平的体现。一个高水平的研究者,不仅要具备高水平的研究能力,还应有敏锐的洞察力,能够使自己的研究成果及时发表,得到学界的认可。因而,对于化学教研论文不能盲目投稿,需要做到心中有数。一般情况下,在论文本身比较完善的情况下,应充分考虑所投目标期刊的风格、栏目设置和选稿偏好,这样才能做到有的放矢,增大文章发表机会。

【资源链接】三种化学教育类杂志(期刊)主要栏目设置情况

《化学教育》:生活中的化学、知识介绍、专论、新课程天地、课程与教材研究、教学研究、复习指导、教师教育、调查报告、信息技术与化学、实验教学与教具研制、问题讨论与思考、化学奥林匹克、化学史与化学教育、国内外信息、化学与社会、高考改革、书评等栏目。

《化学教学》:研究性学习探索、知识介绍、专论、课程改革、化学原创题选登、教学设计、习题与解题思路、教师论坛、教研员札记、计算机在化学中的应用、实验与创新思维、考试研究、化学竞赛、问题解答与讨论、国内外化学教育动态、双语教学、读者信箱等栏目

《中学化学教学参考》:研究性学习、动态研究、本刊专稿、课程改革与教学实践、课程资源与教材研究、教学论坛、复习应考、问题讨论、试题选登、实验研究、考试研究、奥赛辅导、解题研究、问题讨论等栏目。

四、化学教育学位论文

学位论文是指高等学校中本科生、研究生经过系统的专业学习和训练,独立或在教师的指导下进行某些研究后所写出的体制规格要求比较严格的学术论文。化学教育研究的学位论文的完成者主要有化学专业(师范类)的本科生、化学教育硕士、化学课程与教学论硕士研究生和博士研究生。

学士学位论文一般选题较为基础,要求论文体制完整规范,在学术性和创造性上要求稍低,需要有一定数量的参考文献,一般在5000字左右。

化学教育硕士专业学位论文选题应对国家基础教育事业发展、改革和管理

有一定价值,论文写作要理论联系实际,根据现代教育基本原理和解决学科教学中的实际问题。论文撰写应广泛并有针对性吸收国内外有关研究成果,并具有一定的创造性。参考的文献不应少于20篇,一般在1万字左右。

硕士学位论文是硕士阶段学习的总结性作业,重在如何开展化学教育研究,重在专业研究方法。论文对学术性、创造性有一定要求,需要对所研究的课题有一定的学术见解,表明完成者具备了从事科研工作的能力。硕士学位论文各部分要求都较为严格。通常要求有不少于40篇的参考文献且外文不少于50%。写作字数上,一般需要达到3~4万。

练习与实践

1. 化学教学研究中的常用的方法有哪些?各种方法的适用范围如何?
2. 化学教学研究的基本过程有哪些?
3. 如何从网上搜索化学教学研究文献?
4. 了解并尝试使用spss统计软件。
5. 调查法研究可以分为哪几个步骤?
6. 如何进行化学教育实验法研究?
7. 举例说明撰写化学教学研究论文的基本要求。
8. 以“化学新课程”为主题,选择一合适的题目,参照《化学教育》杂志的投稿格式,写一篇3000字左右的教研论文。

第十一章 化学教师的评价与专业发展

《中国教育改革和发展纲要》指出:"振兴民族的希望在教育,振兴教育的希望在教师"。化学学科的发展,需要高素质的化学教师的努力。本章根据教育部2012年2月颁布的《中学教师专业标准(试行)》(以下简称《专业标准》)和高中化学新课程改革的要求,对教师标准与招考、化学教师的素质要求和评价、专业发展的方向和途径以及行动研究与教师的专业发展进行了较系统的阐述。

第一节 中学教师专业标准与教师招聘考试

教师专业标准的制定,是教师专业化的迫切呼唤,是一切以学生为本的必然要求,是国际教师教育发展趋势的必然结果,更是贯彻落实《国家中长期教育改革和发展规划纲要(2010—2020年)》(简称《教育规划纲要》)的现实需要[1]。教育部教师[2012]1号文件明确规定"《专业标准》是国家对幼儿园、小学和中学合格教师专业素质的基本要求,是教师实施教育教学行为的基本规范,是引领教师专业发展的基本准则,是教师培养、准入、培训、考核等工作的重要依据。"因此,教师专业标准是教师从一种"职业"变为一种"专业"的基本标志,是客观评价教育质量的依据,也是国家和民族未来发展的保障。

一、专业标准概述

(一)制定《专业标准》的背景与意义

制定教师专业标准,明确教师专业素质要求,符合国际上教师专业化发展的潮流和趋势,是健全教师管理制度的一项重要内容,对于提高教师队伍整体素质,提高教师教育质量,对促进基础教育均衡发展及教育公平具有积极作用。

---

[1]周洪宇.制定教师专业标准,加快教师队伍建设步伐[J].华人时刊:校长,2012(3):16.

1. 背 景

(1)基础教育改革与发展的需要。在全面普及义务教育,高中教育获得快速发展之后,基础教育面临的首要问题是提高质量。而提高基础教育质量,关键是教师质量的提升。这种提升强烈呼唤一种可以参照的标准。另外,解决我国基础教育在城乡之间、地区之间、学校之间存在的发展不均衡问题的根本措施是合理配置教育资源,尤其是教师资源。教师资源的配置也需要一个可以参照的标准。

(2)教师教育改革与发展的需要。20 世纪 90 年代,我国开始构建的以独立的师范院校为主体,综合性高等院校共同参与的、开放的教师教育体系已取得初步成效,但也出现了一些问题,如综合性高校“盲目”上马的教师教育项目;师范类高校转型对教师教育的削弱以及师范生招生规模的扩大等。这些问题的出现也呼唤着开放的教师教育体系诞生一种可以参照的标准。

(3)教师队伍建设的需要。《教育规划纲要》提出要努力造就一支“高素质专业化”的教师队伍。但“高素质专业化”只是对教师队伍的一种概括性、原则性的描述,判断教师个体和群体是否达到高素质专业化的期待和要求,需要有更具体的教师专业标准。

2. 意 义

制定并实施教师专业标准,是当前教师队伍建设中一项十分紧迫的任务,具有重要的现实意义。

(1)它有助于加快教师专业化的步伐,促进教师专业化,使教师像工程师、医生、律师等专业人士一样,真正成为一种专业性工作人员,具有不可替代性。教师是一种职业,但不是一般的职业,具有专业性和不可替代性。作为履行教育职责的专业人员,教师必须经过严格的专业训练,掌握系统的专业知识和专业技能,养成高尚的专业伦理。制定并实施特定的教师专业标准,为教师提供专业发展的方向和指南,能够正确引导教师向专业化方向发展,真正提升教师的专业水平。

(2)它有助于城乡教育均衡化的客观需要。要实现义务教育城乡均衡化的目标,除了在校舍建设、设备设施等硬件方面达到均衡化之外,最重要的是实现师资力量的均衡化。而要实现城乡、东西教师的均衡发展,必须制定全国统一的教师专业标准,只有全国各地按照统一的教师专业标准,加强教师教育,推动教师教育专业化,才能培养一支为城乡与东西教育均衡发展服务的高素质的教师队伍。

(3)它有助于贯彻一切以学生为本的教育理念。在构建和谐社会、倡导以人为本的社会大背景下，教育理应贯彻一切以学生为本的理念。要促进学生的全面发展，首先教师应当提高综合素质，在各方面得到较为全面的发展。同时，教师要从内心深处真正树立以学生为本的观念。建立教师专业标准，可以帮助教师树立以学生为本的教育理念，搞好教育教学工作，培养创新型人才。

(4)它有助于适应国际教师教育的发展趋势。19 世纪中叶欧美教师专业化已经开始起步，20 世纪 60 年代联合国教科文组织以官方文件的形式正式提出教师专业化的发展取向，之后欧美及日本均将教师教育向专业化方向发展作为提高教师质量的主要途径。与之相适应，各国纷纷建立旨在促进教师专业发展的教师专业标准。我国建立教师专业标准，正是与国际教育发展趋势相适应的具体体现，也有助于教师培养与国际接轨。

(5)它有助于更好地贯彻落实《教育规划纲要》精神。制定并实施教师专业标准，正是贯彻落实《教育规划纲要》的具体措施之一。有中学教师专业标准，就有了教师队伍建设的基本依据，也是今后中学教师专业化发展的"基本法"。

(二)专业标准的基本内容与特点

《专业标准》的总体框架由基本理念、基本内容与实施建议三大部分构成。基本理念提出教师要师德为先，学生为本，能力为重，终身学习。基本内容由维度、领域和基本要求组成，分别对教师的专业理念与师德、专业知识和专业能力提出 60 余条具体要求。

1. 基本理念

(1)学生为本。以学生为主体，面向全体学生，促进学生主动而积极地全面发展，不仅是全面实施素质教育的要求，而且是教师职业专业化的关键性特征之一[1]。教师需要针对每个学生的具体情况，尊重每个学生的特点，在适当的教学时间与空间内，促进并确保每个学生都取得应有的进步和收获，也就是为每个学生提供最适当的教育。这就是教师专业性的体现。

(2)师德为先。与其他任何职业一样，从业人员的职业道德是必需的。但是，与其他行业不同的是，教师职业对职业道德的要求更为突出。教师职业道德不仅是教师自身的工作原则，而且也影响着教师教学工作的对象，即学生。教师的工作对象是青少年学生，教师自身的形象影响学生，教师的责任也就充满了深刻的道德意义。因此，"师德为先"的理念体现了教师专业的社会要求和社会意义。

---

[1]朱益明. 教师专业的含义——基于教师专业标准的认识[J]. 河南教育学院学报:哲学社会科学版,2013(1):38.

(3)能力为重。教师必须根据每个学生的不同基础、不同需求和不同背景,运用恰当的教育教学理论与方法,采用不同的教育教学策略,在尊重教育工作与学生发展的普遍规律的基础上,为每个学生提供最适合他们的、具有个性化特征的教育内容与教育活动,以实现每个学生最大程度的发展与进步。这种教育教学工作需要每个教师的教育智慧与教育能力,这就是教师工作的创造性。“能力为重”,不仅要求教师具有开展教育教学活动的能力,而且要求教师具有协调各种教育关系的能力,其中最典型的就是教师必须具有足够的与家长沟通、与社会交流的能力。

(4)终身学习。职业注重执行,专业强调发展。这种基于专业的发展必须是自主的、自我的和自觉的。所以,教师职业成为专业的根本保证,就是教师必须坚持不断地学习和积极地发展,这就是教师的终身学习。一个教师即使受过职前师资培养的教育,得到了合格的教师证书,走上了教育岗位,也需要持续学习、持续成长。一个优秀的教师需要在实践中不断成长。

2. 基本内容

教师专业标准的主体部分是对专业知识、专业能力、专业态度的标准界定。

表 11-1 《专业标准》基本内容

领域	内容
专业理念与师德	职业理解与认识、对学生的态度与行为、教育教学的态度与行为、个人修养与行为
专业知识	教育知识、学科知识、学科教学知识、通识性知识
专业能力	教学设计、教学实施、班级管理与教育活动、教育教学评价、沟通与合作、反思与发展

3. 主要特点

《专业标准》是国家对合格中学教师的基本专业要求,其内容具有基础性、人文性、导向性等特点。

(1)基础性。《专业标准》是“国家对合格中学教师的基本专业要求,是中学教师开展教育教学活动的基本规范,是引领中学教师专业发展的基本准则”。“三基”充分证明了其基础性。作为标准,其内容必然要具有高度专业性和简洁性,浅显易懂,对于教师能力的提升具有指导作用。为教师专业伦理、专业知识和专业能力方面所应必备的素质规定了基本标准。

(2)人文性[1]。《专业标准》在基本理念中将“以生为本”和“师德为先”摆

[1]武佳.浅谈《中学教师专业标准》[J].北方文学(下半月),2012(8):197.

在首位，侧重的是培养教师的人文情感，教师具有健康的教学观才能给学生呈现出充满平等气息的课堂，师生平等才能切实体现，才能迎合当代的教育理念与要求发挥教育应有的功能，才能培养出具有正确人生观、价值观的优秀人才。其基本内容当中，如在“个人修养与行为”领域中，要求教师要乐观向上、善于自我调节情绪、保持平和心态等，在“沟通与合作”领域中要求教师平等地与中学生进行沟通交流、与同事合作交流、与家长进行有效沟通合作等，均体现了人文性的特点。

(3)导向性。《专业标准》在规定合格教师基础标准的同时，还具有发展性功能，起到引导教师朝着不断提高综合素质方向发展的作用。

二、教师招聘考试

(一)教师公开招聘考试的政策背景

2009年3月，教育部印发了《教育部关于进一步做好中小学教师补充工作的通知》(教师[2009]2号)的文件。该《通知》明确指出：“从2009年开始，各地中小学新任教师补充应全部采取公开招聘的办法，不得再以其他方式和途径自行聘用教师。要坚持德才兼备和‘公开、平等、竞争、择优’的原则，严格招聘程序，严把选人标准和质量关，吸引有志于从事基础教育事业的优秀人才到中小学任教。省级教育行政部门要结合国家或地方‘特岗计划’的实施，统筹考虑本行政区域内教师岗位需求情况，合理安排中小学教师自然减员补充，统一组织教师公开招聘考试，按规定程序择优聘用。坚决杜绝不合格人员进入教师队伍。”而且强调对新任教师公开招聘制度，要“形成长效机制”。因此形成了“凡进必考”的教师公开招聘考试制度。

(二)教师公开招聘考试的内容

教师公开招聘考试包括笔试、面试等环节。笔试主要考查两个部分，即教育理论知识(公共知识)和专业知识。其中，教育理论知识部分包括教育学、心理学和教育心理学的一些基础理论知识以及一些相关的教育法律法规；专业知识涵盖了新课程改革、教学技能与实践、教材教法与教学设计，以及各专业学科相应的基础知识。各地的考试大纲侧重点会有不同。

面试主要考查考生的实际教学能力，其方式有说课、试讲、面谈(答辩)等。

在笔试内容中，教育理论知识占的比例相对较小，一般为40%，而专业知识部分所占比例较大，为60%。而有些地市为加大对教学技能的考查，分值比例可能占专业知识的40%以上。

第二节　化学教师的素质要求和评价

化学教师素质的高低决定了化学教育的兴衰，研究化学教师素质问题具有十分重要的意义，它是化学教师适应化学课程改革，成为创新者、研究者、引导参与者、组织者、促进者、沟通合作者的需要。

一、化学教师的素质要求

（一）化学教师素质结构

教师素质是教育界经常使用的概念，所谓素质就是以人的先天禀赋为基础，在环境、教育的影响下，在人自身的参与过程中，逐步形成和发展起来，并能持久发挥作用的内在身心品质。教师是一种专业化的职业，是向受教育者传递人类积累的文化科学知识和进行思想品德教育的专业人员。所谓教师素质，就是教师在教育教学活动中表现出来的，决定其教育教学效果，对学生身心发展有直接而显著影响的心理品质的总和。化学教师素质是从化学学科的角度对教师素质的一个细化，因此，所谓化学教师素质即在化学教育教学活动中表现出来的，决定其化学教育教学效果，对学生身心发展有直接而显著影响的心理品质的总和[1]。

基于对化学教师素质概念及特点的认识，根据新课程的新理念，化学教师的素质结构的构建如图 11－1[2]。

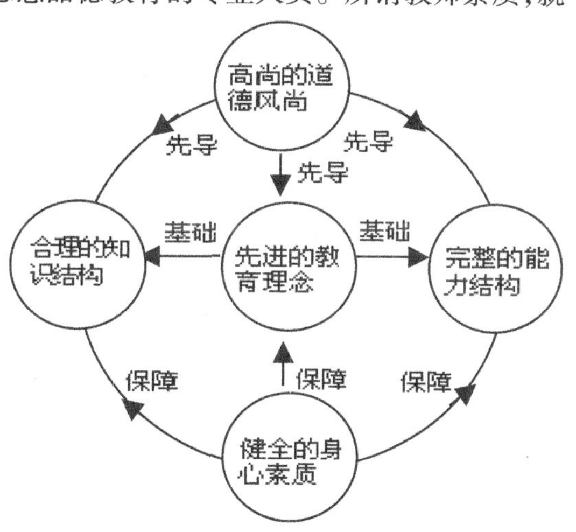

图 11－1　化学教师素质结构关系图

[1]阎立泽. 化学教学论[M]. 北京：科学出版社，2004：286.

[2]韩庆奎，阎立泽. 现代化学教育研究[M]. 北京：中国科学文化出版社，2003：350.

【资源链接】具体的高中化学新课程教师的素质结构可用表 11－2 表示[1]。

表 11－2　高中化学新课程教师的素质结构

一级指标	二级指标	三级指标	四级指标
高尚道德风尚	责任感、义务感	对社会的责任感和义务感	
		对事业的责任感和义务感	
		对学生的责任感和义务感	
	尊重感	尊重国家	
		尊重民族	
		尊重他人和自身	
	法规意识	遵守法律	
		遵守校规校纪	
		遵守社会公德	
	情感价值观	对祖国、家乡、生活、事业、学生的情感	
先进教育理念	教育观、教学观、人才观		
	学生观、知识观、教师观		
	价值观、课堂观、评价观		
健全的身心素质	身体素质	身体形态匀称	
		生理机能水平较高	神经系统、循环系统、呼吸系统等
		运动能力较强	速度、耐力、力量、反应、协调、柔韧等
		对环境和外部刺激适应能力较强	
	心理素质	智力因素	敏锐的观察力
			良好的记忆力
			创造性的思维力
			丰富的想象力
			稳定的注意力
		非智力因素	正确适度的学习动机
			广泛浓厚的学习兴趣
			积极饱满的学习情感
			顽强拼搏的学习意志
			积极向上的学习性格
			合理补偿的气质特点

[1]阎立泽. 化学教学论[M]. 北京：科学出版社，2004：288－289.

续表

<table>
<tr><th>一级指标</th><th>二级指标</th><th>三级指标</th><th>四级指标</th></tr>
<tr><td rowspan="13">合理的知识结构</td><td rowspan="3">基础层知识</td><td>自然科学</td><td>数学、物理、生物、地理、医学、各种技术学科等</td></tr>
<tr><td>哲学</td><td>唯物论、自然辩证法等</td></tr>
<tr><td>其他</td><td>马克思主义基本原理、社会主义特色理论、三个代表思想、法学、史学、文学、经济学、艺术学等</td></tr>
<tr><td rowspan="3">相关层知识</td><td>政治思想理论、管理学、人际关系学</td><td></td></tr>
<tr><td>系统科学</td><td>系统论、信息论、控制论</td></tr>
<tr><td>其他</td><td>美学、人才学、人体科学、环境科学、思维科学、社会学等</td></tr>
<tr><td rowspan="5">中心层知识</td><td rowspan="2">化学</td><td>无机、有机、分析、物化、结构、高分子等</td></tr>
<tr><td>化工、计算化学、化学发展史、材料化学、应用化学等</td></tr>
<tr><td rowspan="2">教育学</td><td>教育学、教学论、教育测量与评价、教育社会学、教育经济学、教育技术学、教育实习等</td></tr>
<tr><td>化学教学论、化学实验论、化学课程论、化学学习论、化学教学设计等</td></tr>
<tr><td>心理学</td><td>心理学、教育心理学、创造心理学、情感心理学、学习心理学、社会心理学等</td></tr>
<tr><td rowspan="5">完整的能力结构</td><td rowspan="5">教学工作能力</td><td rowspan="5">多讯道表达能力</td><td>音声(讲授、提问、谈话、解答、副语言)</td></tr>
<tr><td>形符(板书、板画、表格、模型、挂图、标本、样品)</td></tr>
<tr><td>动姿(眼神、表情、手势、头肩动作、站姿、步态)</td></tr>
<tr><td>时空(时间跨度及顺序、师生距离及空间位置)</td></tr>
<tr><td>综合(录音、录像、投影、幻灯、电影、CAI 等)</td></tr>
</table>

续表

一级指标	二级指标	三级指标	四级指标
完整的能力结构	教学工作能力	教学设计能力	内容的驾驭、过程的组织
		指导学习能力	模式的应用、手段的选择等
		教学检查、测量、评价能力	
		信息传播、计算机网络技术、多媒体运用能力	
		组织调控能力	
	思想品德教育能力	了解学生的能力	
		交往疏导的能力	
		组织管理能力	
		寓思想教育于各种活动中的能力	
		对后进生疏导、转化的能力	
		协调各方面教育力量的能力	
	自我发展能力	自主学习能力	
		教育科研能力	
		创造性教学改革能力	

(二)化学教师的素质要求

教师的劳动是一种复杂的、创造性的劳动，那么化学教师具备哪些素养才能称得上一个好教师呢？针对化学教师的素质结构，从6个方面描述高中化学新课程对化学教师的素质要求：

(1)思想品德素质。对一个教师来说，必须具有坚定正确的政治方向，要有高度的事业心与责任感，并且具备开拓意识和创造精神。教师在教书育人的过程中起主导性作用，教师的工作态度与能力是决定教育工作最终成败的关键因素。教师一举一动不仅影响着自己的工作效果，而且对学生行为、品格的成长有着直接的影响。

(2)教育思想素养。教师要树立科学的人才观和育人观，化学学科教学一定要以人的发展为本，服从、服务于人的全面健康发展。此外，教师还要具备先进的教学观和质量观，只有这样，才能培养出适合时代发展需要的身心健康、有知识、有能力、有纪律的创新型人才。

(3)新课程理念。教师应铭记新课程的核心理念是“为了每一位学生的发展”，应系统学习高中化学课程标准，具有校级的课程观、教材观、学生观、教学

观、评价观和教师专业化发展的动力。

(4)科学文化素质。随着科学技术的发展,不仅知识量剧增,而且知识更新速度加快,学科不断分化与综合。化学教师不仅要精通本专业知识,还要有广博的横向知识技能,包括人文学科知识。教师不仅要给学生传授知识,还要帮助他们学习实用技术,学会运用现代化的教学仪器。

【资源链接】化学教师的学科专业知识[1-2]

化学教师必须具备系统、扎实、广博而又深厚的专业基础知识,并时时注意知识的更新和发展,才能胜任化学教学工作。我们认为,中学化学教师的学科专业知识应包括陈述性知识、程序性知识和策略性知识三部分。大学无机化学系统的元素化合物知识、有机化学的有机化合物性质的知识、结构化学的基本知识、化学发展史的知识,以及化学与其他学科交叉渗透的内容等是中学化学教师专业知识中陈述性知识的主要组成部分;无机化学的基础理论知识、有机化学反应的基本规律、物理化学原理、分析化学的基本原理构成中学化学教师专业知识的程序性知识;而中学化学教师专业知识中的策略性知识主要包括化学科学研究的一般方法和化学研究的专门性方法(如物质结构的测定,物质的合成、分离和提纯等)两大部分。

(5)能力素质。教师要培养开拓型、创造型人才,必须具有多方面的能力。对于化学教师来说,首先应具有较强的教育教学方面的能力。如表达能力、板书能力、实验教学能力、组织管理能力、教育教学研究能力等。其次应具有较强的自我调控能力、社会适应能力、创造探索能力、综合能力、社交能力等。

【资源链接】化学教师的实验教学能力

化学教师的素质要求的特殊性最主要表现在化学教师的化学实验教学能力方面。化学是一门以实验为基础的学科。化学实验教学能力包括进行演示实验教学的能力、设计和改进化学实验的能力及指导学生实验的能力。教师进行演示实验时首先要明确实验的目的,弄清楚通过这个实验引导学生获得什么知识,示范哪些操作,要引导学生观察哪些现象,要重点培养学生哪方面的能力。其次要做到安全可靠。要保证演示实验的成功率,实验操作要规范,实验现象要鲜明。同时在实验过程中要加强启发性讲授,引导学生将实验、观察和思维紧密结合。通过对实验过程和实验现象的分析,使学生明确实验原理、装置和操作之间的相

---

[1]刘知新.化学教学论[M].北京:3版.高等教育出版社,2004:285.

[2]韩峰,吴工是.美国化学教师专业标准及其启示[J].中学化学教学参考,2005(1-2):118.

互关系,加深对整个实验的全面理解。

设计和改进实验的能力是指教师在教学中,根据教学的需要和教学内容的特点设计有关的新实验,以加深学生对知识的理解;或者是改进已有的实验,使装置和操作更简单,现象更明显。化学实验的设计和改进在保证科学性的前提下,必须符合实验教学的目的和学生的认知规律,它体现了教师的创造性。指导学生实验的能力主要体现在教师指导学生进行实验操作、实验观察和实验思维,在这个过程中培养学生的科学态度和科学方法。

(6)身体和心理素质。教师肩负着新一代高素质人才的重任,教师劳动虽是脑力劳动,但随着社会对人才素质要求的提高,教师的脑力劳动将越来越复杂、繁重,就必须要有良好的身体素质做保证。此外,教师的健康心理在学生心理健康的发展中起着十分重要的作用。教师要有敏锐的观察力、丰富的想象力、灵活的思维力、坚强的意志力、丰富健康的情感和开放的性格。

【资源链接】美国化学教师化学学科的知识内容和教学技能的要求

美国NBPTS制定的化学学科的学术水平标准,规定了从事化学教学的教师除了应达到科学教师的共同标准以外,在化学学科领域需要具备的学科知识内容和教学技能。该标准2002年第二版有9个方面的内容:

(1)化学教师应当掌握基本的科学与教学技能,组织安全的实验活动,知道大众关心的问题;

(2)在原子水平上理解和应用物质的本质的概念;

(3)了解元素间的化学键及形成化合物的几何形状和性质;

(4)了解分子在气体、液体和固体状态下的状态和性质;

(5)了解溶液中微粒间的相互作用;

(6)了解酸碱化学;

(7)了解热力学定律并能应用到化学系统中;

(8)了解化学反应的机理及反应速率的原理和实际技能;

(9)了解有机化学的主要方面。

可以看出,标准非常重视化学与社会的关系及对生活的影响,强调化学与当前跟科学技术有关的社会问题相联系,把科学和技术作为改进社会的一种工具和手段;既着眼于未来,以利于解决可能出现的社会问题,又注意加强基础。主要体现在:

◆突出实验的地位;

◆化学对日常生活和当代问题的影响,体现了科学为大众的理念;

◆化学学科的概念、法则和过程;

◆科学研究探讨和推理的方法;

◆日常生活中运用科学知识；

◆科学和技术的发展与社会和环境的关系。

二、专家型教师与一般教师的比较

（一）专家型教师的基本特征

专家型教师可以理解为有教学专长的教师，是指那些不仅通晓所教学科的专业知识，具备多年的教学实践经验，而且在培养学生良好的道德品质，调动学生学习积极性，使之学会学习、学会创造等方面教学艺术高超，教学效果显著，有自己一套成熟的教学理论，并被社会公认的专家能手[1]。研究表明，专家型教师主要有以下三方面的基本特征：

1. 具备并能有效运用丰富的组织化的专业知识

专家型教师的首要特征是具备广博的专业知识，这些知识主要包括所教学科知识；教学方法和理论，适用于各学科的一般教学策略（诸如课堂管理的原理、有效教学、评价等）；课程材料，以及适用于不同学科和年级的程序性知识；教特定学科所需要的知识，教某些学生和特定概念的特殊方式；学习者的性格特征和文化背景；学生学习的环境（同伴、小组、班级、学校以及社区）；教学目标和目的。专家型教师可以将这些知识高度整合，使其具有良好的结构，与教学背景相联系。除此之外，专家型教师还能针对学生的自身条件，因材施教，从而实现最优的教学效果。

2. 可以高效率地解决教学领域内的问题

专家型教师在广泛的知识经验基础上，能够迅速且只需很少或无需认知努力便可以完成多项活动。这是因为专家型教师本身在元认知和认知的执行控制方面能力比较高，在长期积累以后，某些教育技能已经程序化、自动化，可以在较短时间内完成更多工作，高效率解决问题。专家型教师善于监控自己的认知执行过程，注重从自动化的教学向更高水平的推理和问题解决方向发展。此外，专家型教师也愿意在所需解决的问题上花费较多的时间去理解和计划，在教学行为进行过程中，他们又能主动对自己的行为做出评价，并随时做出相应的调节。

3. 有很强的洞察力并善于创造性地解决问题

专家型教师善于观察，发现事物间的相似性，可以从不相关的信息中提取有效的信息，并能够有效地将这些信息联系起来，重新加以组织，将各种信息联

[1] 刘知新. 化学教学论[M]. 3 版. 北京：高等教育出版社，2004：294.

系起来综合运用,解决身边的问题。专家型教师的解答方法既新颖又恰当,往往能够产生独创的、有洞察力的解决方法。

目前,学术界经常提到的学者型教师、研究型教师、反思型教师都不完全是专家型教师,作为专家型教师应该有学者型教师的睿智与开放、研究型教师的严谨与创新、反思教师的批判与深刻。

(二)与一般教师的比较

专家型教师与一般教师在很多方面都有不同,表11-3从教师日常教学的教学设计、教学过程和教学评价来分别阐述专家型教师与一般教师的不同:

表11-3 专家型教师与一般教师的比较

教学体系		专家型教师	一般教师
教学设计		只是把教学过程中的重要环节写成书面材料(教学设计),不涉及教学过程的细节	把教学过程的每一个细节(甚至包括语言和动作)按照自己的意志设计得很详细,并全部呈现在教学设计中
教学过程	教材呈现	注重采用适当的方法回顾先前知识,注意旧知识对新知识学习的支持性作用,注意及时复习与巩固,注意对重点知识强化,对难点知识能循序渐进地给以巧妙突破	对所有的教学内容面面俱到,平铺直叙,不能引导学生对所学内容进行前后联系,难以有效突破重点和难点
	课堂练习	把练习当作促进学生知识理解、迁移、检查学生学习情况的手段,注意学生练习的进程和出现的各种问题,允许学生进行讨论,并在课堂上留出时间解决共性问题	把练习当作必需的教学步骤,关注练习的时间,特别强调练习时的纪律,课堂上巡回走动时只顾自己关心的学生,看不到整体情况,不能及时发现问题,提供反馈
	教学策略	教学策略丰富,能灵活运用,善于提出系列问题,引导学生的思维	教学策略比较贫乏,运用不够恰当,提问的次数相对较少,问题也比较孤立,无法正确引导学生得出正确答案
教学评价		着眼点放在教学目标的完成情况、学生学习活动的水平、课堂教学的成功之处和应注意的问题等环节	关心课堂上教师的表现、课堂上发生的细节及课堂的形式和气氛,关心既定的教学设计完成的情况等

三、发展性化学教师的评价

教师评价,从目的上分可分两种类型:一是奖惩性教师评价,二是发展性教师评价。奖惩性教师评价的最终目的是奖励和惩处,通过评价教师工作表现,做出解聘、晋升、调动、降级、加薪、减薪、增加奖金等举措。而发展性教师评价以促进教师的专业化发展为最终目的。它是一种双向的教师评价过程,建立在双方互相信任的基础上,和谐的气氛贯穿评价过程的始终。

发展性的教师评价制度吸取了现代心理学和管理学研究的成果，即人的能力是处于发展之中的；受过较高程度教育的教师有根据新情境调整自己行为的能力；当教师获得足够的信息与有用的建议后，他们就可能达到预期的水平；作为专业工作者，教师对自己的工作具有高度的热情，具有发展的内在要求；必须相信教师的能力，保护教师的热情，把对教师外在的压力和内在的发展相结合，并用教师评价的项目引导教师学会建立适合自己专业发展水平的有效的奋斗目标。

发展性教师评价不是某一种特定的评价方式，它是指一系列能够促进教师专业成长和发展的评价方式的总称。它代表了一种评价的理念，即教师评价不仅仅是管理的手段，也是促进教师成长和发展、促进教师专业化发展的途径和条件。两者差异基本如表 11－4[1]所示：

表 11－4　发展性和奖惩性教师评价的比较

评价类型	教师的心态	评价的效果	性质、特点、属性
发展性评价	评价是为了自身的发展； 找到自己的不足或闪光点； 可以自己制定发展规划； 可以自己修改评价条例； 教师个体是评价的主体； 评价是自己发展的必要手段	评价不是威慑而是引导； 评价的过程就是学习发展的过程； 全员参与营造心悦诚服的氛围； 规划、评估、再评价螺旋式发展； 差异性评价与个性特点的发展； 教师追求卓越心态的满足感	是与奖惩无关的自身发展的评价制度； 属信息输入性的评价制度； 属特殊性差异性评价； 属全方位的发展评价； 注重过程性评价； 注重自我主体性评价
奖惩性评价	担心评价与奖无缘与惩相关； 担心评价会降低自己的威信； 担心评价是一个不愉快的过程； 担心评价主体的可信度与水平； 担心评价制度的科学性和目标体系的可信度； 担心统计的可信度； 评价制度对教师的威慑作用	学校管理制度的统一与管理者的执法形式的管理； 奖惩一视同仁的条例形成与推行； 教师趋利避害的心态与作弊心理； 教师行为规范的约束与违心应付； 教师在畏惧中的进步与行意分离	是一种通过奖惩制度维持的评价制度； 属信息输出性的评价制度； 属规律性普遍性评价； 属结果性的现状评价； 注重终结性评价； 注重他人对被评价者的评价

[1]栾敏. 发展性教师评价理念探析[J]. 黑龙江高教研究，2006(6)：114.

(一)发展性化学教师评价的功能

发展性化学教师评价的功能主要是：

(1)促进化学教师的专业化发展。发展性教师评价以教师的成长和发展为根本导向，尊重教师的人格和尊严，强调教师之间、评价者和被评价者之间的民主、平等和团结，为不同发展阶段的教师制定切实可行的行为目标，能够激发教师专业发展的热情和需要。

(2)消除传统评价的负面影响。发展性教师评价的根本目的在于利用评价促进教师的成长与发展，关注教师的每一步成长和发展：力图在教师成长和发展的第一个阶段设计适当的教师评价方案，通过评价为教师提供专业发展的可行性目标，用评价和目标激发教师内在的发展动力，促进教师的成长和发展。

(二)发展性化学教师评价的过程

实施化学教师发展性评价，一般由以下四个环节组成：

1. 明确评价内容和评价标准

新课程对教师提出了全方位的要求，教师的工作也因此变得更加富有创造性，教师的个性和个人价值、伦理价值和专业发展得到了高度的重视。因此，促进教师不断提高的评价体系，不再以学生的学业成绩作为评价教师水平的唯一标准，而是从新课程对教师自身素养和专业水平发展的要求，提出符合素质教育要求的、多元的、促进教师不断提高，尤其是创新能力发展的评价体系。

表11-5 新课程化学教师评价内容及标准

职业道德	热爱教育事业，热爱学生；积极上进，具有奉献精神；公正、诚恳，具有健康心态和团队合作的团队精神
了解学生，尊重学生	能全面了解、研究、评价学生；尊重学生、关注个体差异，鼓励全体学生充分参与学习；进行积极的师生互动，赢得学生的尊敬
教学设计与实施	能确定教学目标，设计教学方案，使之适合于学生的经验、兴趣、知识水平、理解力和其他能力发展的现状与需求；与学生共同创设学习环境，为学生提供讨论、质疑、探究、合作、交流的机会；积极利用现代教育技术，选择利用校内外学习资源
交流与反思	积极与学生、家长、校长、同事交流和沟通，能对自己的教育观念、教育教学行为进行反思，并制订改进计划

2. 设计评价工具

促进教师不断提高的评价体系，主要倡导教师自评的评价方式，在教师的教育教学反思中，促进教师教学能力的提高和专业素质的发展。对于教师自评，可根据教师教学和教师素质的评价内容和评价标准，设计相关的评价工具

来收集教师全面发展的证据,如结构性的调查问卷、自查量表、教学日记、周期性的工作总结和自我分析表等,包括教师对自我发展优势与不足的自我评价。

【资源链接】教师自查量表范例

表11-6 教师自查量表

内容	项目	优势	不足
教学方面	教学目标		
	教学设计		
	管理学习环境		
	促进教学		
	对学习的评价		
素质方面	职业道德		
	学科知识		
	教学能力		
	文化素养		
	参与与共事能力		
	反省与计划性		

3. 收集和分析反映教师教学和素质发展的资料

收集有关教师在教学和素质发展优势方面的资料可以帮助教师获得校方的认可,并提供证据证实,收集教师在教学和素质发展不足方面的有关资料能帮助教师确定发展基线,进而考察教师在下一段努力后是否取得进展。在收集各种类型资料的时候,可以采用观察、访谈、检查教师的各种教学资料和文件等多种方法。在掌握了大量关于教师发展优势和不足的资料和证据后,应对教师教学和素质的发展状况进行分析,找出教师发展的优势和不足,并做出客观的概括性描述。

4. 明确促进教师发展的改进要点,制订改进计划

评价最重要的意图不是为了证明(prove),而是为了改进(improve)。评价是为了促进教师的提高,因此对于分析的结果,不能停留在简单的奖惩或评优的处理上,而应帮助教师以开放、坦荡的胸怀勇于面对评价的结果,和教师一起讨论并确定教师改进要点,制订改进计划。通常改进计划中应包括:

(1)用清楚、简练、可测量的目标术语来描述教师改进的要点;

(2)确定改进教师教学和教师素质的指标;

(3)描述评价教师向改进目标努力的具体方法。

在改进计划的制订中,评价者应考虑发挥教师发展的优势,利用迁移的原理,或者激励的方式,改善其不足。这就需要制订改进计划时,认真分析教师的个人特点,同样遵循因材施教和指导的原则,在尊重教师个性和个人价值的前提下,和教师一起分析其未来的发展方向和目标,了解教师的个人发展需求,共同制订教师的个人发展目标,并向教师提供日后培训或自我发展的机会,以提高教师履行工作职责的能力,促进教师专业和个人素养的整体发展。因此,促进教师不断提高的评价体系是面向未来的评价体系,重在信任和激发教师追求不断提高的内在需要和动机,倡导全体教师的积极参与,在民主、开放、上进和支持的评价氛围中,通过教师之间的同事评价和教师自评的方式,促进教师不断改进和提高。

在实施评价的过程中,评价者必须考虑并处理好与发展性教师评价相关的一些问题:第一,评价要与奖惩性目的脱离;第二,评价过程要体现民主性;第三,评价信息要注意保密性。

此外,要做好发展性教师评价的有关工作,评价者还需要处理好其他方面的事宜。不同学校的实际情况是不一样的,评价者需要结合学校的具体情况,灵活处理评价过程中的诸多问题,才可能使发展性教师评价真正成为促进教师发展和学校发展的重要措施。

第三节　化学教师专业发展的方向和途径

改革和发展是教育的永恒主题,教育的发展需要也要求教师的发展,新一轮基础教育课程改革将教师的专业发展问题提到了前所未有的高度。《普通高中化学课程标准(实验)》在其所倡导的基本课程理念中明确提出:“为化学教师创造性地进行教学和研究提供更多的机会,在课程改革的实践中引导教师不断反思,促进教师的专业发展”。

一、化学教师专业发展的主要阶段

“教师专业化是指教师职业具有自己独特的职业要求和职业条件,有专门的培养制度和管理制度。教师专业化的基本含义是:第一,教师专业既包括学

科专业性，也包括教育专业性，国家对教师任职既有规定的学历标准，也有必要的教育知识、教育能力和职业道德要求；第二，国家有教师教育的专门机构、专门教育内容和措施；第三，国家有对教师资格和教师教育机构的认定制度和管理制度；第四，教师专业发展是一个持续不断的过程，教师专业化也是一个发展的概念，既是一种状态，又是一个不断深化的过程。"[1]

教师专业发展可以理解为教师的专业成长和教师内在专业结构不断更新、演进和丰富的过程，是教师由非专业人员成为专业人员的过程。这个过程是一个终身的、整体的、全面的、内在而持续的循环过程。与强调教师群体的、外在的专业性提高的"教师专业化"相比，"教师专业发展"更强调教师个体的、内在的专业性提升，是教师个体的被动专业化转向强调教师个体的主动专业发展的真实体现。具体说来，化学教师专业发展有以下几个主要阶段[2]：

1."非关注"阶段

指进入正式教师教育之前的阶段。尽管后来做教师的人在这阶段很难说有从教意向，更没有专业发展的意识，但对后来从教的影响却不容忽视。这一阶段生活经历所养成的良好品格是教师成长中重要的生活基础。

2."虚拟关注"阶段

指师范学习阶段师范生的发展状况。因为这时的师范生所接触的中小学实际带有某种虚拟性。这种虚拟性的主要问题是，师范教育没有形成教师专业发展的特殊环境，师范生的自我发展意识淡漠。

3."生存关注"阶段

指初任教师阶段，此阶段中教师有着强烈的专业发展忧患意识，他们特别关注专业发展结构中的最低要求——专业活动的"生存技能"。

这个阶段的教师急于找到维持最基本教学的求生知识和能力，他们努力控制课堂纪律、激发学生动机、处理学生个别差异、评价学生作业、与家长建立联系。在处理这些问题时，他们又感到缺乏基本的教师专业知识和基本的教学能力，他们需要求助于有经验的教师，在教学实践中进一步补充这些知识。

4."任务关注"阶段

指教师专业结构诸方面稳定、持续发展的时期，由关注自我生存转到更多地关注教学上来，以便更好地完成教学任务，获得良好的外在评价和职称、职位

---

[1]袁贵仁.加强和改革教师教育，大力提高我国教师专业化水平.《教师专业化的理论与实践》代序[M].北京：人民教育出版社，2001.

[2]钟启泉，崔允漷，张华.《基础教育课程改革纲要（试行）》解读[M].上海：华东师范大学出版社，2001：423－425.

的升迁。

5.“自我更新关注”阶段

教师不再受外部评价或职业升迁的牵制,直接以专业发展为指向。教师有意识地自我规划,以谋求最大程度的自我发展。这些已成为教师日常专业活动的一部分。

这个时期的教师更加关注课堂内部的活动及其实效,关注学生是否真的在学习。教师能够对问题予以整体、全面地关注。这一时期教师的特征是自信和从容。

“自我更新关注”阶段的教师在学生观上的一个重要转变是认识到学生是学习的主人。教师除了要让学生理解所教的内容之外,还鼓励学生自己去发现、构建“意义”。教学不仅限于帮助学生学习知识,而且要在师生互动过程中使学生获得多方面的发展。教师知识结构发展的重点转到了学科教学法知识的应用上来,不再把专业学科知识作为重点。

此阶段是教师专业发展的一个高境界,只有那些不懈追求发展的教师才有可能进入这一自我发展的巅峰。

实际上,对教师专业发展阶段的研究是为了剖析不同阶段专业发展的特征,揭示不同阶段专业发展的不同需求,从而针对性地完善教师专业结构,提升教师专业素养。可以说,教师专业发展以专业结构的完善和专业素养的提升为归宿,这既指明了教师专业发展的目的,也指出了教师专业发展的内容。“发展”是有方向性的,它指向于进步,注重从不完善到完善、从不成熟到成熟、从低水平到高水平演进的过程。因此,教师专业发展的概念也蕴涵着这一过程,体现出教师不断成长的趋势。

二、化学教师专业发展的主要方向

20世纪80年代以来,教师的专业发展成了教师专业化的方向和主题。教师专业发展以教师专业结构的丰富和专业素养的提升为宗旨。教师专业标准的内涵是开放的、不断变化的,是动态发展的。随着教育体制的不断发展,教师专业标准由低层次向高层次发展。这个过程既有阶段性,又是永无止境的,其阶段性是同教育改革所处的现实社会情境相对应的;其发展的永无止境指的是发展只有起点没有终点,这是同教育改革发展的无止境相联系的,教师必须不断地改进自己以适应社会变化的要求。教师专业发展具有强烈的时代性,它本身就是对传统教育的超越、扬弃、更新和创造。

新课程由学习领域、科目、模块三个层次构成,打破了过去单一的学科设置

模式，是围绕一定的主题并通过整合学生的经验及相关内容而形成的。新课程改革带来的全新的教育理念、课程内容、教学方式、教育评价方式等，对教师的知识结构、思维方式、教学能力等方面提出更高的要求，具体说来化学教师专业发展的方向主要包括以下几个方面：

（一）知识结构趋向于综合化

我国的教师教育一直重视教师对专业知识的掌握。但是新课程对教师提出了新的要求，合理的知识结构、较高的科学文化素质是化学教师必备的学术背景。不仅要求教师有系统、深厚的专业基础知识，而且还要求教师在对知识价值的理解上，超越学科的局限，从宽阔的社会背景中去认识化学[1]。

新课程要求教师要学会探究教学，因此，教师需要去了解有关的科学哲学知识。教师拥有的关于科学探究和科学内容的知识越多，就越能成为有效的探究者，也就越能胜任探究性教学[2]。

综合化的知识结构具有创新功能，是一个不断建构、不断发展的过程，教师要时刻关注化学学科的学术发展动态，注意知识的更新和发展，树立终身学习的意识。

（二）教学方式转变为合作互动式

传统教学中，教师基本上都是以传授教科书上的知识为教学目的，没有顾及学生自身的兴趣需求与年龄特征，采取直线式的教学方式传授学科知识。导致学生普遍产生死记硬背、机械记忆、被动接受的学习方式，不利于学生的发展。

新课程则提出一切以学生发展为本，学生成为课堂学习的主体，教师应该尊重学生的精神世界和人格尊严，变传统的单向传授方式为合作互动式的教学方式。教师不再是课堂的权威与决定者，而是学生学习的辅助者，能够针对学生的个性特点，真正让课堂焕发生命力，激发学生的智慧潜能。

（三）教师角色体现出多重性

长期以来教师的角色定位为“教书匠”，只需要单纯地向学生传递知识。在新课程中，教师需要承担的角色多样，必须重新定位自己的角色，自如地转变角色。

首先，教师在新课程中应成为学生学习的促进者。教师不要自居为知识传授者和课堂主宰者，要时刻考虑到学生在学习和成长过程中遇到的问题，给予

---

[1] 毕华林，亓英丽. 高中化学新课程教学论[M]. 北京：高等教育出版社，2005：315.

[2] [美]国家研究理事会科学、数学及技术教育中心，《国家科学教育标准》科学探究附属读物编委会. 科学探究与国家科学教育标准——教与学的指南[M]. 罗星凯，译. 北京：科学普及出版社，2004：133.

及时的指导，帮助学生在知、情、意、行各个方面获得全面的发展，成为学生学习的激发者和促进者。此外，教师还应关注对学生的心理健康和优良品德的培养，促进学生形成科学的情感态度价值观。

其次，教师在新课程中应成为教学实践的研究者。教学具有很强的实践性和情景性，而新课程蕴涵的新理念、新方法以及实施过程中遇到的新问题，都需要教师以研究者的心态置身于教学实践之中，以研究者的眼光审视和分析问题，反思自身行为，探究教学实践。

最后，教师在新课程中应成为课程的开发者。新课程倡导民主、开放、科学的课程理念，同时确立了国家课程、地方课程、校本课程三级课程管理政策，并强调提升教师的课程意识，倡导教师成为学校课程的管理者、决策者，作为主体参与到课程开发与管理过程中，使教师有更多的机会进行不同程度的课程试验，参与完整的课程开发过程，从而改变教师只是既定课程执行者的角色[1]。这些都需要教师树立课程开发者的角色，利用课程资源，开发与设计校本课程。

三、化学教师专业发展的主要途径

教师在教学活动中起主导作用，是保证课程实施的关键。因此，研究和解决教师专业发展的途径，是一个具有现实意义和操作价值的问题。教师在教学实践中的自我反思、行动研究和校本教研等都是促进化学教师专业发展的有效途径。

【资源链接】教师专业成长的途径[2]

教师专业化，是基于提高教育教学质量以及实现教师自身生命价值而追求的教师专业成长与发展，教师成为研究者是教师专业化的基本特征。教师成长的途径和策略是多种多样的，以下三个方面值得关注：一是通过教学实践与教学反思促进教师的成长，特别是教学反思对教师的专业发展具有非常重要的意义；二是开展行动研究，即在行动中研究，在研究中行动，把教学和科研紧密地结合起来，真正成长为专家型、学者型的优秀教师；三是通过不断的学习和交流，掌握新的教育观念，形成与新课程发展相适应的崭新课程理念。总之，新课程发展正创新着一种新的教育文化，而这种文化以其博大而开放的胸襟，推动着教学的变革，并因此为我国基础教育的跨越式发展奠定了坚实的基础。

---

[1]钟启泉，崔允漷，张华.《基础教育课程改革纲要（试行）》解读[M].上海：华东师范大学出版社，2001：388.

[2]靳玉乐.新课程发展中教学问题的探讨[J].当代教育科学，2002(2)：18－21.

(一)开展教学反思

实践证明,反思对教师的成长具有显著的促进作用,是教师专业发展的必由之路。正如波斯纳(G. J. Posner)1989 年提出的"教师的成长 = 经验 + 反思"[1]。自觉运用反思的教师,会主动关注教师在教学实践中的反思,使自己在自我调整、自我控制、自我完善的过程中不断得到发展和提高。教师的自我反思一般包括反思教学设计是否系统,学生起点水平与教学起点是否匹配,教学内容是否满足学生的需求,教学策略是否有助于教学目标的达成,教学内容的呈现方式是否恰当,师生、生生的课堂交流是否有效,学生是否积极主动地参与到学习活动中,学生在学习中出现哪些困难,其可能原因是什么,等等。

【资源链接】反思型教师与经验型教师的比较[2]

表 11-7　反思型教师与经验型教师的比较

	反思型教师	经验型教师
命题意识	积极地研究课堂的信息和问题	不大考虑他们自身及其学生所面临的问题
对问题的热情	保持对难题连续不断地思考甚至令人烦恼的事情的兴奋	遇到问题时有时也会寻找信息或寻找解决问题的办法
满足感	不大容易满足,不断追求更多的知识、更好的施教方法与管理课堂的方法	往往满足于简易的答案
爱心	既关心自己又关心他人,关心增加课堂成就以及怎样给学生带来较大益处	往往对关心别人缺乏合理性认识,可能把自己的需要或感情看得比学生更重要

1. 教学反思的过程

教学反思的过程一般包括 4 个阶段:

(1)确定所要关注的内容。教师通过对实际教学的感受。意识到自己的教学中可能存在某些问题,进一步收集关于这一问题的资料,初步明确其性质和结构。其中要特别关注学生的表现,只有从学生的表现中教师才能发现自己的教学策略是否有效,教学内容的深度和广度是否处理得当,等等。

(2)观察与分析。教师对有关的资料进行认真观察和分析,特别是以批判的眼光反思自己的教学活动,包括自己的教学理念、教学行为、教学态度等。教

[1]王小明,胡谊.师资培训的新思路——对专家和新手的比较研究[J].华东师大学报:教科版,1996(3):76-84.

[2]熊川武.反思性教学[M].上海:华东师范大学出版社,1999:92-95.

师可利用自我提问的方法来促进对问题的认识和理解。然后,教师会在已有的经验中搜寻与当前问题相似或相关的信息,或者通过查阅资料、请教他人,找出问题的症结所在。

(3)建立理论假设,解释情境。在认识了问题的成因之后,教师重新审视自己的教学行为,积极寻找新的教学理论和策略来解决所面临的问题,并对可能产生的效果加以考虑,形成新的、创造性解决问题的方法。在这一阶段,教师还需要进一步获取解决问题的信息,这种信息可以来自专门研究领域,也可以来自实践领域。

(4)实际验证。考虑过每种行动的效果后,教师就开始实施行动计划。通过实际尝试或角色扮演,检验所提出的理论假设和教学策略。在检验过程中,教师会根据教学实际对理论假没进行修订,确定教学的效果,并形成有关的理论。

2. 教学反思的方法

教师进行反思的具体方法是多种多样的。目前学术界认为效果较好的方法主要有以下几种:

(1)写教学日志。在一节新课上完后,教师要将自己的经验和心得、课堂上出现的问题写下来,与同事或专家型教师共同分析、讨论,提出解决的办法。整理完善后附在教案的后面。教学日志无疑会给教师一个很好的反思空间,这有助于教师通过联系自己的教学经验内化新的信息,形成个人的实践知识。

【资源链接】“卤族元素”课后记

记得有一次我在上卤族元素一节内容的时候,课本中有一个边讲边做实验,将新制氯水滴入碘化钾溶液中,再加入少许四氯化碳,观察反应现象。这是书本中的做法,现象很明显,四氯化碳层,显紫红色。这时,有学生提出,老师将碘化钾溶液向新制的氯水中滴,再加四氯化碳会有什么现象产生?我不假思索地说:“现象应该一样。”当时我就演示了这个实验,结果现象使我大为吃惊,现象完全不同,当时我感到很难堪,很快我意识到,这个反应的滴加顺序不同结果应该是不一样的,因为这涉及试剂过量的问题!这是我在备课时所没有考虑到的。下节课一定要作认真分析,而且是一个很好的“氧化还原反应产物与条件”的实例。

(2)专题研究。教师将教学中遇到的问题归结为几个不同的专题,邀请同事或专家型教师座谈,共同商定解决问题的办法,集思广益。

(3)再现反省。这是目前采用的一种比较先进的反思措施。学校投资装备录像设备,将教师的课堂教学情景实录下来,供讲课者自己评析教学用,或供专

家型教师结合课堂情景对新教师进行针对性的指导用。

(4)同伴观察。邀请同事来到课堂观察自己的教学思路与教学过程,让他们发现自己教学中的问题,这样可以发现反思(自评)与他评之间存在的差距,以进一步改进自己的教学。采用这种反思策略时,要精心挑选来观察教学的同事。一般应选择对自己的教学领域非常熟悉且具有帮助其改进教学实践经历的同事。确定了观察者后,应该简单告诉他自己在教学中感到困惑的问题,告诉他哪类信息最有帮助,并考虑给他一张观察指南。下面是美国的斯蒂芬. D. 布鲁克菲尔(Stephen D. Brookfield)在自己的工作中使用的一份观察指南的案例。

【典型案例】同伴观察指南[1]

问题:

谢谢你接受邀请来到我的课堂,并竭力帮助我。我所关注的问题是我自己在讨论中说得太多,因为只有少数几个学生发言。看起来那些说话最多的学生来自于主导文化。我所担心的是,我原来鼓励民主讨论的热切希望实际上强化了存在于广大社会中的种族、阶层和性别的不平等。我还担心,如果我自己在讨论中过多地使用学术语言或不能提出足够好的问题,那么可能让学生们感到迷惑。

如何帮助我:

你能通过观察我的教学,给我一些关于下述问题的信息吗?

- 有百分之多少的课堂时间用于教师讲话,有多大比例的时间用于学生讲?
- 在讨论中有多少学生发言?
- 当学生发言时,男生发言比女生更多吗?
- 盎格鲁学生比拉美裔或非洲裔学生有更多的发言吗?
- 在你看来,我对不同学生的发言有不同的反应吗?如果有,有什么不同?
- 你认为我对学生之间的评论联系得好吗?在讨论过程中我对不同学生的回答做出清楚的联系了吗?
- 沉默的时间和谈话的时间平衡得怎样?我和学生们对沉默都感到舒适吗?你是否注意到我们对于沉默产生的不舒适并寻求用声音来填补其空白?
- 如果有什么不同的话,你是否注意到我说话声音的语调?我认为应在课堂上使用低的交谈的语调,但也可能在不知不觉中变成了更盛气凌人的讲授方式。
- 你看到可能有助于我解决问题的其他事情了吗?
- 请给我一些帮助我解决问题的有针对性的建议。

为使同伴观察更为有效,观察者需掌握一些基本的如何提供有益评论的原则。

---

[1] [美]Stephen D. Brookfield. 批判反思型教师 ABC[M]. 张伟,译. 北京:中国轻工业出版社,2000:105-106.

这些原则有:在教学评价中努力做到尽可能地公允。在指出进一步要做的工作之前,首先指出同事表现好的方面和他们的实力。尽可能地根据自己的经历对同事的行动给出批判意见,通过讲述自己应付某种情形的经历,可为被观察者指出在同样情形下采取改进措施的可能性,而不是直接给出指导性的建议。给出的评论和建议要尽可能地具体和有针对性。

教师在进行反思时,要根据所要解决的具体问题、自身的情况和学校的实际教学条件选择恰当的反思方法,切不可盲目进行,否则不仅无益于教学的改进,可能还会适得其反。

(二)进行校本教研

关于校本教研的内涵目前尚无定论,可作如下描述:校本教研是适应新形势发展需要而产生的一种新的教育理念,它以学校为研究基地,以学校中的教师为研究主体,以学校教育教学中的实际问题为研究对象,通过校外研究人员的合作、指导,总结推广教学经验,探索教学规律,融学习、工作和研究为一体,促进学校发展、学生发展和教师成长的一种研究活动[1]。

1. 校本教研的基本理念

学校是真正发生教育的地方,教学研究只有基于学校真实的教学问题才有直接意义。学校就是研究中心,教室就是研究室,教师就是研究者。校本教研强调以下基本理念:

(1)关注学校发展。校本教研在关注教育或教改的同时要更多地关注学校的发展,即以校为本。学校自身应成为发展的中心和根本,发展和改革教育必须通过发展和改革学校来实现,提高教育质量必须通过提升学校教育能力来实现。

(2)凸显教师主体。校本研究强调教师是教学研究的主体,教师应以研究者的心态置身于教学情境中,以研究者的眼光审视分析教学理论与教学实践中的各种问题,对自身的行为进行反思,对出现的问题进行探究,对积累经验进行总结,不断提高专业素质,这样,学校的教学质量才能得以普遍提高和持续提升。

(3)回归教学实践。校本教研的直接目的是改善学校实践、提高教学质量、促进师生共同发展。教师要成为教学实践的反思者、研究者和创新者,根据学校教学实践的需要确定研究的"题目",反思教学的观念、行为和效果,最终的实效性和可持续性;要做教学改革的开拓者、创新者,以改进教学实践为宗旨,自

[1]毕华林,亓英丽.高中化学新课程教学论[M].北京:高等教育出版社,2005:327.

觉探索适合自身特点的教学思路、教学模式和教学方法。

以下两个表格[1]具体比较校本教研和专业研究以及教师进修的不同,可以帮助我们更好地理解校本教研的内涵。

表 11-8 校本教研和专业研究的比较

	校本教研	专业研究
研究人员	一线教师为主,学者专家提供支持,注重人员民主参与和合作协商	学者专家为主,其他人员协助
研究基础	基本程度,经验少或无	相当程度,研究水平高,经验丰富
研究目的	提升教学水平,获得教学专业能力,促进学校发展	发展或检验假设,解释或预测产生可推广的结论
研究问题	为改进实践,问题产生于实践需要	验证或发展理论,多来源于文献阅览或学术反思
文献探讨	多阅读可用的二手资料,概括了解	广泛阅览一手资料,全盘了解
选择样本	周围取样,不要求代表性,要求针对性	抽取具有代表性的样本
研究设计	流程自发,有弹性,可修改。收集、解释、实施等阶段循环进行,不太关注控制无关变量和减少误差	严谨设计,控制干扰无关变量,根据计划、按照步骤严格实施,重视研究的信度和效度
资料收集	用简易技术收集资料	采用具有信度、效度的测量技术,要进行前导性研究或前测
资料分析	简单分析,多呈现原始资料,注重实用性,较多主观看法说明,批评者协调检验结果	分析技术复杂,呈现分析后资料,多强调统计显著性、推理一致性或事件深层意义的诠释
结果应用	强调实用性和影响实践的程度。多提出改进教学的可用信息	注重结果的意义,理论的显著性可重复验证,多提出研究和应用建议
报告形式	依实际需要而定,无统一格式	强调严谨,合乎学术规范

表 11-9 校本教研与教师进修的比较

	校本教研	教师进修
运作方式	以校为本。以校内教师为主导,由校内负责研究的计划、推行与评价	外控方式。规划和管理都是由行政部门推动,很少教师参与
内容	兼顾理论与实际。依据教师和学校的实际设计,将所学到的理论马上印证于实践	偏重理论。有时流于表面化、形式化,不一定符合教师的需要
活动场所	校内或临近学校。教师无需离岗就可以参与	多在校外或高校进行。教师必须离岗,不利于学校工作,出现工学矛盾

[1]徐建敏,管锡基.教师科研有问必答[M].北京:教育科学出版社,2005:173-174.

续表

	校本教研	教师进修
教师角色	主动。针对教师的需求而主动参与,具有较大的动机和投入感	被动。参与是为了满足行政部门的要求,被学校委派参加,缺乏动机和积极性
参与动机	内在动机。符合教师需求,有助于工作,参加教研是内在的成长,把握发展机会	外在动机。需要组织者宣传发动,以报酬或文凭作为激励手段
活动规划	系统性。研究纳入学校发展方案,学校支持,并加以策划、执行	缺乏系统性。活动属临时性质,没有长远发展的规划,缺乏系统管理安排
活动形式	形式多样。活泼多元化,以不同的形式灵活进行活动,如读书会、研讨会、分享会等	讲授。活动形式单一,主要是专家授课,教师被动参与,对内容兴趣不大
需求	兼顾教师与学校的需求,个人专业发展与学校效能提高的整合	偏重个人需求。目标主要集中于个别成员,无助于学校的发展
目标规划	以自我导向为目标,关心和尊重教师的主动学习、自我学习与成长	目标不明。至注重短暂问题的解决,不关注教师的长远成长

2. 校本教研的核心要素

教师个人、教师集体、专业研究人员是校本研究的三个核心要素,它们构成了校本研究的三位一体关系。教师个人的自我反思,教师集体的同伴互助,专业研究人员的专业支持是开展校本研究和促进教师专业化发展的三种基本力量,缺一不可。其关系可用图 11－2 表示。

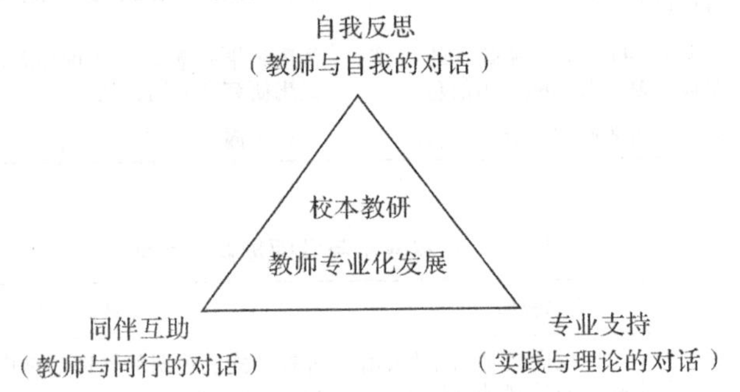

图 11－2　校本教研与教师专业化发展

3. 校本教研的过程

校本教研虽然不要求对研究过程进行严密的设计,但它的开展还是要遵循或体现研究的基本规范,一般包含以下四个过程:

(1)问题。问题是研究的起点。校本教研所指向的教学问题是教师“自己的问题”,而不是“他人的问题”。真正意义的校本教研还要进一步把教师个体发现和提出的问题转化为教师群体共同关注和思考的问题,把学校里发生的真

实问题概括、提炼、升华为有价值的课题。

(2)设计。设计指的是解决问题的一种方案、设想、构想和策划。教师要把日常的备课活动提升到教学设计的高度来认识,使备课与研究融为一体,也就是"教学即研究"。

(3)行动。行动是设计方案付诸实施的过程。对教师而言,行动意味着改革、改进和进步。一要通过行动来检验设计方案的可行性;二要通过行动来发现和寻找各种新的可能性;三是使行动服从、服务于学生的成长和发展。

(4)总结。教师作为研究者在此环节中首先要对已经观察和感受到的各种现象进行回顾、归纳和整理,使其成为教师自己的教育故事或教学案例。在此基础上,对问题、设计与行动的过程和结果做出判断,对有关现象和原因做出分析和解释,探讨各种教学事件背后的理念,揭示规律,提高认识,提炼经验。最后针对原有方案及其实施中存在的各种偏差或"失误",根据新的感悟、新的发现、新的认识和新的思考,修改原有方案或重新设计方案,并付诸实施,进行进一步的检验、论证和改革探索。

上述环节构成校本教研相对完整的一个螺旋圈,这个螺旋圈可以以"一个学年"为单位,也可以以"一个课时"为单位。校本教研过程就是"问题—设计—行动—总结"循环往复、螺旋上升的过程。但是在实际运行的过程中,四个环节的顺序并不是固定不变,顺序可以改变,两个也可以合并,有的环节也可以带过,关键在于解决问题,提高质量。

校本教研是比教师的自我反思和行动研究更上位的概念。确立校本教研的理念和制度,是对教师进行自我反思以及行动研究的有力支撑。

促进化学教师专业发展的另一主要途径——行动研究我们将在第三节进行详细论述。在学习中我们应该注意的是,教师反思、行动研究和校本教研这三种途径之间并没有截然的界限,行动研究和校本教研都离不开教师的反思,行动研究又是校本教研的一种形式。此外,听专家报告、进修培训、校本教研等也是化学教师专业发展的重要途径。

第四节　行动研究与教师的专业发展

教师专业化,是基于提高教育教学质量以及实现教师自身生命价值而追求的教师专业成长与发展,教师成为研究者是教师专业化的基本特征。教师必须使自己成为一个研究者,一个对自己的教学实践不断思索的"反思实践者",在这种不断反思的过程中,教师的专业意识、专业知识、专业水平才能得到不断提升。行动研究是最适合教师进行教学研究的一种方式,是教师立足于解决教学实践中的问题,在教学中研究,在教学中成长,其性质和特点决定了它是促进教师专业化发展的有效途径。

一、行动研究的涵义与特点

(一)行动研究的涵义

不同学者从不同的角度出发赋予了行动研究不同的涵义。目前比较公认的说法是:行动研究是指教师对具体教学情景所作的一种反思性研究,它旨在解决日常教育、教学中出现的问题,改进教师的教育实践,改进实践得以进行的情境,促进对教育教学活动的理解以及提高教育实践活动的质量[1]。其实质是教师在教育、教学实践中通过行动和研究的结合,创造性地运用教育、教学理论,去研究和解决不断变化的教育、教学实践中的具体问题,促进教育、教学工作的合理、科学和有效性,不断提高教育、教学实践的水平和质量。

(二)行动研究的特点

在教育领域中,行动研究不像一般的教育研究那样关注发展教育理论和教育理论的产出,没有普遍的代表性,不是为研究而研究。行动研究是教师专业实践的一种取向和形式,它依从于教育教学实践中的问题及其研究,着眼于教学实践的不断改进,从而使教师的教学保持一种持续的创造性。

1. 为教学而研究

行动研究以解决教学实际问题,提高教育教学质量为首要目标。它不像一般科研那样注重科学理论的产出,它不追求理论和方法的普遍性和广泛适用性。行动研究的成果为教学实践中的教师所理解和运用。运用行动研究得出研究结果的最终目的是解决教育实践中的问题、改进教育工作质量、提高教师对教育实践情境的认识水平、改进教学实践。

2. 对教学的研究

行动研究的研究主体是教育实践工作者,包括广大的中小学及幼儿园教师、教育行政人员,研究对象来源于教育实践,是广大中小学教师在教育实际工作中碰到的问题,研究的课题来源于具体的教学实践活动和教师本身的需要,也就是说行动研究以教学过程中的实际问题为研究对象。它可以是特定情境中的学习问题,可以是教师的教学态度转变,也可以是教学方法的改进。

---

[1]毕华林,亓英丽.高中化学新课程教学论[M].北京:高等教育出版社,2005:324.

3. 在教学中研究

行动研究是教师在真实的课堂教学环境中边教学边研究，即教师在教育教学工作中发现问题、思考问题、解决问题。这样，“从事研究的人就是应用研究结果的人，研究结果的应用者也就是研究结果的产生者”。在行动研究中，教师的学习、思考、研究以及对教育教学的改善处于同一过程中，避免理论与实践的分离。行动研究将教学行为“研究”与解决教学问题的“行动”结合起来。教师的教学已不只是单纯的教学活动，而是一种深入教学实践之中的研究。但应当注意的是，由于教师自身的局限性，行动研究要求教师注重合作，注重集思广益，系统地反思或与他人共同研究自己的工作过程、环境和问题，

由于行动研究的目的是为了改进实践，而实践的“改进”又是难有终点的，因此，行动研究渗透进教学的全过程，是一个不间断的螺旋上升、循环往复的过程。

二、行动研究的实施过程

（一）行动研究的实施模式

传统的研究往往是直线式的：（开始）做出假设—进行实际研究—分析—得出结论（结束）。其基本特点是整个研究过程为直线求证，以设想为开端，以最终得出结论为终端。行动研究则不同，行动研究的起点是实际教学活动中遇到的问题，目的是为了改进教学实践，而不是理论的产出。由于实践的“改进”是无止境的，因此行动研究是一个开放的、螺旋上升、循环往复的过程。其基本模式如下：

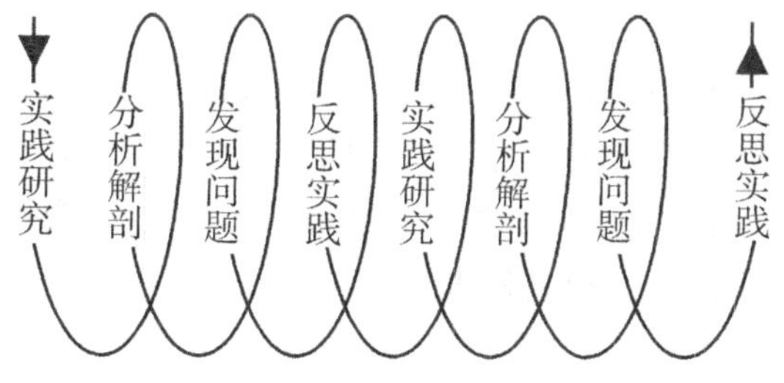

图 11－3 行动研究的基本模式

1. 反思实践，发现问题

教师对教学实践进行反思，明确自己关注的焦点，自身需要解决的问题。教师在实践中收集有关这些问题的资料，供研究使用。收集资料的方法包括自述与回忆、他人的参与性观察、角色扮演、轶事记录、各种检查表、问卷、访谈等，也可以借助录音、录像档案资料等。例如，反思自己近期的教学，思考有哪些问题需要解决。

2. 分析解剖,确立课题

教师对问题及收集到的资料进行分析解剖论证,对问题予以界定,诊断其原因,确定问题的范围,以期对问题的本质有较为清晰的认识。教师需要通过文献查阅,仔细分析、探讨问题的可行性和研究价值,思考要解决的问题是否都在自己的能力范围之内,并最终定为研究课题。

3. 制订方案,观察研究

明确研究问题后,教师通过请教同事、理论工作者或阅读专业书籍、文献资料等途径开始搜寻与当前问题相似或相关的信息,以建立解决问题的方案。然后按照方案进行实际教学,以验证其效果,改进教学实践。在实施计划过程中可根据行动的情况进行再次反思,进一步完善修改计划,继续开展研究。如此循环往复,不断改进实际教学活动。其核心部分为确定研究的方法以及在研究活动中收集资料的方式。

4. 总结研究,反思改进

行动研究的问题从反思实践中来,必将回到实践中去,指导实践,改进实践。在实践研究中要注意充分收集有关信息,不断总结、提升。在研究结束之后,教师对研究过程以及研究的结果进行总结评价。一方面,可以使教师进一步深化对行动研究过程与方法的认识,另外也能增进教师对研究结果的理解,明确其涵义、特点及应用条件等,有助于教师与其他教师交流讨论并分享所获得的成果。行动研究是一个连续不断,螺旋循环的过程,不能有终点意识,通过反思改进环节进一步增强其对教学实践的指导作用,提升教师专业性,从而提高教育教学行为的质量。

行动研究中还可以引进一种监控机制,以及时评估行动研究的有效性,帮助教师加以调整研究活动,确认行动研究的价值,并决定是否有必要继续研究下去。这种监控机制可以是实际教学中的同事,也可以是合作伙伴中的某些专家,他们有能力对研究结果和过程进行理论高度的评判,有时甚至可以对研究结果做出比较准确的预言。引入监控机制能有效节约研究时间,提高行动研究的科学性和有效性。

(二)开展行动研究对教师的要求

行动研究是教师开展教育研究,促进教师专业化发展的有效途径,为有效地开展行动研究,教师除了要遵循一定的研究程序外,还应注意以下几个问题:

1. 更新教育理念

教师成为研究者,积极参与行动研究,首先需要教师有自觉的专业化发展意识,能实现角色上的转变。其次,还要树立新时代的学生观、教学观,这样才

能确保研究的有效性和科学性。因此教师应该加强理论学习,及时用教育新理念、新观点来武装自己。行动研究如果没有先进的教育理论做指导,就会回复到经验总结中,同时也会影响教师对教育、教学实践的理解程度和对教育、教学过程中问题的洞察水平,进而导致研究工作的盲目和低效。因此,研究型教师必须加强教育理论学习,不断更新教育教学理念。

2. 提高问题意识

教育行动研究源于问题。正是教师在日常的教育教学实践中,感受到了问题的存在,面临着教育、教学困境,才意识到了研究的必要性,也才引发教师加入行动研究的大潮。没有问题意识、缺乏探究精神、不具备敏锐发现问题能力的教师是发现不了教育、教学中值得研究的问题,也是不会开展行动研究的。可以说,提高行动研究的有效性,有赖于教师准确而及时地发现并概括教育、教学中的问题。处在教学实践第一线的教师应以积极探究的态度留心观察身边正在发生的各种教育现象与实施某项行动后的效果,然后对观察到的各种情况进行思考,并在初步分析的基础上,提出问题。

3. 培养合作精神

行动研究的主体虽然是一线教师,但是单个教师的努力却很难保证行动研究卓有成效,因此仍然需要与教育科研人员、教育理论工作者以及其他教师展开合作。教师可以开展合作性的行动研究,即专家与教师一起合作,共同进行研究。研究的问题是由专家和教师一起协商提出研究结果的评价标准和方法。也可以由教师自己提出并选择需要研究的问题,自己决定行动的方案,专家则作为咨询者帮助教师形成理论假设,计划具体的行动以及评价行动的过程和结果。

4. 发展反思能力

在行动研究的过程中,教师集研究者、访问者、分析者、改革实施者等角色于一身。如何充分发挥各自角色的作用,把握好自身行动,这就需要教师加强反思,注重提高自我反思能力。教师应增强自身反思的意识,善于反思自我,随时反思自己的角色转变,不仅要作技术性的反思,更要作实际性、批判性的反思,只有这样才能增强研究的客观性,提高教师的研究水平。

理论研究和实践都证明,教师开展行动研究十分必要,面对教学问题时,教师只有对自己所处情景有一个真正的理解,做出明智而谨慎的决定,并有在实践中对理论进行检验的意向,才能结束长期以来消极被动的"教书匠"的形象,逐渐地成为教育和教学的行家里手,成为"专家型"、"研究型"的教师。

(三)行动研究在促进教师专业发展中的作用

1. 行动研究促进教师专业知识结构的完善

教师专业知识结构包括普通文化知识、专业学科知识、一般教学法知识、学科教学法和个人实践知识。个人实践知识具有"只可意会不可言传"的特点,属于缄默的知识。有关对教师"专家—新手"比较研究发现,专家与一般教师之间存在着差异,专家所知道的大部分知识是缄默性知识,这种缄默性知识是很难通过外在的形式和直接教学来获得的,而只能由实践者本身在实际情境中去"体会",说明了实践性知识在教师专业发展中的重要性。但在我国传统的教师教育中,只重视特定的学科知识和教学法的传授,实践性知识处于被"流放"的地位。行动研究在实践性知识的获得上,起到关键性的作用。

2. 行动研究有助于教师教育信念的形成与发展

教师的教育信念是指教师自己选择、认可并确信的教育观念或教育理念。它反映的是教师对教育、学生以及学习等的基本看法。由经验式、无意识的朦胧教育信念向以知识、系统理论为基础的教育信念不断增进,以至有意识地构建清晰的、理想的教育理念,并随着时代的发展随时予以更新是教师逐渐向专业成熟发展的一个重要维度,教师教育信念系统改变是一种较深层次的教师专业发展。教师通过行动研究,达到对教育教学的正确看法,对教师是一种发展和专业自主的解放。

3. 行动研究促进理论与实践相结合,有利于培养研究型教师

行动研究对于广大教师来说,研究不再不可企及,而是自身也可以成为研究者,不再只为那些事先准备的假设提供论据,从假设—论证的模式中走出来。教师通过对自身实践情况和经验进行反思,使他们在提高教学水平的同时也提高了自身的研究能力,实现在教学中研究,在研究中教学,教学与科研相长。

思考与练习

1. 你对化学教师的素质是怎样认识的?

2. 你是如何看待教师反思的? 平时你的任课教师会进行反思吗?

3. 到中学里面听专家型教师和一般教师分别讲的同一节课,从以上几个方面分别分析存在的差异,并适当简评。你认为专家型教师和一般教师还在哪些方面存在差异?

5. 行动研究有什么意义? 教师如何进行行动研究?

6. 采访中学化学教师,了解他们目前最需要解决的问题是什么? 帮助他们设计一个行动研究计划,并了解行动研究的实施情况。

7. 结合实际,谈论一下在新课程背景下如何促进化学教师的专业发展。

主要参考文献

[1]毕华林. 化学教材开发与使用[M]. 北京:高等教育出版社,2003.

[2]毕华林. 化学教学设计——任务、策略与实践[M]. 北京:北京师范大学出版社,2013.

[3]毕华林. 化学教育科研方法[M]. 济南:山东教育出版社,2001.

[4]毕华林. 化学教育新视角[M]. 济南:山东教育出版社,2004.

[5]毕华林,刘冰. 化学探究学习论[M]. 济南:山东教育出版社,2004.

[6]毕华林. 化学新课程理念与实施[M]. 济南:山东教育出版社,2004.

[7]毕华林. 化学学习心理学[M]. 济南:山东教育出版社,2012.

[8]毕华林,刘知新. 化学教育思想研究[M]. 济南:山东教育出版社,2008.

[9]毕华林,亓英丽. 高中化学新课程教学论[M]. 北京:高等教育出版社,2005.

[10]陈启新,黄丹青. 高中化学新课程教学设计与评析[M]. 北京:高等教育出版社,2008.

[11]邓涛. 新课程与教师素质发展[M]. 北京:北京出版社,2005.

[12]范杰,闫蒙钢,江家发. 化学教学论[M]. 太原:山西科技出版社,2000.

[13]高文. 现代教学的模式化研究[M]. 济南:山东教育出版社,2000.

[14]广东省教育厅教研室. 高中新课程——化学优秀教学设计与案例[M]. 广州:广东高等教育出版社,2010.

[15][美]国际研究理事会. 国家科学教育标准[S]. 戢守志,金庆和,梁静敏等,译. 北京:科学技术文献出版社,1999.

[16]韩庆奎,张雨强. 多元智能化学教与学的新视角[M]. 济南:山东教育出版社,2008.

[17]贺湘善. 化学教育学[M]. 北京:首都师范大学出版社,2001.

[18]化学课程标准研制组. 化学课程标准(实验稿)解读[M]. 武汉:湖北教育出版社,2002.

[19]黄梅,李远蓉,宋乃庆. 化学教学策略论[M]. 北京:科学出版社,2013.

[20]黄梅.中学化学教学设计[M].北京:化学工业出版社,2013.

[21]江家发.化学教学设计论[M].济南:山东教育出版社,2004.

[22]江家发,闫蒙钢.高中化学课程评价[M].长春:东北师范大学出版社,2005.

[23]姜建文.化学教学设计与案例研讨[M].北京:化学工业出版社,2012.

[24]李秉德.教学论[M].北京:人民教育出版社,1991.

[25]李秉德.教育科学研究方法[M].北京:人民教育出版社,2001.

[26]李广洲.化学教育统计与测量导论[M].南京:南京师范大学出版社,1998.

[27]李广州,陆真.化学教学论实验[M].北京:科学出版社,1999.

[28]李广洲,任红艳.化学问题解决研究[M].济南:山东教育出版社,2004.

[29]李纪连,梁媛,王慧.新课程教学设计[M].大连:辽宁师范大学出版社,2002.

[30]李灵芝.化学课堂教学设计[M].郑州:郑州大学出版社,2006.

[31]李永红.中学化学教育学[M].武汉:武汉大学出版社,2002.

[32]李远蓉.学会学习·中学化学学习策略[M].重庆:西南师范大学出版社,2001.

[33]廖哲勋,田慧生.课程新论[M].北京:教育科学出版社,2003.

[34]梁永平.中学化学教学论[M].北京:北京师范大学出版社,2010.

[35]林承志.化学课程与教学论[M].北京:北京师范大学出版社,2012.

[36]林崇德.发展心理学[M],北京:人民教育出版社,1995.

[37]Linda Campbell.多元智能教与学的策略——发现每一个孩子的天赋[M].王成全,译.北京:中国轻工业出版社,2001.

[38]刘知新,何少华,毕华林.化学课程论[M].南宁:广西教育出版社,1996.

[39]刘知新.化学教学论[M].2版.北京:高等教育出版社,1997.

[40]刘知新.化学教学论[M].3版.北京:高等教育出版社,2004.

[41]刘知新.化学教学论[M].4版.北京:高等教育出版社,2009.

[42]刘知新.化学教育文选[M].北京:高等教育出版社,2003.

[43]刘知新,梁慧姝,郑长龙.化学实验论[M].南宁:广西教育出版社,1996.

[44]刘知新,王建成.化学教育测量与评价[M].南宁:广西教育出版

社,1996.

[45]刘知新,王祖浩.化学教学系统论[M].南宁:广西教育出版社,1996.

[46]刘知新,吴俊明,王祖浩.化学学习论[M].南宁:广西教育出版社,1996.

[47]刘知新.中学化学[M].济南:山东教育出版社,1999.

[48]卢巍.卢巍论化学智慧教学[M].济南:山东教育出版社,2010.

[49]马宏佳.化学教学论[M].南京:南京师范大学出版社,2000.

[50]潘鸿章.化学实验创新与研究[M].海南:南方出版社,2001.

[51]裴新宁.化学课程与教学论[M].杭州:浙江教育出版社,2003.

[52]彭蜀晋.高中化学新课程的理论与实践[M].北京:高等教育出版社,2008.

[53]皮连生.学与教的心理学[M].上海:华东师范大学出版社,1997.

[54]饶志明,林珩.化学教学论与微格教学[M].厦门:厦门大学出版社,2011.

[55]邵瑞珍.教育心理学[M].上海:上海教育出版社,1997.

[56]施良方.课程理论——课程的基础、原理与问题[M].北京:教育科学出版社,1996.

[57]孙可平.STS 教育论[M].上海:上海教育出版社,2001.

[58]唐力,黄都.化学教育研究方法[M].桂林:广西师范大学出版社,2003.

[59]唐力,文庆城.现代中学化学优化教学教程[M].桂林:广西师范大学出版社,2001.

[60]王本陆.课程与教学论[M].北京:高等教育出版社,2004.

[61]王策三.教学论稿[M].北京:人民教育出版社,1985.

[62]王道俊,王汉澜.教育学[M].北京:人民教育出版社,1989.

[63]王后雄.新理念化学教学论[M].北京:北京师范大学出版社,2009.

[64]王克勤.化学教学论[M].北京:科学出版社,2006.

[65]王磊.创新人才培养化学探究活动开发与指导[M].南京:江苏教育出版社,2013.

[66]王磊.化学比较教育[M].南宁:山东教育出版社,2006.

[67]王磊.化学教学研究与案例[M].北京:高等教育出版社,2006.

[68]王磊.理解与实践高中化学新课程——与高中化学教师的对话[M].北京:高等教育出版社,2007.

[69]王磊.普通高中化学课程分析与实施策略[M].北京:北京师范大学出版社,2010.

[70]王磊.中学化学实验及教学研究[M].北京:北京师范大学出版社,2009.

[71]王希通.化学实验教学研究[M].北京:高等教育出版社,1990.

[72]王祖浩.高中化学课程标准解读(实验)[M].武汉:湖北教育出版社,2004.

[73]王祖浩.化学教育心理学[M].南宁:广西教育出版社,2007.

[74]王祖浩.化学教育展望[M].上海:华东师范大学出版社,2003.

[75]王祖浩,金忠文.义务教育化学新课程:教学问题解决方案[M].南宁:广西教育出版社,2006.

[76]王祖浩.义务教育化学课程标准(2011 年版)解读[M].北京:高等教育出版社,2012.

[77]文庆城.现代化学教学论[M].桂林:广西师范大学出版社,2009.

[78]吴疆.多媒体课件设计与制作[M].北京:人民邮电出版社,2002.

[79]吴俊明,杨承印.化学教学论[M].西安:陕西师范大学出版社,2003.

[80]吴柳.素质教育理论与基础教育改革[M].桂林:广西师范大学出版社,1999.

[81]吴庆麟.教育心理学——献给教师的书[M],上海:华东师范大学出版社,2003.

[82]吴鑫德.化学教育心理学[M].北京:化学工业出版社,2011.

[83]吴星,沈怡文.给化学老师的 101 条建议[M].南京:南京师范大学出版社,2007.

[84]夏志芳.化学课堂教学行为研究及案例[M].南昌:江西教育出版社,2009.

[85]肖常磊,钱杨义.中学化学实验教学论[M].北京:化学工业出版社,2008.

[86]熊川武.反思性教学[M].上海:华东师范大学出版社,2002.

[87]熊士荣.新课程化学探究学习论[M].北京:科学出版社,2010.

[88]熊言林.化学教学论实验[M].合肥:安徽大学出版社,2004.

[89]徐承波,吴俊明.化学教学设计与实践[M].北京:民主与建设出版社,1998.

[90]阎立泽.化学教学论[M].北京:科学出版社,2004.

[91]闫蒙钢. 化学教学测量与评价[M]. 北京:北京科技出版社,2012.

[92]闫蒙钢. 中学化学教学改革的理论与实践[M]. 合肥:安徽人民出版社,2006.

[93]闫蒙钢. 中学化学新课程改革案例研究[M]. 合肥:安徽人民出版社,2011.

[94]杨承印. 化学教学设计与技能实践[M]. 北京:科学出版社,2007.

[95]杨承印. 化学课程与教学论[M]. 西安:陕西师范大学出版社,2010.

[96]杨承印. 中学化学教材研究与教学设计[M]. 西安:陕西师范大学出版社,2011.

[97]袁振国. 教育新理念[M]. 北京:教育科学出版社,2002.

[98]袁振国. 教育研究方法[M]. 北京:高等教育出版社,2000.

[99]袁孝凤. 化学课堂教学技能训练[M]. 上海:华东师范大学出版社,2008.

[100]张大均. 教与学的策略[M]. 北京:人民教育出版社,2003.

[101]郑长龙. 化学课程与教学论[M]. 长春:东北师范大学出版社,2005.

[102]郑长龙. 化学实验教学论[M]. 北京:高等教育出版社,2002.

[103]郑长龙. 化学新课程中的教学素材开发[M]. 北京:高等教育出版社,2003.

[104]郑长龙. 中学化学教学设计的理论与实践[M]. 长春:东北师范大学出版社,2007.

[105]郑柳萍. 化学教学设计[M]. 北京:化学工业出版社,2011.

[106]郅庭瑾. 教会学生思维[M]. 北京:教育科学出版社,2001.

[107]中华人民共和国教育部. 普通高中化学课程标准(实验)[S]. 北京:人民教育出版社,2003.

[108]中华人民共和国教育部. 全日制义务教育化学课程标准(2011 年版)[S]. 北京:北京师范大学出版社,2011.

[109]衷明华. 化学新课程教学设计[M]. 广州:暨南大学出版社,2010.

[110]钟启泉. 普通高中新课程方案导读[M]. 上海:华东师范大学出版社,2003.

[111]钟启泉,张华. 课程与教学论[M]. 上海:上海教育出版社,2000.

[112]周青. 化学学习论[M]. 北京:科学出版社,2010.

[113]周青,单旭峰,王军翔. 化学教学测量与评价[M]. 2 版. 北京:科学出版社,2011.